U0944158

太行道
完结篇

TAI
HANG
DAO

江苏凤凰文艺出版社
JIANGSU PHOENIX LITERATURE AND
ART PUBLISHING

不若
著

卷四 · 均正篇

目录

卷三·极乐篇

卷五·荡魔篇

卷三

极乐篇

极乐之境纳的是欲念，
只要不祸人性命，
就有源源不断的供奉。
他们心甘情愿地来，
醉生梦死一场，
从此流连忘返。

第五十九章 非分之想

病去如抽丝。这日清晨李怀信起了个大早，刚下楼梯就见一早独自趴在扶栏上，手握一串糖葫芦，正百无聊赖地用指甲抠栏杆缺口的木屑。见他走近，她眼睛瞬时变得清亮，巴巴地将糖葫芦递过去。

李怀信狐疑地接过："给我的？"他可不喜欢这种零嘴。

一早抿着唇笑："对。那谁，贞白，一大早就买来哄小孩儿。"

握着糖葫芦的李怀信："……"几个意思？

一早嘟囔道："当谁小孩儿哪……嗯……"话还没说完，就被糖葫芦堵了嘴。

李怀信弹了她脑门儿一下，抬腿就走："小屁孩儿。"

一早猝不及防，将糖葫芦从嘴里拔了出来，跟上他："我跟你一样大。"从死那天到现在，正好二十年，只是没长个儿。

李怀信耷拉着眼皮，居高临下地俯视她，嗤笑了一声。一早被他的表情弄得心里来气："你那什么表情？太伤人了。"

李怀信不理她，径直坐到桌前，点了碗清粥及两碟小菜，问一早："她人呢？"

一早爬上凳子，左摆右扭地坐好："房里换药呢。"

"换什么药？"

"忘啦？之前伤了腰，今儿一大早拎回两包药。"一早说着舔了口糖葫芦，咂巴几下嘴，觉得甜丝丝的，干脆大咬一口，鼓着腮帮子嚼了起来。

李怀信问："伤势如何？"

一早含糊道："结痂了。"

"她伤在后腰多不方便，你吃人嘴软，怎么不去搭把手？"

一早皱了皱鼻子，把嘴里的糖葫芦咽了下去，吐出籽儿："想帮来着，她说不需要。而且昨天她没睡觉，半夜就跑出去了，也不知道上哪儿待了一宿，今早才回来。"

"昨晚她不在客栈？"

一早扭头朝楼梯口看了看，见贞白还没下来，便朝李怀信凑近，小手摁了摁自己的左眼，神神秘秘道："眼睛红啦，她是不是怕我看见了笑话，所以自己半夜偷偷躲起来哭？"

李怀信愣了一下，难以置信那女冠会哭。

直到贞白露面，李怀信看见她那只微红的左眼，才知道不能听小屁孩儿瞎掰。这么一个冷面冷心的女战士，会哭才怪咧。况且，哪有人哭得只红一只眼的？无非是那只从冥蟒眼眶里挖出来的眼珠子，让她产生了一点儿不适，像掉进去一粒沙子，揉过之后，便微微发红。

他正寻思着，贞白又揉了揉眼睛，她自己也在怀疑左眼是否还没有完全契合，产生了一点儿排异现象，好在问题不大。夜深人静时，确实有些陈年旧事突然走马灯似的在她脑海中晃过，但她有些麻木，无甚悲喜。

李怀信起了个话头，刚说出"眼睛"两个字，贞白就接了句"无碍"，彼此都心知肚明这只左眼是怎么回事。

相对无言，店家端上清粥小菜，李怀信之前叫了两份。一早把另一碗粥推给贞白，自己则咬了口糖葫芦，刚要开口，却被李怀信一句"食不言"给堵了回去。

一早："……"这人刚才不这样啊。

李怀信根本还没意识到自己的变化，打从出了七绝阵，他的性情就变得格外阴晴不定，有时为了些鸡毛蒜皮的小事，或者明明大家相安无事，他也会斤斤计较，无中生有，整个人显得很烦躁。

好比他之前嫌弃某某那张僵脸，如今看见更觉碍眼，越发烦她。以至于接下来的一路上，他都拉着一张脸，异常地沉默寡言。他闭眼假寐，却时不时感觉到有双眼睛在暗中窥视自己，他有些不耐烦地抬起眼皮，将贞白逮了个正着。

车厢里气氛沉闷，谁都不敢吭声。一早百无聊赖，一双手似乎无处安放，一会儿卷弄头发，一会儿拨弄凶铃。冯天眼见她那双闲不住的魔爪就要伸向自己的骨灰坛，嫌弃地制止道："别摸老子！"

一早撇撇嘴，挨着贞白坐端正了。

马车在大路上行驶了两日，驶至林间小径，不便通车，众人只得改为步行。

夜路难行，又在荒郊野外，了无人烟，加之天寒地冻的，李怀信实在不想在野地停歇，坚持走了差不多两个时辰，仍没找到人家，连一方歇脚的破庙道观都没有，迫于无奈，只得委屈自己凑合一晚。

自下太行山，这短短月余，称得上历尽千辛万苦，阅尽人世悲欢。其实早在长平乱葬岗时，李怀信就感觉自己已经撑不住了，没想到一路强撑至今。现在的他，无比怀念太行山上那些惬意自在的日子，甚至非常懊悔，因为冯天……可他又不认为自己做错了，只是看见这缕若隐若现的魂体，他总会忍不住内疚心疼。不过，冯天一开口，他就心疼不起来了。

"哎，还病着呢？弱柳扶风的，去挖几味药吃吧。"见他一路上不言不语，此刻又倚在树干上发呆，冯天想开解开解他，有意创造独处的机会，结果李怀信瞥他一眼，头发丝都不带动的。

得，这祖宗千金之躯，哪会纡尊降贵去挖草药。

不承想，贞白却主动接话："我去挖吧。"

冯天愣了一下，就差没给她鞠躬了，怯怯道："这怎么好意思呢，太麻烦你了。"

贞白没说话，径直往林子深处走去。

冯天目送其背影远去："那……那就谢谢啦！"毕竟要说人坏话，还是尽量不要有旁人在场，以免节外生枝。冯天转头正准备把一早也支开，李怀信适时开口了："小鬼，去拾些干柴来生火。"

一早倒是听他话，应声就去了，特别省心。

冯天逮着机会，单刀直入："不能带那个贞白回太行！"

李怀信蹙起眉："嗯？"

"这人太危险了，万一……"

冯天还未说完，就被李怀信打断了："的确太危险了，万一有什么差池，我们怎么应付得过来，只能把她带回太行山……"李怀信顿了一下，眉头渐渐舒展开，淡漠道，"关起来！"

冯天心惊："你……竟是这个打算？！"

李怀信揉了揉眉心，似乎有些不舒服，他说："如若有必要的话，太行山毕竟有师父师祖坐镇，还有那么多同门，总能制得住她。"

冯天点点头："说得是，我还以为……"

"以为我不知天高地厚，引狼入室？"李怀信一语中的，把对方噎得面色讪讪的。

冯天尴尬了一下，硬着头皮说："我是觉得吧，她心思没那么简单，说不定别有所图。"

李怀信挑眉，打量冯天须臾："你也看出来了？"

"啊？"冯天有点蒙，然后顺着点点头，"啊！"

李怀信甚是烦恼："我就说嘛，居然连你都看出来了。"

冯天看着他的反应，一脸茫然。

李怀信很恼火："她就是对我有所图！"

冯天一脸蒙："对……你……"

李怀信自扰了许久，此刻终于有个看穿一切的倾诉对象，止不住道："我已经表现得极其冷淡了，一路上话都不愿跟她说，态度都这么明确了，她还是三番五次地盯着我看，就看不懂我的脸色？还上赶着去挖草药，献什么殷勤？！以为这样我就会委身于她？可拉倒吧，我从小到大被多少人伺候过，什么殷勤没受过，我能稀罕她这点儿？"

听完李怀信噼里啪啦的一大段，冯天彻底蒙了，明明每个字都听得清清楚楚，但字里行间的意思又似乎让他难以理解。

"不是。"冯天一时消化不了李怀信的话，他瞪大了眼睛，难以置信道，"你是说，那谁，她对你……"

突然传来咔嚓一声，冯天猛地噤声，惊弓之鸟般回过头，就见一早踩折了一根枯枝，躬身捡起来，抱在怀中，朝他们走来。她顺嘴问了句："稀罕什么？"

冯天道："你小孩子不懂，别瞎打听。"

"切！"一早把枯枝往地上一扔，架起了小柴堆，嘀咕道，"藏藏掖掖的，不见得是什么好话。"

她掏出火折子，吹出火星，把干柴堆引燃。

李怀信夸道："你这小鬼，倒挺会自食其力。"

“我跟老头儿在山顶藏了二十年，砍柴生火，烧水做饭，偶尔打野味加餐，样样都学着做，总得想法子打发时间，不然整天闲着太无聊了。我还养过一只大雁，老头儿打来的，拴在枝头，每天逗着玩儿。我爹说他以前跟我娘求亲，就是用一对大雁下的聘，我是不懂啦，他说大家都讲究这个。”说完，一早的神色变得恹恹的，火光照着她稚气的小脸，哀思难掩，看得李怀信和冯天心生怜悯。

一早握着树枝，掏了掏柴堆，让火势蹿起来，烧得更旺些。她说：“我一定要找出布下七绝阵的人，为老头儿报仇雪恨，以慰他在天之灵。”

她抬头看着李怀信：“所以，在此之前，你不会捉了我去吧？”

原来是怕他捉她，李怀信道：“要捉你早捉了。”

一早弯起月牙眼笑了，转而又可怜巴巴地看着他，小猫一样乖巧：“也不会让别人捉了我去吧？”

李怀信：“……”这鬼丫头的小心思活泛着呢。

一早叹一声：“老头儿说，我这副样子流浪在外，若不幸遇见修道之人，他们除魔歼邪，绝不会手下留情的。”

李怀信看着她演，勾了勾嘴角：“想让我罩着你是吧？”

一早连连点头。李怀信爽快道：“可以啊，去打只野味来加餐。”

一早闻言笑颜灿烂，乖乖听从差遣。刚站起身，就瞥见黑暗里走出来的贞白，她左手抓着一把草药，右手拎着一只野兔。

“小兔子。”一早声音清脆，一把上前抱住那小野兔，摸着它毛茸茸的耳朵，欢喜得不得了，又抱到颈边，贴着脸去蹭，咯咯直笑，“好舒服啊，我去扒皮啦，这么肥，一会儿架起来烤。”

冯天目瞪口呆，以为自己听错了，瞧这丫头抱着小兔子又摸又蹭、喜不自胜的样儿，还以为她童心未泯，结果下一秒她却笑着要将兔子扒皮抽筋。也不知她从哪里摸出一把小刀，寒光一闪，从野兔腹下划拉到底，活生生剥下一整张皮，兔子被她拎在手中，鲜血淋漓地挣扎了几下。

“皮毛这么好，可以做个帽子或围脖。”说着，一早走到一边，寻找树枝穿插兔肉。

贞白将清洗好的草药递给李怀信，绿油油的叶片上还沾着水珠，她说：“没办法熬了，嚼两片叶子吧，能治头疼。”

李怀信不想领她的情，又不好驳了人家心意，纠结须臾，伸手接了。

谁知他刚握住草药，贞白的指尖便顺势搭上他的脉搏，李怀信猝不及防，手一抖，叶片上的水珠滚下来，沿着他的手背一路滑过腕脉，沾湿了贞白的指尖。

贞白若无其事地撤了手，低声道："并无大碍。"

待贞白拣了个不近不远的树根坐定，李怀信仿佛才反应过来，感觉自己又吃了个哑巴亏，他攥紧手里的草药，愤然转身，离她远远的。

冯天连忙跟上："干吗去？"

李怀信铁青着脸，语出惊人："看见没，她勾引我！"

冯天瞪大眼，他一直在旁边，明明什么都没看见："……她怎么勾引你了？"

李怀信气不打一处来："她摸我！"

冯天不可思议地眨眨眼："……"不是，把个脉，这也算？

李怀信极其敏感地往回瞅了一眼，结果……

"她还在看我！

"她又看我！

"她就是对我有非分之想！"

冯天："……"这人是不是有毛病？

第六十章 山洞取暖

在荒郊野外赶了两日的路，吃了一肚子冷到发硬的干粮，由于天寒地冻，出没的飞禽走兽甚少，他们只偶尔能打到几只出来觅食的野鸡雀鸟。

李怀信裹着皮裘仍不觉得暖，感觉寒气无孔不入，直往他骨头缝里钻。

好不容易途经一家茶肆，却是个半露天的，四周没有墙壁遮挡，只用几根木桩顶着张破破烂烂的草席，上面满是大大小小的孔洞，好似下过一场刀子雨，把它戳成了筛子，寒风飕飕的，那顶上的遮挡，形同虚设；底下摆着几张陈旧的方桌条凳，这就算支起了摊子，在这荒凉贫瘠之地做起了生意。

有几个满身寒霜之气的客人，想必也是赶路至此，坐在那里大口吃面大口灌茶。

老板是个弯腰驼背的中年人，举着大漏勺站在一口大锅前捞面，见有人经过，远远就开始吆喝。长途跋涉的人，大多会在此歇歇脚，喝一口热乎的，暖暖胸口。

这前不着村后不着店的，李怀信想挑都没得挑，再说，此刻有碗热汤面怎么都比啃又冷又硬的馒头强，他索性坐下来，要了两碗阳春面。

一早拽他袖子："我也可以吃的。"

李怀信从她手里抽出袖子："你吃了也是浪费。"

一早不乐意，虽然她可以不吃东西，但也免不了嘴馋："一碗阳春面才几文钱。”

老板听见了，笑道：“两文钱。”

李怀信经历过一段穷困潦倒的日子，同贞白窝在一间房里，一日一碗清粥，吃不饱，又寄人篱下，还差点贞节不保，别提多糟心了。想当初，他在宫里、在太行可是极尽铺张，甚至拿过翡翠、玛瑙贴地板，找匠人把玉石磨圆了，嵌在地面，光脚踩上去，按摩足底穴，冰冰凉凉的，别提多舒服了。那时的他，何尝把钱放在眼里？如今漂泊在外，不得已落了俗，对钱财也看重起来，连花两文钱给一早多买碗阳春面都舍不得，沦落到如此境地，他不由得悲从中来：人总是会变的。

可他怎么就变成这样了呢？这样吝啬、抠搜！不就两个铜板嘛……想到此，他思路又是一转，两个铜板也是钱啊，虽然他们在樊家赚了包银子，但一路上要三个人分着花，就必须节衣缩食。李怀信自小含着金汤匙长大，过惯了锦衣玉食的日子，走哪儿都想吃好的住好的穿好的，实在不愿再委屈自己，就只好克扣这只小鬼了，毕竟贞白那个大的，他多少得有所顾虑，谁让人本事大呢，三番五次欺到他身上来了，他都没敢反抗得太激烈。

李怀信思来想去，憋了一肚子窝囊气。

等老板端上阳春面，他盯着面前两只豁口的碗，脸都绿了：“阳春面为什么没有葱？”

老板笑呵呵：“天儿太冷，土地都冻上了，不长葱啦。”

没有葱还做什么阳春面，清汤白水的，连一滴油星子都看不见。

“您慢用。”老板笑呵呵说完，便转身招呼其他客人去了。

李怀信又开始犯头疼了，他揉了揉眉心，垂眸盯着那豁口碗，心想：这日子没法过了！

此时，邻桌一名男子问起：“这儿离广陵还有多远？”

老板提着茶壶给他斟满一杯：“不到十里地，几位也是去太行吗？”

男子摇头：“不是，进城探亲。”

听老板那意思，李怀信忍不住问：“最近很多人去太行吗？”

“可不嘛。”老板笑呵呵道，“陆陆续续已经有好几拨名门弟子，去太行送拜帖呢。”

李怀信和冯天下山之前，没听说太行今年要举办什么问道论剑的大会，他眸子一沉，问："发生了什么事吗？"

"我听他们吃茶的时候聊起，好像说什么天师出关了，要去拜会。"

李怀信一愣，师祖竟然出关了，毫无征兆地提前了三年，难不成太行已经知道了长平乱葬岗的事？

他正揣测间，突然电闪雷鸣，疾风骤雨，雨水穿过头顶那块千疮百孔的草席，直直地落了下来。

"哎哟，这雨怎么说下就下，客官们，赶紧到那棵大树底下躲躲吧。"老板喊了一嗓子，和大伙儿纷纷往前头的大树底下冲。

李怀信抬手挡在头顶，没跑出两步，一回头就见贞白站在疾风骤雨里岿然不动，雷鸣再次炸响，她蓦地退了退，仰望天际，防御似的，露了怯。

李怀信驻足望着她，想起乱葬岗里追着她劈的天雷，想必是落下了后遗症，怕了。他有些惊奇，面对山崩地裂和七绝阵都毫无畏惧的人，居然害怕打雷下雨。

一早抱着冯天的骨灰坛，朝他们喊道："你们站在雨里干什么，还不过来避一避？"

虽然树底下也在漏雨，但多少能挡住一些，好过直接变落汤鸡。

贞白置若罔闻，她警惕地握紧剑柄，在第三声雷响时，瞬移到了三丈之外。

李怀信刚说出个"你"字，就见她已经闪开了。

一早愣了一下："什么情况？"紧接着又见李怀信追了过去，她瞪着两个在雨中远去的身影大喊，"你们去哪儿？！"

老板张大嘴眺望，感叹道："这是武林高手啊。"冷不防一滴雨水落进了眼里，他倏地闭起眼，抬手拿袖子擦掉，又眨了眨眼，道，"找地方避雨去了吧，毕竟这大树底下也漏雨啊。丫头，那是你爹娘吧，咋把你给撇下了？"

一早翻了个白眼儿："可拉倒吧，我能有这么不长心的爹娘吗？！"再说了，她一路上积极主动地把冯天的骨灰坛搂在怀里，图什么呀，就图搂着个坛子心安。好比现在，这俩人不知道抽什么风，招呼都不打便撒丫子跑了，她也不怕他们真的会撇下自己，否则她就把冯天的骨灰撒粪坑里去。

老板惊讶道："啊，那他们是你什么人？"

"什么人都不是。"

老板神色一肃："你不会是被他们拐带出来的吧？你家住哪儿啊？你爹

娘呢？”

一早“扑哧”一笑，几滴雨水透过密密匝匝的树叶缝隙落下来，她肩膀微微一侧，避开了：“大叔，你说反啦。”

“什么反啦？”

“你看那男的，是不是衣冠楚楚，特别打眼？”

老板点点头：“确实贵气，像大户人家的公子。”然后蓦地反应过来，惊讶得不行，“哎呀，你小小年纪的……”

一早咯咯笑起来，开始胡说八道：“我有个姐姐，还没出阁，把他拐回去，正好凑一对儿。”

老板有些纳闷，指着茫茫的雨幕：“他俩不就是一对儿吗？”

眼看这雷雨一时半会儿停不了，一早有一搭没一搭地跟老板扯闲篇儿：“他俩？八字还没一撇哪！”

又一道雷电，破空劈下，闪在云层里，响在风雨中。

贞白速度奇快，像旋风一样，在山林间呼啸而过，东躲西藏，好像背后有道雷电穷追不舍，她停在哪儿，雷电就会劈到哪儿。

李怀信铆足了劲儿，被滂沱大雨浇了个透湿，好不容易才追上她，死死拽住她的胳膊：“你躲什么，这不是天雷！”

她似乎颤抖了一下，猛地刹住脚步，久久僵立，在稀里哗啦的雨声中，含糊不清地开了口：“七七四十九道天雷，我才挨过十六道。”

李怀信蓦地一怔：“什么？”

“还没完！”她说，“因为眉心这道镇灵符，我才侥幸躲过了天罚，一旦……”一旦揭去了封印，七七四十九道天雷，一道都少不了。

李怀信不是没有听说过，一个祸世的妖魔邪祟，一旦出现在世上，必遭天谴，但也只是听说，他还以为那只是个传说。直到现在，他才突然反应过来，长平乱葬岗天降玄雷，劈的就是贞白。而这么大的事，太行怎么可能毫不知情，所以他的师祖流云天师才会不等闭关期满就提前出了关。

事态可能比他想象的还要严峻，然而他和这个人相处久了，突然生出了点儿袒护的意思。一开始，他也笃定她是个为祸人间的邪祟，抱着除掉她的决心，忍辱负重；然后她救了他，还不止一次，他的内心开始动摇了。起码现在这一刻，他拉着她，站在滂沱雨幕里，有些于心不忍。他把这种心软归结为同情，毕竟她变成这样，也是因为那个作孽的布阵之人，她不明不白地被钉在乱葬岗十年，好不容易才生存下来，却变成个不人不鬼的玩意儿，还要遭雷劈，实在可怜得很。

视线被雨水迷住，寒气入骨，李怀信冻得牙齿打战："太冷了，找地方避一避吧。"

皮裘吸饱了水，搭在肩头异常沉重，他正打算抬手去解，又开始打雷，他的手条件反射地抓住了贞白，以免她又满山遍野地乱窜，他实在追不上。

贞白惨白着脸在雷鸣下僵立了片刻，直到轰隆声过去，那道雷并未劈在她身上，她才轻声开口："那边有个山洞。"

山洞低矮，人无法直行，两人躬身走进去，空间狭窄，显得很拥挤。李怀信靠着凹凸不平的石壁坐下，把湿淋淋的皮裘扔到一边，又把背上的剑匣解下，让它靠在角落。他抹了把脸上的雨水，睫毛湿漉漉地粘在一起，低低垂着，五根手指被冻得通红，他说想烤火，贞白去捡了些枯枝进来，但枯枝全都被雨淋过，她蹲在地上弄了半天都没引燃。

李怀信咬紧牙关，以免自己哆嗦。他在怀里掏了掏，掏出几张火符，却全都湿了，废了。他糟心地把它们扔到一边，看向贞白，有点怨她。

他说："我冷。"

仅剩一盏青灯，是卷在最里头的一张火符化成的，还没有湿透，只燃着一簇豆大的火苗，贞白靠过去，小心翼翼地拢给李怀信，不过是一指的温度，压根儿起不了作用。

李怀信狠狠地打了个喷嚏，盯着那簇火苗，把自己蜷成一团。

已经不打雷了，但雨还在下，落珠似的，噼里啪啦，响个没完。

贞白退到一边，合上眼，盘腿打坐。

太糟心了，李怀信想，他裹着湿淋淋的袍子，伸出手去拢那簇微弱的火苗。火苗烤着掌心，一跳一跳的，无奈太微弱了，热度不足。他冷得够呛，靴筒里面积了水，双足冰凉，他干脆蹬了，赤脚踩在地上。足背精瘦，白里透红。白是珍珠白，红是冻疮。他生平第一次长冻疮，还是从枣林村落水那日开始的，这几根白净的脚趾上触目惊心的红，全都是他遭的罪。

不知过了多久，迷迷糊糊间，他感觉浑身都麻了，睁开一条眼缝，见那女冠还在一动不动地盘腿打坐，像一尊雕塑，不怕冷似的。他再度蜷缩起来，又困又乏，洞口呼呼地往里灌着寒风，冻得他直哆嗦。

贞白一点点调动体内那股怨煞之气去撞体内那道封印，在可控范围内，以阴冲阳，镇灵符随之弹压，二者相撞，阳火立即压阴，火一般炙烤着她的四肢百骸，令她血肉滚烫，烘干身上湿寒的衣袍。她睁开眼，见李怀信蜷缩着，脸色苍白，嘴唇青紫，脚边的青灯已灭，化成一堆符灰，被寒风卷走了。

她靠过去，伸出一只滚烫的手，握住他冰寒彻骨的手腕。

李怀信狠狠打了个抖，猛地睁开眼，正对上贞白的眼睛。在昏暗的洞穴内，那眸子又黑又深，像一口井，望不见底。

她离得那么近，越来越近，然后欺身压了过来。他想推，但是手被冻僵了，而她又烫得灼人，像寒室里的一个火炉，暖烘烘地烤着他。这种温暖令人无法抵御，如果他不想被冻死的话。

“下雪了。”她说，不温不火的三个字，绕在耳边，带着致命的吸引，“雨后初雪。”

李怀信彻底放弃抵抗，如饥似渴地贴上去，汲取那一身滚烫，然后伸出腿，钩着她的，蜷起脚趾，焦灼地蹭。贞白被他胡乱缠着，刚要开口，靴子就被蹬掉了，他的两只脚冰块儿似的贴到了她的足心。

他吐出一口寒气，手脚并用地将她缠紧，心里想着，相互取暖罢了。其实是他单方面取暖，他整个人混混沌沌的，心里还有点纳闷儿，她怎么这么烫，烫得他不要脸地往上贴，隔着衣服搂成一团。

太难堪了，待体温渐渐回暖，李怀信衣冠不整地从贞白身上爬起来。方才发生的一切，他简直不堪回首，实在是太丢脸了。

李怀信整理着被体温烤干的衣衫，无意间瞄见贞白在穿鞋，细细的脚踝下，一双纤细冷白的玉足，正踩进靴筒里。只一眼，就让他臊红了脸。他忍不住想起方才自己不知廉耻去钩她的腿，蹬她的鞋，贴着她的足心，又一个劲儿地往上蹭，蹭到她两条小腿间，钻进她并拢的腿缝里，为了让脚心脚背都能取暖。当时依稀还听到她说了一句：“你别缠这么紧。”

此时的李怀信感觉自己颜面无存，这回他不怪谁，就怪自个儿，估计当时脑子是冻坏了。

第六十一章 偶遇商队

雨后初雪，雪下得不大，细密得像沙，落地即融，被雨水渗透的泥地格外湿滑，一踩一个泥印子，湿泥沾在靴底，脏得不行。李怀信心想，即便如此也得尽快赶路进城，天色已晚，又一直飘雪，没有干柴生火，人容易冻傻，傻了就不管不顾，对一个觊觎自己已久的女人投怀送抱，一想到这居然是自己干出来的事儿，他就暗自咬牙，太不争气了！

两人返回去接一早，这丫头正仰躺在大树杈中间，把骨灰坛搁在肚皮上，一条腿屈着，一条腿悬下来，轻微地晃荡着。她没有冷热的感官，只套一件薄薄的青衫，百无聊赖地用肚皮颠着骨灰坛，一上一下。

李怀信顿时黑了脸，怕坛子给她肚子颠翻了："什么都敢拿来玩儿！"

一早闻声搂住了骨灰坛，撑起小身板，吐掉了嘴里衔着的树叶："上哪儿去了你们，现在才回来？"

闻言，李怀信没来由地心虚："避雨。"

一早撑着树干跳下来，那么高，却稳稳落地："雨早停了，一直在飘雪，人都走光了，让我等半天。"

李怀信更心虚了，好像做了什么见不得人的事情。他总不能说避雪吧，现在还飘着呢，便道："远了点儿。"

一早走到他面前，似乎无意地抱怨了句："也不带我！"

她也淋湿了，衣服还没干透，后来雨势太大，树叶根本挡不住，她被直接淋成了落汤鸡。然后开始降温，下雪，寒风呼呼地刮，她湿漉漉的眉毛、头发上都结了霜。此刻她胡乱拍了拍头发上的霜，看着干干爽爽的两个人，想必他们方才是寻了什么好地方躲着呢，有点儿郁闷："都不知道同甘共苦。"

李怀信觉得好笑，弹她脑门儿："谁跟你同甘共苦！想得倒美，赶路！"

一早凑近他，又问："你俩到底上哪儿了？连招呼都不打，撇下我一个人，像话吗！我们现在怎么也算是队友了，是一伙儿的……"

"谁跟你一伙儿的，别往自己脸上贴金。"李怀信吓唬她，"再啰里啰唆，我把你就地埋了，好让你入土为安。"

一早冷哼一声，插到他和贞白中间："你这人忒不地道。"

李怀信假装叹气道："还是埋了吧，比苍蝇还招人烦。"

一早噤声了，她感觉李怀信就是披了张迷惑人的皮囊，徒有其表，其实里头一肚子坏水，脾气又差，唯我独尊，毫无气度，无论男女老幼，但凡跟他过不去的，逮谁欺负谁，就不是个君子。他身上就没什么优点，除了好看……算了，她不跟好看的人计较。

这时，身后响起了马车的声音，车轱辘碾过积水，浩浩荡荡驶了过来，把泥地碾出一道道深浅不一的轮辙。见马蹄即将踏进积水坑，李怀信手疾眼快地伸出手，提溜起冯天的骨灰坛，猛地把一早推了出去。

一早完全没反应过来，就被溅了满身泥浆，一个踉跄摔倒在马蹄下。赶马车的人即刻勒紧缰绳，却已来不及。马前蹄猛地扬起，下一刻就要踏到她身上——她迅速在泥浆里打了几个滚，惊险地避开了践踏，脏兮兮地爬起来，出离愤怒："李怀信，我跟你拼了……"

她刚要找李怀信拼命，那人从马背上跳下来，拦住了她，急切地问："孩子，你没事儿吧？"

一早闷头撞到那人身上，差点又摔倒，被对方扶着肩膀稳住了，关切地问道："有没有受伤啊？"

李怀信这个罪魁祸首走过来，猫哭耗子："哎，怎么这么不当心？都说了天黑路滑，慢点儿走，你还横冲直撞的，惊了人家的马，差点儿小命不保。"

一早眼见这货睁眼说瞎话，气不打一处来，明明是他把自己推出去的，却跑过来恶人先告状。随后，又见他和那个汉子客套了几句，就成功地蹭上了人家的顺风车，太无耻了。敢情为了蹭车进城，直接把她豁出去了，一早咬牙切齿道："你就不能好好说，让他们行个方便？！"

"这荒郊野外，黑灯瞎火的，不用点儿苦肉计，这种商队往往会以为咱们要拦路打劫，不可能停下来搭乘的。"李怀信说，"太冷了，实在不想走路。"

他皮裘湿了，没法穿，身上的衣服不御寒。

一早恨得牙痒痒，她甩掉胳膊上的泥，把脏兮兮的青衫脱下来，卷了卷，只穿着里面一件白色里衣，愤愤道："你这样，跟打劫也差不离。"

"别抬杠。"看在她完成了利用价值，又被自己搞得这么狼狈的分儿上，李怀信不打算继续欺负她，催促道，"上马车，进城洗洗，给你买糖葫芦。"

"不稀罕。"一早揭开车帘，一股淡淡的清香扑鼻而来，只见里面端坐着一名男子，青衫素袍，眉清目秀。那名驭马的汉子走过来，叫他"长安"，笑着说："挤一下。"

顾长安则挪到车厢最里头，腾出位子，冲进来的三人点点头，算是打过招呼了。

一早把脏衣服扔到脚下，往位子底下踢了踢，打算等进城之后再拿出来清洗。顾长安看着她一张花猫脸，从怀里掏出一条手帕，天青色，左下角绣着三片竹叶，以葱白的手指握着，递了过去："刚才是你摔了吗？擦擦脸。"

一早回过头，笑眯眯地接过手帕，换了副乖巧的模样："谢谢哥哥。"

顾长安也笑了，斯斯文文的模样，像个书生。他摆摆手，道："不用谢。"

一早胡乱擦了把脸，手帕很快就被擦脏了，她拢到鼻前闻，突然说："好香啊！"

一早小狗似的嗅了嗅，又朝顾长安伸长了脖子，鼻尖差点碰到他身上。顾长安本能地向后靠，背贴着车壁，想躲。一早身子前倾，撑着坐垫仰起脸，笑弯了眼睛："你也好香啊！"

顾长安怔了怔，抿着嘴角，矜持地笑了。

李怀信拽着她领子，把人拽了回来："你是小狗吗？"

一早挣开他，又往顾长安身前凑，好奇地问："你擦了香粉吗？"

李怀信觉得这丫头太自来熟。

顾长安却温和地答道："没有，我是制香师，每天泡在香料里，熏了一身。"

一早看着他笑，嘴巴矜持地抿着，恬静又温柔，她问："制什么香？"

“香丸、香粉、香篆、香膏等，什么都做。”说着，他伸手点了点一早的额头和下巴，“这儿还脏。”

一早赶紧拿帕子擦，正要开口，却被李怀信拖了过去，扳正她的肩膀，夺过她手里的帕子，她欲挣扎：“干吗？”

“别动。”李怀信摁住她，长指挑起她下巴，用手帕擦她脸上被溅到的污泥。

一早愣住了，心里说不上的怪，打个巴掌给颗甜枣，说不上算不算好心。

李怀信一点点帮她把脸擦干净了，无意地搭话道：“原来你们做香料生意的啊，押这么多货，可是桩大买卖。”

顾长安连忙摆手：“这支商队从边境过来，运的都是草原上最好的皮货，辗转大江南北，也把中原的胭脂香粉带到边境去卖，因此与我有过几次合作。方才那位，就是他们的头儿，姓严，名无忌，虽然是个商人，但行走江湖，格外英勇豪气。他在我这儿订了一批香粉，材料中的琼花需到广陵采购，所以我就随着商队一道来了。”

李怀信仔细擦着一早的额头，点点头：“原来如此。”

顾长安问：“你们也是到广陵吗？”

李怀信只说了句“不是”，并未具体说自己的行程。顾长安格外识趣，见对方不愿透露，也不多做打听。他见一早甚是可爱，被李怀信擦着脏兮兮的小脸，模样憨憨的，便艳羡地说了句：“你女儿真可爱。”

李怀信顿了一下，才反应过来：“不是我女儿。”

“啊？”顾长安觉得冒昧了，“公子看着年轻，确实……”他又瞥了眼一直沉默不语的贞白，像是在斟酌用词。

李怀信抬眼，生怕再闹出更大的误会，顺嘴就编：“她父母早亡，临终前跟我托孤。”

闻言，顾长安突然不说话了，看向一早的目光里多了几分心疼，不知被勾起了什么回忆，悄然出了神，眉眼间染上了一抹哀愁。

十里地并不远，马车没多久便进了城。大家都要打尖住店，干脆就住进同一家客栈。下了马车，他们才发现顾长安的左腿下力很轻，走路的时候有些跛。

一早童言无忌，顶着张人畜无害的脸扮天真：“哥哥，脚崴了吗？”

“啊。”顾长安笑了笑，对她分外温和，“旧疾。”

姓严的头儿下了马，再次过来致歉，他见一早穿着单衣，而商队里又没有小女娃的服饰，便选了张上好的狐皮，说算是给一早的赔偿。他给一早严严实实地裹上狐皮，生怕她冻着了。

一早脆生生地道了谢，跟着大家往客栈里走。

客栈一下子拥进去很多人，摩肩接踵的。进门的时候，李怀信的手背不小心蹭过贞白的手背，被烫得一激灵。他突然意识到有些不对劲，贞白身上阴气重，所以向来体温低，有时候就像一块冰坨子，只有在枣林村那次，因为遭受镇灵符焚噬，她的身体才会烫得跟火烧一样。

意识到这点，李怀信皱起眉，堵在了门口，低沉道："贞白，你出来一下。"

屋里人多嘈杂，不方便说话。贞白转身，跟他走到院外，押货的商贩陆陆续续进去，把货箱和马车分别停在内院的两侧，各占据一大半，只留出中间一条过道，方便人进出。

雪下大了，鹅毛一般，李怀信站在一棵梅树下，开门见山道："你身上这么烫，怎么回事？"

贞白据实交代："冲了封印。"

"这一路都好好的，怎么会冲了封印？"

贞白是个老实人，答道："在山洞里没办法生火，你说冷。"

李怀信愣住，他其实已经隐隐料到，可听贞白毫无掩饰地说出来，还是一副理所当然的表情，感觉就像有一只手在他心上最柔软的地方掐了一把，他忍不住说："我说冷，你就去冲封印，阳火烧阴，你不难受吗？"

"我受得住。"她说，"怕你受不住。"

"你……"这也太直白了，李怀信一时被噎得说不出话来。他想说点什么，见她一脸赤诚，又怕伤到她，所以他欲言又止了半天，终究不落忍，心想：还是算了吧，看在她为了自己受罪的分儿上。最后他什么都没说就进了屋。

到了吃饭时间，热腾腾的肉汤下肚，寒气蚀骨的身子也暖了起来。吃过饭，李怀信吩咐店家给他送一桶热水，便心事重重地回了房间。

贞白和一早一间房，而冯天在铜钱里养得精神饱满，到了子夜，就飘到了李怀信的房间。

冯天许是在铜钱里闷坏了，出来就一直磨叽个没完，见李怀信爱搭不理的样子，他凑近了问："怎么了？看起来心事重重的。"

李怀信脱了外衫，搭在椅背上，听冯天这一问，内心突然纠结起来。他垂下头，躬身撑着椅子扶手，想起刚才在客栈外，她那么直白的表白，说："她今天跟我挑明了。"

没头没尾的一句，冯天没听明白："什么？"

"对我的心思。"

"啊？"

"我没有拒绝。"

"啥？"

"没忍心。"

"不是，她什么心思就挑明了，你没拒绝？没忍心？什么玩意儿？"冯天好像听懂了，又好像没听懂，鸡皮疙瘩都起来了，忍不住想问得更清楚。

李怀信沉声道："今天下了一场雨，我们都淋湿了，躲到了山洞里。我特别冷，没有干柴，生不了火，她为了……给我送温暖，不惜被阳火焚噬，做到这份儿上，我若是再拒绝她，就太不近人情了。"

李怀信思来想去，又有些后悔："我应该狠心一点的。"

冯天似乎从他的只言片语里捕捉到什么了不得的信息，抓住重点问："生不了火，是怎么……给你送的温暖？"

李怀信手掌抵住额头，懊丧极了，没脸见人似的，抹了把脸："她抱着我。"嗓子有些哑，像受了委屈。

冯天全身僵直地站在那儿，目瞪口呆，说话都磕巴了："然……然……然后呢？"

李怀信没说话，却红了脸。

冯天下巴都惊掉了，紧张得语无伦次："不是，怀……怀信，你那个，你先别脸红，她……她还对你干吗了？"

李怀信感觉难以启齿。

"是不是强迫你了？！你跟我说，虽然咱们现在打不过她，等回到太行，我让掌教修理她！"冯天情绪有些激动，之前李怀信就说过那女魔头对他有企图，冯天当时压根儿没信，还觉得是李怀信这厮自作多情，不料才两日工夫，情况就一发不可收拾。

冯天很懊恼，李怀信长得那么招人，那女魔头对其有所企图也是必然的，他怎么能这么疏忽大意，让小人得逞，他若能机警一些，一直守着李怀信，说不定……说不定也守不住，毕竟那女魔头本事滔天，想占个男人，还不是手到擒来、易如反掌的事儿。就是可怜了他们怀信，天之骄子，从小心高气傲，历来都是窝里最横的那个，哪受过这么大的耻辱。

这头，李怀信脑子一个急转弯，反应过来冯天想歪了，顿时火冒三丈，冲冯天脑门一扇，扇了股冷风，骂道："我说她给我送温暖，表白！就这些……你想什么呢！豆渣脑子吗！真脏！"

冯天："……"这家伙怎么没真给糟蹋了！

第六十二章 夜半出行

咚咚两声敲门声过后，店小二在门外道：“公子，您要的热水。”

“进来。”

门吱呀一声被推开，店小二抱着刷干净的浴桶走进来，把浴桶放到屏风后面，又跑了两三趟提进来几桶热水，呼哧呼哧忙活完，才关门离开。

李怀信绕到屏风后，宽衣解带，拔掉发簪，摘了银冠，散着发迈进浴桶。热水很烫，没及肩头，浸泡着他受过寒气的身体，舒筋活血。浴桶中升起腾腾热气，如同薄雾，缭绕在屋里。

李怀信枕着浴桶的边沿，舒服地合上眼，脑子里忽地闪过一个场景：一具滚烫的肉体，比热水还烫，在酷寒之中压过来，抱住他……

“出了广陵，再往东六十里……”

冯天在说话，隔着屏风，李怀信听不太清楚，他整个人滑下去，任热水没过头顶，然后脑子里的画面一转：在水底，一张唇贴过来，给他渡了一口气——他呼吸一紧，闷住了似的，突然急喘了一口，却被热水呛了口鼻，他猛地蹿起来，把住桶沿剧烈地咳嗽，水花四溅。

冯天被这突如其来的动静吓住了，游魂穿过屏风：“怎么回事，洗个澡都把你给呛着了？”

李怀信喘着粗气，皮肤被蒸得绯红，他抹了把脸上的水，把头发捋到脑后，坐在热气缭绕的浴桶中，冲冯天一挥手："一边儿去。"

冯天翻了个白眼儿："大老爷们儿，又不是没看过。"说着，还是飘到了屏风另一侧。

许是泡久了，李怀信感觉有些燥热，脸颊红彤彤的，他问："你刚才说什么？"

"我说又不是没看过，以前我还给你搓背呢……"

"不是。"李怀信道，"你刚刚说出了广陵，往东什么？"

"敢情你洗个澡不仅被呛到，还去神游了啊？我说，出了广陵，往东六十里，就到东桃村了，到我家了。哎，你差不多得了，赶紧起来，别一会儿把自己淹死在桶里，我现在这样可救不了你。"

"就六十里了吗？"李怀信靠着浴桶，闭了闭眼，脱力了似的，有气无力地说，"冯天。"

"嗯？"

"我怎么跟你父母交代啊？！"

冯天蓦地沉默了。

李怀信睁开眼，目光空洞地望着屋顶。他说："我有点怕……"怕见二老伤心，毕竟是白发人送黑发人。

冯天突然开口："你记住，我的死跟你没半点儿关系。"

李怀信蓦地坐直了。

冯天沉声道："所以你不要大包大揽，上门就自责赔罪什么的。当初是我性子野，非要跟着你下山。其实，进乱葬岗之前我就算过了，此行凶多吉少，而且是，你吉我凶。"

李怀信猛地站起来："你从来都没算准过！"

"卦象显示我大限将至，我也隐隐有种预感，这次是真的准。"

一阵水花四溅，李怀信出浴披衣。砰的一声，他一脚踹倒了屏风，指着冯天，怒道："你当时不是这么说的！"

"如果我这么说了，就算你不信，也肯定会一个人进去。"

李怀信怒不可遏，随手拎了个装皂角的托盘，狠狠朝冯天砸了过去，托盘穿过冯天的魂体，哐当落地。

冯天不闪不避，知道这些玩意儿伤不着自己，干脆让对方泄泄气："我是真怕你上火，况且，我也不信自己会时来运转，突然就算准了一卦。"

李怀信感觉有团火在胸口燃烧，捞起案上的香炉又砸过去："你都把自己算死了还说是时来运转！你是傻子吗？！"

冯天刚躲开香炉，冷不防又被一只茶盅穿过身体，接着是茶碗、花瓶……乒乒乓乓地碎了满地。

"你差不多行了，这大晚上的大发雷霆，你又打不着我，别打扰了其他人。"

李怀信一声怒吼："冯小天！"

"哎。"冯天几乎是条件反射地应声回头，却见一张朱砂符气势汹汹地飞了过来，他神色大变，"我去，你来真的啊。"然后他猛地一蹿，直接穿墙而过，那张符纸贴在了墙壁上。

一场虚惊。冯天拍了拍胸口，心有余悸："没轻没重的家伙，得亏我溜得快。"

穿到了隔壁房间的他，扭过头看了眼屋里正披衣起床的男子。男子许是被隔壁的动静吵醒了，穿上鞋，趿着脚走到墙边站了会儿，没再听见任何响动，便又回到床前，刚准备脱鞋，突然房门被叩响了。

顾长安抬起头："谁？"

"是我。"

冯天打了个激灵，这祖宗气还没撒完，居然追过来了。

顾长安趿着脚去开门："李公子，这么晚了，有什么事？"

"叨扰了。"李怀信目光扫进屋，果然瞥见蹲在墙根处的冯天，他说，"实在睡不着，便想过来问问，你这儿有没有什么安神香可以助眠？"

"啊，有。你稍等，我去拿。"顾长安转身进屋，从包袱里翻出一支线香。

李怀信立在门口，用口型对冯天命令道："回去！"随即一脸从容地接过顾长安递来的线香，道："多谢。"

"不客气。那什么，我刚才听你屋里有动静，没出什么事儿吧？"

李怀信扫冯天一眼，皮笑肉不笑道："有一只老鼠，让我给打跑了。"

冯天气鼓鼓地瞪他：你丫才老鼠！

"这客栈里还有老鼠吗？"

"可不。"李怀信道，"多谢你的安神香，就不打扰你休息了。"

李怀信走后，顾长安却并未休息，他从木架上取下披风，深一脚浅一脚地出了门。冯天纳闷儿："这人深更半夜上哪儿去？"

冯天稍作犹豫，便跟了上去，闲来无事散散步，也好过去李怀信那里受气。

外面还在飘雪，地上已铺了一层不薄的积雪，到处银装素裹。顾长安提了盏灯笼，慢慢地在空旷的街道上走着。

两旁的门店早已打烊就寝，夜半时分街上静得可怕，脚下咯吱咯吱的踏雪声，在万籁俱寂的深夜里听来尤其清晰。

这条路很长，像夜那么长。顾长安走了很久很久，终于在一处大宅门前驻足。他抬头仰望门上方刻着"贺宅"的匾额，整个人僵立不动，像个孤单的影子，融入这茫茫雪夜中。

他脸上的神色太复杂了，冯天有点看不懂。就在冯天以为他要在这儿站到地老天荒的时候，忽然见他疾步向前，奔上台阶，重重地叩门，很是急躁。

许久，大门打开了一条缝，里头的人似乎刚从温暖的被窝里爬起来，身上披了件厚厚的棉袄，打着哈欠往外瞅。风雪从门缝里灌进去，冻得那人一哆嗦，顿时清醒了几分，语气不快地问道："谁啊？"

"请问……"顾长安极力捺下那股焦急，"请问这里是唐家吗？"

见对方认错了门儿，门房当即垮了脸："找错了。"

随即便要关门。顾长安连忙伸手抵住："这里不是唐温言唐老爷的家宅吗？"

门房不耐烦道："什么唐老爷，这里的老爷姓贺，你搞错了。"

"不是，这儿明明……"

没等他把话说完，大门便砰的一声被关上了。

顾长安猛地后退半步，整个人蒙了似的，瞪着那扇朱红色大门，就这么不知所措地枯站了一宿。

冯天不至于跟着他傻站，自顾自地飘回了客栈，在李怀信的房门外犹豫了半天，没敢进屋，只好鬼鬼祟祟地绕到另一边，化为一缕青烟，自以为神不知鬼不觉地从门缝里飘进去，钻进了桌上那串五帝钱里。

贞白猛地睁开眼，往桌上一瞥，又若无其事地闭上眼。

翌日，是个阴天，鹅毛大雪下了整整一宿，大地、屋顶上积了厚厚一层雪。

清晨，商队多数人还蜷在温暖的被窝里，便有人一间一间挨着敲门，催大家动作快些，收拾完立刻启程。李怀信也被吵醒了，他洗漱完下楼的时候商队的人已经清点完货物，正陆陆续续往外走。

店小二在院子里扫雪，只见那个姓严的头儿进进出出好几趟，又去跟店家打听着什么，店家摇了摇头，道："你们这么多人，我不知道你说的是谁。"

"就是那位穿青衫的，走路有些跛，长得很清秀，斯斯文文的，大概这么高。"他比了一下到眉骨的位置，问，"有没有看见他出去？"

店家仔细想了想："没有。"

"房里也没人，上哪儿去了？"

冯天正好跟贞白、一早在大厅，闻言，立刻想起来："哎，这人我看到过，昨儿个半夜他自己出去了，居然还没回来。"

一早看向他："你确定？"

冯天点头，穿青衫，走路有些跛，不就是冯天隔壁屋那人吗。他肯定道："当然确定，我当时还觉得奇怪，当时外边儿下着大雪，又是半夜，所以跟了他一路，见他兜兜转转地绕了大半个城，在西街敲了一户贺姓宅子的大门，好像说要找什么唐老爷，没找着，就跟人屋檐底下傻站着了。"

一早站起来，冲姓严的头儿招呼道："我看见啦，那位哥哥昨天半夜就出去了。"

姓严的头儿走过来："半夜出去的？知不知道他去了哪里？"

一早耸了耸肩，毕竟顾长安深更半夜独自出去，是被冯天这只游魂窥见的，具体行踪她总不能一五一十地说出来，这样别人肯定会怀疑她在跟踪。她意有所指地说："可能去找他的亲戚朋友了吧。"

严无忌隐约想起来，路上似乎听顾长安无意间提起过，他有个旧识在广陵，叫什么来着？这会儿他怎么也想不起来了，顾长安似乎说过那人的名字，又似乎没说过，寥寥两句便带过了，他也就没放在心上。

当时他还顺嘴搭了句腔："邀出来喝两杯不？"

顾长安抿着唇，缓缓地摇了摇头："就不去打扰人家了。"

千里迢迢而来，却连邀杯酒都怕打扰对方，可见两人着实谈不上有甚交情。可如今他怎么又去找对方了呢？还是半夜去的！

严无忌正琢磨间，顾长安回来了，一身风雪，脸色煞白，嘴唇青紫。

"长安，正找你呢，上哪儿去了？我们马上要启程，想着先跟你道别……"严无忌上前拽了他一下，手心却感觉像摸了把冰块。顾长安整个人似乎都被冻凝住了，浑身冒着冷气，双目呆滞，丢了魂儿似的。

严无忌吓了一跳："长安！"

第六十三章 广陵旧事

冯天盯着他失魂落魄的样子，揣测道：“这是……受什么刺激了吧？”

顾长安的眼珠子迟疑地动了动，许久才好像认清了面前的人，张了张嘴：“严……”一开口，嗓子嘶哑得不像样。

严无忌拍掉他身上的雪，赶紧把他往里扶，扶到贞白那一桌坐下：“怎么了，出去一趟搞成这副样子？”

正好挤到冯天飘着的位置上，冯天只好往旁边挪了挪，结果李怀信也过来坐下了，他就被赶到了一早边上。

严无忌提起茶壶倒了杯热茶，递给顾长安：“喝口热茶。”

顾长安接过，手指头冻僵了，握了几次才拿稳，哆嗦着往嘴边送，杯中的茶被抖出来一半，溅湿了他身上的披风。严无忌看不下去了，接过茶杯送到他嘴边：“你不是去见朋友了吗？怎么搞成这样？”

顾长安正就着他的手喝水，闻言一呛，咳嗽不停。

严无忌给他拍背：“你慢点儿。”

顾长安仰起头：“你怎么知道？”

严无忌指了指一早：“这丫头说昨晚看见你出去了，估计是去见亲戚朋友，我记得你说有个朋友在广陵。”

一早弯起眼睛，笑眯眯地回望他们。

“怎么？”严无忌问，“你俩是在雪地里叙了一晚上旧吗，都冻透了。”

顾长安抿了抿唇，他说：“没见着。”突然，鼻子一酸，就红了眼睛，他连忙低下头，怕被人看出来。

严无忌：“为什么？”

为什么？因为他等了一夜，在清晨第一家早餐铺支摊儿的时候便上前打听。那老板一家在广陵卖了几代油饼，听他问起唐家，有些诧异：“哎哟，十几年前就搬走了吧。”

“十几年前就搬走了？”顾长安诧异道，“搬去了哪里？”

“这我就不知道了。”老板说，“唐家后来没落啦，他们家不是做药材生意的吗，据说有一批卖到军营的药全是假药，虽然吃不死人，但也治不好病，被官府查封了，药材通通没收。唐家因此欠了一大笔债，唐老爷还吃了官司，老夫人把田产房产全都变卖了，上下疏通，才把唐老爷的脑袋给保住。”

顾长安脸色蓦地变得煞白：“唐家怎么可能卖假药？！”

老板叹了口气：“可不是嘛，我也不相信啊，我们街坊几十年，了解唐老爷的为人，他是绝不会弄虚作假的。”

老板娘正往热锅里倒油，在旁边插话道：“很明显是有人栽赃陷害咯，还不是怪他那个混账儿子，没见过这么坑爹的，败家不说，还差点儿搭上他爹的命，真不是东西！”

顾长安整个人僵住：“怎……怎么回事？”

老板娘舀了勺面糊进油锅里，冷哼一声：“那混账东西，谁提起不骂？常言道，父母之命，媒妁之言，他倒好，家里给他定好的一门亲事，他死活要退。对方可是都护府上的千金，谁给他的胆子敢打都护的脸？要我说，这就是下场！倾家荡产还算是轻的！有些人得罪了权贵，那可是要家破人亡的。”

顾长安惊诧不已：“唐……唐家……退了婚？”

“可不嘛。”把油饼翻了个面儿，炸得金灿灿的，老板娘继续说，“不然怎么会弄成这样，那忤逆子哟。”

顾长安下意识地问：“为什么？为什么会退婚？”声音都在颤。

“谁知道他犯的哪门子病。”老板娘说，带着一股市井的尖酸，“唐家就这么一棵独苗，从小惯到大，惯得他无法无天的……这也就罢了，都长大成人了，也该成家立业了吧，那唐老爷还指望他给唐家传宗接代呢。结果好不容易定门亲，他却死活要退，成天跟一帮不着调的狐朋狗友搁外头疯，估计是怕成了亲被媳妇儿管束，毕竟那是都护府的千金，怠慢不得，也得罪不起。不过到底是为啥，谁知道呢。要死要活地闹了很长一段时间，听唐宅的家丁说，他爹都给他跪下了。哎哟，都闹到这份儿上了，老子给儿子磕头啊，简直闻所未闻，不然怎么说他混账，不是个东西呢。他爹给他跪，他也给他爹跪，父子俩对着，脑袋重重地往地上磕，不要命似的，谁都不愿意起来，听说俩人脑袋都磕破了，流了好多血，把一家子都吓坏了……真是作孽啊。”说到这儿，油饼炸好了，双面金黄，老板娘用筷子夹起来，在锅边沥油，又舀了一勺面糊放进去，“到最后，那小子指天发誓，说自己终身不娶……这种混账话都说得出口！他爹就说，这不是让唐家绝后吗，死活不同意。结果怎么着？那忤逆子遂不了心愿，给逼急了，居然出家当了和尚。这是铁了心是要让唐家绝后啊，没把他爹给活活气死！你说说，这混账东西他图啥啊？”

听到这儿，顾长安再也站不住，蹲到了地上，他捂着胸口，像有把钝刀在心上割，疼得要命。

老板手忙脚乱地跑过来扶，被他轻轻挣开了。他艰难地站起来，盯着地上刺眼的白雪，渐渐模糊了视线。

顾长安踉踉跄跄地往回走，头重脚轻，一路都感觉好像有人在他身后追，喊他：“长安！顾长安！”那声音撕心裂肺，“你回来！顾长安！你回来！你这个孬种！你敢撇下我！”然后似乎渐渐绝望，“长安，你回来……求求你了，回来……回来带我一起走，我跟你一起走。”

他猛地驻足，回过头去，空寂的街道，一个人都没有，除了白雪茫茫，什么都没有。

他回来了，在十三年后，却终究晚了。

顾长安自小没了爹，和母亲守着一间香铺相依为命。十五岁那年，他送走了病逝的母亲，早早地当了家。为了谋生，他不得不从私塾辞学，每日起早贪黑，制香营业。

记得那是去给书斋送香丸回来的路上，当时天色已晚，他在西街买了两个油饼，打算绕近路回去，结果刚走到巷子口的墙根边，突然天降大活人，把他砸了个四脚朝天。

顾长安瘦瘦小小一个人，被压在底下，眼冒金星。

那人爬起来："哎，小子，没事儿吧？"

顾长安艰难地抬起手，两条胳膊蹭破了点儿皮。

那人问："压没压坏？"

顾长安摆了摆手，忍痛撑起身，去捡滚进草地里的油饼，然而那油饼已沾了泥屑，不能吃了。

"我赔你两个吧，哎，小子，你胳膊破了。"说着，那人就来拽他胳膊。

顾长安痛得"嘶"了一声，只听围墙里头一声咆哮："唐季年，这兔崽子又跑了！你们怎么看的人，马上去给我找回来。"

唐季年一怵，猛地拉起顾长安夺命狂奔，穿过好几条僻陋的小巷，才气喘吁吁地停下来。

唐季年喘着粗气，话都说不连贯了："我……我带你……去擦药。"

"不用了，小伤。"确实是小伤，他平时上山采摘做香料的植物，免不了磕磕绊绊的，受些皮肉之苦。

"不行。"唐季年坚持道，"会感染的。"

"我回去自己也会弄的。"他抹了把汗，跑得太急，开始发汗，身上的味道挥发出来。

"好香啊。"唐季年凑了过来，其实刚才砸在他身上的时候就闻到了香味，淡淡的，没现在这么浓。他鼻子几乎凑到了顾长安身上，忍不住重复了一句："你好香啊。"

顾长安推开他脑门儿，他站直了，笑道："你小子，怎么比女人还香？不会是哪家小姐吧，女扮男装？"

顾长安涨红了脸："你别胡说八道！"他拍了拍扁平的胸膛，证明道，"我是男的！"

唐季年盯着他笑，戏谑道："多大了？还不发育？"

顾长安瞪他："流氓！"

唐季年拍了拍他胸口，装模作样道："还真是男的啊。"

就是这么一场初相识，最后唐季年赔了他两个油饼。

后来，也不知怎么就一发不可收拾，或许是命中注定，很多事情就像被安排好了似的。

唐季年被他爹押到了唐家一间药铺学经营，顾长安时不时也会去那间药铺买些山里采不到的香药，就这么重遇了。

唐季年还记得他，笑眯眯地招呼他，还给了他成本价。

受人恩惠，顾长安感觉不大好意思，晚上新做了批香丸，他便用小盒子装好，第二天给唐季年送去，聊表谢意。

“你做的？”唐季年打开盒子问。

顾长安点头：“安神的。”

唐季年也不跟他客套，大大方方收起来：“我晚上试试。”然后胳膊撑着柜台，支出半截身子，凑近了：“库房新进了白芷和连翘，性味上乘，你不是用得多吗，要不要？我给你最低价，送货上门。”

顾长安笑了，痛快道：“要。”

“成。”唐季年站直，道，“等着！”

晚上，香店已经关门了，唐季年提着大包小包药材过来，大声说：“泰和堂少东家亲自给你送货！”

顾长安迎他进来：“少东家大驾光临，小店蓬荜生辉。”

唐季年放下药材，见顾长安围着围裙，一头细汗，手里还拎着勺子，问：“做饭呢？”

“不是。”顾长安领他到后院，“在炼蜜。”

“炼什么蜜？”一进厨屋，就见到处摆着各种香料器具，五花八门的。

“说了你也不懂，做香丸的。”他先看了看炉膛里的火势，用铁钳刨灰，把火压低了些，又拿铁勺搅了搅炉上的生蜜，招呼唐季年坐，“我得看着火候，你等一下，马上就好了，一会儿跟你结账。”

唐季年拖了个矮凳坐过来：“我不急，你先忙。”然后便不声不响地坐在旁边看。

顾长安制香的时候很专注，心无旁骛。把事先捣制的香药粉末倒入瓷盘，与蜜混合，搅拌均匀，再揉搓，压成扁平状，最后揪成小块儿，搓成丸，放进盛着温水的瓷盘中。

炉火把顾长安那张俊秀的脸烤得红彤彤的，此时又是初夏，他被蒸出满头的热汗，汗水顺着额角滑了下来。唐季年伸出手，轻轻给他擦了，指尖无意间从他的下巴上滑了过去，又湿又嫩。

唐季年也觉得有些热了，忍不住说："怪不得你这么香。"他声音喑哑，也没注意自己这话是否不妥，"比女人还香。"

他干这一行，做的就是香，卖的是手艺，但说他一个男人比女人还香，不太像话。顾长安感觉被冒犯了，挡开唐季年的手，一张脸通红："多少钱，我现在给你结。"

唐季年摊开货单给他看。

顾长安扫一眼，转过身，用袖子胡乱擦掉脸上的汗，走到一排置放各种陶罐的货架前。上面有一个檀木盒子，他掏出一只绣着竹叶的钱袋，倒出碎银和几个铜板，数了数，递给唐季年。

唐季年接过来，看顾长安把为数不多的两三块碎银铜板塞进钱袋，把袋口缠紧，又重新放回去，落上锁。就那么几个钱，顾长安居然看得这么紧，但是没防他，也不必防，大概因为他是泰和堂的少东家，从来不缺钱。他感到一阵心酸，扫了眼屋子，全是各种花花草草，有些晒干了，有些还新鲜，乱中有序地摆在地上，底下垫着草编的席子。

"谢谢少东家亲自送货来啊，我这边还有很多活儿要忙，就不招待你了。"

顾长安下了逐客令，唐季年却赖着不走："我渴了，有水吗？"

"有。"

顾长安一溜小跑着出去，良久才折回来，沏了杯茶给他。是新鲜的茉莉花泡的，下午刚摘回来，冲洗过，准备晒一晒入香，遂捻了一撮沏茶，不想怠慢了他。

唐季年喝了一口，道："你忙吧，不用管我，我坐一会儿就走。"

顾长安就真的不管他了，他从木架上抱了个陶罐，揭开盖儿，蹲下身搁在脚边，抓了一把晒干的排草，在鼻尖闻了闻，装入陶罐。

唐季年搁下茶杯，目光扫过矮桌上啃了一半的馒头还有半碟腌萝卜丝，皱了皱眉："你晚上就吃这个？"

顾长安抬头看桌面，"嗯"了一声，继续忙活。

"家里，就你一个人吗？"

顾长安手上的动作顿了一下，低着头给陶罐封盖，看不出情绪，他回道："是啊，一个人。"

唐季年的心没来由地紧了一下，他不敢多问，感觉顾长安身上有一股劲儿，活得很努力，每天从早到晚地忙，忙于生计，一个人撑起一间香铺，什么都要靠自己。

顾长安把装好香料的陶罐一排排在木架上码好，又把新鲜的花草在席上铺开，最后把做好的一颗颗香丸混着磨成粉末的香料装进陶坛里窖藏……直忙到深夜，累得腰酸背痛，他站起来伸腰开肩，扭一圈脖子，浑身关节嘎嘎脆响。

唐季年就这么撑着下巴看他忙活，直到丑时才走。

之后他就经常来，每次都拎着食盒，里面装着各种精致的小菜、糕点，还有羹汤，是唐宅里的厨子做的。

他说："我无聊，想看你制香。"

顾长安吃着他带来的桂花糕，开玩笑道："你不会是想偷师吧？"

唐季年也开玩笑地接话："你能当师父吗？"

顾长安自豪道："那当然，我十四岁就出师了。"

"那我就是想偷师。"

顾长安愣了半晌，才反应过来，拿胳膊肘撞他："尽说浑话。"

唐季年正色道："说真的，我想开间大点儿的香铺，你来合股一起做，咱们再请几个学徒，前期辛苦些，你多带带他们，以后让底下人干活儿，保证不比你现在辛苦。就打'泰和堂'的招牌，主推药香，安神理气、提神醒脑、润肺宁心什么的，你不就是擅长这块儿吗，生意肯定火，挣得肯定也比你现在多。"

顾长安愣愣地看他。

唐季年继续道："我出钱，你出力，算技术入股，咱五五开，绝不亏待你，怎么样？"

顾长安把嘴里的糕点咽了："不是，你怎么突然……突然想做这个？"

"搞搞副业嘛。"唐季年拍他肩膀，"怎么样？"

顾长安沉默了。

唐季年诱惑他："就说你想不想把顾氏香铺做大？"

顾长安点点头，他有这个野心，想把日子过好，想把铺子做大，但他只想靠自己，而不是接受唐季年的资助，因而他摇头道："天上掉馅饼儿呢。"

唐季年没忍住笑："让你少奋斗十年！"他搭上顾长安的肩膀，靠得特别近，"再说了，我那不是资助，是投资，咱俩合伙儿做买卖，我肯投钱，当然是看好你，指望你给我赚钱呢。”

“万一赔了呢？”

“赔不赔的有什么要紧，你得有那个气魄，咱才能把这事儿架起来。你若总是瞻前顾后的，那啥也别指望了，一辈子吃糠咽菜吧。”他紧追着问，“干不干？！”

顾长安被他说服了，心一横：“干！”

唐季年是个行动派，两人一拍板，翌日就去看好了铺面，铺子选在西市最繁华的地界儿。顾长安兴奋得不行，整个人都有些发蒙，感觉特别不真实，一句“为什么”翻来覆去地问了好几次，像要得到确认似的。

“因为你手艺好。”唐季年不厌其烦地答道，“而且你身上有一股劲儿，让我也特别想长进，想跟你一起搞点事情，不至于整天守着现成的药铺，那么懈怠。”

顾长安眼睛清亮，盯着他笑，是这段日子从未有过的开心。他说：“唐季年，你是我的贵人。”

这话中听，还有，他的笑太炫目了，好像整个人都在发光。唐季年心想：这小子，笑起来真好看哪。

新店开张那天，为了庆祝，他们在广陵最好的酒楼摆了一桌，宴请唐季年那帮狐朋狗友，也让他们帮忙宣传宣传。

一席散了，唐季年被灌了不少酒，醉醺醺地走出来：“这帮人，太闹腾了。”

两人都喝晕了，在大街上“我送你，我送你”地推搡了半天，最后唐季年一挥胳膊，搭到顾长安肩上：“走，我上你家去。”

然后两个醉鬼，互相搀扶着回到顾长安家，东倒西歪地撞翻了桌椅，踉踉跄跄倒在床上。

顾长安被唐季年压在了身下，太沉了，他推了两下，使不出力。

唐季年没骨头似的趴着不动：“你怎么这么香。”

顾长安脑子眩晕，脖子也痒，他想躲，无奈动弹不得。唐季年伸出一根手指，杵了杵他的腰，醉醺醺地说：“腰比女人的还软。”

他又开始说浑话了。

“你摸过女人的腰吗？”

“摸过。”

顾长安忍不住想笑：“哎，你都没成亲，就这么风流。”

“说谁风流哪。”唐季年教训他，又用手指杵了他的腰一下，含糊道，“我那是见义勇为，揽了一把，不然那姑娘就被挤到河里去了。”

顾长安挣扎：“别闹了，痒。”

唐季年不逗他了，迷迷糊糊地翻了个身。顾长安偏过头：“唐季年，你往里边儿挪挪。”

转头一看，那人却已经呼呼大睡，顾长安没法子，他自己也困得眼皮子打架了，便任由对方挤着，沉沉睡去。

因为地理位置繁华，新店一开张就客源不断，生意比想象中好，顾长安也因此忙得脚不沾地。刚带的学徒尚未上手，他每道工序都得亲力亲为，唐季年跑过来帮忙，在前头招呼，又去后面监工，最主要是监督顾长安吃饭。顾长安忙得连吃饭都是囫囵吞，有时直接忘了吃，人瘦了一大圈儿。唐季年本意是想让他日子好过点儿，轻松点儿，却不想让他更辛苦了，忍不住心生愧疚，时不时抓些瓜果糕点，在他忙得无暇吃饭的时候，塞给他垫肚子。

这天，唐季年跑进后院，看见顾长安蹲在地上磨香粉，旁边的饭菜一筷子都没动，急眼了：“这种活儿还让你亲自来，底下这帮人都是吃干饭的吗？学了这么久，原材料都磨不细，我看都别干了！”

唐季年突然大发雷霆，把一屋子人都吓坏了，只见他把顾长安从地上拽起来，往外拖。

“干吗去？”

“吃饭。”

“饭不在这儿吗？”

“出去吃。”

“有现成的饭干吗还要出去吃，店里这么忙……”

“忙就不吃饭了啊！你是老板，该他们干的就得让他们干，你这么大包大揽，没日没夜的，都快把自己榨成人干儿了，我带你出去补一补。”

“不是不让他们干，只不过捣香是很有讲究的，太细则烟不永，太粗则气不合，必须均匀，得容他们慢慢练。”

“顾长安，你要是再这样，咱就关门歇业。”

顾长安觉得他蛮不讲理：“不是，你这是干吗呀，好好的干什么歇业？”

“知不知道你现在瘦成什么样儿了，你看看你现在的脸色，就差没猝死了。”

顾长安摸了摸凹陷的脸颊，知道他是关心自己，便道：“走吧，跟你出去吃。”

唐季年管天管地，又管他吃喝拉撒，整天老妈子似的围着顾长安转，总算把人养回了些气色。

打从一起做生意，两个人几乎形影不离。唐季年的朋友三番五次来找他，都被他推脱了，这回实在推不掉，干脆拉上顾长安，一起去吃酒。

席上，一哥们儿说：“你俩好得都快穿一条裤子了，天天在一块儿，也不嫌烦。”

唐季年哈哈大笑：“咋的，吃味儿啦？”

那哥们儿嗤笑道：“德行！”见他给顾长安细心地夹菜，忍不住损道，“哎哟，唐少爷，你可真够殷勤的，我还真是第一次见你这么巴结人。”

“顾长安可是我店里的招牌。”唐季年跟他调笑道，“你学着点儿吧。”

顾长安在一旁低头默默吃东西，这种场面他插不上嘴，只偶尔应酬几杯，喝到最后，还是有些上头了。

那些人意犹未尽，这回好不容易把唐季年拉出来，不打算轻易放人，逮着他组下一个局，一副不醉不归的架势。

这群公子哥儿最会寻欢作乐，拉着唐季年和顾长安来到江边，上了一艘画舫。酒过半巡，众人皆已微醺，突然有女子掀开珠帘走了进来，青纱薄衫，婀娜曼妙，挨着顾长安的肩头，给他倒酒。顾长安整个人拘谨起来，脸色涨红，使劲往唐季年那边靠。

唐季年显然也有些意外：“哎，怎么回事？喝花酒吗？”

哥们儿坏笑道：“几个大男人，太素了。”

女子斟完酒，身子偎了过来，柔若无骨的，把顾长安吓坏了，猛地起身，撞倒了酒盏。他才十六岁，整天只知道做香，哪经历过这些。

唐季年沉了脸，推开攀上身的女子，站起身，拽上顾长安，丢下一句：“走了，不跟你们这群人鬼混。”

任凭身后的人如何喊，他们头也不回。

毕竟喝了两轮，两个人脑子都不清醒，浑浑噩噩地回到顾长安的住处，唐季年中邪了似的，脑子里不断涌现那女子往顾长安怀里钻的情景，他们甚至有一瞬间钩了手，指尖绞在一起，都是又细又白的。唐季年才发现顾长安的手这么漂亮纤长，关节也不凸出，像他的脸一样清秀。

此刻这只手就绵软地搭在身侧，唐季年不经意蹭到他手背，皮肤又细又滑。

顾长安睁开眼，一动不动，以为自己醉得神志不清了。

唐季年却是豁达的，也可能酒壮尿人胆，既然越了矩，就决定遵从本能……

顾长安感觉脑子轰然一响，他猛地一抖，推开了对方，酒醒了大半。

黑暗中，唐季年的声音沙哑："吓到了？"

没错，顾长安快被吓死了："你……干什么？"

"顾长安，"他说，言简意赅，"你的手怎么比女人的手还滑。"

顾长安狠狠咽了口唾沫："我是男的！"

"我知道。"他重复，不带一点羞耻，"那也比女人滑。"

"你醉狠了吧？"

"我酒已经醒了，你还没醒吗？！"

顾长安也醒了，不能更清醒，但他宁愿是醉的，这一切都是幻觉或是在做梦，他掐了一下自己的大腿，很疼……

回忆就像刮骨刀，一点点将人凌迟。顾长安心如刀绞，面色苍白，勉强调整好情绪与严无忌道别。把他们送至江桥，失魂落魄地盯着商队踏桥而过，眼前的情景，又与十多年前的一幕幕重合。

那天江上烟波渺渺，唐季年随父亲去钱塘县谈完一笔大买卖，带着长长的商队回来，他在前头骑马，挺着枪杆一样笔直的脊梁，英气逼人地回过头，瞥到桥下站着一个人。

顾长安正抱着一只陶罐，怔怔地盯着他，眼睛都直了。

那眼神让人心乱如麻，唐季年纵身下马，把手里的缰绳一扔，不顾后面的小厮追问，箭步冲下桥，难掩欢喜地大声喊道："顾长安。"

微风习习，杨柳轻摇，摆荡在彼此的心坎儿上。

两个人分开十多天，感觉度日如年，众目睽睽之下，唐季年不得不刹住步子，才忍住没有扑上去。

然而那眼神灼灼，缠在顾长安的心坎儿上，滋生出令人后怕的情愫。

接连数天，顾长安都如惊弓之鸟，一见到唐季年就躲躲闪闪。

唐季年盯着他藏藏匿匿的身影，抓心挠肝。那日他刚要走近，顾长安便立刻绷紧了身体，防御着，转到一名学徒身边，指导学徒搓线香。

店里的伙计也感觉到了不对劲，以为两个东家闹不和，况且唐季年好几天都没来香铺盯梢了。

其实唐季年不是不想来，而是最近实在太忙。他爹知道他在外头弄了间香铺，心思全扑在了上头，连自家的生意都不顾了，老脸一黑，甩给他五间药铺，欲把他压住。这几天他要挨个儿清账，忙得分身乏术。

即便如此，他心里还是无时无刻不惦记着顾长安，在去分店的路上，刚好经过香铺，他便趁机溜了进来。

顾长安正在给香丸挂衣，也就是在表面加工色泽，看见他，一双眸子既欣喜又含蓄，忍了又忍，局促地站了起来。

他太忸怩了，心事根本掩不住，却又藏头露尾，左顾右盼的。看他那样子，唐季年忍不住心情大好，看了眼忙碌的伙计，假装要去看窖藏，便径直往地窖走，下楼梯的时候扭过头道："顾长安，你也来。"

顾长安放下手里的活儿，胡乱擦了擦手，也跟了下去。最后一级石阶还没走完，就被唐季年抵在了石壁上。

唐季年整个人带着很强的压迫感："这回不躲了？"

顾长安忸怩地说："你这几天都没过来。"

唐季年面露狡黠，突然觉得他爹办了件好事："你不是躲我吗？我就没来碍你的眼！"

顾长安想否认，又觉得不好意思，只好说："你总该来看看账目吧，如今店里的生意越来越好……"

"有你盯着，不用我亲自过目。"

这是要当甩手掌柜啊，顾长安咬了咬牙："可这是我们一起开的店，总不能……"

"你是不是想我来？"唐季年突然问。

顾长安愣了一下，心一横，点了点头。

……

等顾长安十七岁，唐季年已到了弱冠之年，渐渐有媒人踏入唐宅的门槛。顾长安才猛然意识到，唐季年是唐家的独苗，已经到了娶妻生子的年纪。顾长安自己倒无所谓，他无爹无娘，无牵无挂的，没什么传宗接代的使命或责任，即便他终身不娶，也没人来逼他。

有一次，他看见一个媒婆从唐宅的大门里出来，扭着胯，喜气盈盈的模样，顿觉这桩事已经迫在眉睫……

顾长安痴痴地盯着石桥上的雪，从回忆中挣扎出来，心都要碎了。

思量之下，他折回油饼铺，用喑哑的嗓子问那对卖油饼的夫妇："二位可知道，当年唐家的独子出家为僧，入了哪座寺庙？"

"你打听这个干吗？"老板狐疑地看他。

顾长安绷着嘴角："我是……他一个朋友。"

老板也就是随口一问。他想了想，道："大概往东三十里吧，好像叫……叫什么来着？法华寺？"

老板娘在旁边洗手，插嘴道："改啦，早就改啦，后来换了住持，改叫华藏寺啦。"

第六十四章 华藏寺

马车驶出广陵，一路沿江而行，两岸残雪压枝，天寒地冻。

铁蹄踏过积雪，在呼啸的寒风中，发出嗒嗒的响声。因为积雪太厚，不能疾行。到暮色时分，忽然传来一阵噌吰的钟声，马车里的冯天和一早同时打了个激灵。接着梵钟再响，紧敲十八下，慢敲十八下，不紧不慢，又敲十八下……如此循环反复，钟声洪亮而深沉绵长。

一早揭开帘子看了看：“有佛寺。”

随着马车越来越近，冯天已经吓得有些虚弱了：“咱绕道走吧。”

李怀信：“绕什么道，天都黑了，总不能继续赶夜路，正好到这儿，今晚去佛寺投宿。”

“这里是佛门圣地，我一只孤魂野鬼怎么敢进去？”冯天转头指了指一早，“还有这只……”

一早打断他：“我不是孤魂野鬼，我不怕。”

李怀信说：“你实在怕的话，也可以不进去，在附近随便找个坟冢借住一宿也行。”

冯天：“……”借你个头！

他转向贞白，贞白面无表情，手一摊，上面一串五帝钱：“进来吧。”

冯天认命地化为青烟。

庙宇庄严肃穆，朱门红墙琉璃瓦，巍峨的门楼匾额上，龙翔凤舞地写着“华藏寺”三个赤金大字。

覆盖着白雪的石阶之上，有三道门，是“三解脱门”，即通往解脱之道的三种法门：空、无相、无愿。中间那道门是空门，左边是无相门，右边是无愿门。

李怀信向左走，叩了无相门，毕竟道佛分两家，该有点儿避讳，他总觉得若从中间那道空门进去，便有点儿遁入空门的意思。世上那些个想不开的人出家为僧，不就是所谓的遁入空门吗。

无相门从里打开了，入目就是一颗锃亮的光头。那僧人着青布僧衣，戴乌木佛珠，宣了一声佛号，便双手合十冲他们行礼。

李怀信回礼，道：“小师父，我们途经此地，天色已晚，可否在贵寺借住一宿？”

僧人引他们进寺，穿过甬道，进了弥勒殿。此殿红墙绿瓦，斗拱彩绘，正中供奉弥勒像，左右供奉四大天王。三间重檐歇山顶殿堂，共有九条屋脊，脊上雕刻着各式吻兽、望兽、仙人兽等，高峻凝重，气派肃穆。

僧人道：“请几位施主稍候片刻，本寺正值晚课时间，住持在法堂诵经，小僧这便去请示。”

李怀信颔首：“有劳。”

一早没见过佛堂，眼睛滴溜溜地转，面对一尊尊怒目横视的金刚像，她也不害怕，刚拍完功德箱，又去敲木鱼，弄出不少动静，格外讨人嫌。李怀信揪着她的衣领把她拎到蒲团上：“跪着！”

一早反抗道：“干吗？！”

“触犯神灵，不想跪就老实待着。”

一早扁扁嘴，小屁股往蒲团上一蹾，坐实了。

贞白立在大殿中央，直视天王像，目光有些锐利。

大约半炷香之后，那名僧人请示完，过来将他们引去客堂，那是平常香客居士留宿的地方。

途经法堂，里面传出诵经声，几十名僧人盘坐殿内，低声合诵，余音绕梁。

一早好奇道：“他们念的是什么？”

引路的僧人回答：“《佛说阿弥陀经》。”

他们边走边往里看，正对着大殿的住持刚好睁开眼，平静无波地目送几人经过，最后低喃了一句："竟有邪祟混进了本寺。"

他的声音掺在周围的诵吟声里，低得如同叹息，但还是被贞白听见了。

贞白闻言，脚步一顿，很快又跟了上去。

李怀信正问引路的僧人："这个时辰，寺里还有斋饭吗？"

僧徒答"有"，领他们先到住处放下行李，随即辗转到了斋堂。

一早对清淡的斋饭不感兴趣，独自跑出去瞎溜达了。李怀信还没顾得上叮嘱这丫头别乱跑，转眼就不见了人影，道："这小鬼胆儿太肥，寺庙里有的是高僧，遇上了，有她苦头吃！"

毕竟这个时辰大家都在做晚课，那些个高僧都云集在法堂里念经，来招呼他们的僧人无非是看门跑腿的，修行有限，自然看不出一早是个小鬼。这丫头倒好，一点儿都不长心，竟敢在佛门圣地横行无忌。

李怀信吃了几口斋饭，实在寡淡得毫无胃口。贞白倒是不挑食，给什么吃什么。而佛家认为，饭食是十方施舍，不可浪费，李怀信入乡随俗，自己吃不下的，干脆都拨到贞白碗里。

贞白盯着面前冒尖的斋饭，抬眼看他："萝卜和青菜你不是都吃的吗？"她只记得他不吃青豆和豆腐。

李怀信则道："我只吃好吃的萝卜和青菜，这个不好吃。"

贞白垂眸继续吃饭，不经意地问："不是饿吗？"

"我待会儿去佛前请几只供果。"

贞白瞥他一眼，不搭腔了。

一顿饭的时间过去了，一早还没回来，李怀信不放心，眼见那群和尚的晚课就要结束，也不知这小鬼晃到了哪处，万一惹上了麻烦……他准备去找，想到贞白也是个没人味儿的，不宜带着在寺院里招摇，遂将她打发回去休息，他独自去寻。

雪已经停了，青石板和红墙碧瓦上落满积雪，满院雪白。东南角有一棵菩提树，叶子全掉光了，树干粗壮，因不耐霜冻，根部被僧人们用麦秆围了起来。

李怀信从菩提树下穿过去，进了一道拱门，东西各有一座钟鼓楼，他绕了一圈，没见到一早人影。转身要走，突然感觉脑子像受了一记重锤，疼得他两眼一黑，差点没站住。他踉跄着撑住了身边的红柱，把额头重重地抵在上面，忍受着那股绞痛，用手狠狠地摁着太阳穴，心下很纳闷："这犯的是什么头疾？！"

已经是第二次了，这次疼得他两眼昏花，视线模糊，然而他一抬头，却把远远吊在钟楼顶上那口梵钟看得一清二楚。有多清楚呢？他清晰地看见了梵钟上刻着的那串文字："离地狱，出火坑，愿成佛，度众生。"

然而头实在太疼了，他根本来不及细想，那么黑的天，等他再定睛去看，只瞧见一口梵钟悬顶的大致形状。

待那阵剧痛过去，他已经出了一身冷汗。李怀信甩了甩脑壳，忽然看见走廊尽头，有一抹白影掠过。他猛地追上前，一转身，那道白影已闪到了另一条甬道的尽头。他加快脚步，却见那白影在拱门后一闪即逝，他心下一凛：什么东西？！

李怀信穷追不舍，在雕栏外，终于看清那是个身穿白袍，颈间戴着菩提佛珠的年轻和尚。只是这和尚看着有点奇怪，走路的步子很快，匆匆掠过去，如踏风疾行，又似乎漫不经心，在冰天雪地间游荡，只披一件单薄的白僧袍，是个不怕冷的和尚。

那和尚推开了僧舍的门。

李怀信上前一些，立在廊柱下朝里望，与那和尚隔着一条道，不声不响地，怕惊动他。

那和尚正对着窗扉侧立，颈部线条很漂亮，枪杆一样笔直的脊背，一张英气硬朗的侧脸，很俊。

因为太俊，所以不像个和尚，偏偏他又剃了度，穿了僧袍，戴着佛珠。

不知道为什么，李怀信觉得有些惋惜，毕竟像这样的仪表相貌，应该在红尘中肆意洒脱才对，出什么家，当什么和尚，简直暴殄天物。

和尚垂眸，睫毛又长又密，鼻梁挺拔。他左手端着茶碟，右手指间夹着一片薄如蝉翼的刀片，走到桌边，轻轻刮着桌上一块沉香木，那副不急不躁的模样，看得李怀信也跟着沉心静气起来，甚至连头疼都好了大半。

和尚刮下一小撮沉香粉，侧过头，向窗外望去。

四目相对间，李怀信挑了挑眉。

"廊外寒重，施主还是进屋吧。"

李怀信便大大方方走进去，理直气壮道："叨扰。"

和尚请他坐下，端了只金莲铜炉过来。那铜炉上有镂空的立体浮雕，工艺精湛，不过巴掌大小，是香器。

李怀信看他熟稔地铺压香炉中的底灰：“小师父何故引我至此？”

和尚手上一顿，继而不着痕迹地搁下灰压，将篆模轻轻平放在铺好的炉灰上，取香匙舀茶碟中的沉香粉，一点点填在篆模中，铲平，才道：“贫僧法号空舟。”他眼也未抬，答非所问。

李怀信换了个舒服的坐姿，放松下来：“不会是引我来看你焚香的吧？”

空舟提起香篆，手很稳，一点儿都没散，熟练到仿佛已重复了千万遍。

香灰在炉中成形，是个梵印。

“施主方才在寺院里乱闯，差点误入禁地。”空舟道，“贫僧不过出面指引。”

李怀信随意翻开桌上一本《楞严经》，攀谈道：“空舟师父，一直守在此处吗？”

空舟点香，一火如豆，忽明忽暗：“正是。”

香篆乍燃，细烟高直。

李怀信问：“多久了？”

空舟有点疑惑，不明白他为何有此一问，但还是如实作答：“十三载。”

李怀信蹙起眉，长指压住摊开的一页经文，目光却盯着案上的烟雾袅袅，气味馨香，助人静心。他本觉得这和尚有点奇怪，一直有所提防，此刻浑身却渐渐疲软。

是因为这香吗？不，香没有问题！难道，是这个和尚？

李怀信无力地趴在经书上，压卷了书页，他勉力地抬眼去看那和尚。

空舟起身，道：“夜已深，寺内不宜乱走动，施主就在此歇息吧，还请明日一早，速速离开。”

第六十五章 人阳灯

满寺的灯火都熄了，贞白却迟迟未等到一早回来。她去隔间敲李怀信的门，不见回应，推开门，里面空无一人。

贞白想起法堂里那名老僧，隐隐有些担忧，便执了沉木剑去寻。

整个寺庙有种诡异的寂静，只有佛堂里的莲花灯在燃着，微弱的一点光晕，从镂空的窗门中透出来，照不亮夜色。

她穿过院落，左拐右拐，在四四方方的庙宇内逡巡，乱走一气，忽闻一阵砰砰的敲门声响。

贞白循着声音走过去，砰砰砰，那声音越来越清晰。

甬道的三岔口，一位僧人穿过去，小跑着过去开门。

这里是华藏寺的大门处，夜半三更，想必是有人经过此地，想入寺投宿。

接着传来说话声，断断续续的。门外人说话间带着些颤音，听起来有几分耳熟，这么晚来敲门，却不是投宿，而是专门来寺庙寻人。

几番交流，见那僧人摇头，那人开始焦急，语无伦次地说："他姓唐……叫唐季年……家住广陵……十三年前来到华藏寺……剃度出家……"

那僧人道："小僧三月前才皈依佛门，并不知晓施主所说何人。或许，您可以在此休息一晚，待明日一早，与住持问上一问。"

对方双手合十，深鞠一躬："那就，打扰小师父了。"

僧人双手合十回礼，插上门闩，引他入寺。

转角的红墙根下有一排假山石，很好隐蔽，贞白立在暗影里，悄无声息，也没有刻意躲藏，盯着二人从面前走过。她认出了来者，是那个跟他们一同乘马车的制香师，走路有些跛，在雪地里留下深浅不一的脚印。

贞白从暗影里走出来，择了另一条路。

在漆黑的寺院里兜兜转转，无意间拐进了钟楼。钟楼与经楼相对，与鼓楼分居伽蓝之两翼，贞白抬头盯着悬吊在楼顶的梵钟，莫名心慌，她走上前，握住铜锁重重一拧，徒手将那把大锁拧开了。她推开门，踏入漆黑的楼道，点一盏青灯，拾级而上。

站在钟台，举灯近照，梵钟上雕刻着清晰的经文："钟声闻，烦恼轻，智慧长，菩提生，离地狱，出火坑，愿成佛，度众生。"

贞白手里的青灯蓦地掉到地上，化为一撮灰烬，经文后面的四句像她脑海里一翻而过的书页，迅疾闪过，却赫然在目，似乎就在不久前，她亲眼所见，熟悉得令人心惊。那是一种前所未有的强烈预感，自从出枣林村之后，一点点在她体内复苏，让她时不时会想起一些波澜不惊的陈年旧事。

这些旧事中时常出现一个人，他是一位修士，却不爱穿袍子，头发高束，用一根靛青色发带系着，一丝不苟，宽肩窄袖，束着精瘦的腰，一身精干利落的打扮，端二两酒，靠坐在不知观的屋檐下，一条腿屈着，一条腿悬着，仰头喝酒，恣意得没规没矩。

"杨兄弟。"一个老头儿从不知观跑出来，斑驳的头发用树枝随意固定着，手里端了个盘子，挨着修士坐下，"我在厨房里翻到一把黄豆，我给焖熟了，咱俩凑合着下酒。"

男子牵起嘴角，眼睛往落日余晖的方向一瞥，笑得丰神俊朗，他说："主人回来了。"

贞白站在落日余晖中，白衣无瑕，长发及膝，手里拎一把镰刀，提着两棵卷心菜，挡住了橙黄的残阳。

老头儿大手一挥，笑着冲她喊："小白，我今天带了个朋友过来。"

贞白走过去，随手把镰刀插进石缝里，瞥了眼那盘黄豆，淡漠道："老春，你们把我的种子给吃了。"

"扑哧"，男子笑出声，近瞧贞白，那眉眼间波澜不惊的淡漠和老春跟他描述的一模一样。

“哎哟。”老春愧疚不已，“我是真不知道，厨房里啥也没有，好不容易从灶台底下翻到一把豆子，就给煮了。我这第一次带朋友过来，总得弄个下酒菜嘛，哪里知道你这儿都没米下锅了。”

“第一次跟老哥哥登门，就给主人家添了麻烦，下次我一定自备酒菜。”男子拎起酒壶，仰头喝了一口，嘴角含笑地看向贞白，“再赔偿你两把豆子。”

贞白独居惯了，不懂人与人之间的假客套，何况这人又跟老春称兄道弟，应当也是个性情中人，她便直接道：“播种的季节快过了，你别误了时辰。”

男子没想到有人这么不客气，为了把豆子，还催他不要误了时辰，感觉挺有意思，心中大悦，承诺道：“明日！明日我就给你送过来！”

他说到做到，翌日就带了包豆子过来，外加两斗米和一只嘎嘎乱叫的肥鹅……

贞白也不知道为何，是什么东西在一点点唤醒那些记忆，那些她未曾忘记，却也从未刻意想起的记忆，她怔怔地立在梵钟前，回忆旧事，恍如隔世。但她很快便从回忆里走了出来，径直下了钟楼。

前面是大雄宝殿，乃华藏寺供奉佛像的正殿，也是僧众朝暮集中修持的地方。此殿坐北朝南，七开间，重檐歇顶，龙吻正脊，中置宝镜，四面回廊，气势恢宏。

贞白沿着大道走，殿前两棵古松，粗可双人合抱，枝丫横出，树冠兜雪，像矗立两端的白塔。大院正中摆着一个大宝鼎，刻着“华藏寺”几个字。贞白走到殿门前，抬手推开，大殿正中一尊主佛，为镀金像，盘腿坐双层束腰莲花座，足心向上，为结跏趺坐。佛像头饰螺发，顶有高肉髻，左手结触地印，右手结禅定印，身着通肩式袈裟，边沿錾刻精美的纹饰，给人雄浑庄严之感。贞白觉得压抑，踟蹰须臾，才迈步进去。

供台上燃着长明灯，佛前张挂着许多经幡。经幡从梁上垂悬而下，有些不经意扫到了贞白的长冠，她谨慎地避开，快速扫视一圈，并无他人。

就在她准备退出大殿的时候，隐隐觉出不对劲，她扭过头，看着供台上燃着的长明灯，火光笔直，哪怕是寒风入侵，也没有一丝一毫的摇曳。贞白靠近，长袖一挥，裹起劲风，却没有将那盏长明灯扑灭。她蹙起眉，抬头盯住佛像，那佛像明明面容沉静，神态安逸，却看得人后背发寒。她一进这寺庙，就被一种无形的压迫感笼罩，这种感觉说不上来，她一直以为是自身煞气太重，对神佛有所忌惮才会如此，直到发现这盏不会熄灭的长明灯，才让她产生疑虑。她细瞧之下，发现那灯里头没有灯芯和灯油。

她斟酌须臾，抬起手，指尖聚阴，小小的一股，拂过长明灯，只见火势一跳，比方才更盛，将那团阴气烧退了。

贞白有些意外："这佛前究竟点的什么灯？"

带着这个疑问，她转到偏殿，在同样的长明灯前挥袖，灯火依然没有熄灭。贞白神色凝重，掌中阴气大盛，往灯盏上一压，噗，灯灭了。

贞白眸光一凛，掏出五帝钱，指尖一弹。

冯天踉跄着现身，被五帝钱的嗡鸣震得头晕。

就不知道轻点儿吗？冯天恼怒地想，但见是贞白，他也只得忍气吞声。

环视诸佛神像，他打了个激灵："咱这是在神殿里啊？！"

贞白颔首，不与他啰唆，指着供台上的灯盏问："这是什么？"

冯天眨了眨眼，天真地回答："长明灯啊。"

贞白当然知道这是长明灯，她问的是："这些长明灯没有灯芯和灯油，是用什么燃的火？"

冯天一怔，飘近了细看，那明火微微晃了晃，他躲开了些，脸色蓦地一变："娘哎！"他难以确定，"这是……点的阳火吗？"

闻言，贞白蹙起眉，仿佛证实了自己的猜测："你是阴灵，自然比肉眼更能分辨。人的头顶双肩共有三把阳火，这里烧的，就是人阳灯。"

冯天瞠目，更加难以置信："这里可是神殿，寺庙的佛前怎么可能用人的阳火来点灯？！"他伸出手去触那长明灯，想要确认一下，结果阳火灼阴，他连忙把手缩了回来，指腹被灼黑了。

一般情况下，阳火旺的人，能抵御那些柔弱阴灵的入侵，比如冯天这种，若胆敢乱来，势必被阳火灼伤，自取灭亡。除非他阴气大盛或厉中带煞，或者死了很多年头，有了一定资历，那又另当别论。

三把阳火燃在人的头顶和双肩，形同寿数。常言道，人死如灯灭，那灯，在某种程度上，也可以理解为人阳灯。

贞白道："有人窃了人阳灯供养神灵。"

"等同于窃了人的寿命，人的寿数有多久，灯就燃多久，五十年，八十年，抑或一百年，根本无须添加灯油，这是实打实的长明灯。”冯天惊骇道，“佛家讲究积德行善，慈悲为怀，守着戒律清规，怎可能取人阳灯供奉佛祖？”

可事实摆在眼前，不由得他不信。

贞白没说话，冯天做了个吞咽的动作，望向外面一座座殿宇：“这么大的寺庙，这么多间殿堂，里面燃的若都是人阳灯，那得生取多少个活人的寿命，岂不是要大开杀戒？”

两人心下一凛，遂穿梭于一间间殿堂查看，那佛前供奉的确实皆是人阳灯。

冯天被吓住了，突然想起来问：“怀信呢？”

贞白道：“我也在找他。”

冯天狠狠打了个寒战，暴躁道：“什么叫你也在找他？！这么危险的地方，万一……”他指着贞白，似乎在酝酿着气吞山河的一顿怒吼，但一对上那张冰霜一样的脸，他立即吼不出来了。他压住怒气，低声下气道：“我……我是说，你们一起进的寺庙，怎么会走散了？”

佛门净地不疑有他，贞白也没太设防，反倒认为自己应当避讳，可谁承想会发现这种事情。

冯天虽然心里知道，李怀信这么大个人了，往夸张了说，腿长一米八，放出来就像只脱缰的野马，不怨人家看不住他，再说，贞白也没义务看着他啊。他之所以反应激烈，是因为担心李怀信和其他人一样，以为身处寺庙便是绝对安全的，人在自认为安全的环境里往往容易卸下防备，他怕李怀信因此遭到暗算。

关心则乱，若非如此，他方才真不敢冲贞白喊，又不是吃了熊心豹子胆。

冯天无比忐忑道：“咱……分……分头找吧。”

“不行，”贞白冷声道，口气不容置喙，“你不能单独行动。”

且不论这座寺庙里暗藏什么玄机，现在连个阳气旺盛点儿的寻常人都可能伤到冯天，更别说遇到高僧了。若是分头行动出了差错，回头让那位脾气不好的主儿知晓了，铁定是不能让她安生的。为避免麻烦，她必须尽可能保证冯天的魂体毫发不伤。

她心里门儿清，知道李怀信将这只阴灵看得有多重，他就算把她推出去挡刀，也不会让冯天的魂体受半点损伤。

苍松入云，古碑如林。

一早兔子似的在林子里钻，刚才她正在寺院里闲逛，突然杀出一个老和尚，手执双轮十二环锡杖，轻轻一摇，浑厚的嗓音威严地喝道："孽障。"

老头儿曾经千叮万嘱，让她遇到修行之人务必要绕道，给她灌了满脑子的防范意识，所以当背后突如其来地传来这么一喝，她立刻条件反射地到处逃窜。老和尚在后面穷追不舍，她干脆一头扎进了这片松林，麻烦倒是甩掉了，却把自己绕了个晕头转向。

一早气鼓鼓的，一边找出路一边骂着"老秃驴"，她又没干什么缺德事儿，只是安分守己地在寺庙里逛逛，却被追得东躲西藏。被逼到这份儿上，她突然有种自寻死路的悲催，得赶紧去找李怀信这座靠山，他再怎么也是太行道掌教的亲传弟子，虽说道佛不同宗，但太行乃大端的国教，在各门各派中地位崇高，到哪儿都应该吃得开，否则李怀信也不会嘚瑟到带俩邪祟来佛寺投宿，外加贞白那只比邪祟还邪的。

一早还挺庆幸遇到李怀信的，当初她尾随他们的时候，无意间听到冯天泄露了李怀信二殿下的身份，所以她一路都在盘算着如何跟李怀信搞好关系，连这混账东西把她推到马蹄下滚了一身泥，她都咬牙切齿地忍了。他身份在那儿摆着，从小被惯出一身毛病是难免的，但总归还没作上天，一早权衡利弊，决定做个能屈能伸的识时务者。

此刻她抬头，只能看见远处一座高耸的佛塔，那是华藏寺最高的建筑，矗立在北方。一早努力辨认佛塔坐落的方位，大致估了个位置，便踩着松软的积雪朝前走。

供香客居住的寮房里点了烛火，顾长安木讷地呆坐了许久，才从榻上爬起来。他是无论如何也睡不着的，此刻他脑子里空白一片。就这么脑子一热就来了，他来干什么？隔了十三年，来干什么？他没有想过，甚至都不敢想。只为了见唐季年一面，然后呢？他还有什么颜面面对唐季年？！当初选择一走了之的明明是他，现在回来又算什么呢？

顾长安想象着与唐季年见面后各种可能的情景，忐忑，害怕，整颗心都揪了起来。

他抬手拉开门，走入寂静的夜色中，他想去看看唐季年如今生活的地方。

在偌大的佛寺里走走停停，香烛的气味混合着寒气，吸入肺腑，沁人心脾。

拐角有一间窄小的佛堂，他不晓得里面供奉的是哪尊菩萨，铜铸的香炉立在院内，漆黑中只能辨出轮廓。顾长安难以想象，唐季年那样肆意洒脱的一个人，竟能十年如一日地守着这香炉和佛龛。他是广陵最为拔尖儿的才俊，泰和堂的少东家，意气风发，鲜衣怒马，明明可以看尽世间繁华，可惜却遇见了他顾长安……

为什么要相遇呢？顾长安不止一次地想过。因为那场相遇，原本各自为安的两个人，稀里糊涂地就开始了一段天理不容的孽缘。这十三年的每一天，他都是靠着那段回忆过活，他想唐季年啊，日日想，夜夜思，几乎肝肠寸断。

直到最近，严无忌订了批香丸，其中要用的琼花得到广陵买，这好像给了他一个回来的理由。他一遍遍地劝自己，回去吧，回广陵去，那里有他朝思暮想的人，可他又不得不告诫自己，只能偷偷地、远远地看他一眼，绝对不能打扰他，只看一眼就好。来的路上，他甚至想，也许唐季年已放下过去，娶了那位都护千金，两人举案齐眉，相敬如宾，说不定早已儿女绕膝……

他想了各种可能，却唯独没想到，唐季年是个死心眼儿的。

突然，响起砰的一声，把顾长安吓了一跳。他猛地转身，小心翼翼朝声源处靠近，只见拐角处，一个娇小的人影从雪地里爬起来，方才似乎摔了一跤。

顾长安很意外，这大半夜的，怎么会有个小姑娘出现在寺院里：“谁？”

一早拍拍身上的雪，闻声抬起头，就见顾长安跛着脚走近，不由得惊讶道：“哥哥？”

顾长安也认出了她：“是你啊，你怎么在这儿？”

“我们路过此地，见天晚了，就在寺里借住一宿。”一早抖了抖短靴上的雪，“真是巧，你怎么也在这儿？”

“我……”顾长安欲言又止，低声含糊道，“我来找人。”

他蹲下身，将一早全身上下细细检查一遍：“有没有摔伤？有哪里觉得痛吗？”

两次见她都是在摔跤，这丫头真够不当心的。

一早摆手道：“皮实着呢，摔不坏。”

顾长安觉得这丫头人小鬼大：“怎么这么晚了还不睡觉，一个人在外面瞎跑？”

“就……”一早打马虎眼儿，“睡不着，想出来逛逛，结果迷路了，害我绕好大一圈儿。”

“别乱跑了，这寺庙挺大的。”顾长安伸出手，要牵她，“我领你回去。”

一早盯着那只伸过来的手眨了眨眼，瞬间的犹豫过后，便握住了。这只手看着细长漂亮，掌心却长满厚茧，想必制香也不是什么轻巧活儿。

“手这么凉？”顾长安包住她的小手，搓了搓，拉着她往寮房走，“天这么冷，你可别生病了才好。”

其实顾长安自己也不暖和，指尖凉得像冰块儿，但掌心还是带着温度的，属于活人的体热，像她的老头儿。一早忍不住心酸起来，可能是顾长安太温柔体贴了，关心人的时候，眼睛里装满了真心实意。

她不太愿意想起老头儿，怕自己控制不住情绪，只好转移注意力，问：“你来找人？找谁啊？”

顾长安不太自然地顿了顿：“……啊……找……一个朋友。”

“这寺庙里住的都是秃……都是和尚，你朋友是和尚吗？”

这话一针见血，顾长安蓦地驻足，浑身僵硬地愣在那儿。

一早也跟着停下来，不明就里：“哥哥……哥哥？”

她叫了好几声，又晃了晃顾长安的胳膊，对方才仿佛神魂归位，压着嗓音，迟疑道：“嗯？嗯！是……是吧？”末了又语无伦次地补充道，“他以前，不是。”

一早笑了：“哪有人生下来就是和尚的，都是半路出家嘛，可你朋友为什么要出家呢？”

顾长安感觉如鲠在喉。

一早又道：“我听李怀信说，好多人都是因为想不开才出家当和尚的，可他自己还不是出家当了道士。我就纳了闷了，一样是修行，凭什么人家当和尚就是想不开，他当道士就是想得开？什么歪理邪说！”

这种话她是不敢跟李怀信辩论的，那大爷她可惹不起，只能背地里吐槽几句。

说者无心，听者有意，顾长安满腔的酸楚一直堵到了嗓子眼儿，他太难受了，哪怕是一个小孩无心的几句话，也能扎得他鲜血淋漓。

一早毫无察觉，又补了一刀：“你朋友是不是像李怀信说的那样，有什么想不开的？”

顾长安异常艰难地答道：“也……也许吧……”

一早仰头看他，黑暗中，那张脸白得不像话：“你不舒服吧？”

“嗯？”

“脸色那么白，嗓子都哑了。”一早赶紧拉他往前走，“可能受寒了，回去让贞白给你看看，她懂点儿医理。”

顾长安缓过来：“我没事，没生病。”

“可我看你好像挺难受的。”一早很聪明，“如果没有生病，就是心里难受吧？”

顾长安愣住了。

一早脑筋一转，瞪着眼大喊一声：“哥哥！”

此时四下静谧，她这突如其来的大喊把顾长安吓了一跳：“怎……怎么了？”

一早严肃起来：“你不会是有什么天大的心事，想不开，所以来华藏寺剃度出家吧？！”

顾长安被她的奇思异想整蒙了：“啊？”

一早觉得自己的推测八九不离十，便劝道：“你看着也不老，应该不过而立吧，还自己做生意，也算年轻有为，有什么过不去的，非跑来出家当和尚，老婆孩子不管啦？”

“不是。”顾长安被她一席话说得手足无措，慌忙解释道，“我没有成亲！”

一早虽是个小鬼，却也是晓得一些世俗观念的，比如男人要先成家后立业，一般二十出头家里就会忙着说亲。顾长安看起来也老大不小了，却还是光棍儿一个，心结八成就在这上头，比如跟意中人因为某些外在因素无法在一起，什么门不当户不对啊，父母棒打鸳鸯啊。一早自认为找到了症结，劝解道：“哥哥，就算你现在还没成亲，也不代表以后娶不上，你人这么好，长得又出挑，有的是好姑娘青睐，咱眼光得放长远咯……”

顾长安觉得这丫头真是鬼精鬼精的，说话像个小大人，忍不住笑了：“说什么哪，谁教你这些的啊？”

还用人教吗，她活了二十年，困在枣林村里无聊透顶，就靠老头儿讲外面大千世界的趣事解解闷儿。刚开始他只讲正经八百的江湖事，就挑那么几件，反复唠叨，后来讲和她娘的相识相知，慢慢拓展到红尘里的大小事儿。

一早知道顾长安拿自己当小孩儿，哼了一声：“不用谁教，你就听我的吧，做和尚不好玩儿，我们来的时候他们全在法堂里念劳什子经，起早贪黑的……”

顾长安叹息道：“我没有要出家。”

一早不太信：“难道你真是来找朋友的？”

顾长安郑重地点点头：“是！”

一早放下心来："好吧。"

他们拐过转角，见回廊的另一头走出一道黑影，颀长纤细。

顾长安不由得绷紧了后背，这三更半夜的，寺庙里怎么哪哪儿都有人影在晃悠。

一早一眼就认出了来者，那身形和长冠，旁边还跟着一缕幽魂，她喊了声："贞白。"

顾长安松了口气，想必是半夜发现这丫头不见了，所以出来找吧。

谁知对方迅速走过来，面色淡漠，压根儿没有半分因为孩子不见了而出来寻找的焦急，张口居然是："李怀信呢？"

顾长安："……"居然是找另一个人！

一早："我怎么知道？！"

贞白："他去找你了。"

一早无辜道："他找我干吗？"

冯天没好气："你说呢，还不是怕你招麻烦。"

"我能招什么麻烦。"她刚辩解完，就想起刚才把她撵得四处乱窜的老秃驴，顿时心虚，不敢嘴硬了。

顾长安插话道："那个，刚刚这孩子摔了一跤，你带她进屋看看有没有哪里磕着碰着了。"

贞白寡淡地瞥了一早一眼，回他："无事。"

顾长安不免惊讶，见她对这孩子实在过于冷漠，只好强调道："她刚刚摔了，又迷了路，在雪地里冻了半宿……"

这其中的隐情顾长安不知道，但一早是个识相的，忙拽他的手说："我没事，没事。"

顾长安突然有些心疼，觉得这孩子太懂事，隐忍着也不知受了多少委屈。

贞白刚转身要走，听他一说，又折回来，目光将顾长安从头到脚打量一遍："你们俩也跟着吧。"

"啊？"顾长安没反应过来。

贞白不多废话，只道："跟着我，别自己待着。"说完转身就走。

一早也不明就里，盯着贞白背影问："为什么？"

冯天："反正安全起见，你让这人跟着她。"

一早也不拖拉，立刻拉着顾长安跟上前："发生什么事了？"

冯天道："佛前点的长明灯，全都是取人身上那三把阳火点的。"

一早吃了一惊。顾长安看不见冯天，自然也听不见他说的话，只是莫名其妙被拉着往反方向走，心中有疑："怎么回事？"

一早也不知道怎么跟他解释，只好说："李怀信丢了，哥哥陪我们去找找吧。"

第六十六章 地缚灵

噌吰！

第一声晨钟敲响的瞬间，李怀信猛地惊醒，他愣了一瞬，发现自己身处僧寮，昨夜那和尚却已不知所终。金莲铜炉里的沉香燃尽了，他揭开盖，里头是一个梵印状的灰烬。端到鼻尖闻了闻，沉香确实没有问题，他盘了一晚上的腿，关节麻了，干脆坐着思忖片刻。这一夜平安无事，什么都没发生，那和尚似乎真的只是纯粹让他留宿一晚。李怀信合上被压出褶子的经书，揉太阳穴，听钟声紧敲慢敲，延绵不绝，倒是提神醒脑。

此时屋外传来动静，伴随着三三两两的、踩在雪地里嘎吱嘎吱的脚步声。

李怀信撑着桌子站起身，拉开门走出去，正好见到走入院子的四个人：贞白、冯天、一早、顾长安。

院子里东南西北角分别摆着一些石头和树枝，被贞白以剑挑乱："你被困在阵法里了。"

李怀信恍然大悟："怪不得。"

"怀信。"冯天第一个飘上去，从头到脚地打量，看他毫发无损的样子，才稍微放下心来，"你怎么会在这儿？"

一早跟着抱怨："害我们好找！"

这小鬼不说话还好，一说就让李怀信想起来，要不是为了找她，他能在这儿？她还好意思抱怨。李怀信三步跨上前，掐她脸蛋儿，一点儿没留情，掐得她脸蛋儿都变了形："长能耐了你！"

一早吃痛，去掰他的手："放开我。"

顾长安见状，紧忙上前维护她："李公子，你轻点儿……"

李怀信这才罢手，暂时放过这只小鬼。他瞥顾长安一眼，疑惑道："你怎么在这儿？"还跟贞白他们凑到了一块儿。

"我来华藏寺找个人，夜里碰见一早和这位……"顾长安看贞白一眼，不知该如何称呼，说，"她出来找你。"

李怀信看向不远处的贞白，移驾过去："找我？"

对方没什么表情，只问："什么人把你困在了这里？"

"哦。"李怀信倒是坦然，"遇到一只地缚灵。"

贞白蹙眉："这寺里，还有地缚灵？"

李怀信勾了勾嘴角："一个和尚，倒也没做什么，就是留了我一宿。"

贞白眉头蹙得更深，广袖一拂，撒了把阴气，见李怀信三把阳火仍在，才稍稍安心。

突然感觉一阵阴风扑面，李怀信条件反射地避开："干什么你？！"

贞白告诉他："佛前的长明灯是取生人的阳火供奉的。"

"什么？"李怀信神色一凛，立刻想到了昨晚那个和尚，"你确定？"

贞白颔首。冯天也站出来："我也看过，的确是人阳灯。"

离了几步远的顾长安没听见，背对着他们轻轻帮一早揉脸，低声问："疼吗？"

一早弯着月牙眼摇摇头，一副乖巧懂事的模样。

顾长安想起昨晚贞白对她冷漠的态度，以及李怀信刚刚的凶神恶煞，特别不是滋味，他瞅一眼背后，悄声问一早："他们是不是对你不好？"

"啊？"一早有些茫然。

顾长安压低声线："你父母临终前把你托付给李公子，他是不是对你不好？"

一早愣了一下，突然反应过来，迅速瞥一眼李怀信和贞白，憋不住想笑，她用力压住上扬的嘴角："还行吧，寄人篱下嘛，都这样。"

一句"寄人篱下"，让顾长安心里有了数，这孩子肯定没少受委屈。

他对一早很是喜欢，觉得她伶俐懂事，甚至有一瞬间生出过领养她的念头，反正自己也是孤家寡人一个，这辈子除了唐季年，再无他人，也不会娶妻生子，倒不如把这个可怜的孩子领在身边，悉心照顾，总好过让她跟着李怀信挨打受气，或跟着贞白备受冷落。这念头只是一闪而过，他不会贸然说出口，毕竟孩子的父母是托孤给李怀信，他没有资格和立场去争取什么，只是心生怜惜罢了。

寒风阵阵，空气中似乎混合着一股熟悉的香味，从僧寮里散发出来，淡得几不可闻，顾长安不经意地扭过头，眼角的余光扫过案上一块硕大的沉香木，整个人就仿佛魔怔了似的，朝室内走去。

这时，李怀信催一句："走了。"

顾长安充耳不闻，直挺挺地立在那块沉香木前。沉香木的底部有个"聘"字，那是他亲手刻上去的，转赠给了唐季年。这是一块从顾家祖辈传下来的、顶好的沉香木，一直被他锁在柜子里，宝贝得很，没给任何人瞧过，除了唐季年。记得当年他小心翼翼地把沉香木搬出来，向唐季年介绍它的珍贵。

唐季年当时挺稀罕："传家宝啊。"

顾长安点点头，盯住他眼睛，一字一句，极其认真地开口道："你是唐家大少爷，泰和堂的少东家，以及广陵的巨贾，而我一穷二白，实在没什么拿得出手的东西，只有这块沉香木。"

唐季年不明白他为什么突然说这些："所以呢？"

顾长安抿着唇，矜持道："祖祖辈辈传下来，要留给香铺以后的当家人的……所以，唐季年，你看得上吗？"

唐季年呼吸一滞，心里似有惊雷滚过，以为自己听错了："顾长安，你说什么？！"

他便郑重其事地重复一遍，唐季年怔过之后，毫不犹豫便答应了，高兴得像个傻子。

此刻，顾长安盯着这块沉香木，双眼湿润了。

一早喊他："哥哥，走吧。"

顾长安摸着那道刻痕，手都在抖。

李怀信觉察出异样，挑了挑眉，大步跨进门，试探着问："怎么了？这块沉香木，有什么问题吗？"

顾长安脸色苍白，艰涩地开口："这是，是，我的……"

李怀信瞥了一眼他手指触摸的刻痕，明白了："你刻的字？"

顾长安僵硬地点一下头："是我送给他的。是他……他住这里吗？"

李怀信突然不知道该怎么说，他专门跑来华藏寺要找的人难道是那个和尚？可那和尚明明已经……李怀信斟酌须臾，问："他是谁？你朋友？"

"啊。"顾长安不敢道出他和唐季年的关系，只好撒谎道，"……朋友。"

"朋友"二字一出口，眼泪就滴在了沉香木上，他连忙背过身，用袖子擦。

李怀信多好的眼力啊，看见这一幕，他心下疑惑，什么样的朋友，光看块木头就伤心成这样？若知道那人已经死了呢？他不知该如何说出口，毕竟还不确定，为谨慎起见，他决定还是先问一问："你要找的，是个出家人？"

"嗯。"顾长安点头，闷声应道，鼻音有点重。

"长什么模样？"

"嗯？"

"你那朋友，"李怀信问，"长什么模样？有没有什么特征？"

顾长安深吸一口气，压制住胸腔里的酸楚，尽量用平静的语气描述唐季年的身高、体形、五官。

听完，李怀信已有八九分肯定，那和尚就是他要找的人。

末了，顾长安又补了一句："年纪应该三十有五了，他长我三岁。"

李怀信不由得皱了皱眉，昨晚那和尚看着委实年轻，顶多二十二三。他问顾长安："你最近一次见他，是什么时候？"

顾长安抿了抿唇："十三年前。"

那便没错了，十三年前，那和尚正好二十二三，英年早逝。

要不要说呢？李怀信若有所思，顺口问道："隔了这么久，怎么突然想起来找这个朋友？"

"我……"顾长安张了张嘴，喉咙像堵住了一般，他该怎么说呢？

李怀信看着他一圈圈红起来的眼眶，真怕把人惹哭了，毕竟一个大男人当面哭起来，怪让人手足无措的。

方才见李怀信从这间僧寮里出来，又对他一通细问，顾长安似乎有所觉察："你是不是见过他？"

这回换李怀信噎住了。

顾长安像是等不及他回答，笃定道："沉香木搁在这儿，一定是唐季年。"

贞白听了半晌，差不多也猜到了，刚才李怀信说的那个地缚灵，应该就是顾长安要找的人。

顾长安："他去了哪里？"

李怀信想说：我怎么知道！可他忍着没搭腔，一早却自作聪明地插了句："念经吧，和尚不是早晚都要聚集念经的吗？"

李怀信一巴掌扇她脑门儿上："就你话多！"

一早捂着脑门儿，瞪他："动不动就上手，什么毛病？！"

她的话一语惊醒梦中人，寺庙里的僧人晨起都要做早课的，顾长安想到这一点，转身就往佛堂方向跑。

李怀信很焦虑："又是地缚灵，又是人阳灯，这地方恐怕已经不是什么正儿八经的佛寺了。"

一早一惊，立刻反应过来，连忙追出去，又陡然想起自己被那老秃驴撵得到处窜的情景，猛地刹住了脚步，回头催李怀信："你们不管吗？"

李怀信悠悠踱几步："你倒挺担心那个顾长安。"

一早如实道："他关心我。"

果然是个小屁孩，经不住人哄。

李怀信冷笑道："他关心你几句，他就对你好，我们对你不好？"继而又讽刺道，"让你寄人篱下？"

一早面色讪讪的，她以为李怀信刚才只顾着跟贞白说话，不会留意他们这边呢，谁知这人耳听八方。

"那个……我就是随便说说。"

李怀信嗤笑一声，越过她径直往外走。一早跟上："其实我也没胡说，你对我确实不咋地。"

"呵，我又不是你爹，还想怎么样？"李怀信拿眼角瞥她，"没埋了你就该感恩戴德了，还不知足！"

这人什么鸟脾气，一早真替他发愁，太不招人待见了，白瞎了那张脸。

待到佛堂大殿，远远就看见顾长安徘徊在殿外，身子往里探，又不敢贸然进去，怕扰了和尚念经。

一早一眼就认出了众僧之首，那个老秃驴，他正面朝殿门，闭目诵经。仿佛感应到什么，他突然睁开眼，目光平静无波地扫过他们，刻意在贞白、冯天及一早身上稍作停留，随即继续诵念《大悲咒》。

李怀信沉默地打量佛堂以及僧众，完全没有要打断他们的意图，因为除了长明灯之外，这帮和尚没什么可疑。他扭头看向贞白，目光似在询问，只见贞白摇摇头，她也没瞧出什么异样。

李怀信心下疑惑，眼角的余光瞥到顾长安，继而侧头望过去，眼底闪过一抹狡黠，他故作熟稔地往前凑，喊了声："顾兄。"

冯天闻声一惊，古怪地看向李怀信，这小子又在憋什么坏主意？

顾长安被他突然的亲近搞得有些迷茫，不知自己何时已和对方好到了称兄道弟的份儿上。只听李怀信问道："找到了没？"

一眼望去，全是光秃秃的后脑勺，个个都穿着一样的僧衣，顾长安挨个儿认了一遍，实在没认出来，沮丧地摇摇头。

李怀信安抚他："不着急，再等等。"

等早课结束，那些僧人井然有序地从佛堂出来，顾长安站在门口一张脸一张脸地认，然而眼前闪过的全是陌生的面孔，没有唐季年。他的脸瞬间变得苍白。

李怀信心知肚明，这里没有顾长安要找的人，但他故意不说，拍拍顾长安的肩，道："咱问问住持吧。"

他说的是"咱"，显然没把自己当外人。

顾长安没精力注意这些细节，他迎上刚走出来的住持，着急地作揖行礼，说明来意。李怀信在旁边见缝插针地配合着，仿佛他也是来找这个出家为僧的唐季年的。

住持宣一声佛号，却回答："本寺并无此人。"

顾长安先是一怔，继而想起僧寮里那块沉香木，刚要说话，李怀信反应奇快："他的俗家名字叫唐季年，后来在华藏寺出家，住持给了他新的法号，毕竟十几年过去，想必记不太清了。"

住持平静的脸上浮出一丝波澜，他似乎想了一下，而后缓慢地摇了摇头："既皈依我佛，便已断却羁绊，与俗世再无牵连，施主何必执着于一面，还是请回吧。"

"住持。"顾长安心急如焚，脱口道，"当年，他是因为我，才走上这条路的，求您，让我见见他吧。"

李怀信忍不住眉峰一挑，看向顾长安，这人就差给老和尚跪下了，双眼通红道："是我当年对不起他，才逼得他抛家弃业，剃度为僧。如今，我就想见他一面。当面，当面……”当面如何，却半天都说不出来。

“阿弥陀佛，过往恩怨皆云烟，有念无念皆虚妄，施主无须执迷。”住持心似佛陀，不为所动，他扫视众人一眼，话锋一转，“与邪祟为伍，终归毁坏心性，如此大摇大摆地进我佛寺……”

“住持有所不知，这些……”李怀信一指对面那仨，不经意指到贞白，立刻收回手揽住一早，掩饰什么似的，皮笑肉不笑道，“都是半路收服的。”

一早：“……”

冯天：“……”

贞白：“……”

都是半路收服的？！你咋那么能耐呢！

顾长安一心牵挂唐季年，压根儿没把这段不寻常的对话听进去，他脑子一时还转不过弯来，极力想继续打听唐季年的消息，索性把早上在僧寮的所见也说了出来。

住持闻言，眼底闪过一抹厉色，刀刃一样，格外凌厉，却转瞬即逝。

李怀信和贞白同时捕捉到了住持的神色，却都不动声色。

住持仿佛无奈，松口道：“施主这一说，倒让老衲想起来了，你要见的应是空舟吧。”

顾长安一愣：“空舟？”

“对，今日一早，老衲便派他下山买香烛去了，估计得到夜晚才能回来。”

顾长安忙道：“我，我等他。”

住持沉声道：“施主可先到寮房歇息，待空舟回寺，老衲便让他过去。”

顾长安连连弯腰作揖：“多谢，多谢住持。”

往回走的路上，李怀信满肚子狐疑。那人的确叫空舟，但已是一只地缚灵，老和尚不仅不如实说，还撒了个谎，说什么下山买香烛去了。要知道，地缚灵根本连这座寺庙都出不去。

李怀信琢磨着，走在最后。贞白也放慢了脚步，与他并肩，低声开口道：“我大概在寺庙绕了一圈，僧人休息都在西南位的僧寮里。”

李怀信不禁对她刮目相看，接话道：“我被困的那座院子想必也是僧寮，但已经老旧失修，空置了有些年头了，就我留宿那一间房纤尘不染，被一只地缚灵占着。”

“有什么奇怪的地方吗？”

“哪儿哪儿都奇怪。”李怀信突然想起来，“那只地缚灵，似乎说了一句，让我一早速速离开。”

“离开？”

李怀信失笑道：“听起来倒像是好心，你怎么看？”

“总归没有伤你分毫。”贞白抬起头，目光远眺，只见几个蓄着发、俗家打扮的男子从回廊尽头走过，转而又被白墙挡住了。

“什么人？”李怀信问，“香客吗？”

可看这群人走的方向，并不像是刚从寺门处进来，倒更像是从最里面出来的，贞白心中生疑：“哪里来的香客？昨晚我们进寺投宿，供香客休息的寮房只住了我们几个，其他房间都是空的，并无他人。”

而此时大清早的，晨钟刚响过不久，怎会莫名其妙拥出来这么些人？

李怀信毫不迟疑道：“我过去看看。”

贞白要跟上去，却被李怀信挥手拦下：“你护着他们。”

贞白左右都不放心，她喊了声一早，用眼神示意。一早立刻心领神会，拉着顾长安退回来，和冯天一起跟在了李怀信和贞白身后。

“你……”李怀信瞅她一眼，顿觉无语，心里又觉得好笑，想起刚才她找到僧寮来，一时口无遮拦道，“就这么不放心我？”

“不知这里深浅，总该谨慎些。”贞白道，“你无所畏忌，容易掉以轻心。”

李怀信皱了皱眉，意识到自己好像真有这个毛病，眼高手低，什么龙潭虎穴都敢闯，总以为自己能够游刃有余地应对，事实上屡屡被推到鬼门关，最后死里逃生，不得不承认自己可能只是走了狗屎运。如今细想来，也不是他走了狗屎运，而是每一次他被推到鬼门关，都有贞白把他拉回来。

救命之恩啊，他突然觉得有点亏欠她，心情很复杂，毕竟有欠就得有还。可还什么呢？

金银珠宝？他知道她拮据，一度穷得只剩几个铜板，还在镇上帮人择坟地赚钱。

绫罗绸缎？他看了眼身旁一身黑衣的她，朴素就不说了，关键是她身上本来就没人味儿，还穿得死气沉沉的，更不吉利了。他似乎忘了报恩这件事，忍不住又开始嫌弃她。

琢磨间，他们已经赶到了方才那几个俗家人身后。李怀信喊了声："诸位。"

那几个人回头，却个个面带倦色，毫无精气神的样子。

"诸位这是打哪儿来？"李怀信直问道，"为何看着如此疲倦？"

中间一人无精打采地站出来："哦，我们在经楼里抄经呢，熬了一宿，实在困顿……"

话未说完，突然前头来了个僧人，向他们双手合十并打断了对话："诸位施主，斋饭已经备好，请随小僧前往吧。"

那几个人便跟着僧人去了。

李怀信盯着他们走远，问贞白："如何？"

"阳气受损。"

李怀信讽刺一笑："抄经书能抄得阳气受损，得是什么样的经？"

冯天也看出来了："这些人怎么回事，被不干净的东西缠上了？"

李怀信环视四周："那老秃驴还好意思说我与邪祟为伍，他这座庙里都不干不净的。"

"而且损人阳气，算是作孽了。"冯天道，"他是不管还是纵容？"

贞白接了一句："不管便是纵容。"

冯天问："那现在怎么办？"

李怀信："等着看呗。"

一早这丫头最拎得清，刚才远远地躲在后面观察状况，这会儿才拉着顾长安慢悠悠地上前。

冯天刚想问李怀信等着看什么，瞥见顾长安，出口的话就变成了："哎，你刚才跟他套什么近乎？"

"我若不是跟他一起来找人的，现在可能已经被老秃驴请出寺庙了。"李怀信指了指眼前的道儿，让大家跟着往回走。

冯天不明白："为什么？"

"我带着你们仨，一看就不是泛泛之辈，寺里藏掖了这么多阴暗的东西，还不得赶紧打发我走啊，难道让我留下来坏事？"况且，他们刚进寺庙时没有发现任何异样，若不是一早瞎溜达他不得不去找，估计他们这会儿已经毫无察觉地离开了。而且佛寺里有个和尚居然是只地缚灵，出于某种原因或情分没被驱逐收服，他是能够理解的，就好比他跟冯天。只要那只地缚灵没有为非作歹，李怀信也不会干涉佛门闲事，毕竟都是修行人，他的手没理由伸到别人地盘上。没想到贞白心细如发，发现了佛堂乃人阳灯供奉的事，此事性质就相当恶劣了，他断不能再睁一只眼闭一只眼，任由这群秃驴祸害一方。

此时经过一个供奉的香炉，冯天提醒道："怀信，香。"

李怀信闻言，顺手从香炉里抓了一把没燃尽的香，扫了一袖子的灰，他心想：这佛寺里也不缺这玩意儿，每个犄角旮旯都烧着几炷香，于是又随手一扔。

这一幕被顾长安看见了，严肃道："李公子，你这是作甚，对佛祖不敬。"

李怀信拍掉袍袖上的灰，压根儿没当回事儿。

顾长安见他这副样子，也不好过于苛责，他自己跨上前，恭恭敬敬地将那把香扶起来插好，并双手合十，作了个揖，口念"阿弥陀佛"，十分虔诚。

李怀信瞥他一眼："你朋友为什么出家当和尚？"

顾长安作揖的手还未放下，当场僵住了。

他没吭声，只觉得一肚子的酸涩。

"为情？"李怀信开始瞎猜，不料却猜对了，直戳中顾长安的伤心处。见他蓦地瞪大了眼，李怀信自以为明白了："你抢了他的心上人？"

也不至于吧？天下女人那么多，非得死吊着那一个？他理解不了。

顾长安终于有所回应，却只是摇了摇头。

"算了。"李怀信觉得太费劲，耐心告罄，干脆不过问了，掉头就走。这些个恩怨破事儿跟他八竿子打不着，他只想等晚上逮住那只地缚灵，严刑拷打一番，非得问出这些秃驴盘踞佛寺究竟想搞什么名堂。

冯天知道他打什么主意，又担心他之前身体伤了根基，要是遇到厉害的对手，难以匹敌，于是问："你这身体恢复全了没？"

李怀信掂量道："差不多了。"

冯天忍不住训他："什么差不多差得多的，得好全了才行，就你这无法无天的嚣张气性，别到时候娄子捅大了搂不住。"

"怕什么？！"李怀信难得一次没跟他抬杠，下巴点了点旁边的贞白，"不是有她在吗？"

冯天："……"

对，她搂得住！

贞白倒不觉得自己有这么大能耐，莫名给了他们俩这种错觉，她感觉有必要解释一下："我也不一定能对付。"

在冯天眼里，李怀信即便再猖狂，也捅不出天大的娄子，所以他肯定地说："你能！"

贞白："……"

冯天又说："我看好你！"

盯着一脸无语的贞白，李怀信忍不住扬了扬嘴角，莫名觉得她此刻看起来不那么死板了，还挺逗。

冯天这小子完全没意识到自己无意间在逗一个让他胆战心惊的人，还在那儿放心大胆地说："你这么牛你自己不知道吗？不用谦虚！"

聊着聊着他居然出奇地放松了下来，打开了话匣子，有种我今天要好好跟你唠唠嗑的架势："我就挺好奇，你生前吧，啊……不是，你还没死呢……我的意思是，你被人钉在长平乱葬岗之前，也这么牛吗？"他赞叹道，"那么大一个阵法，不可能随便拎个小姑娘就能压阵的，绝对是这人牛大发了，得有能镇住乱葬岗几十万军魂的气场。"

贞白与李怀信闻言同时驻足。

冯天问："……所以，你是什么来头？"

贞白自问没什么来头，却忍不住思忖冯天这番话。她说，她来自禹山，一间小小的不知观，小到几乎无人听闻。

李怀信是知道的，但也不排除这女冠蒙人，他就没太相信。

冯天此时却突然来了句："你是不是就是那种隐世的高人啊？"

贞白："……"

"那咱先抛开来头不说，"冯天道，"你以前修的是正道吧？"

贞白颔首。

"那你是以前厉害，还是现在厉害？"他想了解一下贞白之前的修为到底有多高，才会被居心叵测的人钉在乱葬岗以祭亡灵。

贞白轻描淡写地答道："应该差不多。"

冯天瞠目，咽了口唾沫，与李怀信对视了一眼，发现对方的表情也挺震惊的。

这差不多得是什么概念啊！冯天内心翻涌，就贞白这翻天覆地的能耐，居然会被人钉在乱葬岗，那对方得有多凶猛啊，想到这儿，他忍不住有点恐惧，小心翼翼地说："能不能说说你过去的……呃……那些事？"

贞白蹙了下眉，像是不愿意提，又像是没必要提，她想了想，答道："没什么可说的。"

冯天不吱声了，人凭什么跟他说呢，彼此又不熟，只是半路结个伴儿，谁都不相信谁。就像他和李怀信，其实也没安什么好心，答应带她去太行，背后却打着要把她关起来的坏主意。

李怀信在旁边一直没说话，此刻嘲弄地笑了一下，怼贞白道："也没指望你会说，谁还不会多留个心眼儿呢。"

贞白抬眼看他，顿了顿，薄唇轻轻抿了一下。

冯天一看，有戏！果然，她经不住李怀信哪怕一句戳，这说明什么，冯天心下了然了。

只见贞白张了张嘴，说："我没什么过去。我的过去就是日复一日，年复一年，守在不知观里，观日落月升，不知今夕何夕。"

这话听起来太寂寥了，她说得很真诚，半点儿不虚伪。说话的时候她的眼睛一直看着李怀信，冯天突然感到自己很多余，纠结是不是应该离场，就又听她说："一年到头，也难得有人经过。"

冯天决定先不离场了："所以，道观只有你一个人吗？"这日子可真够无聊的。

贞白颔首："后来，我有了个朋友。姑且算朋友吧，一年半载，能来两三回。"

李怀信指了指她系在腰间的墨玉，问："送你玉佩那个人？"

贞白愣了一下，低头瞥玉佩，目光有瞬间恍惚，突然就想起那人讲："你若得闲，来太行寻我，可好？"

她说："我得先去找他。"

"先去找他？"鬼使神差地，李怀信追问道，"不去太行了？"

"去。"贞白定睛看着他，"去太行。"

这答案太模棱两可，李怀信不太确定她的意思："先去太行？"继而他强硬道，"我可不会陪你天南海北地去找人，等送完冯天的骨灰我就立刻回太行，你要么跟着我去，要么……"

"嗯。"贞白及时应他，"跟着你去。"

不得不说，相处久了，其实贞白没有外表看上去那么冷若冰霜，她有时候甚至是顺从的，只是不苟言笑，看起来显得不近人情，但这不苟言笑中，又透出几分忍让。

李怀信将她一而再再而三的忍让归咎为她对自己有所图，所以她给他挖草药，吃他不吃的豆子，献了一路的殷勤。

一行人回到了寮房，李怀信左思右想，打算独自去探探情况，贞白却也跟了出来。

李怀信转过身，觉得她有些黏人了："我一个人去就行，你在这儿护着他们。"

"我去吧。"贞白道，"你留下比较妥当。"

虽然是出于关心，但莫名让李怀信有种被看扁的感觉，好像他多无能似的。他盯了她片刻，又窝火又无奈："白大姐……"

贞白道："寺里明明有诸多不寻常，你我却都看不出问题，这才是最危险的，不然我不会盯你这么紧。"

之前在乱葬岗，在枣林村，他们都能够瞬间捕捉到其中的阴煞之气，危险性也是他们掌握之中的，所以应付起来心里有底。但在这里，地缚灵、人阳灯，以及那几个阳气受损的人，全都隐在寺庙之中，让人一时找不出这怪异的源头。这说明此地要么是没问题，要么便是有问题但他们俩都看不出来，若是后者，那就相当棘手了。当然，也不排除是这里的僧人在打掩护，或者就是他们自己作的孽，所以才捂得如此严实。

李怀信不想坐以待毙，也不可能带着一群人搞侦查，那样太张扬了，容易打草惊蛇。想到这儿，他看了一眼从里面走出来的一早，觉得她特别像只拖油瓶。

拖油瓶察言观色，方才一路上有一句没一句地听了个大概，此刻瞅着李怀信的脸色，深深感觉自己被嫌弃了。

贞白扯下一根头发，卷在一张朱砂画的黄符里，将沉木剑和符箓交给一早，嘱咐道："我们得去寺庙探探情况，在我们回来之前，你们若是遇到不能应付的危险，把这道符箓焚烧于剑上，能护住一时。"

青天白日的，一早不觉得会遇到什么危险，但还是接过来，点点头应下了。

为保险起见，李怀信将冯天纳入五帝钱，装模作样地拜托顾长安帮忙照看一下孩子，理由都懒得编，随便搪塞了句"有事要办"，就和贞白离开了。

顾长安都没来得及应承，他们俩的背影已经远去了。这是有多不负责任的两个人!

贞白昨晚已把寺里逛了一大半，如今准备把剩下的小范围探完。

寺庙西侧，羊肠小道尽处是一座座砖石塔。塔身高低错落，高者数丈，低者数尺；布局规整，塔形不一，有石经幢式塔、方形单层浮屠塔、密檐式砖塔和藏式覆钵形石塔；或叠檐五重，或六角七级，或八边十三层檐，造型各有千秋，形成一个巍峨壮观的塔群。

李怀信二人刚要走近，就被两名看守在此的武僧拦住了：“施主请留步。”

武僧面色严峻，堪比金刚罗汉，铜墙铁壁似的伫立在小路中央，稳如泰山。

“怎么？这里不让进？”

武僧双手合十道：“此乃华藏寺历代高僧安息之地，生人勿进。”

李怀信曾对此有所耳闻，立刻反应过来：“抱歉，走错路了。”

武僧双手合十，并未多言，只硬邦邦道：“请回吧。”

李怀信朝里望一眼，便不做停留，转身往回走。

贞白有片刻迟疑，跟住他：“这些是？”

李怀信轻声说：“墓葬塔。”

他见贞白一脸疑惑，又解释道：“按照佛门规矩，有道高僧圆寂后，会竖碑建塔，刻字铭文。”

李怀信一指身后：“看这塔群的规模，不下百八十座，华藏寺少说也该延续了几百年。”

待回头看不见两名武僧，李怀信方冲贞白偏头示意，两人往右一拐，绕着墓葬塔群的外围走。

“要进去吗？”贞白多此一问，对方的目的太明显了。

“来都来了，”李怀信左右提防着，借着一棵棵披雪的侧柏掩护，一路横穿，打算越墙，“总该探探世代高僧的长栖之地。”

两人双双攀上围墙，撑住石沿。李怀信刚要往里跳，蓦地被贞白攥住了，随即一股无形的力量裹着劲风，利刃一般从里头翻卷而出，二人猛地跃下墙外，堪堪避过，但贞白的衣角还是被割了道口子。

她抬头望，上空隐现一个“卍”字法印，淡金色，覆盖住整个墓葬塔群，形成保护罩，那法印稍纵即逝。

贞白道："这里布了法阵。"

李怀信盯着那道消散的"卍"字法印，眯了眯眼："不是刻意布下的。"

"嗯？"

"这里葬的都是华藏寺历代高僧，他们坐化后仅剩一瓦罐骨殖，大家称什么来着？哦，对，舍利，一生功德修为尽在此，葬入塔群，便自动形成法阵，阴邪难侵。"他指了指空中那抹"卍"字法印消散处，说，"那都是功德，百余名高僧累积起来的功德。"

这功德太厚重了，就算不同流派，也应该心怀尊敬，而不该像他方才那样冒犯，所以他转身道："走吧。"

李怀信难得反省自己：华藏寺墓葬塔群的功德如此厚重，这里的僧人又循规蹈矩，每天起早贪黑地念经，是不是有什么误会？正思索间，眼角余光突然瞥见一抹鲜红，李怀信的目光立刻移了过去，他刚才没注意贞白的袖管上被割了道口子，割破了皮肉，此刻鲜血顺着手背流下来，滴在洁白的雪地上，血迹从小路尽头延伸至脚下，长长的一串，格外刺目。

李怀信忍不住"嘶"了一声："你没感觉到疼吗？"

当事人还浑然不觉，一低头，才发现手背上有血，她镇静自若地挽起袖管，腻白的手臂上有一道细如蛛丝的伤口，太细了，像是被薄如蝉翼的利刃所伤，血管被割破了。

"倒没觉得疼。"贞白一副无关紧要的样子，伸手抓了把侧柏上的雪，没轻没重地摁在手臂上，从伤处一捋直下，擦掉了那层血，很快又有鲜血冒出来，她随手又抓了一把雪擦掉。

李怀信没见过这么处理伤口的，对自己一点都不心疼。

"你别弄了。"他实在看不过眼了，掏出帕子压住她的伤口，给她做简易的包扎，"那个法阵实在锋利，刚才我们若是硬闯进去，指不定已经被切碎了。"

贞白垂着眼皮，思量了一下："刚才有一瞬间，我似乎在塔群里看到一抹白影。"

那道白影如浮光一样快速掠过，她无法确定是不是自己眼花了。

李怀信手上正打结，蓦地抬头："什么白影？"

贞白轻轻摇头道："可能看错了。"

天色暗淡，两人走出羊肠小路，贞白刚好用积雪擦干净指尖，素白的双手潮湿着，却没感到冰冷。再往前一段路，见有和尚拿着扫帚在扫雪，李怀信便挑了旁边已清扫干净的道路走。两人看起来若无其事，就像在逛院子，不料刚登上石阶没两步，便被叫住了。

“施主请留步。”那和尚扶着扫帚，道，“佛塔不对外开放，二位若要礼佛，可到大雄宝殿或天王殿。”

贞白远眺山顶的佛塔，呈八角形，阁楼式，叠涩七层出檐，翼角反翘，檐角挂有风铃，自下而上，逐层收分，塔基为仰莲瓣砖雕须弥座，塔刹为八角攒尖式，冠以尖葫芦宝珠，屹立佛山之巅，挺拔巍峨。

“不对外开放吗？”李怀信面带遗憾，边说边走下台阶，“本想四处看看呢。”

和尚双手合十道：“华藏寺戒律森严，二位施主还是不要随意走动。”

李怀信嘴角含笑，心口不一地应下了，他向来我行我素，浑身反骨，哪儿去得去不得，别人做不了他的主，但此刻他也掂量着分寸，不会在佛寺里撒野。

两人迂回地在寺庙里晃荡几圈，途中李怀信肚子饿，又不愿吃斋饭，青菜萝卜炒一锅，委实寡淡，便择了间佛堂，在供桌上请了俩果子，分给贞白一个，先垫垫肚子。供桌中间有一盘素饼，李怀信拿了一个，心想给菩萨吃的应该不差，结果咬一口，又干又硬，石头一样，差点硌掉他门牙。

李怀信捂着嘴，五官皱成一团。

“怎么？”贞白问。

李怀信：“……牙疼。”

他随手将素饼搁在功德箱上，拍了拍手上的饼屑，心里苦啊。这一路吃不饱穿不暖，还要行侠仗义，自己当初怎么就那么想不开，放着好好的舒坦日子不过，非跑到俗世来受罪？

哦，想起来了，因为他那假正经的大师兄秦暮隔三岔五便下山历练，四处行侠仗义，然后威风凛凛地回来，风头无两，屁股后面跟着一帮小迷弟。那群人又爱背地里嚼舌根，总是捧一个踩一个，活活把李怀信踩成个养尊处优的废物。

那帮兔崽子一个比一个废物，还敢说他是废物，被废物骂得多窝火啊！是可忍孰不可忍，更让他忍不了的是秦暮那个假正经的总是压他一头。原本他也有个仗剑天涯的宏愿，只是从没提上过日程，脑子里过过英雄梦就得了，毕竟那假正经每次下山历练回来都风尘仆仆的，要么黑了点儿要么瘦了点儿，他实在不想也搞成那副德行。后来他无意间听见有人背后嚼舌根，把他拿来跟那假正经对比，还说他是个废物点心，他只差没一口老血喷出来，当即决定把下山历练之事提上日程。

现在想想，历练个屁啊，跟那帮兔崽子置什么气，他们原本就巴不得把他挤对走。

李怀信一想到那群师弟背后吐槽他的事就气不顺，却从来没有反省过，自己怎么就这么不招人待见。用冯天的话说：他在太行，就是一个反派。因为太行上上下下都很和睦，人人恭谦有礼，循规蹈矩，唯独他李怀信，高高在上，又傲又横，还仗势欺人，试问，他不招人恨谁招人恨？

冯天也试图跟他好好沟通，让他稍稍收敛一下，不然众弟子也不服气，结果这祖宗气焰忒高地来了句：“他们有什么可不服气的？仅仅是我身世比他们好这一点，他们就该服气！”

冯天：“……”这混账东西是铁了心要拉仇恨。

末了他还嘀咕道：“一个个的，心里没点儿数吗？！”

冯天：“……”

要比身世，那就没法聊了！谁敢跟他拼爹？这天生的优越感，娘胎里带来的骄横，不服不行啊！

李怀信回过神，就见贞白站在屋檐外，微微仰起头，盯着被积雪覆盖的屋顶发呆，他走过去问：“看什么？”

刚才一撮雪从屋顶滑落，恰巧落在贞白脚边，屋檐的顶角露出一片圆筒形瓦当，雕刻着兽纹图样，她抬头望见，心里蓦地闪过一个念头，却被李怀信打断了。

她指向那瓦当：“这瓦当……”

“嗯？”李怀信抬头望了半天，没看出什么异样，“瓦当有什么好看的？”

“它上面雕刻的图案是……朱雀？”

李怀信看清了：“嗯，朱雀，没见过吗？”

一瞧她那副惊奇的样子就知道她没见过世面，李怀信忍不住多解释一句：“这种是四神纹瓦当，上面会雕青龙白虎，朱雀玄武，在佛寺里很常见，有驱邪除恶、镇宅吉祥的含义。”

贞白孤陋寡闻，可他见得多，没兴趣在这儿研究一片破瓦，刚要催她走，就听见某处隐约传来一阵低语，因为相隔甚远，那人的声音又压得极低，李怀信只断断续续听见了“住持、进塔、诵经”等几个模糊不清的词语。他往旁边挪了几步，没有了建筑物的遮挡，他一眼便看见斜对面，早上那几个阳气受损的俗家人被一位僧人领着，正穿过甬道，时而低头交耳，时而垂眸前行。

无须多言，他和贞白默契十足地跟了上去。

两人一路尾随，停在石阶下，眼睁睁地看着那僧人将几名男子引上了山顶的佛塔。李怀信有点难以接受，扭头看向贞白：“不是说出家人不打诳语吗？”

说好的佛塔不对外开放呢？难道这几个没剃秃瓢的不是外人？蒙谁呢！

第六十七章 极乐之境

登完一段青石台阶，上到月台。月台以条砖铺设，正对塔门。塔身基层有八面，每面设壁龛，上有金刚像浮雕，塔身东西南北皆有拱门，呈十字形贯穿。

李怀信与贞白从门外往里探头，就见那几名男子双手合十，无比虔诚地围绕着中央一座巨大的八角形、宛如重檐楼阁的建筑转圈。

“这是什么？”贞白轻声问。

“转轮藏。”

这玩意儿太行也有，只不过没这么花里胡哨，以中间一根巨柱作为转轴，柱基为须弥山，刻蟠龙盘绕，上至三层，择不同方位，凿佛、金刚、菩萨造像，顶饰天宫楼阁，浅雕祥云龙纹等。

“也就是藏经橱，”李怀信道，“寺庙里用来收藏佛像与佛经的，只不过我们比较常见的是壁藏。”

贞白点头，又疑惑道：“他们在做什么？”

李怀信看那几个人围着转轮藏转圈，感觉挺有意思：“我也不太知道，据说香客们来转几下这转轮藏，就能生生投胎为人而不落畜生饿鬼道，还能积攒功德，差不多这个意思吧。”

这说法就有点玄乎了，贞白忍不住问：“你听谁说的？”

李怀信顿了一下：“冯天。”

这小子成天就爱看些五花八门的东西，还时不时给同门们讲讲，美其名曰“扫盲”。很多师弟都爱听他侃大山，讲传奇，更有甚者居然抱着小本本做起了笔记，唯恐错过什么知识点。李怀信当时还嘲笑这帮不务正业的小子比听掌门传道还专心。

既然提起了冯天，他突然想捉弄人：“既然恰巧遇上了，不如把冯天从铜钱里头放出来，也让他过去转转，以后投个好胎，免得轮回入了畜生饿鬼道。”

若不是看到李怀信盯着转轮藏那戏谑的眼神，贞白差点就要当真了，他们都是道家弟子，怎么可能信奉佛门，来转这个轮藏。李怀信只是顺嘴一说，想打趣一下冯天，奈何身边只有个正儿八经的贞白。

此时那几个人已经绕开，上了内设的楼梯，李怀信本想等他们上二层塔后跟上去，奈何身后突然传来脚步声，窸窸窣窣，眼见就要将他们堵个前后无路，他眼疾手快，拽了贞白闪入旁边的墙角。

那墙角极其狭窄，正好被前面一根经幢遮挡，烛火照不到，形成黑黢黢的夹角。两人挤在里头，面贴着面，分毫之距，只要稍稍一动，就能不负责任地耍个流氓。

李怀信意识到这点，唯恐对方不安分，立刻用气音发话：“你别动。”

本来就一动没动的贞白：“……”

李怀信眼珠子在黑暗中转一圈，留意到挡在他们前面的圆形石柱，低声道：“经幢怎么建在了佛塔里？”

感觉到对方的气息喷在脸上，贞白微不可察地转了一下头，差点碰到对方下巴。她见那经幢上刻着密密匝匝的经文，不远处还竖立着几根，便问：“有什么不正常吗？”

挨太近了，贞白说话的气息若有似无地喷在李怀信脸上，他觉得脖子有点痒，强忍着，道：“倒也没什么不正常，但经幢一般安置在寺院的比较多。”

所谓竖法幢，有弘扬正法、消弭灾祸，而崇敬高标经文，兴发善信向道诚敬之心。虽少见经幢入佛塔，但倒也没什么稀奇或不妥的。

贞白对佛教文化几乎一无所知，李怀信也不过是一知半解，凑合着能给她简略地“科普”几句，滤掉被冯天过度渲染的神奇色彩，听起来不至于太玄乎，反正就那么个意思，真假未有定论。

外头的脚步声近了，有人入了塔。

从贞白的角度正好能看见来者，她轻轻皱了皱眉头。

李怀信背向经幢而立，见她蹙眉，不好贸然探头，便用口型问道："谁？"

"顾长安。"声音轻如呢喃。

李怀信有些意外，侧脸凑到贞白耳边，悄声道："他不是在寮房里待着吗？怎么到这儿来了？"

"被一名僧人领进来的。"

李怀信疑惑道："一早那个小鬼呢？"

"不在。"

李怀信略一沉思，道："难道出事了？"

贞白摇摇头，若是出了事，一早定会启用剑符，从而反噬到贞白身上，但她并未有所感应，说明一早现在安然无恙，只不过不知道什么缘由，让她与顾长安分开了。

塔里的香火气越来越重，四扇门又只开了一扇，室内没有窗，烟雾缭绕散不出去，人待在里面，感觉像被闷在炉子里熏，修道之人的五感又比一般人灵敏，李怀信这会儿被熏得很难受，鼻腔里发痒，直想打喷嚏。

顾长安一进塔便四下张望："人呢？"

僧人道："在二层，施主上去便能见到。"

良久，顾长安才往楼道口走，跛着脚，步履缓慢，像是在负重前行。差点被地上的花盆绊倒，他扶了把经幢站稳，确认自己没踢坏那盆栽，才缓慢地往楼上走。

明知道前方有人在等着自己，顾长安却不急了，或许是近情情怯，他的心脏此刻像擂鼓似的，又涩又胀。

僧人无声无息地退了出去，关上塔门，像是封闭了一条出去的路。

李怀信从罅隙里走出来，忍不住打了个喷嚏："这佛塔里简直乌烟瘴气。"

"他来此找人，难道那只地缚灵也在塔里？"

"估计吧……上去看看。"李怀信盯着满堂的经幢和花盆，寻找空隙下脚，"这些和尚难道不讲究布局的吗，搞得这么混乱，什么东西都一股脑儿地往里搁，花花草草往外头栽啊，这里又不是后院儿……种的都是什么……哎，地涌金莲？"

他一下子就明白为什么这群和尚把佛塔当后院儿了，因为地涌金莲不抗冻，得养在四季如春的地方。

贞白蹲下身，抓了把花盆里的土，细看之后，神色陡变凝重："这是坟头土。"

闻言，李怀信很意外，他也蹲下来掬了一抔土查看，又纷纷查看其他的花盆，无一例外，他还没见过有谁挖坟头土回来栽花种草的："这些秃驴究竟搞什么名堂？"

放眼这一塔室的地涌金莲，都不知道掘了多少人的坟才挖来这些土。

李怀信站起身，环视塔室，室内被烛火照得通明，一种怪异的感觉涌上心头，可他又说不清楚到底哪里怪。

此时，隐隐传来一阵弦乐之音，在耳边缓缓流淌，清澈空灵，如清泉涤荡心灵，尘埃尽去……

余音绕梁，引着二人踏上阶梯。入目不是整层空旷的塔室，而是切割成数间，梁柱上铸着无数飞天乐伎造型的斗拱。乐伎手持供物或各种乐器，线条流畅飘逸，栩栩如生。

弦音婉转，刮过耳轮，仿佛就在一墙之隔……李怀信忍不住推开最近一间房间的门，正好一阵清风吹来，吹起室内的纱帐，莲瓣一样的水红色从他眼前飘过，迷蒙了视线，里头的一切若隐若现。

风从窗外吹进来，卷起几案上快要燃尽的三炷香的香气，散在空无一人的方室里。

李怀信盯着那点烟火，走了进去，直觉告诉他这里应该有人在，但他感受不到半点儿人气。他望向窗外，浓郁的夜色笼罩着苍白的积雪，窗内却是香烟袅袅，烛光摇曳，轻纱缥缈。

此时弦乐之中突然响起了歌声，那翠鸟一样的声线，低低吟唱，和着乐曲，尾音拖长，无比缱绻。

好的乐曲会令人变得感性，李怀信感觉心驰神往，他偏头看向贞白，隔在两人之间的水红色纱帐正好被风撩起，露出贞白那张高眉深目的脸，如霜雪之色被映照在昏黄的烛火中，有种冷厉的漂亮。

贞白仰头四顾，那歌声中偶尔夹杂着一阵银铃似的笑声，又甜又腻，她听得皱起眉，很不适应。反观李怀信，琉璃般的眼珠里像是掬了一把光，如同洒在湖面上的月色，晶莹透亮。

贞白听了片刻："似乎在隔间。"

二人转出去，推开隔间的门，里头的陈设与方才那间大同小异，依然是空无一人。

然后第三间、第四间……欢歌笑语仍在耳际，却寻不到声源，跟他们捉迷藏似的，让人抓心挠肝。

慢慢地，那笑声变得又娇又媚。李怀信开始心神不宁，因为他终于觉出不对劲了，那软糯的嗓子，带着靡靡之喘息，勾人欲念。

贞白寻不到源头，索性立于墙脚，仔细聆听，生怕漏掉一丝动静。

那弦音里夹杂了男子低沉的嗓音，合奏一般，似乎正在兴头上。

李怀信："……"他觉得很尴尬，也不知道这女冠是脑子少根筋，还是真正的豁达，她难道没听出什么异常吗，居然还神色如常地问："是刚才那几个上来的人吗？"

李怀信："……谁知道呢。"

贞白凝神，耳朵几乎贴在墙上，李怀信实在看不下去了，忍不住道："走了，出去。"

贞白没动："好像在……"

李怀信不想听她后面的话，他没那么厚脸皮，遂没好气道："你非要站在这里听墙根吗，我都替你臊得慌。"

他是真的臊，脸都红透了。

贞白看过来，淡漠的脸上没有多余的表情："嗯？"

李怀信严重怀疑这女冠是故意的，她说："在隔壁……"

隔壁个屁啊，都找了多少间隔壁了，再找下去，他就要听上头了。再说，若真在隔壁，他们还要闯进去观摩不成？

李怀信没好气道："你听不出来这是什么声儿吗？！"

贞白微微一愣，突然被点醒似的。

李怀信信她才傻："别装蒜了。"

"所以我们今天看到那几个人，个个阳气受损？"贞白的脑回路跟李怀信的显然不一样。

"哎。"李怀信有点心慌，这事儿他真不好意思联想，"色字头上一把刀，这鬼地方究竟造的什么温柔乡。那谁，顾长安也被带到里头胡来吗？"

寻常男人本身就容易见色起意，没多大定力，诱惑当前，没几个能把持得住的，像顾长安那种温吞吞的性子，估计也就顺水推舟了吧。

且说顾长安上了塔楼，误入方室，只见烛火被红纸灯笼罩住，层层纱幔后，有美人卧榻，一颦一笑皆娇俏。那美人徐徐起身，款步摇摆，身着薄纱，婀娜曼妙。

他稀里糊涂地，被一双柔若无骨的手引到座上，忘了此行的初衷，沉浸于这一方静室里，听音，闻香。那香是庙里供佛的檀香，加了松木粉，再用榆粉黏合，以竹签作芯，插在香炉中焚烧。顾长安是懂香之人，却闻不出里头还掺杂着其他香味，越嗅意识越混沌。

他抬眼看美人，只见她竖抱琵琶，玉指拨弦，弦音切切如私语，绕在耳边，挠在心上，那指尖曼妙，轻捻慢拢，又似大珠小珠落玉盘，实乃妙技入神，专攻心防。过往的浮光掠影，在他脑海里飞速闪过，像一幕幕逝去的画卷，令他悲愁难诉。他近乎痴迷地盯着那拨弦的指尖，双眼迷乱，渐渐分不清虚实……

那双手伸了过来，顾长安凝眸细看，细腻纤细的手腕却和记忆中那人的劲瘦不一样，攀住他的时候，也不应如此绵软，而是刚劲有力的，还有那身上的味道也不同，太甜腻了。顾长安鼻子灵，他制过无数种香，却只钟爱那人身上独有的清苦药香，是从小在泰和堂泡出来的味道，令他一生难忘。

他在混沌的意识中沉浮，固执地想分清虚实，他喊唐季年的名字，魂牵梦萦的三个字，却又像针一样，扎在他心上，扎得他生疼。

对方应了一句，那声音像一张网，将他紧紧缚住。不，不是他记忆中那道低沉醇厚的嗓音，那声音太久远了，他已经十三年未曾听到。

顾长安徒劳地挣扎着，恍恍惚惚被人搀起来，往里间的红木榻上带。他一瘸一拐，在跌跌撞撞中想扣住香几，却打翻了香炉，撒了一地的灰烬。

耳边那声音蛊惑地称他公子，关怀备至，又问及他腿上旧疾，循循善诱地勾起他的心事。

顾长安眉头一皱，心脏像被人猛地剜了一刀，瞬间神志清明过来。

他感觉难以启齿，这条腿伤得并不光彩，其中的缘由，亦不便与外人道。

那是当年他被唐季年的朋友教训，不当心踩了兽夹所致。

顾长安眼神迷离地盯着那如水波荡漾的层层纱帐，一张娇俏的脸欺了上来，让他有点恍惚，自己现在置身何处？凭着仅剩的一丝清醒，他躲开压过来的美人，从卧榻上起身，却踉跄着连路都走不稳，感觉一阵天旋地转。他问：“这是哪儿？”

那双手缠到他臂上，美人贴着他的耳根讲：“极乐之境。”

顾长安躲开纠缠，东倒西歪地想往外走，他扶住桌椅，掀开层层纱帐，穿过门帘，却又是另一番天地。有美人抚琴，设香宴，镜花水月一般。他突然觉得很惶恐，跛脚磕在门槛上，整个人扑倒在地。有美人上前搀扶，温情似水，他惊慌地躲开，无意间抵上一扇门，他急忙拉开，扑了出去，下一秒，顿觉寒霜扑面，他猛地打了个寒战。

他站在塔楼的高处，往下望，蓦地心跳加速——

他看见一名白衣僧人，脊背挺直，徐徐而行。

那僧人踏过长阶，身后铺满积雪的台阶却并未留下任何足迹。似乎感受到被人注视，他微微抬起烫过戒疤的头颅。恍惚间，他手一抖，一抔泥土从他指缝间漏尽，他毫无所觉，怔怔地盯着高塔之上的人，嘴唇翕张，嗫嚅道：“长安……”

顾长安撑住雕栏，思绪纷乱，眼前浮现出无数道重影，他努力眨眼，想要看得更清楚些，然而哪里还有什么白衣僧人，他只觉得脚下虚浮，站也站不住，再回头，便被一双纱袖蒙了眼，卷进塔楼。

第六十八章 芥子世界

整个塔室充盈着欢歌笑语，仿佛就贴在耳畔，绕在身边，就是看不见人。那声音从墙壁里透出来，娇吟中带着喘息，令人浮想联翩，心浮气躁，连贞白都有点不淡定了，她推开门走出去，长长的廊道尽头，一道白影掠过。

李怀信眼尖，抢到她前面，大喊一声："和尚！"

那白影一顿，回头看到李怀信，他张开口，还没来得及出声，就见一缕烟线缠来，他倏地躲开，脸色骤变。

李怀信沉着脸，手里执起第二炷香，覆住星火，指尖捻着袅袅烟线甩出去。那缕白色的烟气犹如绳索缠过去，将空舟绑住。

空舟用力挣扎，挣不开，只听那人冷声道："太行道的缚灵香术，专绑你们这些游魂野鬼。"

"你……"空舟始料未及，奋力挣动，"放开我！"

"这不废话吗，要放你又何必绑你。"

空舟面露愠色："不是让你离开吗，你却跑到这里来了。"

李怀信道："我又不傻，岂会随便听信鬼的话？"

空舟急了，一边挣动一边喊："你放开我，我要去救人，来不及了。"

"救谁？"李怀信挑起眉，不慌不忙地问，"救顾长安？"

空舟猛地僵住了，瞪大眼睛望着他："你……"

李怀信一勾嘴角："唐季年，是你吧？顾长安要找的人？"

"找我？"空舟怔怔的，似乎有点难以置信，"他，来找我？"

李怀信笃定道："嗯。"又极不耐烦地补充道，"找到这儿就不见了，是被勾了魂吗？这里搞得跟个淫窟似的，一群鬼叫，吵死了，却连个人影都看不到。"

空舟回过神，脸色煞白，整个人焦灼起来："你先放开我，先救人，先把人救出来。"

"好啊。"这只地缚灵没什么本事，身上也没有戾气，李怀信不怕他耍花招，所以对先救人也没什么意见。

李怀信解了他身上的束缚，想看他接下来要怎么救人，没想到竟如此儿戏。只见这和尚在楼梯和廊道里跑啊跑，飘啊飘，神经质似的上蹿下跳，蹿得李怀信眼皮子也跟着跳。

李怀信实在憋不住了："你闹呢？"

空舟一副快要急出心脏病的样子，终于颓然跪地，无能为力地说道："我进不去。"

李怀信莫名其妙："进哪儿？"

"极乐之境。"空舟望着他，眼前蓦地一亮，方才急昏了头，现在终于反应过来。可是，他又有些犹豫……

"什么极乐之境？"听起来不像什么正经地方。

"佛塔之间有一道暗室。"空舟指向梁柱上雕刻成飞天乐伎样式的斗拱，说，"里面供养伎乐天女，为众生极乐，称极乐之境。"

李怀信抬头，盯着那一排排飞天乐伎，手执各式乐器，姿容绝伦，栩栩如生。他脑子好使，一点就通，再听这阵阵欢歌笑语，立刻明白是怎么回事。供养伎乐天女？说得好听，实则……他对此不予置评，他更关心的是："你为什么进不去？那顾长安又是怎么进去的？"

"活人才能供奉。"他说，"以欲念为引。那里头消耗的，就是人的欲望。"

李怀信似乎明白了："所以这伎乐天女不吃香火，是以人的欲望供奉的？"

空舟顿了一下，说道："差不多吧。"

真新鲜，原来他和贞白一直以为的"一墙之隔"，是因为自持力还比较好。

那和尚欲言又止的样子，似乎想让他进极乐之境救人，却又不好意思直接开口。

李怀信感到很为难，他可不想糟蹋自己，去供奉什么伎乐天女，遂扭过头去问贞白：“你有欲念吗？”

不等贞白回应，他又问空舟：“女人行吗？”

空舟：“……不……不行……”

李怀信领悟道：“伎乐天女应该都是女的哈，这就难办了，其实我……”

“不行。”空舟断然道，“你们都不行，不能进去。离开这儿，趁现在还来得及。”

李怀信颇感意外：“为什么？我能进，你难道不想我进去救人？”

怎么不想，可他知道其中的凶险，艰难地摇了摇头：“进去了就出不来了，何故还要连累你们。”

“出不来”这三个字，在经历过七绝阵之后，李怀信就不信了。什么极乐之境，一座塔而已，能比困死全村人的七绝阵还霸道？仗着身边有个能耐人，他觉得此事也不是完全不可行。

想到这和尚虽救人心切，却没怂恿他们以身犯险，他忍不住说道：“你倒是挺有良心。”

空舟苦笑，或许吧，他不能因为顾长安把别人也搭进去，可是顾长安怎么办，顾长安……

“还有别的办法吗？”李怀信又问。

空舟第一反应仍是：“不能进去。”

“那顾长安不管了？还有几个人在里头呢！”李怀信道，“不进去，我们从外面进攻呢，比如砸了这些斗拱。”

他知道，若能这么简单粗暴地解决，这和尚就不必如此发愁了，可人总有犯蠢的时候，万一呢？

空舟道：“没用的，欲界真正供奉的又不是这些斗拱造像。”

想想也是，若砸烂斗拱就能破，那极乐之境未免也太脆弱了。

空舟正束手无策之际，却听李怀信道：“顾长安会在里头那什么……精尽人……咳……”

空舟的嘴角抽搐了一下。

“你们这群和尚张口闭口戒律清规的，私底下干的却是什么勾当？”拉皮条吗，听听这声儿，骨头都给人叫酥了，李怀信有点来气，“是要把人榨干了不成……”

“不会。”空舟垂眸，抿着唇，像是突然冷静下来，无能为力的样子，“不会伤及性命，只会损些阳气。”

李怀信愣了两秒，音量陡然拔高：“那你一副性命攸关的样子，还说什么进去了就出不来。”

合着他干着急了这么久，那些人只是进去寻个乐子？那这和尚一副要出人命的模样，是想吓唬谁呢。

空舟解释道：“极乐之境纳的是欲念，只要不祸人性命，就有源源不断的供奉。他们心甘情愿地来，醉生梦死一场，从此流连忘返。”

空舟顿了顿：“人人都有欲望和魔障，一旦打开欲界之门，无一不沉湎其中，走出去了，往往还会回来，至死方休……如此，与出不来又有何区别？”

对于李怀信来说，那区别可就大了，他性子直，不喜欢这种似是而非的说辞，好比他每天睡觉醒来又睡觉，照这和尚的思维，岂不是相当于他从来都没有醒过？可拉倒吧！还供养伎乐天女？一帮伤天害理的玩意儿，合着把毒丸裹层糖衣它就不是毒药了？

一声声娇笑在四周回荡，李怀信听得头皮发麻。

琴音一拨一拨漫过来，潮水一样，卷着浪，掀到人身上。

空舟垂着眸，听见了，隐忍着，嘴角绷紧了。

这些年，他被圈禁在这座佛寺，见过无数人入塔，被欲念驱使着无法抽离。他心怀悲悯，试图做点什么，但也只能像对李怀信那样，好意提醒他们离开。除此之外，他也无能为力，唯有置身事外。也谈不上冷眼旁观，既然这里头没害人性命，慢慢地他也就看淡了，甚至曾试图去理解他们，情与欲，都是人之常情。可现在顾长安被卷了进去，他再也没办法置身事外了。

空舟紧攥着双拳，只想扑进去把人拉出来。

突然，他头顶响起一声低呼：“唐季年……”

那么近，那么远，好像来自另一个空间。

他眼睫微颤，望着梁柱上伎乐天女的斗拱造像，魂体渐渐白到透明，这是魂体不稳的表现，阴灵越透明，意味着越孱弱，直至消散。

“和尚。”李怀信唏嘘道，好好的一只灵体怎么突然虚弱到要原地消散了，没理由啊。再看他的神态，李怀信见过不少伤心人，或独自垂泪，或号啕大哭，唯独没见过空舟这种，伤得像要魂飞魄散了。

李怀信还有一大堆疑问未解，可不能让他就这么散了。他还没开口，贞白就好像跟他心意相通似的，将空舟纳入五帝钱内，并往里灌注阴气固魂。

“怎么突然就这样了？”李怀信不明白，顾长安和空舟看起来有很深的渊源，可又不像是什么过节。

耳边此起彼伏的娇喘，搞得他静不下心深思，他只好问贞白：“怎么办？”

“既然来了，就顺手解决了吧。”

李怀信想的也是，毕竟除魔歼邪，是他们修道人的本分，虽说极乐之境不会伤及性命，但也损人阳气，是该出手的，但是……他迟疑道：“我不近女色。”

贞白愣了一下。

李怀信道：“依和尚之言，这里是个释放欲念才能开启的门道，我首先就要放弃抵抗，岂不是要让她们得逞？”

贞白：“只是……”

“不行。”李怀信斩钉截铁道，“没有只是，摸我一下都不行。”

贞白瞪眼：“……”你还摸不得了？！

李怀信瞪回去，神圣不可侵犯的样子，摸不得！

他站在斗拱下，耳朵发麻，移开一点，还是麻，心里压不住的烦躁，只能催贞白道：“你快想想其他办法。”

贞白拿他没辙，只能无奈地继续一寸寸查看，看有无其他机会。

李怀信不动声色，在袍袖里搓了搓指尖，觉得刚才捻过香火细烟的指头在发烫，而且烫得不寻常，像是沾了一把欲火在手上，烧着了。因此他确定，这里的香烛也是有问题的。

李怀信皱了皱眉，突然看见两缕阴魂从五帝钱里飘了出来。

冯天好端端地待着，突然闯进来个不速之客，有点蒙，立即把空舟挤出来：“什么情况啊？你们抓鬼别往我这儿塞啊！”刚说完，他就听见了周围此起彼伏的娇笑，群魔乱舞似的盘旋在耳边。冯天犹如被人当头抡了一棒子，愣过之后，瞬间炸了：“哟，李老二，你逛窑子呢！”

李怀信嘴角一抽：“逛你个头！这是在佛寺！”

“你骗鬼呢，佛寺里哪来的女人？还叫得这么淫荡！”

李怀信脸都垮了，他疲于解释，警告冯天道：“你别找事儿啊。”

又一声女子的娇吟响起，冯天听得满身起鸡皮疙瘩，捂住了耳朵，这时他才注意到身后的贞白。旁边的三个人正齐齐地盯着他，都是一言难尽的表情。冯天缓了过来，突然意识到自己刚才口无遮拦说了句下流话，脸一红，欲揭过这话题：“真的在佛寺啊？”

李怀信嫌他丢人，没搭理他。

冯天此时已经觉察出异样，问道：“怎么回事？”

李怀信简明扼要地把目前的状况解释了一下。冯天听完皱了皱眉，环顾四周，最后将目光定在空舟身上，眼神格外锐利，他说：“什么极乐之境？取的花名吧？这恐怕是个芥子世界。”

李怀信：“什么芥子世界？”

冯天道：“他们佛门里有个说法，称须弥藏芥子。芥子纳须弥，也就是在这里形成一个独立的芥子空间，类似于我们道派的乾坤小世界。”

闻言，李怀信的脸色突然凝重起来，要独立创造出一个空间，无论是佛门的芥子还是道门的乾坤，都是非等闲能够办到的，几乎要到脱胎成神的境界。

他果然还是小看了这里，此刻不免心有余悸，再看向空舟的眼神也变得锐利起来：“好大的本事，你们佛寺究竟为什么搞出这个芥子空间？意欲何为？不可能只是损人阳气这般简单吧？”

还说没害命，谁信？李怀信愤愤道：“我怎么那么天真，差点就听信了你的鬼话。”

冯天腹诽道：你天真个鬼！

空舟道：“我知道的并不多，也没修过多久佛法，想不到它是个独辟出来的芥子世界。”

李怀信已经不关心他话中的虚实，只用目光刺过去：“是哪位了不得的高僧，造了这个极乐之境？”

冯天打岔道：“狗屁高僧，有这个能耐却做这种下三烂的事儿，邪僧还差不多。”

冯天一语点醒梦中人，若佛门有人登临如此境界，必是心存慈悲，普度众生，一世功德无量的，又岂会大材小用，在此造孽，未免太说不过去了。

空舟却道：“是如今的华藏寺住持，波摩罗。”

李怀信甚感意外，难道他看走眼了，那个老秃驴有这么厉害？不过……等等！他蹙起眉，没听清似的："波什么罗？"

空舟："波摩罗。"

冯天和李怀信对视一眼："不是咱中原人的名字吧？打哪儿来的野和尚？"

"他是来自西域的番僧。"空舟道，"这座寺庙原本叫法华寺，十三年前被波摩罗鸠占鹊巢，从而改名华藏寺。"

"华藏寺？"冯天蹙起眉，隐约有点熟悉，"华藏……"

"当年法华寺所有高僧……"空舟话说到一半，忽然传来砰的一声，好像有什么东西摔碎了，众人神色一肃，继而连续传来砰砰乱响，贞白当即找到声源："在底下。"

四人迅速下了塔楼，就见一个小姑娘蹲在地上，手举一尊砖头大的金雕佛像，直接往栽着地涌金莲的花盆上抡。

"一早！"

"小鬼！"

贞白和李怀信异口同声道："你在干什么？"

一早闻声转过头，站起身，手里还拎着那尊砸得伤痕累累的佛像，欣喜道："哎，你们都在啊？"

一早站起来之后，众人的目光落在了她脚边，那只种着地涌金莲的陶制花盆被砸碎了，泥土泻下来一半，隐隐露出土里的东西，泛着白。

"快看我发现了什么。"一早弯下腰，抓住地涌金莲往上一拽，却没拽出来，倒是抖落了泥土，露出包裹在内的骷髅头骨。

一早又试着用力往外拔，奈何地涌金莲的根茎已深深扎进那骷髅头骨里，拔不出来："真费劲。"

空舟盯着她这举动，瞠目结舌："你，你不害怕吗？"

一早停下动作，道："死人骨头而已，有什么好怕的。"

"你……"空舟这才迟钝地意识到，这丫头身上没有生气，她不是人，也不是鬼。

大家凑过去，发现那是颗扎在地上的骷髅，颅骨内积了土，地涌金莲的根茎从黑洞洞的眼眶和鼻孔扎出来，紧紧箍住那颅骨，又纠缠着扎进土里。也不知道是在这些人生前种进去的，还是死后种进去的，无论哪种，拿人的脑袋当肥料养花都令人感到恶寒。

“我的天……”冯天忍不住惊呼出声，转头问，“你怎么发现的？”

一早的小尖下巴朝着转轮藏的底层佛龛一点，说：“我就是好奇，想看看格子里的佛像到底是不是金身打造的，结果真沉啊，没拎住，不小心砸下去了。”

也算是凑巧，毕竟刚才连贞白都没发现，当时她和李怀信都把注意力放在了泥土上，却没进一步刨开看看，只当寺庙里的和尚挖坟头土来种花，其实是更丧心病狂地拿尸体种花。

冯天瞪大眼瞅着面前一大片地涌金莲：“那这些呢？”

一早会意，立刻抡起佛像又砸碎了一盆。

“别……”空舟来不及阻拦，却听砰砰几下，花盆已四分五裂，又是一颗骷髅头暴露出来，还裹着潮湿的黄泥。

李怀信的脸分外阴郁，一扬手，捻了一缕佛龛前的香火烟线，把欲飘向一早的空舟捆了，厉声问道：“还敢说没有害命，这些，是不是就是丧命在极乐之境里的人？”

空舟本能地挣扎着，闻言，抬起头：“不是，这里原本就是安葬本寺弟子的普同塔。这些死者，也全都是本寺弟子，没有其他人。”

李怀信眼尾一挑，指向地上那颗栽种地涌金莲的头颅，显然不信他的说法：“是我孤陋寡闻吗？佛门里还有这种葬法？”

冯天博览群书，也没在哪本异闻录上看见过，他冷声道：“我也从未听说过。”

“没有。”空舟直言，“法华寺主张火葬，灭度后会直接举行下火佛事，拾骨入塔。”

可这里的头骨都是完整的，压根儿没有进行过火化。

一早虽小，却也不好糊弄，当即驳他：“你蒙谁呢，这些尸骨养得这么好，我看你们可没少费心。”

“不管你们信不信，这里葬的全都是当年法华寺的弟子，包括住持长老，武僧禅僧……”空舟道，“我守在这里十三载，为他们填土埋骨，这样总好过暴尸荒野，死无葬身之地。”

李怀信抓住重点，问道：“法华寺所有弟子？”

“对。”空舟面色惨白，一双漂亮的眼睛满是惊惧，似是穿透时光看见当年那可怖的场景，他猛地紧闭双目，再睁开，极力克制住情绪，“当时我皈依佛门还不足两月，某日，突然来了个番僧，便是波摩罗。他自西域而来，千里迢迢来到中土，说要与住持辩经。法华寺修习禅宗，讲究顿悟，与西域佛法存在很大的差异，住持不愿与其论战，却也以礼相待。”

空舟顿了顿，继续道：“住持心慈仁善，架不住波摩罗日日纠缠，便应承他与众弟子讲经论法。住持权当是参禅，并不是要跟波摩罗打擂台赛，我当时就在一旁，听得一清二楚。那波摩罗却不依不饶，得寸进尺，非命我去召集寺里所有僧徒观战，地点不选在法堂，反而定在塔室，乃法华寺的七级浮屠。”

李怀信脑筋转得快，一听就明白过来：“我看他辩经是假，想要鸠占鹊巢，将法华寺一网打尽是真。”

冯天提出疑问：“仅凭一个番僧，就把整个法华寺给灭了？”

李怀信瞥他一眼：“别忘了，那是个能造出芥子世界的番僧。”

冯天：“你可真能长他人威风。”

关键时刻李怀信懒得跟他抬杠，转向空舟，问：“所以，你们就是在那场辩经的过程中遇害的？”

空舟艰难地点点头，逐字逐句地说：“论经讲戒律，佛说眼根贪色、耳根贪声、鼻根贪香、舌根贪味、身根贪细滑、意根贪乐境，皆为六根不净。”说到这里，空舟似有些犹豫，只好笼统道，“谁都不是六根清净之人，即便住持长老，也是肉体凡胎，修为再高，也有执念，无一例外。”

李怀信挑起眉，从那句“论经讲戒律”联想到极乐之境，似乎听懂了空舟言语里的隐晦之意。他扫视遍地的地涌金莲，有种瘆人的漂亮，他也不跟空舟拐弯抹角，道：“众僧破戒了？”

空舟抬眼，看人精似的看着他。

这一眼让李怀信心领神会，怕是那番僧波摩罗借着辩经的由头，使了阴招，让法华寺一众持戒的和尚都着了道。

据空舟估计，起码有半数以上的僧徒破戒，其中多数是刚皈依佛门不久的弟子，还没撞过几天钟，也没念过几天经，红尘未断，心怀万千杂念，挺不住也是情理之中。

至于那些心思单纯，没见过世面的小和尚，因自小长在寺里，只见过虔诚礼佛的女香客，他们端正恪礼，从不莽撞失仪。平日里住持讲经讲法，也跟他们讲过男女授受不亲，不能与女香客走得太近。小和尚们还没悟透其深意，就被一场伪辩论给坑了。

老和尚们毕竟吃了一辈子斋，供了一辈子佛，定力相当不错，可他们修的是慈悲，大慈大悲，不杀生、不偷盗、不邪淫、不妄语……太慈悲了，遇到恶人恶鬼首先想到的是度化，更有些和尚傻得连以身饲鬼的自残行径都干过。对这种大无畏的牺牲精神，李怀信不予置评，毕竟在道门，以除魔歼邪为己任，是要除和歼、杀与灭的。

这些个和尚，除了敲钟念经，度人鬼向善，普遍没什么了不得的本领，才会被人欺到头上。眼见一个个僧徒丢盔弃甲，大和尚们也只能盘腿打坐，闭目念经，拼定力。

得亏当年李怀信不在场，他最不是个安分的主儿，就算死到临头也要轰轰烈烈折腾一场，哪怕同归于尽呢，坐着念经算怎么回事，除非念经能把对方咒死了。于李怀信而言，这种行为无异于自暴自弃，他能跳起来骂死这帮不争气、不作为的和尚。

但其实，于僧众而言，这又何尝不为一种严防死守呢？他们没有本事与番僧对抗，除了束手就擒，就只能严防死守！

空舟娓娓道来，魂体忽虚忽实，极不稳定，他回忆起那个失控的场面……

那番僧说要登一场极乐，那极乐像人间荒唐，醉生梦死。他闻见了香，越来越浓烈的香，想起某人身上的味道，魔怔了一样……那欲望被激发出来，在一方塔刹，与千百名僧人的欲念搅和在一起，慢慢蔓延，引燃香烛，越烧越旺……那是欲香！焚烧的是人的欲望！

待住持长老们反应过来，为时已晚，把持不住的僧众一人一把欲火，自己把自己焚烧了。他们扎堆在塔室，熊熊烈火，很快祸及那些还在严防死守的僧人们，一个都逃不掉！

太要命了！空舟亲眼看见那些僧人被欲火焚烧，精血亏空，变成一把干枯的骨头，是真正醉生梦死，含笑而终。他盯着那些僧人沉溺满足的死相，不寒而栗。

这是一场突然降临在法华寺的浩劫，他甚至不知道缘由。待自身的欲念引火烧身的时候，严防死守的老僧们便正襟危坐，手捻佛珠，口念佛法，守住戒律清规，做了一个釜底抽薪的壮举——自断六根。既然六根不净，便自断六根。

听到此，李怀信感到无比震惊。

冯天瞪大眼："自断六根！那岂不是……"

这是集体自杀啊！什么叫宁死不屈？冯天算是见识到了，真壮烈啊！他忍不住心中激荡。

"都死了。"空舟颤声道，那画面于他而言太过惨烈，"我还依稀记得当时波摩罗那欣喜若狂的样子，好像还说了句'以身供佛，以魂饲佛'。"当时他神志涣散，实在记不太清了。

"以身供佛，以魂饲佛？"说得好听，这和拿活人献祭有什么区别？李怀信神色一凛，首先想到那些吸人精血的飞天乐伎，她们又算哪门子佛？

此时贞白突然说道："阳火。"

李怀信蓦地反应过来："那些供奉在佛前的人阳灯，难道是……"

空舟颔首："当时波摩罗取了住持长老们的三把阳火，点在佛前，以作供奉。"

冯天忍不住道："有什么用？这人怕是个已经走火入魔的魔僧。"

李怀信却觉得事情远没有这么简单，那番僧千里迢迢来到法华寺，处心积虑地将众僧引到佛塔，然后大开杀戒，就为了把这群和尚献祭给佛祖？当然也可能是他为了鸠占鹊巢，随便编了个自认为听上去冠冕堂皇的理由。关键是，他鸠占鹊巢之后，将法华寺改名华藏寺，盘踞在此十三载，突然好像洗心革面，敛了魔爪，居然只是搜刮阳气，没再害命？说出来谁信？

冯天第一个表示怀疑："怕是极乐之境吃人不吐骨头，进去那些人早就尸骨无存了。"他对空舟一直有所提防，此刻也毫不掩饰内心的猜忌，"你明知前因后果，却还助纣为虐，守在这里十三载，怕是早与那魔僧达成了某些交易，狼狈为奸，沆瀣一气，也不是什么好东西！"

"我只是没办法。"空舟坦言，"一直被困在这座佛寺里，出不去。"

李怀信倒能证实空舟此言非虚："他是地缚灵。"

经冯天方才一番揣度，贞白也有些生疑："我看你之前魂体稳固，也是靠损人的阳气固魂吗？"

空舟脸色陡变，矢口否认："不是！"

"当初我没有被吸干精血。"他说，"也没有自断六根。"

闻言，众人难以置信地看着他。

空舟左右为难，一副想豁出去又犹豫不决的样子，他被大家盯得如芒在背，鼓起好大的勇气才说："我不近女色。"

冯天："……"

一早："……"

贞白："……"

根据顾长安和空舟的种种表现，李怀信几乎秒懂了。

不近女色导致空舟在这场浩劫中成了例外。他对那些娇艳欲滴的美人儿无动于衷，但欲念是有的，在臆想里，被千百名僧人蔓延出来的欲香推至鼎盛，药性太猛，根本无法纾解，也无法平息，后来连他自己都搞不清楚自己的死因，可能是暴毙而亡吧。

李怀信听着有点唏嘘，又忍不住在心里嘀咕，死得真尴尬。

空舟虽是个例外，却也没能逃过一劫，横竖仍是个死，和僧众可谓殊途同归。奇怪的是，死了这么多人，却只留得他一只孤魂，好似被禁锢于寺庙，怎么也飘不出去。

空舟变成孤魂野鬼之后，糊涂了很长一段时间。许是临终前大受刺激，他的记忆变得颠三倒四，整天恍恍惚惚，连自己是谁都要闷头想半天。好不容易想起来转头可能又忘了，有时候记起自己名叫唐季年，又好像叫空舟，两重身份相互纠缠，特别伤神，到目前为止，他都不敢确定自己的记忆是否完整。

起初他格外虚弱，身体几乎跟水一样透明，手脚更是完全看不见，把自己都吓到了，心想见鬼了，这鬼还是他自己，多瘆人哪。经过很长一段时间他才慢慢适应，弄清楚自己的处境。

他意识刚清醒时，身在塔林，所以他便一直在塔林里待着，因为他发现这地方有助于固魂。慢慢地，待手脚开始隐现，身体也不像水一样透明，他总算记起了那些生前的事，却比不记得时更伤神，还伤心伤肝，倒不如做个糊涂鬼，忘了干净。

听到此，李怀信问道："塔林？可是安葬历代高僧的那处墓葬塔群？"

空舟颔首："正是。"

"那地方有法印加持，阴邪难侵，连我……连常人都很难踏入半步，你一只阴灵……"

"法华寺惨遭大劫之后，历代高僧的安息之地就被罩上了一道法印，连只苍蝇都飞不进去。"空舟自己也想不明白，但他确确实实被墓葬塔护在了里头。他也曾琢磨过，许是历代高僧承认他是法华寺的弟子吧，还是仅剩的唯一一名弟子，于是他说道："许是侥幸吧，也正因我能自由出入塔林，波摩罗才没有对我赶尽杀绝。"

"有什么目的？"李怀信道，"难道他来此，就是打法华寺墓葬塔的主意？"

空舟摇头道："我不知道他究竟有什么目的，这个人很难琢磨，我当时只想去普同塔收殓尸骨，无奈我魂体太虚，根本拾不起来，后来是他葬了法华寺所有僧人，以这种方式，足足费时三月有余。他让我每隔七日便掬一捧塔林里的坟土填进来，说是为众僧净身洗骨，消除业障。"

最该消除的业障就是那邪僧，冯天越听越恼怒："这种骗鬼的话你也信？"

"自是不信的，但真假并不重要。"

李怀信蹙眉看他，空舟继续道："那时我家中突然遭难，家父下了狱。"

这桩案子牵涉着万千纠葛，是他捅出的娄子，本是因他而起，却要唐家上下替他犯下的过错承受后果，他想出去亲自担责，却已是一缕孤魂，被困寺内。他知道自己错了，当一夜白头的母亲找来法华寺，泣不成声地在门外喊他的名字时，他就后悔了。

他当初为了顾长安有多犯浑，后来的他就有多后悔！他怎么能连含辛茹苦生养自己的父母都不顾，一意孤行，无视双亲痛心疾首的劝解，甚至把父亲推上了断头台，那是将他千刀万剐都赎不清的罪。就为了顾长安，区区一个顾长安……究竟值不值得？他悔不当初啊！

他听着门外的母亲悲痛欲绝的哭诉："季年，跟娘回家吧。儿啊，娘求求你了，咱们去跟都护赔个罪，求他网开一面，救救你爹吧……"

可他已经回不了家，赔不了罪。

他母亲哭到最后，嗓子都哑了。丈夫下狱，儿子出家，唐家一夜之间变了天，她无依无靠，走投无路，泪干肠断，最后被逼得声嘶力竭地呐喊："为了那个顾长安，你就这么怨我们，恨不得你爹去死啊！"

可她养育了二十多年的亲儿子终究没出来，如此铁石心肠，无动于衷，真的要弃双亲于不顾吗？

不是不出来，而是出不来。母亲在大门外哭喊了多久，唐季年就在大门里跪了多久，直到波摩罗说："我可以帮你。"

交易就是这么达成的。每隔七日，掬一抔塔林里的坟头土，换回他父亲一条命。不管波摩罗是如何办到的，他父亲终归安然无恙地出狱了。

在外人和二老眼中，唐季年这个不孝子，自始至终不肯露面，不肯出来相见。

没人知道他不是不露面，而是阴阳两隔，他明明就跪在二老面前，他们却看不见啊。

死里逃生的唐老爷彻底寒了心，没想到自己含辛茹苦二十几年，竟养了这么个狼心狗肺的东西，为了个男人出家为僧，六亲不认。绝望之下，他宣告此生与唐季年恩断义绝。

到头来，与父母恩断义绝，顾长安也杳无音信，这怨不得谁，都怪他唐季年无能。他只能打碎牙齿和血吞，连死后都不得安生，最终以灵魂与魔鬼订契，从此在这座寺庙，助人下石，为虎作伥。

听完空舟的讲述，李怀信陷入了深思。对方讲了半天故事，凄凄惨惨的，却都像是隔靴搔痒，根本没切中重点。比如，波摩罗费尽心机搞出这么多事究竟想干什么？杀光法华寺所有僧人就为了供佛？造了个芥子世界就为了吸人精阳？取墓葬塔历代高僧的坟土就为了埋尸种花？这些空舟非但没说清楚，还凭空抛出了更多的疑点。他无法判断这空舟是真不知情，还是避重就轻。

一早在旁边听着，手脚也不闲着，她抖了抖旁边的地涌金莲。地涌金莲的根茎结结实实地捆扎着骷髅头骨，扯不开，只是又落下不少泥土。

贞白定睛一瞧，眉头紧蹙，道：“有字。”

“咦？”一早蹲下去，毫无忌讳，小手轻轻蹭掉那颅骨上的湿泥，脏兮兮的，上面果然有密密麻麻的炭黑色字迹。

冯天凑近，艰难地辨认着上面的字：“婆卢羯帝烁钵……烁钵啰耶……菩提萨埵……婆耶，什么玩意儿？摩诃萨埵婆耶，摩诃迦……卢尼迦耶……”

实在太拗口，冯天念不下去了。

“是经文，《大悲咒》。”空舟道，“波摩罗写上去的，他在每一具尸骨上都写满了经文。”

李怀信想起空舟方才说波摩罗耗时三月安葬法华寺僧众，不由得惊奇道：“所以这邪僧杀完了人，又在这儿抄了三个月的经？”

把经文抄在尸骨上，这是什么奇怪的操作？李怀信问：“这里葬了多少个和尚？”

空舟道：“这里有一千朵地涌金莲，皆为当年法华寺弟子颅骨所栽，包括住持长老，武僧禅僧，总共一千人。”

“也就是说，那邪僧抄了一千遍经，一条命抄一遍。”李怀信抬起手，不由自主地摩挲着下巴，“他对法华寺赶尽杀绝，显然蓄谋已久，事后这么做，绝不可能是忏悔赎罪。”

“一千朵金莲，一千个和尚，一千遍经。”冯天也低声呢喃着，思路有点打结。

这接连三个“一千”让空舟想起住持曾经讲过的佛法，他说道：“是大千世界吗？”

冯天疑惑道：“嗯？”

空舟道：“住持曾说，一日月照四天下，覆六欲天、初禅天，为一‘小世界’；一千个小世界覆一二禅天，为一‘小千世界’；一千个小千世界覆一三禅天，为一‘中千世界’；一千个中千世界覆一四禅天，为一‘大千世界’，故称三千大千世界。”

这左一个“一千”右一个“一千”绕得人头晕，但冯天突然灵光一现，拨云见日：“我知道了，是千佛莲台！”

李怀信疑惑道：“什么东西？”

冯天压抑住内心的翻涌，道：“佛像身下坐的不是莲花台座吗？这里就是以一千个和尚、一千朵地涌金莲做成的千佛莲台！那魔僧杀了法华寺一千僧众，竟是为了这个！”

众人听得似懂非懂，冯天扫了一眼，见在场的除了空舟，其他几个都是门外汉，遂琢磨着怎么解释才更通俗易懂。他略微沉吟，道：“他残杀法华寺僧众，是要用一千个和尚的颅骨炼作法器，种植地涌金莲。而在此地，一地涌金莲为一莲瓣，一千瓣就是一千莲。佛门深信，死后将通西天极乐，而他们又称死为灭度，入灭、灭惑，度生死，并不是真正意义上的死了、没了，而是非生非死，证得涅槃。那这一千个和尚证得涅槃，就意味着是一千佛陀，一千佛陀一千莲，组合起来就是……”

李怀信震惊不已：“一座千佛莲台？！”

冯天神色冷厉：“对。”

贞白疑惑道："可用它来做什么？"

空舟之前那番话，令冯天彻底想明白了，他答道："用来造个小世界。"

李怀信瞠目，一点就透："你是说，这个芥子世界？"

"没错。"冯天冷笑一声，"佛门中若真有高僧能独辟出一个芥子空间，那必定是功德无量之辈，早去造福苍生了，哪会吃饱了撑的在此为非作歹？"

冯天这番话倒是跟李怀信之前想的落到一处去了，李怀信语带轻蔑地接话："那邪僧压根儿到不了这个境界，就因为没那么大本事，所以只能走歪门邪道了。"

冯天道："千佛莲台就是架起来的一个法器，用来构建芥子世界。他在尸骨上抄写经文，乃佛骨经身，就好比将一盘散乱的佛珠用线串起来，这里则是以经文串联，空间就筑造成了。但光筑成还不行，一个芥子世界，那是要有无量高僧以无量功德作奠基的，所以必须得有功德加持，才能真正形成。而这些肉体凡胎的僧徒，大多只知道吃斋念佛，算不上得道高僧，只是那邪僧为了造出千佛莲台，不得已抓来滥竽充数的，他们身上的功德远远不够，甚至有人根本没有，那怎么办呢？"

冯天看向空舟，目光如炬。

空舟浑身一僵，冯天的意思已不言而喻，他每隔七日从墓葬塔群里挖去的坟土，不仅仅是坟土，而是功德，是法华寺历代高僧积攒下来的无量功德。

冯天语气森冷，斥他："助纣为虐。"

第六十九章 别后重逢

空舟何其冤枉，他根本没想到一抔坟土会帮那邪僧造这么大的孽。他才出家两月有余，几乎连一本经书都还没背熟就做了鬼，在做鬼之前他都不信这世上竟真有阴魂不散这种事，更遑论生死之外这些怪诞诡奇。

“既然知道这千佛莲台就是构造极乐之境的法器，”李怀信一只手摁住剑匣的机栝，开匣取剑，“那就好办了。”

“哎，祖宗！”冯天连忙阻止，生怕李怀信鲁莽行事，“这不是捅刀子就能解决的事儿，你先别一上来就用武力。”

说完，他扭过头，对还在一个劲儿地拔萝卜，哦，不，拔骷髅头的一早吼道：“小鬼，快住手！别闯祸！”

一早不服气：“不让捅又不让拔，那能怎么解决？”

李怀信道：“顾长安和那一帮人还被困在里头，总得毁了极乐之境，把人救出来。”

“那也不能乱来。”冯天道，“你怕是忽略了，这个极乐之境是用一千个和尚炼出来的。”

李怀信眸光一凛，蓦地意识到重点，这是一千个和尚死后，以头颅为法器种植的地涌金莲，写上经文及用功德加持，才形成的芥子世界。那么最初在塔刹里勾起僧众欲念，杀害一千名僧人的，还并不是什么极乐之境。

冯天道："狗屁的伎乐天女，其实就是一群色鬼！淫邪得很！比长平乱葬岗里的附骨灵更为凶残，招惹不得。一旦沾上身，非被那东西吸干精元不可，就像法华寺这群和尚的下场！我估计啊，那些东西是因为被困在芥子世界里有所管制，所以这十三年来才只是损人阳气。你若乱来一气，把千佛莲台毁了，将那些吸人精元的色鬼放了出来，没了压制，岂不是直接要人命？别一个不当心，把自己的小命都搭进去！"

空舟脸色惨白，想起极乐之境里的顾长安，心急如焚："那怎么办？"

"你和那邪僧同流合污整出个芥子世界害人，还问我怎么办？"冯天没好气道，"反正就是损点阳气，让里面的人逍遥快活去呗……"

冯天这缺心眼儿的估计还没反应过来空舟之前那句"不近女色"意味着什么，一句话又把他的魂体伤得更透明了些。

李怀信扫了眼空舟忽虚忽实的魂体，有点儿不忍心，遂打断冯天的话："你有没有法子？"

冯天叹道："我能有什么法子，总之不能将那群色鬼放出来。"

贞白轻声道："那便进去杀掉。"

此言一出，大家不约而同地沉默了。那三个鬼是进不去的，再排除贞白一个女子，就只有李怀信能被色欲熏心了。

翻来覆去折腾一大圈，到头来还得他进去，李怀信目光如刃，上下把贞白刮了一遍，有种要将其剥皮抽筋的狠劲儿。

这女冠出的什么馊主意！李怀信咬牙切齿，却只能恨恨道："也不失为一个可行的法子。"

说完，他不顾冯天的劝阻，径直上了塔楼。他心里憋着一口气，气那女冠若无其事地把他往火坑里推，当他是什么人，是随便就能亵渎的？明明之前还一个劲儿地打他主意，如今转头就把他往淫窟里送。

李怀信满腔怒火，正愤愤不平，突然被人拽住了。他沉着脸回头，贞白不知何时已走到他身后，抓着他的胳膊，说："你不愿意就算了。"

李怀信愣神道："嗯？"

就他刚才那副不情不愿的模样，任谁看了都有种逼良为娼的罪恶感，贞白到底还是不想勉强他，松开手道："不愿意就算了……你带着他们到塔外，这里我来解决。"

李怀信猛地回过神来，刚才那只手仿佛是攥在他心上，结结实实攥紧了，让他满腔的怒气瞬间烟消云散。

他知道她要干什么，她想毁掉千佛莲台构造的芥子世界，放出里面那些东西来，然后独自应对。

李怀信神色复杂："里头不是什么伎乐天女，放出来的色鬼压根儿就男女不忌。"

贞白当然知道。她点点头："问题不大。"

如此轻描淡写的一句，突然让李怀信觉得自己太小家子气，连个女人都不如。他有提剑上阵大杀四方的魄力，生死不惧，哪怕身在乱葬岗和七绝阵，也没有半分怯意，唯独对女色避之若浼，总觉得女色会乱人心志，坏人修行。只要不让他进极乐之境，从一开始就放弃抵抗，给那些东西以可乘之机，怎样都行。比如，把这芥子世界捅个窟窿，把那些东西放出来，硬碰硬，他还能怕了那群色鬼不成？！

"行吧。"李怀信飒然一笑，"我也觉得问题不大。"

贞白的手刚抚上身边一株地涌金莲，陡然感觉有道剑光一闪。

众人始料未及，便见李怀信一剑劈下，气势如虹，却被一柄沉木剑当空架住了。

李怀信错愕道："干什么？"

贞白架着他的剑，因为太过突然，一条胳膊都震麻了，沉木剑险些脱手。

未等她开口，冯天嗖地蹿过来："我说你干什么！祖宗，不是都跟你说了……"

李怀信突遭拦截，心中不快："你闭嘴，身为太行道弟子，居然被几个色鬼吓住了，前怕狼后怕虎的，丢不丢人！"

"不是，李老二，你怎么不检讨一下自己鲁莽轻率，独断刚愎呢？"

"我说……"贞白没料到两人竟会在这节骨眼儿上吵起来，刚想开口，李怀信的矛头就转了方向，朝她撒气："好，你说，你拦着我干什么，非让我带他们躲出去吗？"

瞧不起谁？真当他窝囊废毫无用武之地啊！

"不是。"贞白耐着性子道，"地涌金莲的根茎直插地底，下面阴气大盛，有东西。"

这女冠自己就是极阴之体，从乱葬岗那种地方出来，一路上虽碰到不少事，但也只听她说过“有阴气”或“阴气重”之类的，还是第一次听她说“阴气大盛”。

李怀信神色凝重起来，突然意识到什么：“地涌金莲下面埋着一千具尸骨，我们进塔之初，却没感觉到一丝阴气。”

这太不寻常了，贞白蹙起眉，若不是李怀信此刻提及，她可能真就忽略了，好像所有的阴气都蓄在地底，丝毫没漏出表面。她转向空舟，沉声问道：“下面有什么？”

空舟被她冷肃的气场一镇，吓得茫然无措：“我不知道。”继而又立刻反应过来，他说，“是地宫。历代法华寺普通僧人的骨殖都安葬在普同塔的地宫里。”

李怀信道：“法华寺数百年历史，安葬在地宫下的僧徒不计其数，难怪阴气大盛。”

贞白的掌心抚在地涌金莲上，蓄了股阴气，令缠绕在颅骨上的根茎倏地生长，直扎地底，延伸探寻。片刻后，她微微侧首，蹙眉道：“不太对。”

李怀信下巴一抬，冲冯天道：“下去看看。”

然而不知为何，灵体也无法穿到地下，冯天试了几次，都被阻隔在外，他说：“有封印。”

为防孤魂野鬼误闯，佛寺墓葬塔的地宫一般都会加封印护持，不然随便来个野鬼就能在地宫里头溜达，还让不让逝者安息了？

李怀信偏头，问空舟：“地宫的入口在哪里？”

“你们要……”空舟话未说完，蓦地瞠目。只见一颗乌木佛珠直逼他面门而来，他来不及躲避，被冯天猛地撞开，佛珠擦过他的眼睫击在身后的经幢上，叮一声弹落在地。

紧接着，又有接二连三的叮当响，一把佛珠暗器似的射过来，李怀信和贞白旋身避开，以剑格挡。只见那名住持，也就是番僧波摩罗，不知何时已入得塔室，手捻佛珠，弹指射出。那佛珠裹挟着一股暗劲儿，击打在剑上。剑身嗡嗡震颤，震得手臂发麻，李怀信挥剑将佛珠劈成两半，不屑地冷笑道：“我们还没去找你，你倒自己送上门来了。”

多省心哪，免得他再劳神费力地去找，正好将这番僧与极乐之境一并灭了。

波摩罗冷哼道：“胆敢在华藏寺乱生事端，就休怪老衲手下不留情。”

李怀信最恨别人恶人先告状："明明是你这邪僧作恶在前，残害法华寺千名僧徒，构建芥子世界，损人阳气，却反咬我们生事，好不要脸！"

波摩罗闻言，眉头一皱，目光陡变凌厉，狠瞪向空舟。就知道这只地缚灵是个祸害，早晚得给他整出点儿麻烦来，奈何见其还有大用处，便一直留着，没想到却留成了心腹之患。他对法华寺所做的种种，本应该神不知鬼不觉，毫无痕迹地抹去，奈何这空舟却成了他无法销毁的铁证。也正因如此，他才慎之又慎，从未泄露半分自己的目的，那空舟也只知其一不知其二，而眼前这个不知打哪儿冒出来的毛头小子竟一语道破玄机，认出极乐之境是以千名僧徒炼作法器，造出来的芥子世界。没点见地和造诣，根本不可能一眼看透，何况对方还不是佛门中人，却涉猎颇深。

波摩罗料定其来头不小，不敢轻敌，他将佛珠一拢，攥在手里，威慑道："既知是芥子世界，尔等还敢造次。"

李怀信心高气傲，简直要被他逗笑了："我说你，吓唬谁哪？自己没本事，只能依靠歪门邪道造出个芥子世界，还有脸在这儿耀武扬威？信不信我给你一锅端了！"

冯天捂脸，这祖宗就会逞口舌之能，口气永远都比能耐大，最擅长以横治横，以暴制暴，大言不惭惯了，连自己都信了。用寒山君的话来说就是：这小兔崽子太傲！傲得他自己心里都没数了！不过，他胜在底气十足，气势逼人，整个人英姿飒飒的，往往真能慑住全场。好比现在，波摩罗就闻言色变，当然，也可能是给李怀信激的，他苦心经营十余载，耗费了不知多少心血才筑成的芥子世界，岂容他人随便跑进来捣乱。

波摩罗手中的锡杖一旋，显然已动了杀念："不知死活！"

李怀信早就心气不顺，想找个宣泄的途径，如今正好拿这个番僧开刀，痛快淋漓地打一场。

令人没想到的是，这番僧竟是个中看不中用的废物，不过寥寥数招，便落了下风，开始东躲西藏。李怀信打得不过瘾，下手越发狠厉，剑锋凛凛扫过，劈断了矗立在旁的一根经幢。

波摩罗诧异地回头，蓦地闪身，李怀信一剑挑过去，搅在那锡杖的双环中。金属摩擦，发出刺耳的声响，李怀信的剑尖擦着波摩罗的咽喉扫过，留下一道殷红的血痕。

贞白静立一旁，却隐隐看出不对劲。李怀信穷追猛打，占尽上风，可一招一式尽显急躁，或者说，他太急躁了，不似平常的状态，哪怕之前在乱葬岗和七绝阵，再危急的关头，也不见他如此急躁过。

波摩罗被逼得一退再退，情急之下，竟一把抓住贞白，去挡那挥斩而下的剑。

俗话说，柿子要挑软的捏。他们几个人里，一早和冯天都是软柿子，波摩罗却挑了其中最硬的那个，这不是搬起石头砸自己的脚吗。

他自不量力地想拿贞白做人肉盾牌，却惊骇地发现情况不对，此人就像焊在地上的千斤柱，纹丝不动，下一秒，反手将他擒住了。

贞白心想，不对，这老和尚太弱了，与空舟口述中的番僧简直大相径庭。她猛地拽了他一把，发现手上的人分量轻得不同寻常。

而此刻李怀信的长剑直刺过来，对着波摩罗的胸腔扎进去，却扎了个空。

倏忽间波摩罗就在贞白手中消失了，只留下一件瘪下去的僧袍。

众人皆惊，贞白轻声道："只是一缕阴魂。"

"不可能。"李怀信难以置信，"若是阴魂，你我怎么可能看不出？！"

但事实就是他们谁也没看出来。

"障眼法吗？"冯天隐隐有些发怵，"或者是，我们也被卷在一个空间里而不自知？"

贞白环顾四周，语气笃定，给冯天喂了一颗定心丸："不是，仍在现实中的佛塔里。"只不过……她左眼隐隐泛出绿光，似一只蛇目的形态，幽幽盯向楼梯处，那里有一缕阴气正自缝隙飘入地底。

她敛了绿瞳，转瞬恢复常态，指向楼梯处，问空舟："那里，可是地宫入口？"

方才发生的一幕令空舟措手不及，他本能地点点头回应贞白。就在他看向楼道的一瞬，突然有个人跛着脚，跌跌撞撞地走到了台阶上，头破血流，一副狼狈样。

四目相对，空舟蓦地睁大了眼，瞳孔紧缩。

顾长安扶着栏杆，已经虚脱得快要站不稳了，他在那极乐之境的软玉温香里晕头转向，终于想起自己来此的目的，然后挣扎着起身，一扇门一扇门地乱闯，满世界地找寻那个人。他浑身酸软无力，对缠上身的美人儿视如蛇蝎，惊慌地躲避，磕磕碰碰，头破血流，终于在推开某一扇门后，他闯出了塔楼，狼狈地站在扶梯上。

他一抬眼，就看见站在地涌金莲中的白衣僧人，刀刻般的眉眼，恍如初见。他唤那人的名字，那三个字，像刀刮在他的嗓子眼儿，鲜血淋漓："唐季年……"嘶哑的嗓音，哽在喉间。他们历尽千辛，终于破镜重圆，却足足迟了十三年。

空舟定定望向顾长安，须臾，仿佛耗尽了一世光阴，又仿佛一眼万年。他张了张嘴，万语千言，却一个字都吐不出来。

顾长安的眼眶早已湿润，他朝唐季年走了过去，恍惚中却一脚踏空。摔下去的瞬间，他透过蒙眬的泪眼看见唐季年朝自己奔了过来，张开双臂，像是想要接住他，动作如此迅疾，十几个台阶的距离，缩地成寸般，眨眼就到了跟前。他伸出手，想搭唐季年一把，更想抱住他，却在相拥的瞬间穿魂而过，一缕阴寒至极的冷气猝不及防地渗透他的身体，冷得他一哆嗦……

顾长安猛地摔下了台阶，被旁边的李怀信敏捷地撑住了。他顾不及站稳，抬头盯住了唐季年。

这一刻，他们四目相对，却不是破镜重圆，而是阴阳相隔，是参商永离。

唐季年死了十三年，已经有一定资历，加之他执念颇深，不刻意避人或者隐身的时候，很容易让人撞见，就好比现在，顾长安一眼就看见了他。

来之前，顾长安从未想过他和唐季年会是以这样的方式重逢，在这座塔室内，阴差阳错地相见。积攒了十三年的相思突然决堤，千言万语，像刀一样刮得他肠穿肚烂。他们彼此相望，仿佛望尽了一世的悲欢离散，曾经相识相知的美好时光，都已被绝望渗透。

顾长安感觉脑子一片空白，嗡嗡作响，耳鸣，眩晕，眼前发花，胸闷得喘不上气来，他浑身上下没一丝气力，几乎支撑不住，像个濒死的人，虚弱地说道："我回来了……"

"我回来了"，这四个字冲击过来，掀起了唐季年对顾长安所有的恨和怨。他想起十三年前，在广陵那场前所未有的大雪里，他追着那辆绝尘而去的马车，声嘶力竭地喊道："顾长安，你回来。"

一切恍若发生在昨日，如果此间没有相隔十三年，如果顾长安没有走……

然而世上没有"如果"，顾长安的离开，几乎抽掉他半条性命。不管顾长安有什么理由，哪怕是身不由己，他也无法接受。曾经的盟誓，变成了一场笑话，无时无刻不在折磨着他。当时他甚至想过去死，但终归没寻死，为什么？他也说不清，或许是还没到那份儿上？然而那段时间他心如刀绞，生不如死，夜夜失眠，几乎把自己熬枯了。

因为顾长安的离开，他曾迁怒过自己的父亲，恨透了那些逼他们分开的人，尤其是那个想要嫁过来的都护千金。他去都护府退婚，狠狠闹过一场，闹得满城风雨，让整个广陵都知道他唐季年忤逆疯癫。

痛苦之中的他，根本顾不上想太多，等后来冷静下来，他才觉得自己疯过了头，这样胡闹一番，又能改变些什么呢？到后来，他心如死灰，什么都不想要了，这么一个薄情寡义的人，有什么值得他留恋的呢？然而，如果连这份留恋都舍弃了，这世间还有什么值得他留恋的呢，索性全都弃了吧，了却红尘，遁入空门，从此尘归尘，土归土，恪守清规，心无牵绊……

然而这些年，他真的了却红尘，心无牵绊了吗？

唐季年盯着面前这个人，时隔多年他以一副追悔莫及、伤心欲绝的模样出现，是想演一出浪子回头吗？唐季年感觉自己恨毒了他，到头来，却还是不得不承认，自己舍不得这个人。他舍不得啊，因为顾长安自十六岁开始就与他相随……

他从来不是个别扭的性子，此刻他盯着顾长安，想狠狠地泄恨，想谴责他，终究还是舍不得。以前他连一句重话都不曾对顾长安说过，此刻也只能嗔怪道："你还……知道回来啊！"

只一句话，顾长安就再也控制不住痛哭出声，像走失了多年，千辛万苦，终于回了家，回到他牵挂的人身边，他号啕大哭道："我错了，唐季年，对不起。"

放在以前，唐季年肯定会说，"没事，知错咱就改"，可是现在，改不改都没意义了，回不回来也没意义了，人鬼殊途的道理，他懂。

此情此景，连一旁围观的四个人都看得很不是滋味。

片刻，唐季年飘下梯阶，虚弱的魂体裹在白僧袍里，低声唤道："顾长安……"他说，"我已经死了。"

如此直白，摧心剖肝，扑灭了顾长安所有的期许。

他说："这辈子，你算是彻底把我辜负了。"

他又说："顾长安，我恨你，怨你，这辈子都没有办法原谅你。"

他把心里的苦一点不剩全都倒出来，血淋淋地去剜顾长安的心，既痛快又肝肠寸断。他盯着顾长安，曾经捂在胸腔里那颗滚烫的心，如今早已比冰雪还寒冷，今日既重逢，不如来个痛快了断。

顾长安掩面痛哭，他哽咽道：“我那时候……我没有办法了，唐季年……我每天，无时无刻不在后悔……唐季年……”

后悔有用吗？他在这里熬了十三年，早就受够了，不需要这份时过境迁的悔过。他曾经也有过痴心妄想，却早就断在了普同塔的地宫内，他没有再继续等，更没再期盼这人能回来。

唐季年撵人走，可顾长安哪里肯走，他泪雨滂沱，可怜兮兮又百般凄楚地追问当年发生了什么，为什么会变成这样，自责得泣不可仰。

“何苦呢？”唐季年劝他，更是劝自己，“咱俩早就断了。”

顾长安蓦地抬起头，心脏仿佛骤停，一句“早就断了”简直要了他的命。他猛地想起来，自己当年对唐季年有多狠心，那时候的他，可是不止一次地提过这句话：“断了吧，咱俩，断了吧。”

多伤人的一句话啊，那是将对方的心活活剖开的剧痛，轮到自己身上时，他才明白那痛苦有多难承受。他怕了，摇摇欲坠的身体抑制不住地颤抖，千言万语堵在他心间，不知从何说起。他语无伦次道：“没断……不能断，你活着也好，死了也罢，就算我化成鬼……”

唐季年被吓到了，他知道顾长安有多傻，说得出这番话，就真能不管不顾。

“顾长安，你早干吗去了！”唐季年仍然怪他，字字诛心，“当初，他们可没拿着刀要逼死咱俩，只不过是为难了你几句，你就撇下我走了，现在又跑来唱生死相随的戏码，谁稀罕啊？”

这话说得太重，太伤人了，但比起顾长安的命，伤心又算什么？他们的心，早就伤透了。

“我知道你恨，你怨，你怪我。”顾长安狠狠抹掉眼泪，决绝而坚定，“我的确撇下你走了，如今无论怎么解释，都太苍白无力。可是不管你怨也好，恨也罢，我既然回来了，就没想过再独自走或独自活着。”

“顾长安……”

“十三年了，”顾长安几乎是在恳求他，“生离死别我们都经历过了，而这辈子最难逾越的，无非就是生离死别，我不怕的。”他说，“但你能不能，等等我，等我百年以后，或抑郁而终，再一起走。”

旁观的冯天直到此刻才反应过来，不禁瞠目结舌，他压低声音跟李怀信说："他俩……他俩那什么？"

李怀信回他一句："别少见多怪。"

"不是，他俩……"冯天词不达意，只好比比画画。

李怀信尤其豁达，刚想教育冯天两句，便瞥到旁边一脸惊愕的贞白和神色古怪的一早。

得！仨土老帽儿！显然是没见过多少世面，所以对眼前这场撕心裂肺的相逢也难有共鸣。冯天更是震惊到仿佛三观遭到重创，连声嘀咕道："我的天啊……"

李怀信"嘘"了一声，道："你能别这么大惊小怪地来回念叨吗，烦人！"

"那种哎……"冯天艰难地措辞，"这种匪夷所思的关系，简直……闻所未闻，还不许我大惊小怪吗？哎，你怎么这么淡定？好像你见过似的。"

李怀信"嗯"了一声。

"哪儿见的？"冯天瞠目道，"这种事你都……你也太见多识广了。"

李怀信正欲回答，忽闻一阵鬼哭狼嚎，那声音在密闭的塔室里回荡，让人头皮发麻。紧接着一阵地动，只是轻微的震颤，就像整座佛塔打了个哆嗦。

众人神色陡变，贞白往楼梯处一指，道："地宫有异动。"

"这里恐怕不安全。"李怀信扭头吩咐道，"一早，你带顾长安出塔。"转头又对唐季年说，"和尚，你带我们下地宫。"

顾长安恍恍惚惚地摇头，他刚和唐季年重逢，哪里肯就此分开。李怀信见状脸色冷下来："别磨蹭！一早，带他出去，离远些，找个相对安全的地方。"

一早点头，跑过去拉顾长安的手："哥哥，咱们先出去。"

"发生什么事了？"顾长安有种不好的预感，眼睛死死地盯住唐季年，怎么都不肯走。

一早拽住他胳膊，往外扯："你就听李怀信的吧，你在这里会给他们添乱的。"

唐季年连忙嘱咐道："你们出去往西，那里有一处墓葬塔群，但是别进去，就在外面待着。"说完，看着固执的顾长安，他语气软下去，安抚似的，"长安，你出去等我。"

顾长安揪着心，问他："有危险吗？"

唐季年也不骗他："可能有危险，所以你得出去。"

听见有危险，他更不能走了："我们好不容易……"

李怀信感觉顾长安实在婆婆妈妈，好不干脆，便不耐烦道："你手无缚鸡之力，还跛着脚，行动都不方便，跟着我们是想拖后腿吗？到时候他做什么都得顾及你的安危，反倒连累大家，更危险。"

李怀信这番话尖酸刻薄又言之有理，顾长安不情不愿地被拉走了。

贞白不禁抬眼看向李怀信，看出他不同寻常的急躁，一般情况下，他其实还算是个沉得住气的人，甚至有些散漫，也不知从什么时候开始，竟变得越来越没有耐性。她思索着他从何时开始发生了变化，似乎是与那番僧打斗之时。

李怀信踱到楼梯处，刚才贞白所指的位置，敲了敲地砖："是空心。"他问唐季年，"怎么打开？"

唐季年摇了摇头，他进佛寺两月有余就遭了难，没真正参与过僧人灭度后举行的下火佛事，当年是波摩罗亲自收殓了所有僧徒的尸骸，他只知道塔底有地宫，却从未找过入口。地宫就等于坟墓，试问谁会有事儿没事儿跑去挖个坟，探个墓，在墓穴里头瞎溜达一圈？

李怀信内心生出一种无力感，这和尚其实也没多大用处！他简单粗暴地一剑插进地砖缝里，狠狠一转，又利索地拔出剑，准备再插第二下。手起剑落的同时，他抬起头，正好对上贞白幽深的眼睛，发现对方正目不斜视地盯着自己，他莫名其妙地犹豫了一下，才一脚将那块松动的地砖蹬塌了。

地砖咚的一声掉了下去，一股陈年腐朽潮湿的霉味从黑洞中散发出来。

此时一早和顾长安却突然返回了，一早说："塔门被封住了。"

唐季年一怔："怎么会？"

随后，一阵低缓的诵经之声在塔室里响起，仿佛有无数个和尚同时念经，却是各念各的经，参差不齐，像是从房梁上压下来，又像是从地涌金莲的花心里透出来，乱糟糟一片，萦绕在耳边，而且越来越响亮，越来越嘈杂。

唐季年听在耳里，整个人如遭重击，他惨白着一张脸，惊惶四顾，感觉天旋地转。太熟悉了，这沸沸扬扬的诵经声，是法华寺终结那日，住持及无数僧徒为了抵御心魔欲念，诵念到死的佛经，是刻进他骨子里的恐惧。如今，这诵经声一声又一声，杂乱无章地在他耳边回荡，仿佛悲剧重演。当日的情景仍历历在目，他永远都不会忘记这些声音，因为他便是在这铺天盖地的诵经声里死去的……

听完唐季年的讲述，冯天惊愕地回过头，盯着满室盛放的地涌金莲道："你是说，是这些已逝的僧人在念经？”

“怎么可能呢？”李怀信难以置信，“这些尸骸只是法器。”

“不对。”贞白侧耳，凝神判断道，“诵经的声音应该是从地宫传上来的。”

“先下去。”李怀信毫不迟疑地劈开地砖，道，“一早，你和顾长安待在上面，看着他，别乱跑。”

一早点头，又迎上唐季年托付的目光，打包票似的应承道：“放心吧，我肯定保护好他。”

第七十章　千魂寄生

隧道里漆黑一片，贞白点一盏青灯，刚照亮路，便见几条盘踞在台阶上的青蛇蜿蜒逃窜。

眼前是一条开阔的长阶，以青砖铺砌，隧道的两壁凿有浮雕，是各式僧徒沙弥的肖像。

往下行，阴冷的空气压着灯火，将灭不灭。光源照射到的范围不大，贞白又引燃了一张火符，光线比方才强了些，能看到地宫方室的整面墙壁。

那墙上挖了无数道壁槽，十分规整，每道壁槽中都存放着一只龛盒，乃历代法华寺普通僧人的骨灰盒，顶部刻着他们的法号。墙壁中央有一个灯槽，贞白随手点燃了，再回头，见近处一根巨大的石柱直插入地底，上头刻着密密匝匝的经文，令她想起在塔室里见过的那一根根经幢："经幢？"

"怪不得。"李怀信道，"经幢多半立在佛院或者陵墓的地宫……"

话说到一半，他蓦地顿住，缓缓朝经幢靠近："念经的声音，好像是从这里头传出来的……"

"不是经幢！"冯天猛地叫住他，"别靠近！"

李怀信及时刹住了脚步："什么？"

冯天慎之又慎地，远远围着那石柱转了一圈，说道："这是驭鬼桩！"

"那上面刻的难道是……"李怀信抬头往上望，无奈光线太弱，而那些字刻的位置太高，字体小而密匝，看不太清，他眯了眯眼，继续道，“引魂经？”

冯天是魂体，不敢靠近，但贞白并不忌惮，她缓步走上前，盯着石柱半晌：“引魂经？驭鬼桩？驭哪里的鬼魂？”

此起彼伏的诵经声从石柱中传出，哪里的鬼魂不言而喻。贞白抬手，缓缓伸向前，指尖触碰到冰凉的柱壁时，诵经声戛然而止，柱壁里猛地伸出无数只惨白的手，争先恐后地抓住她，将她狠狠拖拽。

贞白猝不及防，趔趄了一步，被李怀信迅速拉住，奋力拖到安全的范围。

方才那短暂的瞬间，贞白已看得分明，柱壁里浮现出无数个僧徒的模样，他们在痛苦中挣扎，那些伸出来的手并不像要将她拖进去，而是希望她能拉他们一把，将他们从驭鬼桩的禁锢中解放出来。

唐季年惊骇地瞪大眼，那些拥挤在柱壁里的冤魂他都不陌生，他甚至看到了几张异常熟悉的面孔，其中一位还是总揽寺院庶务的监寺。他惊恐地后退一步，颤声道：“这些，全都是当年被波摩罗残害的法华寺弟子。”

他极力平复着情绪，道：“我以为他们早已身死魂消，没想到，居然全被禁锢在了地宫之中。”

不远处，还竖立着另一根石柱，贞白隐隐想起在塔楼的一楼，满室地涌金莲中竖着好几根经幢，当时她和李怀信并未多留意，现在看来，那些经幢应该就是从上至下直贯到底，插入地宫之中的。她迅速绕着方室走了一圈，手捏伶仃火星，掷了出去。在微弱的光晕里，她和李怀信分别点燃了四壁的灯槽，虽仍不算亮堂，但整个地宫的景象已大致显现。

此时，冯天猛地喊了一声：“看顶部！”

众人齐齐抬头，皆为之一怵。那地宫的顶壁上，密密麻麻地悬吊着无数具骇骨，只能看见肩膀以下的躯干，每具骸骨都被植物的根茎纵横交错地缠缚住，周身写满了炭黑字体的经文。

冯天道：“是那些用来做千佛莲台的僧人，被嵌在塔楼和地宫之间，头骨在上，躯干在下。”

在一楼的塔室中，所有颅骨都被包裹在花盆的泥土中，隐藏了起来，入目只是一片灿烂无比的地涌金莲，不同于地宫这千具尸骨的触目惊心，再加上摆了满满当当四面墙的僧徒骨殖，这里就相当于一个大型坟场。

此刻贞白扫视整个地宫，猛然意识到什么：“七根！这里是七根驭鬼桩！”

李怀信闻言，抬眼看过去，心下一凛。居然又跟“七”这个数字相关，他们一路走来，经历了乱葬岗七山、枣林村七门，现在又是法华寺七根驭鬼桩，未免也太凑巧了吧？！

“难道是这个番僧布下的阵法？”贞白仿佛快要触摸到真相，目光迅疾地在四下搜寻。她记得番僧在她手里消失时，一缕阴气飘入地宫，不可能就此不知所终了，但现在，她却连一点端倪都看不出来。情急之下，她目光陡变凌厉，左瞳隐隐泛绿，在幽暗的密室里扫过，然而入目的却是一片浓墨般的黑，黑气中耸立着七根石柱，柱壁里无数僧徒的亡灵在挣扎，而那些诵经的声音，再一次汹涌袭来，那仿佛不是在念经，而是在绝望地呐喊：放我出去……

“贞白！”贞白耳边陡然响起李怀信严峻的声音，“眼睛！”

贞白倏地闭目，克制着，再睁开，已变回黑瞳，看向李怀信。

李怀信脸色冷肃地问道：“你怎么回事？！”

贞白坦言：“有些东西，以蛇目能看得更清晰一些。”

“你又不是蛇精妖孽变的，用什么蛇目识物，好好拿右眼看东西不行吗？非把自己往不人不鬼的方向带，若是养成习惯以后怎么改！”

“行。”贞白面无表情地应他，看起来特别听话。

李怀信知道她因何在意：“是，都和七有关，三者之间是显得格外凑巧，但这里的驭鬼桩极可能是那番僧所为，与长平乱葬岗及枣林村是否有关联，还不一定呢。”

“不会吧。”冯天错愕道，“如果真这么巧，这几处的大阵都是那邪僧所为，岂不是正好让咱们给撞上了？”

唐季年完全听不懂他们在说什么，此刻他满耳充斥着此起彼伏的诵经声，那声音浪潮一样冲击着他的耳膜，他只觉得汗毛直竖，后背发寒，像被关在一口密不透风的棺椁里，饱受摧残。

那诵经声中还夹杂着窸窸窣窣的嗞嗞声，唐季年循着声音仰头望，只见那缠着尸骸的根茎好像活了一般，正在弯弯绕绕地蠕动……不，他瞳孔猛地睁大，认出那些蜿蜒蠕动的东西，是一条条拇指粗细的青蛇。

唐季年头皮一麻，指向顶部：“好多蛇。”

李怀信一抬眼皮，瞬间起了一身鸡皮疙瘩，他看不得过于密集的东西。

“我去！”冯天担心那些玩意儿一个没扒稳全给掉下来，“什么鬼地方，咱是进了蛇窝吗？这些和尚的坟茔里怎么会有这么多蛇！”

李怀信神色陡变：“一般的坟茔不可能生出这么多蛇，更何况这佛塔下修建的地宫是以青砖铺砌的。蛇属于极阴之物，喜欢极阴之地，而这里有千具尸骸，以及堆满四壁的万余名僧人的骨殖……”他眉头紧蹙，条理清晰地分析道，“不对，比尸骸骨殖更阴的是鬼，那么重点应该是这千名亡灵，被禁锢在驭鬼桩里，不得超生，时日一久，他们的阴怨煞气被成倍激发，令此地阴气大盛。而阴养蛇，蛇滋阴，二者相辅相成，就是鬼冢！”说到这儿，他神色一凛，“这里是鬼冢！是专为关这一千名化成鬼的僧人造的鬼冢！”

唐季年十分震惊，他完全想不到，这埋葬僧众的普同塔地宫居然成了鬼冢。

冯天立刻就明白了：“那这七根驭鬼桩岂不就是……”

“棺材钉！”李怀信斩钉截铁地说道，“这七根驭鬼桩就是钉入鬼冢的七根棺材钉！”

“这群和尚未免也太惨了，死后遗骸被炼作法器，魂魄还被棺材钉钉进鬼冢里。”冯天愤慨道，“就算有天大的仇怨，也不必做得如此狠绝，更何况他们跟那番僧无冤无仇。”说到这里，冯天隐隐觉得哪里不对劲，他扭头看向唐季年，问，“你之前可有什么没交代的，比如，那番僧当年是不是跟你们结过仇？”

唐季年连忙摇头：“绝无仇怨，即便他胡搅蛮缠，住持也一直是以礼相待的。”

“那这邪僧的所作所为就太天理难容了。”冯天皱起眉，想起了波摩罗正儿八经的模样，道，“他也不像个走火入魔的失心疯啊。”

李怀信道：“一千只冤魂，数量太大，也许他根本处理不了，才会把佛塔的地宫做成鬼冢，把冤魂全部钉在里面。”

冯天点点头：“倒是很有可能。”

听着源源不断的诵经声，唐季年感觉心浮气躁：“那现在怎么办？”

冯天也犯愁，看向李怀信：“既然发现了，难道不管？”

李怀信这回不敢托大：“一千只亡灵，管得了吗？”

况且这些亡灵被棺材钉钉在鬼冢，十余年不得超生，早已被激发出怨念，不管他们生前多么慈悲向善，也难保现在没变成厉鬼。所以是放，是灭，还是置之不理，恐难决断。

“确实挺棘手。”冯天正纠结间，忽然，一缕煞气从他背后袭来。李怀信目光一凛，冲冯天低喝一声“躲开”，随即两指夹了道驱煞符，抢上前，朝那缕偷袭的煞气掷去。

千钧一发之际，二者却并未相撞，那道煞气疾风迅雨般拐了个弯，扑向了唐季年。唐季年猛地瞪大眼，被逼得仓皇后退，眼见就要撞上身后的驭鬼桩，被贞白及时拽了一把。贞白在拽住唐季年的同时，伸出左手去抓那股煞气，刚抓住，那煞气就从她指缝间散尽了。

唐季年心有余悸，忙向贞白道谢。

贞白松开手，心想，这和尚之前因为顾长安而魂体不稳，虚实不定，这会儿倒是稳固下来，能让人触到魂体了。

“大家小……”冯天话未说完，突然被猛推了一把，他猝不及防，所有人都猝不及防，扭过头就见他已经撞上了驭鬼桩，无数只阴森惨白的鬼手争先恐后地伸出来，抓住他，撕扯着往里拖拽……

李怀信感觉心脏瞬间被揪紧了，他几乎来不及思考，便本能地挥剑斩下……这一招气势磅礴，毫无保留，使出了他十成的功力。

这一切发生得太快，似乎只在电光石火间，冯天还没搞明白这祖宗为什么突然大爆发，冲着自己头顶竭尽全力地一斩，剑势如虹。

冯天的瞳孔猛地放大，感觉不妙，脱口而出：“等一下……”

轰隆一声，剑气已至。

眼见冯天再次涉险，李怀信万分恐惧，连他自己都没意识到轻重，下一秒便已将那根差点吞噬掉冯天的驭鬼桩劈开，下手之猛厉，似挟雷霆万钧之力。

结果被救的冯天非但不知感恩，反倒劈头盖脸地斥责他：“我让你等一下，你是不是耳朵聋啦！”

李怀信一时还反应不过来，他刚才紧张过头，这会儿刚松一口气，就见冯天不识好歹地指着他骂：“李老二，你这辈子是不是改不掉这莽撞行事的毛病了？”

这没良心的居然说他莽撞行事，也不想想他是为了谁！李怀信火冒三丈：“我可是在救你！”

“我都死了，还救什么救，你这么乱来，万一再把自己搭进去……”

冯天这一路小心翼翼，不敢乱来，还曾被李怀信恨铁不成钢地骂他前怕狼后怕虎，其实他就是怕万一自己有危险，李怀信会为了救他而轻举妄动。好比现在，这祖宗一剑劈开了其中一根驭鬼桩，被禁锢其中的亡灵终于挣脱了镣铐，尖啸着冲了出来，一股巨大的冲击力把四人猛地掀开，纷纷撞在骨灰墙上。

众人惊恐地睁大眼，盯着百余名冲破桎梏的亡灵，一时间忘了补救，因为眼前的场面实在太骇人。那些穿僧服戴佛珠的和尚，个个紧密相连，似乎没有下半身，或者更确切地说，他们的下半身好似长在了一起，成了一体，全都面容狰狞地嘶喊起来……

李怀信盯着这些亡灵的怪相，心里觉得莫名恶寒。

冯天目瞪口呆，久久才回过神来，满脸骇然地说："是寄生！"

贞白瞪着眼睛问："什么东西？"

亡灵的嘶吼如海啸般灌入耳中，冯天大喊道："是亡灵寄生！咱又摊上大事儿了！"

"多大事儿？"李怀信后知后觉地问了一句。紧接着，另外六根驭鬼桩齐齐发出尖啸，无数双惨白的鬼手从石柱中伸出，胡乱挥舞着，然后无数颗秃头开始从密密麻麻的鬼手中挤出来，挣扎着，奋力往外伸长脖子，挤变了形似的，面目狰狞又可怖。

这场面实在太诡谲，因为一根驭鬼桩断裂，其余六根也开始隐隐震颤，被钉在里面的亡灵疯了般挣动嘶吼，导致整个空间都在晃，无数缠在尸骨上的青蛇落雨似的往下掉，他们一群人却不知该如何阻止事态恶化。

"哈哈哈……"突然，一阵鬼气森森的笑声响彻地宫，似乎带着狂喜，"有劳各位，冲相阵终于破了。"

"冲相阵？"冯天猛地一震，不寒而栗。

就在其余六根石柱破裂之时，七根棺材钉的中心地带，突然有个和尚拔地而起，不，不是一个，是两个，四个，六个……无数个和尚牵引着从七根棺材钉下解放出来的亡灵，寄生为一体，逐渐形成一个庞然大物……不，应该说它一直就是个庞然大物，只是被棺材钉钉住了七个部位，镇在这鬼冢。

贞白盯住那庞然大物熟悉的面孔，正是方才在打斗中突然消失的住持，她说道："波摩罗。"

李怀信握紧了手中的剑："难道这番僧，是被他曾经害死的千名僧徒的亡魂寄生了？"

"让他祸害人。"冯天不解恨地骂道，"遭报应了吧，活该被冲相阵镇在鬼冢。"

"不对。"贞白意识到问题，"他是被阵法镇在鬼冢的，而驭鬼桩和引魂经，都是道法。”

“那么用驭鬼桩作棺材钉，布下的冲相阵也是道法。”冯天细究起来，“代表着功德与杀业，相冲相抵，是专门用来镇压杀戮过重的修行者的。”

“如此说来，总不可能是这邪僧自己想不开镇压自己吧？”李怀信微微蹙眉，显然觉得这种说法有些牵强，他试图从中找到更合理的解释，“冲相阵是道法，且不说他一个番僧是从哪儿学来的，毕竟像他这种修习歪门邪道的，为防出岔子，留有后手也不无可能。而被千名惨遭他迫害的僧徒亡魂寄生，绝对是他意想不到的最大的岔子，和养蛊婆被蛊虫反噬没什么区别，因此他是走投无路，不得已才布了个冲相阵，把被千魂寄生的自己钉在鬼冢？”

“什么千魂寄生？尔等休要妄言！”折腾了半天终于挣扎出驭鬼桩的番僧突然声色俱厉道，而那一千名僧徒的亡灵与番僧寄生同体，一言一行，连神态都出奇地同步，他一开口，则是千张嘴齐说，“我乃华藏寺千身佛陀，早已修成正果，得道成佛。”

众人：“……”

什么玩意儿就是千身佛陀了？

李怀信嘴欠，忍不住实话实说：“就你这么惊悚的卖相，还敢自称千身佛陀？”

“胆大妄言，休得不敬！”那千只亡灵齐齐厉声道，突然举起千只右手，一巴掌朝大不敬的李怀信挥过来。

一言不合就动手，众人迅速躲避。再强的兵，也难以一敌十，何况他们是四个敌一千，就算只是一巴掌，这寄生同体的玩意儿也能瞬间把他们拍飞。

“不大对劲啊。”李怀信退到方室的夹角，“这波摩罗不是被那一千只亡灵寄生了吗？”

冯天紧跟着他：“是啊。”

“可我怎么觉得，是这一千只亡灵被他主宰了呢？”刚说完，身后就有阴风逼近，李怀信迅速一旋，长剑斩断了四只鬼手，他乘胜追击，一把灭灵符掷出去，把几只寄生的亡灵化成了青烟。

李怀信冷笑一声：“千身佛陀还会怕我太行道的灭灵符？！”

波摩罗面露愠色，千手的掌风再次扫来：“狂徒，休得在华藏界造次！”

贞白挺身向前，沉木剑一挥，只听一声嗞啸，冥蟒从剑锋蹿出，猛地撞向寄生亡灵……

“华藏界？华藏寺？”冯天瞪圆了眼睛，此刻终于想了起来，“我知道了，是莲华藏！我终于知道波摩罗为什么要把法华寺改成华藏寺了！”

“都什么时候了，”李怀信踢开脚下几条青蛇，盯住缠斗中的两大怪兽，不耐烦地说道，“你还管他为什么改名字！”

“不是。”冯天情急道，“佛门里有极乐世界，更有莲华藏世界，也就是华藏世界。”

李怀信这才回过头，直视冯天：“什么意思？你是说那损人阳气的极乐之境吗？”

“对。”冯天道，“佛门里说，极乐世界是修行的第一步，而非修行的归宿。从极乐世界向上超越，并逐级攀升，历经不同境界，终达华藏世界，华藏世界又纳极乐，在色戒最高的一层天，乃佛的圆满报身。”

“佛的圆满报身？”李怀信惊讶道，“成佛？”

冯天沉重地颔首：“没错，咱们所以为的鬼冢，其实是波摩罗欲成佛的莲华藏世界。”

原来如此，怪不得这个亡灵寄生体自称佛陀！

“不是……”李怀信瞪着眼前这怪物，道，“这玩意儿能是佛？”

“十三年前，这妖僧千里迢迢来到中土，残害法华寺一众僧徒，其根本目的，并不只是为了造个芥子世界来吸人阳气，若是那样，就太没追求了。”而且，专门造个芥子世界来吸人阳气，等同于杀鸡用牛刀，冯天觉得实在说不过去，直到此刻，他终于想明白了整个事件背后的真相，“他是想修成正果，立地成佛。”

这事一听就是妄想，且不说世上到底有没有佛，李怀信看他如今的样子就觉得讽刺：“立地成佛，怎么成，结果却成了这副德行？”

“还记得这唐什么……空舟？”冯天瞥一眼唐季年，道，“他之前不是说邪僧当日念过一句‘以身供佛，以魂饲佛’？”

以身以魂，供佛饲佛！望着头顶这一千僧徒的尸骨和面前这一千僧徒的亡灵寄生体，李怀信猛地反应过来。

“佛门有一种说法，就是修行者要历经千百世劫难，才得以修成正果，立地成佛。”冯天顿了顿，继续道，“这邪僧异想天开，妄想在成佛的道路上走个捷径。既然需要历满千百世劫难，那他就干脆找一千名修行者，也就是选中的法华寺这一千名僧人，每一僧为一世劫，一千僧则是一千世劫，他通通纳为己有，则是担了这一千名僧人在世上历经的劫难与因果。”

冯天道：“不知道这波摩罗究竟采用了什么样的邪法去担这千僧的千世劫难和因果，与他们合为一体，结果是偷鸡不成蚀把米，他非但没成功，还把自己搞成了个恶心人的寄生体，可谓自食恶果，而他还不自知。”

“一派胡言！”波摩罗听了冯天的言论，盛怒，无数只鬼手托起蟒首，狠狠一砸，发出轰隆一声巨响。冥蟒砸裂了青石地砖，长身拱起，一时间竟没爬起来。

波摩罗猛地转身，千张凶神恶煞的脸齐齐地转过来，恶狠狠地盯住冯天：“无知凡俗，满口胡言！”他低吼道，“我欲成佛！我已成佛！”

“疯子！”李怀信咬牙骂了一声，“你给自己造了个虚假的华藏世界，就真以为自己成佛了？”

波摩罗表情古怪地看向他，轻声说：“我还给世人造了个极乐世界，你不进去体会一下？”

李怀信嗤之以鼻：“实在无福消受。”

冯天抢过话：“千佛莲台是佛座，伎乐天女也侍奉佛祖，你用这些来造就极乐世界，吸人阳气，其实是用来供养自己吧！”

“世上哪尊佛是靠人阳气供奉的？”李怀信厉声道，“只有阴灵跟邪魔！”

波摩罗挑起眉，醇厚的嗓音压得极低，姿态却抬得极高，贬斥道：“愚蠢！无知！”此刻他怒意渐渐消退，稍显平静地说，“我受的供奉，皆是人间香火。”

李怀信还从没见过像他这样睁眼说瞎话的无赖！

这无赖没给他打岔的机会，自顾自道：“每一盏点在佛前的长明灯，取的都是我自身的阳气。我吃人间香火，也受世人供奉。”

还能更不要脸吗？那佛前的长明灯，分明取的都是法华寺被残杀的千名僧徒的阳气。李怀信刚想反驳，话到嘴边才意识到，现在那千名僧徒的亡灵已经跟波摩罗寄生为一体了。

贞白缄默许久，此刻终于听出了关窍：“怪不得你元神出窍，可以自由地在寺内主持事宜，我们却丁点儿看不出异样，皆是因为你受世人供奉，吃尽千家香火，自身早已不是单纯的阴灵邪祟了。”

波摩罗皱起眉，显然不喜欢贞白最后那句总结。

“这里明面上供着诸佛神像，却已经不是佛寺了。”贞白手臂一震，将瘫倒的冥蟒收于沉木剑中，继续说道，“这是座阴庙，供的是你这只寄生灵！”

有阴则有阳，阳庙供神佛，而阴庙则供鬼怪。

也不知是“阴庙”还是“寄生灵”的说法刺激到了波摩罗，他怒目圆瞪：“我乃莲华藏世界之本源，以自身化千体之躯……”

“你怕是神志不清了吧。”李怀信才懒得听他瞎吹，直接揭穿他，“你那是作恶太多，被千魂寄生为一体了！”

“我好像有些明白他的意思。”唐季年被吓得不轻，此刻强行让自己冷静下来，“我曾听住持讲过，莲华藏世界是千叶大莲花中所含藏之世界，是由千叶之大花莲华所形成，每一叶为一世界，各有百亿之须弥山、百亿之四天下，以及百亿之南阎浮提等。卢舍那佛是此世界之本源，趺坐于华台之上，并将自身变化为千体之释迦，各踞坐于一叶之上。”

“化身千体之释迦？”李怀信精准地捕捉到重点，“所以，他当自己是那卢什么佛吗？”

唐季年道：“卢舍那佛。”

李怀信才不关心他叫什么佛。

“华台指的应该就是佛座下的莲台吧？而千叶大莲花中，一叶一世界的叶，应该指的就是莲瓣？”冯天根据唐季年的言论，结合在佛塔中发生的种种事件理清思路，“对，我想起来了，我曾看过一本书上记载，就是卢舍那佛像莲座周匝的千莲瓣上，每一瓣都刻有释迦佛像，拢共刻了千名释迦，乃千佛莲台。”

而悬在头顶之上的千莲千尸，则正好与此推测对应上了。自以为已经成佛的波摩罗，一厢情愿地认定那千僧就是他自身，或许他确实把自己当成了卢舍那佛，当初才会对法华寺做下这一系列丧心病狂的事情……殊不知，一切都是他为自己捏造出来的假象，一切皆是虚妄。他原本沉浸其中，却突然跑来一群人，击碎了他穷极一生才构建起来的世界。为了修成正果，他无所不用其极，如今，又怎会接受这帮人口中的真相？

李怀信觉得波摩罗是想成佛想疯魔了：“你若真是佛，还能被冲相阵镇在鬼冢里？”如此简单的道理，波摩罗竟然不懂，李怀信继续道，“鬼冢里镇的都是鬼！而冲相阵，是专门用来镇压杀戮过重的修行者，特别是那种死了之后执念太深、怨气太重的修行者。”比如，眼前这个为了修炼而误入歧途的寄生灵。

波摩罗瞪着眼珠子，缓慢而机械地摇摇头，半晌才开口，低沉的嗓音极其瘆人："年轻人，你话太多了。"

李怀信下意识地握紧剑柄，全身警惕，经验告诉他，说出这种话，往往意味着反派要出手了，但他仍保持着挑衅的态度，顶了回去："看来你是个什么东西，你自己心里也有数啊。"他想起贞白因为控制不住自己体内的阴怨煞气，所以在眉心下了一道镇灵符将自己封印，难不成波摩罗也是驾驭不住千只亡灵，才不得已出此下策，将被寄生的自己镇在鬼冢？

李怀信刚提出这样的猜测，就遭到了波摩罗激烈的反驳，他带着滔天的怨愤怒吼道："是一个臭道士，在我拘灵成佛之时，趁我不备将我……"

那时他刚担下千僧的亡魂，最紧要的关头，也是他最神志不清的时候，眼前所看到的都是缭乱的画面，像一千幅不同视角的碎片，全都影影绰绰地拼凑在一起。一瞬间，他脑子里涌现出无数记忆、想法、情绪，那些都不是他的思绪，也不是他的过往，却都海啸般汹涌而至，同时呈现。那是一种难以描述的巨大痛苦与折磨，他感觉脑子像要炸开一般，甚至以为自己下一刻就会暴毙而亡。结果并没有，因为下一刻突然出现了一个臭道士，乘人之危，将他镇在阵法之中……想到此，波摩罗便抑制不住地暴怒："简直下作，我一定要找到他，杀了他，将其挫骨扬灰！"

李怀信心想：还有脸说别人下作，谁也没有你下作！

贞白追问道："他是谁？"

说起这个，波摩罗更来气，他连对方姓甚名谁，究竟是何方神圣都不知道。

李怀信问："他长什么模样？"

可恨就可恨在，波摩罗压根儿没看清对自己下毒手的仇人的长相，所以被镇在冲相阵这么多年，他一直都在等，利用极乐之境吸纳方圆百里的香火，接受人们源源不绝的供奉，他相信，总有路过此地的修行之人会觉出蹊跷。只要能识破普同塔里这个芥子世界，就算是有识之士，他一直都在等这样的人出现，再将其引入地宫，诱导他们破掉冲相阵。波摩罗打了十几年的算盘，在地下养精蓄锐，可来来去去的皆是一些无为之辈。波摩罗因为自己造下的孽而被镇在冲相阵，处境极其尴尬，他不敢声张，更不敢伤人性命，不然传出去，让天下各派知晓，能者纷至沓来，就不只是把他镇在冲相阵中这么简单了。他只得无比谨慎地主持着华藏寺的事务，一边掩饰一边盘算，而今总算如愿以偿，等来了贞白和李怀信。

他将重获自由；他将无所顾忌；他要将所有的过往和真相，通通毁灭在这座普同塔里。从今往后，他就是佛！

波摩罗狂妄道："从今往后，华藏寺大雄宝殿的正殿之上，将塑起我的千身佛像，名正言顺受千家香火，供世人礼拜！"

"你这十三年，估计从没照过镜子吧？"还想塑造自身像呢，李怀信嗤笑道，"不知道自己长什么德行就想出来招摇？想吓死那帮百姓吗？！"

这小子的嘴实在太损，波摩罗被镇压了十三个年头，刚重获自由，还没来得及狂喜，就被他激得屡次怒火中烧，这下再也忍无可忍。

李怀信早有防备，他躲过波摩罗突如其来的一拨发难，纵身一跃，掷出数张灭灵符，波摩罗伸出密密麻麻的手掌去接，刺啦一声，像冷水浇在烧红了的铁烙上，瞬间白烟滚滚，鬼手纷纷被烫伤。李怀信毫不迟疑，长剑当空劈下，却被数串佛珠缠住了剑锋。他下沉的手劲一滞，被缠紧的佛珠狠狠一拽，他不肯松手，身体猛地往前栽，无数只鬼手就要抓到他身上。只听咔嗒声响，剑匣弹开，李怀信以左手拔出雀阴剑，冲那些鬼手砍去，缩手快的逃过一劫，却也有不识相的撕破了他的衣襟。他皱了皱眉，执双剑欲战，却见那千身亡灵齐齐打完一串手势，行云流水般，将佛珠缠腕，挂在虎口，弹指间，千珠齐发……

仿佛突然下了场冰雹，砸得四壁乒乓作响，还好冯天机警，拉着愣在原地的唐季年躲进了骨灰壁的龛盒中。

李怀信和贞白两个大活人塞不进去，只能东蹿西跳地躲避抵挡，偶尔难免被佛珠击中。那佛珠杀伤力并没有多大，不至于洞穿皮肉，但也伤筋动骨，感觉像被人抡了一拳。李怀信撩起袍袖，见被佛珠击中的地方落下一点青紫，他以剑挡掉数颗佛珠，一回头，见贞白在瞬息间已经兜了一袖管的佛珠，然后双臂一展，不计其数的佛珠裹着阴风，凌厉如钢刀般朝寄生亡灵反杀回去。李怀信手速奇快，掷出一沓灭灵符，追逐间裹住了贞白撒出的那把佛珠。

波摩罗见状色变，猛地跃起。

李怀信本想和贞白打个配合，双管齐下，把波摩罗击个千疮百孔，不料他用力过猛，一沓灭灵符追上去，直接在半途就把裹着阴气的佛珠给熔了。

不幸遇到了猪队友的贞白："……"

李怀信："……"什么玩意儿这么经不住烧？

两人还来不及互相埋怨，突然，传来轰隆一阵巨响，波摩罗蹿上去的瞬间，猛地掀开了地宫的顶部，青石砖地板及上面的尸骨纷纷砸下来，一时间地动山摇，尘土飞扬，似要将他们活埋在地宫。

李怀信神色大变："芥子世界被打破了！"

芥子世界一破，里头的色鬼都将被放出来，而顾长安和一早还在上面。

贞白避开砸落下来的碎石，蓦地腾空而起，却和同时跃起的李怀信狠狠相撞，两人同时摔了下去。

李怀信急了："就算打架没默契，不能并肩作战，也别相互拖后腿吧。"他嫌弃道，"你离我远点儿。"

之前李怀信病恹恹的，遇到危机都是贞白做主力，他自然而然打辅助，还算配合默契，如今他身体底子恢复全了，干劲十足，下意识地想挑大梁，却让彼此都感觉碍手碍脚的。

"我上去。"危机当前，贞白这次不纵着他，扔下一句"你今天太急躁了"，便以坍塌了一半的驭鬼桩借力，用力一蹬，跃了上去。

李怀信微微一愣。他当然急躁了，之前在塔楼听了那么久的鬼哭狼嚎，熏了好几个时辰的欲香，绑唐季年时又被欲火烫了指尖，体温一高，他就控制不住地心浮气躁，能不急着摆平一切，好早点走出这个倒霉地方冷静冷静吗？让他纳闷的是，连冯天都没看出他今天的急躁，这女冠的心思这么细吗？

而此时，冯天和唐季年刚探出头，就见头顶的砖石尸骸轰然坍塌，贞白和李怀信相继蹿了上去，冯天脸色陡变："要坏事儿。"两只魂体紧跟着往上飘。

塔室中间的地板完全塌了下去，形成一个巨大的坑，那波摩罗千僧一体，聚在半空，四周无数美艳至极的女鬼，作飞天乐伎打扮，正围着波摩罗在空中乱飞，却是在打着转逡巡，俯瞰着瘫倒在地上的人。

顾长安早就被吓得双腿发软，被一早生拉硬拽地拖到了墙角，才未在地板塌陷的时候掉下去。他仰着头，一张脸苍白无血色，两眼发直，虽然睁着眼，却有种已经昏过去的感觉。此时有一只艳鬼朝他俯冲而下，他也不做任何反应，仍然一动不动地躺在那儿，似乎被直接吓傻了。

"哥哥！"一早使劲儿拖他，大喊道，"躲开啊！"

唐季年飘上来，正好看见那只艳鬼逼到顾长安面前，心头骤然一紧，脱口喊道："长安！"

闻声，顾长安睫毛轻颤，回光返照似的，呆滞的目光终于动了动，盯住近在咫尺的那张艳丽的脸。那女鬼双眼魅惑，呼吸间，还有袭人的麝香灌入他口鼻。一早纤细的胳膊横插进来，冲艳鬼的面门抡去一拳，艳鬼的魂体被瞬间打散，却又在右侧凝聚成形，扑向顾长安。

突然，艳鬼的身体倏地定住了，被一缕犹如细绳的白烟缠捆住，寸步也不能往前。

李怀信指尖捻着烟绳的另一头，抽紧一拉，刚想把那艳鬼往大坑里扔，却听冯天大喝一声：“这东西惑人心志，得杀！”

李怀信闻言，捏了个诀，直接让那艳鬼魂飞烟灭。

与此同时，另一头响起几声厉叫，两只艳鬼灭在了贞白的沉木剑下。

李怀信沉声道：“里头所有的阵法封印都破了，没了禁制，你们赶紧出塔。”

冯天犹豫道：“可是你……”

李怀信不容置喙，道：“出去！”

冯天自知他们在这儿帮不上忙，还极有可能让李怀信分心，遂一咬牙，跟上其他人，往塔门方向飘，回头叮嘱道：“你千万当心，那些色鬼绝不能沾上！”

“想跑？”波摩罗转身，袭向奔至塔门口的几个人，“一个也别想出去！”

闻声，一早猛地回头，见波摩罗气势汹汹地杀了过来，吓得一抖：“这是什么东西啊，长得也太惊悚了。”

冯天催促道：“别看了，快跑。”

贞白像一道虚影，瞬移至波摩罗和冯天等人中央。她抬起手，室内的温度骤降，阴气源源不断地自她体内泄出，筑成一道屏障，隔在了波摩罗和冯天一行人之间。

波摩罗挥拳冲击，却像砸在铜墙铁壁上，他惊愕地抬起头，面露诧异之色，与贞白那双冷目相对：“你……竟然……如此阴邪！”

贞白面色冷淡，不以为意，回了句：“确实比你阴邪。”

她即便封印了自己，又敛了自身大半的阴煞气，也比波摩罗略胜一筹。

毕竟是乱葬岗里炼出来的邪祟。那里头埋了几十万军魂，戾气十足，杀气冲天，将士们半生泡在血气里，铁骨铮铮，死后数年，散发出来的阴煞气更是能腐肉蚀骨，哪是一千个吃斋念佛的寄生和尚能够相比的。

波摩罗万万没想到自己一出来就遇上了硬茬儿。他虽看起来庞大，行动却不甚灵敏，寄生之后还没经过任何实操，就被钉在了地宫下，所以反应速度慢了半拍，这不，在贞白的拦路堵截下，他也只能眼睁睁地看着那四人溜了出去，最后，仅剩贞白和李怀信与之对敌。

“啊啊啊……”身后突然响起一阵尖叫，李怀信回过头，就见白日入塔的几名香客正衣衫不整地站在楼梯上。极乐之境一破，他们就从沉溺的温柔乡里醒了过来，迷迷糊糊地下楼，却被眼前的一幕吓得魂不附体。有人夺路而逃，掉头往楼上跑；有人则抖如筛糠，直接瘫倒在原地。

李怀信吼了一嗓子：“出去！”

那几个人哪里还站得起来，眼见两只艳鬼将至，李怀信一箭双雕将之击灭，抬头冲那几人厉叱道：“不想死就赶紧滚出去。”

那几个人早已被吓坏，又被李怀信吼得直哆嗦，连滚带爬地贴着墙根往外溜。

波摩罗哪能再由着这些人从自己眼皮子底下溜走，他将千颗佛珠齐发，朝四面八方弹射出去。贞白迅速转移方位，护住墙角一溜儿爬行的人，无数颗佛珠打着旋儿停在半空中……

忽然间，塔室内那一把把香火升腾的白烟，开始有规律地凝聚成烟线，千丝万缕地缠绕着，一根又一根，穿进佛珠细小的孔眼中，将弹射出来的千颗佛珠串了起来。而那一根根白色烟线的线头，被李怀信捻在手中，他倾尽全力一拉，串着佛珠的无数根烟线像织起的一张法网，把波摩罗罩在其中。李怀信收紧烟线正欲捆绑，坍塌的废墟中突然钻出一只艳鬼，趁李怀信不备，一口咬在了他手腕上。李怀信疼得手一抖，却不敢轻易松懈。那艳鬼的牙齿嵌进其皮肉，舌尖轻轻一勾，舔舐着溢出来的血，娇媚一笑：“甜的。”

“滚！”鬼扯什么，李怀信脸色阴郁地想，血明明是咸的、腥的。

艳鬼权当他在打情骂俏，凑近了，去摸他的脸：“真俊哪。”

艳鬼垂涎着，伸出带血的舌头，欲舔舐他俊俏的脸蛋。李怀信内心一阵恶寒，双手暗暗使劲，攥紧了手中的烟线与在里面乱窜的波摩罗角力，求救似的喊道：“贞白！”

贞白刚把那几个衣衫不整的香客护送出去，灭了诸多难缠的艳鬼，回头看见这场景，她的沉木剑迅速脱手，如离弦之箭，直刺向那条舔向李怀信的舌头，洞穿艳鬼的咽喉，将之钉在墙壁上，魂飞魄散。

李怀信用的是太行道的缚灵香术，可将灵体捆扎束缚。被困其中的波摩罗咆哮着，在半空中疯狂挣动，李怀信攥着烟线被拖拽着脚不着地，突然，手上一泄力，整个人摔了下去。

驭香缚灵是太行道弟子入门必学的基本法术，极个别资质特别愚钝的，若连缚灵香术都学不会，要么被遣送下山，怎么来的还怎么回；要么被放逐到伙房，负责烧火做饭，挑水砍柴。这种法术原本并不多耗精力，但若要凭一己之力驭数百根香线就另当别论了，好比你掰断一两根筷子是手到擒来，但若要一次掰断成百上千根呢？

此刻的李怀信，几乎把自己透支了，整个人虚脱了似的，摔下去的时候差点没站稳。他扶了把身后的佛龛，稍作调息，方才虽没来得及在波摩罗身上钉上符咒，但总算是把寄生亡灵绑住了。奈何这玩意儿极不安生，狠狠撞塌了二层的塔板，疯了一样直蹿上去，那欲鱼死网破的凶残气势，仿佛恨不得拆了整座普同塔。

塔内是以实木搭建的，被波摩罗如此奋力一撞，塔梁断裂，无数根巨木砸了下来。李怀信闪躲间，踢开了一根砸向贞白的断木，道："上塔顶。"

"做什么？"贞白回头问，同时猛地把手伸到李怀信身后，从坍塌的废墟中，迅猛地扼住一只艳鬼的咽喉，五指狠狠一捏，掌心的煞气蚀阴，那艳鬼直接被捏消了魂，化成一摊无色无味的透明液体。

李怀信一扭头就看见了贞白那只湿黏的手，他不是没提醒过她，不要什么东西都上手碰，实在太恶心了。他克制住嫌恶，说正事："他这个折腾法，缚灵香术恐怕捆不了他多久，我们争取时间，把他引到塔顶。"

贞白还来不及回应，李怀信已飞速绕上残破的楼梯，他边走边解释："佛寺建塔本身就是用来埋葬舍利的，也就是僧徒们的坟冢，而每一座塔的顶部都铸有塔刹。在佛门弟子心中，塔刹象征着佛法到了极界，是神圣不可亵渎的。"他依稀记得以前曾听冯天提过，佛塔顶部的塔刹也是由塔座、塔身、塔刹三部分组成，整座佛塔是大塔承托小塔的造型。

贞白听到此，立刻明白了他的意图。

两人往楼上跑，被眼睛猩红的波摩罗看见了，乱撞着欲追上去，又狠狠贯穿了第三层，将原本逃命至三层塔的几名香客吓得直接从窗户往下跳。李怀信看呆了，从这种高度跳下去，非死即残，想必他们是被这寄生亡灵骇人的样子吓坏了。他没工夫耽搁，径直跃上楼层，和贞白分头行动。

贞白负责牵制波摩罗，并将其逐层往上引。在波摩罗撞穿七层塔楼之前，李怀信率先到达了顶部。他沉沉呼出一口气，打开剑匣，气沉丹田，驭七魄剑，绕自身一圈，剑尖朝上，对准塔顶的屋脊，而后两指并剑，往上一点，七魄剑齐发，呈环形直插向塔顶。

砰！砰！随着两声巨响，脚下的木板突然从下方被撞开，李怀信直接被掀飞，撞上了坚硬的墙壁，又狠狠砸了下来，他感觉有一口老血涌到了胸口，咳又咳不出来。

那波摩罗钻天猴似的，不顾一切地往上猛蹿，直接把七魄剑还没旋开的塔顶撞开了。下一秒，从地板破开的大洞中蹿起一条巨蟒，张着血盆大口，嗞吼着，紧随波摩罗其后，差一点就咬住了他。怪不得这波摩罗火烧屁股似的往上撞。

缚灵的烟线绷断了，一点点在空中消散，不过，下一瞬间，那座被撞开的宝顶塔刹就压着波摩罗一路下坠，冥蟒突然附身于沉木剑，洞穿了波摩罗的本体！一时间，千魂齐发的吼声穿云裂石，寄生魂群魔乱舞地挣扎着，仿佛要分裂解体，只是还未来得及就被宝顶塔刹撞到了地上，伴随着轰隆一声巨响，地面晃了三晃，如泰山压顶！

第七十一章 欲火焚身

紧绷的弦终于松了下来，李怀信整个人都泄了力，胸口血气翻涌，闷得厉害。许是方才被撞狠了，他刚站起来，就感到一阵眩晕，他撑住墙，用力眨了眨发花的眼睛，然后摸到七魄剑，插入剑匣中。他顺着楼梯往下行，残破的塔室，如今一眼就能望到底，还有几只艳鬼在那儿飞来飘去，确实香艳，但李怀信看着这些衣不蔽体的女人，感觉很烦。他的目光在塔室睃巡，锁住一个黑袍的身影，那黑袍与艳鬼身上的薄纱交错，在旋身时铺陈开来，像泼出去的墨，有一种冷艳的瑰丽。

“我没力气了。”李怀信扶着一截断掉的把杆，疲惫地开口道，“剩下的你解决吧。”

不等贞白回答，他便拣了个还算整洁的地方坐下，感觉全身筋骨酸软，无比疲累，只想小憩一会儿。

他完全打不起精神来，好端端地靠着小憩，又感觉无比闷热，令他想起太行山上的酷暑以及后山那个甘泉池，泉水尤其清凉，人泡在里头，再加一口冰镇酸梅汤，格外解暑……

他越想越感觉口干舌燥，不知不觉体温攀升，身上出了层薄汗。他觉得自己肯定是馋了，馋那口酸梅汤，实在太热，太渴了。他站起来，打算出去找口水喝，却感觉头重脚轻，连走路都发飘。

在拐角处，他看见贞白正在斩艳鬼，人如其剑，姿态凌厉。

她对付完一只艳鬼，回头问："要下去看看吗？"

李怀信朝下看了一眼，强打精神："倒也不必，这座普同塔屹立法华寺数百年，无数香客和尚来此，都要绕塔而行，仰望礼敬。世人都知七级浮屠，殊不知，塔刹原本是用来供奉佛骨的，它是佛门的终极境界，所以，这宝顶塔刹也算是佛门中至高无上的法器，无论寄生亡灵在里头怎么翻江倒海，都出不了这金钟罩的。"说话间，他的目光不由自主往贞白身上一扫，盯住她纤细的腰。

贞白浑然不觉，还在竭力灭尽艳鬼："你没让我赶尽杀绝，而选择用塔刹镇压，是有其他想法？"

"毕竟是佛门弟子，他们不都讲究超度吗，今日之后，这事儿传出去，自然会有高僧前来替他们超度亡灵的。"李怀信感觉脑子一片混沌，他摁着太阳穴醒神，视线却像黏在了贞白身上，"若不是来这一趟，还真不知道佛法如此博大精深。"

贞白收剑，一回身就看出他不对劲，那双长眸里像有一把火在烧，灼人得很："你怎么了？"

李怀信蹙眉，盯住对方腻白的脖颈，哑声道："我有点渴……"他一直强行按捺着，此刻嗓子干涩，脑子眩晕，整个人不由自主地往前挪。他朝贞白伸出手，缓缓地握住她单薄的肩，很难熬似的说："又热。"

贞白垂眸盯着他手腕处的齿印，心知他是被艳鬼咬到了，她冷静地说道："先出去。"

不行，他现在这副样子，怎么出去见人？李怀信心里明镜儿似的，知道自己是着了道了。他一直以为自己在某些领域的定力极强，比如，他绝对不是贪财好色之徒，若要论起来，他肯定属于清心寡欲、潜心向道那一类的，然而眼下他思绪纷乱，一切都开始不受控制。他疲软地被人攥着往前走，脚步虚浮，浑身似有一团火在烧，那火势蔓延，烧红了他的眼。朦胧间，他盯着领他往前走的人，光洁素白的耳背若隐若现地藏在散落的青丝里，耳垂小巧晶莹，像匠人手中精雕细琢的玉坠。他用目光描摹它的形状，分明滴酒未沾，他却觉得醺醺然，神志不清地贴了过去，着了魔似的，贴在贞白耳边蹭。

贞白蓦地驻足，右肩撑住对方倾身而来的重量，她微微侧耳，想要避开，然而他的脸又贴了过来，带着些纠缠的意味，黏腻地厮磨。他气息紊乱，口干舌燥，嗓子发紧："我……难受……"

贞白没有遇到过这种状况，一时不知如何是好，试图与他拉开一些距离："你，忍耐一下。"

忍得住才怪啊！一想起唐季年当年也是这种状况，强忍着，最后忍得暴毙而亡，他就更加忍无可忍。他感觉又恼怒又羞耻，恬不知耻地倾上前，手臂在贞白腰上绕了一圈，把她往怀里箍，两人几乎是贴在了一起。

贞白由着他胡闹，一边用指尖去探他的脉，一边把他往方室里带。入了方室，她目光扫视，见桌上除了香炉，连个茶壶都没有，她感觉有点费力，想先把身上的人卸下来，扶到榻上，无奈李怀信缠着她不放。

李怀信也想不通，自己不过是被艳鬼咬了一口，却像吞了两斤春药一样。他之前实在太盲目自负了，身为一个血气方刚的小处男，二十年来不近女色，相当于长年堵塞，无从排解，实际上一点定力都没有，所以此刻才会像饿死鬼投胎一样逮着人不放。他内心有点崩溃，这并非他的本意，但扛不住欲火焚身啊，再怎么修炼，他也只是个六根不净的普通人。他一向逞能惯了，想着自己连刮骨之痛都能承受，一点色与欲又算什么，便乐观地以为这次也没什么大不了的。然而他忘了自己是个实打实的享乐主义者，不怕痛，但也最贪奢，就算在山上修行，也是怎么舒坦怎么过，吃穿住行，样样都得称心如意。而此刻，他体内像有万蚁啃噬，让他备受煎熬，他只想能舒服点儿，即便守身如玉二十年就此功亏一篑，也在所不惜。

实在是太难熬了，他心急火燎，掐住贞白的细腰狠狠地揉，衣料也隔绝不了他掌心滚烫的温度。

贞白被他锢在双臂间，神态如常，只是行动颇为不便，她被动地侧过身，从袖中取出一盒银针打开，准备往他耳根处扎。

李怀信虽难以自控，但神志尚存，隐忍又难耐地问："管用吗？"

贞白捻着银针的手一顿："试试吧。"

他咬紧牙关："扎。"

贞白不再犹豫，把银针一根一根地往他穴位处扎。短短一瞬间，李怀信已经难熬得大汗淋漓，他埋下头，抵住贞白的肩，一排银针扎完，他仍未感到一丝一毫的松快。太遭罪了，他受不了了。他急躁地以两条腿一钩，贞白手里正捏着银针，被他猝不及防地一闹，身体失衡往前倾，压着他滚到榻上，差点扎错了地方。

此刻紧紧相贴，贞白终于感觉到他身体的某些变化，愣了一下，道：“你……好了吗？”

好个屁，好了他才不干这种掉节操的事！

其实贞白指的是上次刮骨伤到的某个部位，但李怀信显然已经忘了这茬儿，他闷得快喘不过气了，指尖在腰间轻轻一拨，衣襟就散了，袍子从他肩头滑下去，挂在臂弯。他又伸手去拉贞白，敞着领口，一张脸烧得通红，像在颊边抹了团胭脂。

他一定不知道自己现在是什么样子，漂亮，风流。

贞白从没见过他这么撩人的情态，太撩人了，让人心猿意马。他低喘着，纠缠她，一道催情的声音，附在她耳边，焦灼地问：“行不行？我受不住了！”

那一刻，让人什么都想答应他，任何事。

算了，贞白想，随他去吧。

指尖的银针落下去，贞白手上泄了力，不再跟他暗中较劲，纵容地答道：“行。”

这一个字，像一团火似的，直烧到他心尖上，然后他整个人都不受控制了，他攒了把劲儿，把贞白压到了身下。因为性急，又无甚经验，他像个毛头小子，饿得恨不得吃人的样子，索性一口咬了下去。

嘴角被咬破，只有一瞬间的疼，贞白蹙起了眉。李怀信的牙关一松，伸出舌尖扫过她嘴角，尝到一丝血腥味。

如此莽撞，贞白突然有些怕他乱来，迟疑道：“你……会吗？”

这种事，即便不会也能无师自通，况且他向来天资过人，还能难倒在床上？李怀信没料到贞白会有此一问，心里滋味儿不太好，但也没工夫计较了。他发誓自己这辈子从没像今天这么冲动急躁过，在卧榻上颠来倒去地折腾，汗水濡湿了鬓角，顺着耳根往下淌，体温却还在攀升，像在沸水里滚了一遭，把皮肉烫得绯红，仿佛下一刻就将溺毙。他迫切求生，死死地抓住贞白，如同抓住一根浮木，五指挤进她的指缝里，紧紧扣住，不留丝毫缝隙。他追逐着，去寻她的唇，贞白偏头躲开，因为招架不住，嘴角舌头都破了，满口咸腥，他兴致高亢的时候喜欢咬人，像头狼，叼住了就不放，非得磨牙吮血才酣畅。

贞白实在不好受，肋骨被他的手臂箍得太紧，勒出一道红痕。她不怕疼，但她从未被人如此折腾过，像一场没有尽头的厮杀，她却从一开始就放弃了抵抗。她的长冠在卧榻的楠木靠背上蹭散了，青丝散下来，铺在榻边，如丝绸般，李怀信五指穿进去，抓了一把，缠在手里，倾身贴住她纤薄细滑的后背，压实了。贞白承受着他的重量，一直盯着楠木靠背上的镂空雕花，只觉视线晃动，头晕眼花，至于那上面雕的究竟是什么图案，她根本来不及看清。

……

睡了约莫一刻钟的工夫，兴许还不到一刻钟，寺内的钟被撞响了，噌呟之声接连不断，将李怀信扰醒了。他倦极了，脑子也沉，一抬手，才惊觉自己身无寸缕，只虚盖了件袍子，然后他目光直直地盯着梁顶的纱帐，脑海里走马灯似的晃过昨夜那些旖旎、迷乱的场面，他猛地坐了起来，如遭雷劈。

方室的陈设一目了然，而跟他厮混了半宿的人却不在身边，李怀信攥紧的心稍稍松弛下来。避免了相见的尴尬，却又无比焦虑，他知道这次是自己惹的事儿，是他主动招惹的贞白，就像送羊入虎口，都到嘴边儿了，那人也没有不吃的道理。

李怀信狠狠抹了把脸，事后自省，自己这办的叫什么事儿啊？太出格了！

他囫囵套上了衣裤，脚刚蹬进靴筒，无意中碰倒了立在榻边的剑匣，哐当一声。

贞白听见动静，走了进来，她似乎就站在方室外，没有走远。她全身衣冠齐整，没有任何可疑的迹象，仿佛只有他一个人荒唐了一夜。太荒唐了，李怀信禁不住想，一想到脸就红，从耳根一直红到脖颈下。说不清是尴尬还是什么，当事人就在面前，他比做贼还心虚，也顾不得去扶剑匣了，他将敞开的袍子一拢，垂下头，遮遮掩掩地系紧了。

贞白却是坦然的，心理素质相当高，问他："可以出去了？"

李怀信实在敏感，听到这句话，就想起之前贞白让他先出去，而他死活不肯，最后乱了方寸，才生出这档子风流韵事。他目光闪躲，扭捏着整理衣冠，时不时朝贞白瞥一眼，发现对方一如往常地板着脸，太冷静了，好像什么事都没有发生过，若不是她颈间那些发红发紫的印记隐约可见，他简直要怀疑昨夜的缠绵只是一场思春。然而他看着她脖子上的紫痕，那分明是昨夜他兴至之时留下的，不仅仅在颈根，还有肩上、背上，像斑驳的伤痕，遍布全身。李怀信极不自在地咳了一声，指了指自己的脖子示意对方。

贞白可以说是瞬间意会，即刻拉高了领口，其实也遮盖不住，只能在心里感叹某人发作起来不管不顾，实在太胡闹了。她想了想，索性撕下一截衣摆，动作利索地系在颈间，挡全了，才道：“走吧。”

李怀信回身取剑匣，躬身间，无意中看见榻上一处落红。他愣了一下，不是不知道那代表着什么，只是有点意外。他一直以为，她应该已经人事，也许和那个赠她玉佩的人……那些备受管束的深阁闺秀尚且跟人珠胎暗结，何况她是辗转红尘的江湖儿女。抛开这些不论，最主要的是，第一次啊，她居然一点都不害臊，李怀信自认为是条硬汉，尚且觉得别扭尴尬，而她却跟个过来人一样，再加上她昨晚的表现真不带含蓄的，能不让他意外吗？！

李怀信光顾着想贞白后来的表现，完全忽略了自己先前有多为难人，贞白又不是块朽木，给他颠来倒去地瞎折腾半天，还能不上道？若是一味地任他摆布，恐怕到最后骨头都要让他给拆了。归根结底，贞白不过是兵来将挡，水来土掩，当然，也可能是色迷心窍。像李怀信这等男色，撩拨起来简直要人命，即便贞白一向清心寡欲，在那种情态下，也没经得住诱惑，天雷勾地火地便搅和在一起了。虽说有外力催情，听起来名正言顺的，却不知究竟遂了谁的意？

反正李怀信一直觉得，贞白觊觎他的肉体，现在好了，终于遂了她的意，还是他自己主动献身的，事后除了认栽，都没法找人问责。加上榻上的落红实在是他意料之外的，他本来觉得应该说点什么，却说不出口，想像贞白一样装作什么都没发生过，他又装不出来，只好一声不吭地跟了出去。

塔外的几个人等他俩简直等得心力交瘁，又不敢贸然进去给他们添乱，眼见几个衣衫不整的香客冲出来，一个劲儿地惊叫着“有鬼”，跑得比兔子还快，后来又有跳楼的，手脚都摔断了，到处都是血……他们这半宿也没闲着，光忙着给那些断手断脚的香客包扎了。又不敢去叫庙里其他和尚帮忙，怕他们来了会不管不顾冲进塔内，那塔里面可不仅艳鬼横行，还有寄生亡灵，随便一个都能要他们的小命，万一出个差错呢？

据唐季年说，这帮和尚都是后来被波摩罗诓进来给寺院充人数的小单纯，每日起早贪黑地撞钟礼佛，接待香客，严格遵守着波摩罗定下的寺规，除了虚度光阴，什么都不懂，什么都不知道，叫过来反而坏事，所以他们索性自己解决。先给受伤的香客进行包扎，再让顾长安把他们背到僧寮休息，一顿忙活下来，天都亮了。塔门再度打开，李怀信和贞白在晨钟声中一前一后地走了出来。

看着安然无恙的两个人，冯天那颗提到嗓子眼儿的心才重新揣回肚子里，确定二人都没受伤后，少不了一番询问，这反倒化解了李怀信和贞白之间尴尬的气氛。

李怀信其实不太想说话，实在太累了，但又怕在沉默中被人觉察出异样，他心虚啊，遂将声线放低，用三言两语概括了昨晚的事。至于他被艳鬼咬了之后发生了什么，即便对冯天，也是绝对不能说的。

第七十二章 四方大阵

一行人离开了普同塔，中途路过一间不大的佛殿，贞白突然驻足，仰头盯着屋檐上的一排瓦当，也不知在想什么。李怀信停下来，顺着她的目光望去。

贞白皱起眉头，道："青龙。"

冯天也抬头去看，不明状况："怎么了？"

贞白并未回答，而是径直绕到佛殿的另一边，看清那排瓦当上的兽纹图，道："玄武。"

她心里突然咯噔一下，似乎终于在一团乱麻中理出一点线头，道："佛殿的四檐分别采用了四神纹瓦当，分别代指四个朝向，为东、西、南、北，而青龙、白虎、朱雀、玄武，乃四象，代表着四方的二十八星宿，每一方则分别为七宿。"

闻言，李怀信脑子里那些乌七八糟的思绪一扫而空，他脸色陡变："七宿？我们遇到的这三个阵法，都和'七'这个数字有关，难道说，那人就是按照七宿神兽的排列在布阵？"

冯天瞪大眼，仿佛找到了突破口。三人谁都没多言，却异常默契地在雪地里画起图像。冯天触不到实体，只能依着脑中的记忆，让一早在雪地上点出压住乱葬岗的七山位置；贞白则点下枣林村七门；李怀信勾画出华藏寺地宫的七根棺材钉……三处大阵的布局赫然显现在雪地上，一目了然，正是四象中的三幅七宿图。

如枣林村七门之所在，分别为东方七宿：角、亢、氐、房、心、尾、箕，连起来状似龙形，代表青龙；而长平乱葬岗七山布阵为北方七宿：斗、牛、女、虚、危、室、壁，代表玄武；华藏寺鬼冢里的棺材钉布阵为：井、鬼、柳、星、张、翼、轸，乃南方七宿，代表朱雀。

如此明确的对应，绝不可能只是巧合，肯定还有个布在西方的白虎七宿阵，从而生成二十八星宿，一个四象齐聚的大阵！

一时间，所有人都沉默了，之前他们凭直觉，认为几处阵法都与“七”这个数字相关，所以牵强地将三者联系起来，顶多怀疑是同一个人用阵手法的特点，殊不知，这可能是个历经数十年而布下的天罗地网。那人隐在幕后，布罗天大阵于四方，甚至未惊动任何派系，可谓滴水不漏。

“太可怕了。”冯天只觉毛骨悚然，这三个阵，随便拎一个出来都不容小觑，别的不论，就长平乱葬岗那鬼地方，要是翻腾起来，将整个太行道弟子的性命搭进去，恐怕都镇不住，更何况是一个可能已经生成四象的罗天大阵。如果西方的白虎七宿阵也已经存在的话……他不敢再往下想，道：“这么不惜一切，大费周章地布阵，那人到底要干什么呀？”

不知道，在场的人都不知道。若不是贞白突然留意到四神纹瓦当，他们压根儿不会往这方向联想。

贞白紧蹙眉头，神色异常凝重，因为她发现，整件事根本没有自己想象的那么简单，他们仿佛被卷进了一个巨大的阴谋，而她，早在十年前，或者更早的时候，就毫不知情地成了这个阴谋中的一颗棋子，直到现在，她才雾里看花地捕捉到这个阴谋模糊的轮廓，然而离真相还遥不可及。如今她要寻的，是那个将她钉在乱葬岗的人，而那个人站在真相的背后，也许近在咫尺，也许远在天边。

“若真是这样，”一早开口问，“我们要往西吗？”

几人面面相觑，冯天试探道：“或者先回太行？得禀告掌教吧，这事儿太大了，而且也不知道白虎七宿阵会布在西边哪个位置，就咱们四个贸然跑过去，万一……”

“也没什么万一。”李怀信道，“我们已经在毫不知情的情况下，成功地拆了三个七宿阵了，不是吗？！”

冯天咽了口唾沫：“你也说是毫不知情咯，可现在既然知情了……”

李怀信挑眉：“知情了就怕了？”

冯天梗着脖子道："不知情也怕啊！"

李怀信被他顶得无言以对，半晌才道："……出息！"

冯天不跟他抬杠，态度软下去："回太行吧，怀信，这事儿太大了，我不想你去冒险，咱回去找掌教商量，他会定夺的。"

李怀信有些不情愿，偷偷瞥向贞白，他拿不准她接下来想去哪儿，会不会因此改变主意，就不跟他上太行了？奈何贞白沉默着，一直不表态，他只好道："这不是在商量吗？"

冯天一听这口气就急了，李怀信的回答模棱两可的，铁定是想改道往西去瞎折腾，不会安生回去了，他操碎了心，道："祖宗！算我求你了，咱别事事都逞能行吗！"

李怀信蹙眉，他啥都还没做呢，逞什么能了？

冯天态度坚决地说道："回太行，你必须跟我回去！"

李怀信没应声，转而看向贞白，鬼使神差地问："你呢？"

冯天："……"天涯海角地随他走了一遭，他几时询问过别人的意见？

"嗯？"贞白没想到他会问自己，这人独断惯了，何去何从的问题向来都由他来定的。

李怀信又问："你去哪儿？"

贞白有自己的打算，这一路随他们走到现在，总有分道扬镳的时候，恩怨是她自己的，用不着把不相干的人卷进来。就像冯天说的，太冒险了，她一个人就可以，或者，可以把一早带上，这丫头也是背着血海深仇，必须要报的。

思索片刻，贞白道："去太行吧。"就当送他们一程，也趁此机会寻一寻故人，她还得请寒山君占一卦不是。再顺便，取回自己的东西。

第七十三章 人鬼殊途

顾长安处理完香客的伤，洗净手上的血，便跟着唐季年去他旧居的僧寮叙旧，听他讲这十三年来发生的所有不幸，包括他的死因。

唐季年讲述的时候，顾长安一直在发抖，抑制不住地战栗，他沉默着，像置身于冰窟，浑身冰凉。都是男儿，那些伤情的话不必拿来说，已经没有意义了，况且唐季年也不爱听。他爱听什么，顾长安却搜肠刮肚也想不起来了，好像曾经，无论自己说什么，他都是爱听的。十三年的分离，让他们变得有点生疏，而比这更可怕的，却是两人已是阴阳相隔，顾长安想抱抱他，哪怕轻轻碰一下，可是他又害怕，怕抱到的只是一把阴冷的空气。

沉思之中，他听见唐季年问：“你呢？”

顾长安狠狠揉了一把眼睛，揩掉即将夺眶而出的眼泪，鼻音浓重地应道：“嗯？”

“这些年，你去了哪里？”

他深吸一口气，说：“去过很多地方……像流浪一样。”

唐季年看着他，轻轻问道：“走得很远吗？”

这一句话，刀一样插进顾长安心里，疼得他死去活来。

远，走得太远了。

顾长安没有回答，只是捂住脸点点头。

其实也不必问，这十三年，顾长安无论身在何处，于唐季年来说，都是比天上的太阳还远的地方。举目可见日，唯不见长安。

“走那么远……”唐季年呢喃道，顿了顿，才继续问道，“是怕我去找你吗？”

顾长安感觉喉咙被堵住了，捂着脸的手心已满是泪水，他不想哭，却忍不住。

这些年，唐季年没有试图去找顾长安，因为当初顾长安走的时候，他追着马车苦苦哀求，那样求都留不住，他便知道顾长安是铁了心，必定会走得远远的，远到他穷极一生也找不到。他只是想不明白，顾长安怎么舍得？

罢了，舍不舍得，当初顾长安都已做了抉择，追根究底实在没意思，他索性不追究了，闲话家常一样问道：“你一个人在外头，受了不少苦吧？”

太苦了，但比起唐季年，他所遭受的根本不值一提，顾长安摇摇头：“是我自找的。”他自责道，“倒是害了你。”

说不上谁害谁，唐季年心想，他又何尝不是自找的呢？离了彼此，他们的日子都不好过。到如今，他死在了广陵，那些爱恨痴缠全都成了前尘往事，又何必再跟顾长安较劲呢。纵然顾长安当初选择了离开，终归还是回来了，从一个十六岁的少年，长成一个男人，高了，俊了，成熟了，脸还是那张脸，人还是那个人，吃点苦也没什么，起码好端端地站在这儿。

从相见的那一刻起，顾长安的眼眶就没干过，他红肿着一双眼，连给香客包扎的时候都在哭，哭得那几个人莫名其妙，也哭得唐季年揪心，他似乎要把一生的眼泪都流干了。

唐季年终究心软了，安慰他：“都过去了。”

顾长安抬起头，瞪着一双哭肿了的眼睛，小心翼翼地问：“你还能接受吗？”

唐季年看着他，没说话。

顾长安揩掉眼泪，深呼吸一口，说出了以前一直没勇气说出口的话：“我以前，一直觉得，我何德何能，可以遇到这么好的你，唐家大少爷……那么……灼灼生辉的一个人，”他哽咽着，最后泣不成声，“跟我搅和在一起，太糟蹋了。”

唐季年愣住了，他没料到顾长安会有这样的想法，他知道顾长安心里有顾虑，但没想到是这种顾虑。

唐季年心里恨啊，恨其不争。他咬了咬牙，忍着没开口骂顾长安：“你顾长安要是一直这么觉得，觉得咱俩搅和在一起是糟蹋了我，那你一开始回应……”唐季年一肚子气，懒得再提，多说无益。

顾长安实在是招人恨，但更招人疼，好像生来就是折磨他的，唐季年一点办法都没有。

“我错了。”顾长安说，“你接受吗？”

一阵长久的沉默，顾长安戚戚然等着，终于等到他说：“我怎么接受？你要死要活，左右都是把我拿住的。”

顾长安泪汪汪地眨了眨眼，无辜极了：“我不是在拿你。”

“你是在逼我。”

“没有。”顾长安矢口否认，又低声下气地辩解道，“我是在求你，我求你了，唐季年。”

“你求我什么，我已经死了，你求一个死人……不觉得荒谬吗？”

顾长安听不得这种话，心都要碎了，若说唐季年拿他没办法，他更是拿唐季年一点办法都没有。他说道：“只要你愿意，有什么不可以……”

“人鬼殊途，你懂不懂？”唐季年没法同意，这样会害死他的。

顾长安根本顾不得后果：“我不管……”

“虽说人鬼殊途，但现在养尸养鬼的人很多。”一早不知何时出现在门口，突然出声打断他们，因为不忍心看顾长安难过，遂想给他指条明路。

养尸养鬼也不一定会害死人的，比如她那丧心病狂的爹，为了一帮狼心狗肺的村民杀妻弃女，最后还将亲生骨肉炼作尸童，养在身边近二十年。摊上这么个爹，她也很无奈，可她不愿意跟别人诉说自己的遭遇，说出去怪吓人的，索性道：“李怀信就养了一只，是他的同门。”

一早童音稚嫩，但语气老到，听得唐季年和顾长安一怔。

“我看他对那个同门宝贝的程度，估计也是打算养在身边一辈子的。”虽说修道之人更能抵御阴邪侵害，但也不能全凭自身，还得借助符箓，一早建议道，“你们想一直相伴，不妨去找李怀信，讨几道符，贴身收藏，不至于损了阳气就行。”

顾长安仿佛得到了救赎，拔腿就要往外跑，一早拦住他：“哥哥，不急。”

顾长安怎么可能不急，只听一早又说：“在塔里厮杀了一夜，李怀信刚睡下，他本来就脾气不太好，动不动就使性子，现在最好先别去打扰他，等他醒了，你再可怜巴巴地……”说到这儿，一早顿住，话锋一转，“这人好像也没什么同情心，对他卖惨不一定好使。”

顾长安听得有点呆了，没想到李怀信的脾性这么差。

一早眼珠滴溜溜一转，有了主意："他现在手头很紧，都说无利不起早嘛，要不你给他送点儿银子吧……银子你有吗？"

顾长安愣了一下："……有。"

一早点点头："银子肯定管用。"

李怀信一觉醒来，就得了笔意外之财。听完顾长安的请求，他有点儿发蒙，也不是不肯帮他一把，就是觉得人鬼相伴，好像有点问题，便道："不太好吧？"

顾长安红着一双眼睛，差点给他跪下了，只想求一个成全。

换了任何一位正义之士，都不可能放任一只鬼和一个人搞在一起。主要是人有人道，鬼有鬼道，阴阳不能乱，秩序还是需要维持的。不过，李怀信算不得什么正义之士，他做事一向肆意妄为，随心而定，也不是不能睁一只眼闭一只眼，顺便从中赚取一笔昧心钱的。想到这里，他索性画了三道固阳符，并叮嘱顾长安务必守口如瓶，毕竟此事传出去有损他的声誉。他身为太行道掌教亲传的二弟子，不除魔歼邪或超度阴灵也就罢了，还做这种事，就算他无所谓，他师父也丢不起这个人。

"不对。"李怀信把固阳符递过去，突然又把手缩回来，"谁告诉你能这么干的？"

顾长安迟疑道："一……一早。"

这小鬼可真能管闲事，李怀信皱了皱眉，道："她怎么跟你说的？"

顾长安吞吞吐吐地讲完，李怀信的脸色蓦地沉下去。人鬼殊途，怎么可能一直相伴，一早这小鬼不是在误导人家吗？

"事情没那么简单。"李怀信不忍说，又不得不说，"唐季年是地缚灵，他跟普通的鬼情况不一样。"

顾长安茫然地抬头，问："怎么不一样？"

"他死后没有化为厉鬼，而是做了个还有良心的好鬼，是因为依附了历代高僧的墓葬塔群固魂。那地方本就要度人鬼向善的，但同时，他又是依靠普同塔而存在的，地宫成了鬼冢，他只是没被锁在冲相阵，没被寄生，却也与此息息相关，好比形成连锁反应。"

李怀信斟酌着用语，想尽量用顾长安能听懂的话表达："因为他的尸骨和那些僧徒是埋在一起的，都被用来做了芥子世界的法器，但寄生亡灵，加上波摩罗本体，刚好一千名，其中只需要九百九十九个和尚的灵魂，所以唐季年最后才被排除在外，也算是福祸相倚了。因此，他也是受这些阴阵照拂的，比如，这座阴庙的香火。”

顾长安听得瞪大了眼睛，惊惶又无措。

李怀信道：“待一切恢复原样，波摩罗魂散，佛前的人阳灯尽数熄灭，人们重新供奉起西天神佛，阴庙回归阳庙，和尚们又一复一日地念经，过不了多长时间，唐季年就会被超度。”李怀信看着顾长安一点点变惨白的脸，狠心说，“他是地缚灵，没办法离开，只能被超度，这是他最好的归宿了。我给你三张固阳符，不过是让你们在剩下的这段时间里能够好好相处。”

顾长安脑子嗡嗡作响，一片空白，他似乎一时还反应不过来，慢慢地，绝望地喃喃道：“我……我才和他……重逢……就又要永别吗？”

老天爷为什么如此苛待他们？

李怀信见他那样子，无奈道：“你若是非要强求，也不是不行……”

顾长安猛地抬起头。

“找一个载体，或者将其魂体炼在法器里，就可以把地缚灵带走。”李怀信道，“但是这样做，他会永远被锁在法器里出不来，也算能陪你度完余生吧。当然，如果这只承载了他魂体的法器被毁坏了，他也会跟着魂飞魄散。”

顾长安呼吸一滞。

李怀信道：“你以为，养尸养鬼都是在做好事吗？不管出于什么目的，要让阴灵落个永不超生的下场都是不道德的。”

得多缺德才会这么做？李怀信心想，一早那丫头懂什么，她自己就是个永不超生的东西，还敢给别人出馊主意，这不是胡闹嘛。

顾长安双肩颤抖着，陷入了沉默，像是在须臾间经历了一场生死，半晌，他才开口问道：“人有来世吗？”

李怀信愣住了，没想到对方会问出这种问题，但似乎又在情理之中，他明白了顾长安的选择。他张了张嘴，却答不上来，他们信奉生死轮回，但来世为人还是为畜，谁说得准？

顾长安问这个问题，也不是真要得到一个答案，只是想给唐季年，也给自己一个来世的承诺——既然今生求不得，那么来世呢？

把深情寄托到来世的痴男怨女比比皆是，李怀信虽然体会不了顾长安和唐季年的那份锥心蚀骨，但也倍感遗憾，好在他们还剩一点时光，可以好好告别。

第七十四章 何去何从

冯天一直隐在旁侧，待顾长安离开，他忍不住发出一声叹息。

李怀信揉着太阳穴，感觉很伤神，问什么时辰了。

冯天道：“酉时。”

“我睡了一天？”

“可不是嘛……”冯天答道，心里还在纠结顾长安的事，又说，“感觉他俩挺不容易的。”

李怀信拎起茶壶为自己斟满一碗，刚入口，突然“噗”一声全喷了出来，一张脸皱成一团，忙拿袖子擦嘴：“什么玩意儿，这么苦。”

“是那谁……”冯天白他一眼，“说你身体不适，就给你熬了这壶草药，下午端过来的，让我等你醒了叫你喝。”

李怀信皱着苦瓜脸，问：“谁？”

“还能是谁？”当然是冯天最怕的那位，“贞白。”但现在他稍微克服了一点恐惧，因为知道对方不是个坏人。

李怀信挑起眉，舌尖还是苦的。抵住齿龈，他盯着眼前这碗汤药，似乎有种对他示好的意味。他放下碗，挑剔地想，这么苦，让人怎么领情？

“不喝吗？”冯天见他搁下碗，劝道，“喝点儿吧，喝了没坏处。我见她专门去后山采的药，昨天刚下过一场大雪，把植被都盖住了，这草药可不好找。”

得把积雪扒开了，细细辨认，再一株一株去挖，那双手肯定是要冻僵的。李怀信心里知道，他着了艳鬼的道儿，残留在体内的“余毒”伤身，这碗汤药是针对性帮他调理的，但架不住它苦啊，他摇头道：“太苦了，没法喝。”

“一口就闷了。”冯天特烦他这股劲儿，“咱能别这么娇生惯养的吗？”

“不能。”

“随便吧。”反正糟蹋的又不是他的心意，而且这祖宗气色还行，应该没多大毛病，冯天懒得伺候他，“爱喝不喝。”

“那谁……”李怀信犹豫着问道，“去哪儿了？”

冯天没听出他的别扭，答道：“收拾烂摊子呗，好好一座普同塔给糟蹋成那样，住持也没了，总得给寺里的和尚一个说法，免得他们想要重修，把你们用来镇住亡灵的塔刹撬开了。”

“怎么给说法，她说得清吗？就算说了，那些和尚会信吗？”

“不需要说清，贞白也不可能跟他们多费口舌，讲实情就成。”冯天道，“这么大的事儿，不日就将传得沸沸扬扬了。再说，好几个跑出来的香客亲眼见到了，那几个吓得从楼上跳下来断手断脚的还在寮房躺着呢，也由不得谁不信。”

“那倒是。”

李怀信不大关心这件事的后续，他睡了一天，粒米未进，决定出去找点儿东西吃。

行过长廊，在曲径处他远远地看见了贞白和一早，两人于嶙峋的假山石旁相对而立。

一早道：“就这些吧，其实他早就中毒了。”

贞白沉吟片刻，“嗯”了一声。

一早仰脸问她：“你有什么打算，真的要去太行吗？其实在那些所谓的名门正派眼中，你跟我一样，都是异类。”

无须一早提醒，贞白也心知肚明，只是他们把她当异类也好，邪祟也罢，相比她去太行道的目的，这些都无关紧要。

一早说：“李怀信其实也没安好心。”那天她听见了李怀信和冯天私下里合谋，要把贞白带回太行，关起来。她从此对李怀信留了个心眼儿，只是一直没机会跟贞白说。对于她们而言，太行道就等于是龙潭虎穴，若真去了，不成了自投罗网？她没有明知李怀信的诡计，还眼看着贞白往里跳的道理，不带这么坑队友的。于一早而言，贞白才是她能够真正信任依靠的队友，而李怀信，顶多是个可以暂时利用的坑货。

李怀信挑起眉，还挺好奇这丫头能怎么编排自己，忍不住开口问："我怎么没安好心了？"他一直觉得一早鬼精得很，没想到挑拨离间也玩得挺溜。

一早被这突然的声音吓得一激灵，扭头就见李怀信似笑非笑地倚在廊柱下，那双弯起的眼睛像两把磨得锃亮的刀，正架在她脖子上，等待动刑呢。

一早悔啊，千不该万不该在背后说人坏话，这不，被当场抓包了吧？该！不过……既然被抓包了，那就明人不说暗话，反正伸头缩头都是一刀，干脆豁出去了。她打心眼儿里不想贞白上太行，如今既然四方大阵有了线索，她俩完全可以直接往西去。

她索性把事儿挑明了，对贞白道："他们想把你引到太行，然后关起来。"说完，又补充道，"他和冯天合计的时候，我亲耳听见的。"

贞白微微蹙了下眉，没露出多余情绪，转头问他："是吗？"

既然被听到了，李怀信也没什么可狡辩的，反倒坦荡起来："是，我是说过，但前提是你对这个世间造成威胁，可你不会害人……"

"我会。"贞白冷肃道，"人若害我，我必奉还，谁的生死都不论。"

李怀信一愣，被这句话的气势威慑到，那是种从骨子里渗出来的冷血与无情。这些日子相处下来，李怀信几乎忽略了，贞白绝非纯良之辈，只是因为大家和平共处，所以她看起来是安全的，倘若立场相对呢？她绝对会成为最大的威胁！

看他俩此时有那么点针锋相对的意思，一早后退半步，随时做好逃离现场的准备。这是她挑起的事端，依照李怀信的小肚鸡肠，必定清算源头，所以她早晚要遭殃。她正掂量着贞白会不会给她撑腰的时候，忽然听到李怀信这个不按常理出牌的妖孽笑了起来，笑得那个销魂，把她瘆得后背发毛。

"人若害我，我必奉还，谁的生死都不论"，这句话实在深得他心，若说贞白不是什么纯良之辈，他李怀信更不是个好东西，起码在以牙还牙以暴制暴这种事上，他比谁都得心应手。

他本以为一早这个小鬼会胡编乱造诬陷他，如此听来，确实没有冤枉他，连句添油加醋的都没有，实诚成这样，也只能是个翻不起浪的小东西。

他懒得跟这小东西计较，大手一挥，挥苍蝇似的说："你，一边儿去。"

一早："……"她已经完全不懂这人什么路数了。

李怀信觉得她在旁边碍事儿，指了指远处的空地，道："去那边玩儿，堆个雪人儿。"

一早："……"

既然他主动放过，一早当然没理由硬挺，当即溜之大吉。

只是，为什么要堆雪人儿？一早蹲在地上，后知后觉地掬起一捧雪想：玩儿？

只剩下李怀信和贞白，那种无形的尴尬又开始蔓延，李怀信突然发现自己已经不能跟她独处，总会无端生出一种瓜田李下的感觉。

相较而言，贞白反倒从容自如："有话说？"

"刚才一早说的……"

贞白摇头，凉薄得似乎并不在意他的解释，打断道："我此去太行有自己的打算，不会因为你和冯天的一句话就望而却步。"前路水深火热又如何？设有陷阱又如何？踟蹰不前不是她的风格。

李怀信看得出来，她是真的不怕，哪怕面对的是整个太行，也毫无惧意。他突然有种感觉，贞白要去太行，并不仅仅是为了让寒山君算个卦那么简单，他心直口快地问了："你还有别的目的吧？"

贞白目不转睛地看向他，没回答。

他了然道："是有所图？图什么？"果然他们俩是彼此彼此，谁都没安好心。当他自作聪明地以为是自己在算计别人时，却忘了这世上还有一招将计就计。一声不吭的女人最可怕，尤其像贞白这种不光有脑子，还具有压倒性实力的，真斗起来，指不定谁坑谁呢。

"没有。"贞白答道。她哪有什么所图，只是有些事情联系起来，可大可小，其中关乎着什么，她尚未弄清，所以不便多言。

李怀信审视着她："我不会让一个心怀叵测的人混进太行的。"

"心怀叵测的人是你。"是谁打着把她引入太行关起来的主意？贞白直视他道："你可以不信，但我的确无所图，只不过……"

"只不过什么？"

"罢了。"事已至此，说什么都像在辩解，贞白觉得没意义，便道，"冯天的魂体已经养得差不多了，你我就此别过吧。”

李怀信一愣，没想到质问最后变成了道别，这完全超出了他的预想范围，心中十分不舒服，语气自然就带了刺：“答不上来就想走，心虚吗？”

贞白懒得跟他计较：“你想多了。”

她一副轻描淡写的态度，更让李怀信不快：“你想就此别过，然后独闯太行？真当自己本事滔天，能上天入地了？”他直视她，目露锋芒，“你以为，我会轻易放你走？”

贞白蹙眉，没想到他会为难人：“你不是我的对手。”

瞧不起谁？李怀信莫名恼怒，却压在心底，面上不显：“你可以试试！”

贞白摇摇头，她不想跟他打：“没这个必要。”

那什么有必要？她早不走晚不走，刚把他睡完就要走，什么意思？敢情她耐着性子到现在，跟他玩儿的就是不主动、不拒绝、不负责啊。他还真没见过这么无耻的人，半句话都不给，就想拍拍屁股一走了之，门儿都没有。

李怀信长身玉立，卸了剑匣，单手扶着戳在雪地里，与她僵持着，相对而立。

贞白见他不依不饶，只当他在使性子，找碴儿，她并不打算接招：“我不想跟你动手。”

李怀信气焰忒高：“那咱就耗着吧，你也别想走。”

贞白感觉他是无理取闹外加胡搅蛮缠了，不太理解地问：“为什么不让走？”

哈，还能为什么？李怀信气笑了：“我不盯着你，难道让你出去为非作歹？”

这话就显得牵强了，她若真想为非作歹，他盯不盯着都不会起到丝毫约束作用。

贞白直接被他磨得没了脾气，确认道：“真不让走？”

李怀信嚣张道：“你走不了。”

贞白没法子了：“那就去东桃村，我再送你们回太行。”

李怀信一怔：什么情况？这就妥协了？未免也太好欺负了吧！

贞白从袖中掏出一本册子，又皱又黄，递给李怀信。

李怀信接过，问：“什么东西？”

“我午时去了趟普同塔，在地宫里找到的。”

李怀信翻开，粗略地扫了一眼，目光立即沉下去。这简直就是一本得道成佛修炼手册，上面详细地介绍了僧徒应该如何历经千世劫难，修成正果：无须一次次转入轮回，只要找足一千名和尚，纳为一体，担了他们一生的因果，就算圆满担了千世劫难……活脱脱一本打着“修炼成佛”的幌子，实际却是教人如何修炼成寄生魂的邪门秘籍。

李怀信诧异道：“这是波摩罗的？”

贞白颔首，很显然，波摩罗就是用了上头的法子，把自己变成了寄生魂，却还自以为修成了千身佛陀。

“谁给他的这玩意儿？”李怀信合上最后一页，“怕不是给人坑惨了。”

“你不觉得很奇怪吗？”贞白道，“波摩罗灭掉法华寺，一直按照册子在修炼，而他刚被亡灵寄生，就被冲相阵镇压了，而那个镇压他的人，好像一直在等这一刻。”否则，那人出现的时机也太凑巧了。

李怀信整颗心提了起来，照贞白所言，可能这从头到尾就是一个局，而波摩罗只是棋盘上的一颗棋子？

“还有，”贞白没给他过多思考的时间，紧跟着道，“一早方才跟我说起另一件事。”

李怀信眉头紧蹙，等着她往下说。

“二十年前，唐季年曾随他父亲辗转往长平做过一桩买卖，途中遇到滂沱大雨，山体滑坡，唐季年乘坐的那辆马车坠崖，被于阿吉冒险救了下来……”

“等等，”李怀信觉得这名字似曾相识，“于阿吉是谁？”

这人聪明归聪明，记性却不太好，贞白道：“青峰道人的徒弟，那个唯一被送出七绝阵的人。”

李怀信立刻想了起来：“唐季年竟然遇到过他？”

要不怎么说无巧不成书呢，贞白道：“对，唐季年昨夜无意间看见一早挂在脖子上的那枚指环，问起于阿吉是她什么人。”

“一枚指环，怎么就印象这么深刻？”

“当时他坠崖的时候，于阿吉出手相救，结果不小心被他捋掉了那枚指环。因为那指环是青峰道人给于阿吉上太行求救的信物，对于阿吉格外重要，所以大家帮忙找了两天才找到的，自然记得清楚。”贞白道，“一早刻意追问过时间。据唐季年说，他们碰见于阿吉时，他正要去长平。也就是说，还没进入长平地界，于阿吉就已经中毒了，而且中毒很深，已入肺腑，唐老爷因此给过他一瓶能暂时缓解毒性的药丸。"

"也就是说，于阿吉并不是被王六毒害的？他可能只是突然毒发身亡，死在了王六家里？"

贞白颔首："很有这个可能。"

而王六见家里突然死了人，怕说不清，因为他之前听了于阿吉的意见，把谢老爷的尸体挖出来偷埋在自家院中，为女儿养魂，若是再闹出人命，就算不是他杀的，官府过来盘查，而梁捕头又是个极其敏锐的捕快，很可能会因此发现谢老爷的尸骨，到时候麻烦更大。王六思来想去，为了女儿，索性就将于阿吉的尸体埋在了自家院中。

这么一来就说得通了，可是，李怀信仍有疑问："于阿吉是怎么中毒的？为什么会中毒？"

这也是贞白疑惑的，无奈唐季年当年还年少，也没有深入追问恩人中毒的原因。贞白猜测道："不排除有人想要阻止于阿吉上太行，如果这一切的背后有个巨大的阴谋，枣林村的七绝阵事发之后，自然会有人盯着，就像可能也有人在暗中盯着波摩罗一样。"

李怀信思绪一转："那会不会……也有人在盯着你？"

贞白摇头，自出了长平乱葬岗，她并未觉察有人窥视自己："已经过去了十年，就算有人盯，也不会持续这么久。"

李怀信表示赞同："我们一路过来，已经大张旗鼓地拆了三个大阵，若还有人暗中盯着，应该早就坐不住了，但到目前为止，还没有一丝风吹草动。"

这说明什么？说明要么没人盯着，要么就是这帮孙子明知打不过，尿了。

当然，也不排除他们表面按兵不动，实则已经在背后酝酿起更大的坏招儿，蓄势待发。

什么可能都会有，李怀信深知事态严峻，此事关乎的已不仅仅是某个村或某座城的生死存亡，而是个涵盖四方的罗天大阵，用的全是最残酷的手段，以无数人命献祭而成：长平乱葬岗几十万军魂，枣林村全村的百姓，以及法华寺全寺的僧徒。还有个设在西方的大阵又是什么呢？到底要牺牲多少生命？那人不惜一切代价布下此阵，背后的目的究竟是什么？李怀信想不明白，也清楚这已不是他力所能及的，必须尽快回太行禀报。

思忖间，贞白突然插了句："给你的药喝了吗？"

李怀信猝不及防，立刻想歪了："……"

能不能谈正事儿！

许是白天睡了一天，到夜里就辗转难眠，李怀信只要一闭上眼，便不受控制地胡思乱想，满脑子都是那天晚上的"春宫图"，让他恨不得把自己敲昏过去。

像是中毒了，或者真的是余毒未清，所以才这么心绪不宁，李怀信瞧见案上的茶壶，心一横，硬逼着自己灌下了两碗又浓又苦的汤药。然而，这药好像除了苦之外，根本没什么药性，他压制自己片刻之后，该乱想还是乱想，甚至有点儿收不住了。

这是邪淫吧？李怀信有点惶恐，干脆盘起腿在榻上打坐，并念起了清心咒，闭目入定，希望能驱除邪念。然而，那一幕幕要命的画面又在他脑海里闪过，腻白的肌肤，屈起的双腿，还有绞在他手里的青丝，以及她腰背上拓下来的半幅雕花图……那画面仿佛成了他身体里的烙印，不管他口念多少遍清心咒，都驱除不了，像是一夜之间就生出了心魔，难以攻克，果然男女之事是要坏人修行的。

李怀信心烦意乱，感觉这寮房闷得慌，他披上皮裘，推门出去，想吸一口室外的冷空气以压住体内那股燥热。无意间，他看见不远处的雪地上矗立着一个雪人，他缓步走过去，隐约想起来是自己白天随口让一早堆着玩儿的，没想到这丫头还真堆了个跟她一般高的雪人，用两颗石子做的眼睛，树杈做的鼻子。李怀信拔掉用来做雪人嘴巴的胡萝卜，握在手里看，思绪却变得紊乱。倒不是光想着床上那点荒唐事，而是有关于这三个阵法的，此间发生的种种，无不让他唏嘘，这其中还有重重疑点，重重迷雾……还有贞白，这女冠必定隐瞒着一些事。单说她的身份，就绝对不是她说的那么简单，但她为人又并不复杂。李怀信不是缺心眼儿，他看得出来，贞白这女人个性直率，简直是一根肠子，没有任何心计和城府，偷奸耍滑的能耐比一早都不如，说她单纯都不为过。

李怀信相信她没有撒谎，只是有些事，她宁可不说，也不愿随便拿一套说辞来蒙人。比如，她上太行的另一个目的，她完全可以骗他说没有别的目的，或者随便糊弄他一下，但她只是选择了沉默，所以李怀信私心里还是相信她的。

当"相信"这两个字眼出现在意识中，李怀信感到格外诧异，难道是这一路上和她一起出生入死，历尽艰险，有了那么点患难与共的意思，所以不知不觉被她的殷勤打动了？李怀信自认为这个理由有点扯淡。要不就是上了一次床的缘故？这就更扯淡了，他是那么肤浅的人吗？

一转念，李怀信又没底气地想：可能还真是！反正他的人格并没有多高尚，只是端着个人模狗样罢了。毕竟失贞此等大事，于他而言，不是随便说翻篇儿就能翻篇儿的，但那女冠事后一副若无其事的样子，究竟几个意思？想白睡？李怀信愤愤不平，将手里的胡萝卜塞进嘴里，狠狠嚼了起来。

夜深人静，整个佛寺似乎只有他一个烦心失眠的人，嘴里散开的甜涩味让他蓦地蹙眉，这才后知后觉地发现自己居然把生萝卜给吃了，他“呸呸”地吐掉，逼自己回屋睡觉，管它睡不睡得着，大不了把自己拍晕。

第七十五章 落花有情

翌日一早，天光刚亮，李怀信等人便告别了顾长安和唐季年，前往东桃村。华藏寺离东桃村不足三十里，不出意外的话，他们晌午前就能抵达。

没走出多远，一早突然掉头往回跑，李怀信刚要喊她，就见立在寺外台阶下的顾长安也往前追了几步。一早奔到他面前，突然扬起胳膊晃了晃，不放心地问：“哥哥，能听见吗？”

顾长安面露疑惑：“听见什么？”

“铃声。”

“没有啊。”顾长安盯住她系在腕上的铃铛，“哎，坏了吗？”

一早呼出一口气，宽了心，李怀信昨儿个训斥她了，说养魂的法子根本行不通，她担心顾长安会因此想不开。她说道：“没坏，哥哥，那我走了，你自己要多保重。”

顾长安连忙叫住她，从怀中掏出一只香囊递过去：“这是我亲手做的，送给你。”

一早捧在鼻尖嗅了嗅，笑眯眯地说：“好香啊，谢谢哥哥。”

顾长安满脸宠溺，抬手揉了揉她的头发：“不客气，一定照顾好自己。”

“我会的。”说完，她又朝长阶之上，那位只能站在寺门内目送他们的唐季年挥手道别。

顾长安张了张口，欲再叮嘱几句，却见一早一边倒退着走，一边对他说：“不能再磨蹭了，李怀信要不耐烦了，哥哥再见。”

地面铺了厚厚一层积雪，有些结了冰，稍不留神就会滑倒，顾长安怕她摔跟头，忙道：“当心看路。”

她笑嘻嘻地说“摔不着”，转身去追走在前头的李怀信和贞白。而白天，冯天一般会在铜钱里缩着，以免被阳光灼伤。

一路上，一早来来回回地捧着那只香囊闻，觉得味道特别馨香。李怀信斜睨她一眼，忍不住调侃道：“装乖卖巧，你倒挺会讨人欢心。”

“还行吧，”一早把香囊收起来，在怀里掖好，“主要是顾长安斯斯文文的，比较讨喜。”

李怀信嗤笑道：“敢情是他讨了你的欢心啊？”

“不然呢，”一早理所当然道，“装乖卖巧也是要掺感情的，而且人们好像特别吃这套，修士除外……像你和贞白这样的，怎么装乖都没用，只会当我是个害人精，一口一个小孽障的，真难听。”

不得不承认，一开始他的确觉得这小鬼不是什么好东西，但现在……李怀信寻思片刻，还是觉得这孽障也没好到哪里去，太滑头了。

“咦？”一早扭头，看见贞白系着黑布的颈间露出殷红斑驳的痕迹，凑过去问，“脖子怎么了？昨天受伤了吗？”

李怀信心中瞬间警铃大作，手掌倏地盖在一早脸上，一下把她挡开了。他扭头去看贞白，只见贞白垂下头，若无其事地用指尖轻轻将黑布往上一提，挡住了。

一早推开脸上的巴掌，佯怒道：“干什么你？！”

李怀信心想，自己和贞白既没成亲也没下聘，甚至未到互生情愫的地步，就发生了那事，按照世俗的眼光，就是乱搞男女关系，更何况是在那种境况下，传出去多丢人。他生怕露了馅儿，正打算先声夺人地训一早一顿，忽闻远处传来呼救声。

“救命……救命啊……”

三人循着声音寻过去，只见一个女子失足悬挂在崖边的雾凇上，命悬一线。

女子扣住雾凇的手臂都麻了，她硬撑着，不知这样挂了多久，终于看见有人经过，她喜极而泣：“公子，公子救命啊。”

李怀信躬身，蹲到崖边，拽住女子的手腕使劲一拉，人救上来了。

那女子满脸泪水，脱离危险的瞬间看清了李怀信的脸，她微微一怔，转而娇声低泣，泪盈于睫，道："多谢公子救命之恩，小女子无以为报，愿以身相许……"

李怀信吓了一跳，脱口道："你讹人吧！"

女子梨花带雨的脸明显僵了一瞬，再接再厉道："若公子不嫌……"

"我嫌！"李怀信生怕被她讹上，"我太嫌了！"

被人如此直截了当地拒绝，纵使脸皮再厚也绷不住，但这女子挺住了。实在是中意李怀信这皮相，她就没见过比他好看的，再瞧他整个人贵不可言的气度，定不会是寻常家境。

女子暗暗将李怀信打量了一遍，坚持道："公子救命之恩，小女子哪怕为奴为妾报答您，也甘愿。"

"我不缺奴也不要妾。"李怀信被纠缠烦了，"你若实在要报答，就给我磕个头吧。"

在场诸位，皆是一愣。

"啊？"女子尴尬得不行，"磕……磕头？"

李怀信道："举手之劳，你爱磕几个磕几个，磕完我还得赶路。"

"不是……"女子蒙了，这什么套路啊？

"不磕也行。"李怀信瞪了一眼在旁边看好戏的一早，没好气地说，"别看了，走了。"一转头，看见贞白那张事不关己、若无其事的脸，没来由地感觉心中憋闷。

女子完全没反应过来，转头望着三人离去的背影，喊道："公……公子……"

一早匆匆瞅了一眼身后那女子，对李怀信道："哎，她得多痴心妄想，居然想打你主意。"

声音不高不低，将将传到女子耳中。

李怀信抬手弹了一下一早的脑门儿，却觉得这话还挺中听。

一早搓了搓额头，说教似的道："所以说江湖险恶，不能随随便便出手相救的，万一人家赖上你……"

一早话说到一半，突然听到后面扑通一声，三人转过头，就见那女子已经昏倒在雪地里。

一早："……"

贞白："……"

果然被赖上了，李怀信心里那个气啊，怒道："你说你这张小乌鸦嘴……"

一早连忙道："肯定是装的，咱甭管她，一会儿她就自己爬起来了。"

贞白却已朝那女子走了过去。

李怀信想拦她："哎……"

只见贞白走到女子跟前，蹲下身，手指掐住其手腕，重重一拧，那女子立刻惊叫出声："疼……疼疼疼……松开……"

贞白松了手，她起初也不确定对方是不是装的，万一真晕倒了冻死在路上，岂不误人性命，索性回来确认一番，结果当场就戳穿了。

实在太丢脸了，女子支起身，抬手遮脸，又轻按太阳穴，矫揉造作道："头好晕……"

一早不吃她那套："我就知道她装的。"

贞白和李怀信一样，丝毫没有怜香惜玉之心，也不管一个姑娘家在深山雪地里会不会再遇到危险，起身就走："赶路吧。"

"哎！你们就这么走了？"女子站起来，跺脚道，"让我怎么办？"

贞白驻足，淡漠地撇下一句："你从哪里来，就到哪里去。"

"不行，公子的救命之恩……"

如今这世道，怎么什么人都有。李怀信不胜其烦，遂吓唬她："你若再假借报恩之名纠缠我，我就把你重新挂回山崖上。"

真是落花有情，流水无意。女子无计可施，只能眼巴巴目送三人渐行渐远。

卷四

均正篇

这些年太行弟子踏遍江河山川遍寻不着的均正尺，
竟会凭空出现在长平乱葬岗，
不仅面目全非，
且被这女子握在手中来问卜，
只因它是唯一牵扯着那位幕后布阵之人的物件。

第七十六章 回乡安葬

冯家在东桃村是酿酒大户，随便问谁都能指路。李怀信打听完，却并未往那个方向走，而是刻意往岔路上拐，还装作若无其事地说："饿了，先找个地方吃饭。"

贞白和一早相视一眼，心里都明白，默不作声地跟着走。

毕竟要把冯天的骨灰送回去，对于冯天的父母而言，那是丧子的噩耗，让白发人送黑发人，何其残忍。李怀信在意冯天，自然也在意冯天的父母，他心里有愧，还没做好面对的准备，或许他永远都做不好面对的准备。

李怀信深深吐纳，呼吸着湿寒的空气，感觉肺腑里好像都结了冰。他也不是故意绕道走的，只是他答应了冯天，待天色稍晚一些，再陪他一起回家。

李怀信三人在东桃村绕了一圈，明明说饿，却又挑三拣四的，哪家菜馆也没进，冥冥中注定似的，就与冯氏酒家不期而遇了。

冯氏酒家的门庭前竖立着一块楠木招牌，还有一口用红布封存的大酒缸，上面写着"桃花酿"三个大字，红底墨字，醒目极了。一排的灯笼整齐地挂在屋檐下，夜幕之后次第点燃。

李怀信等人站在不近不远的地方，看三三两两的客人进去，再提着几坛子桃花酿出来，个个脸上都是笑容洋溢。

一位胡须斑白的老伯和路过的熟人打招呼："哟，买这么多酒呢？"

那人说："再不到一月，就要迎新岁啦，还不得早早把酒备好咯。"

李怀信闻言一怔，不知不觉竟是一年到头了，他是入秋之时下的山，辗转至今，竟已数月有余。往年此时，他应该已经开始准备收拾行囊回宫，为父皇和母妃贺岁，今年却不能了，他有更重要的事要做，必须先赶回太行。

李怀信轻弹五帝钱，看着一缕薄透的魂体逐渐显形，他沉声说："到了。"

一股浓郁醇厚的酒香扑鼻而来，冯天怔怔地望着辞别多年的冯氏酒家，他的家，一切和记忆中大致一样，只是有些地方翻修了，扩建了，比以前更像大户了。

李怀信执一道符，贴在冯天背上，那抹薄透的魂体逐渐变得真实，慢慢呈现肉眼可见的状态，因为冯天说，他要见父母最后一面。

李怀信说道："进去吧。"

待最后两位客人离开，他双手捧着冯天的骨灰坛，和冯天的魂体并肩踏入了院门。那位出来送客的妇人刚要转身进店便看见两个年轻人走了进来，她定睛一看，呆在了原地。夜幕里，灯光下，她的目光投在冯天身上，像是一下子没认出来，又像是看花了眼，不敢置信地盯了须臾，才试探着小心翼翼喊了声："小天？"

冯天闻言，蓦地驻足。

"是小天吗？小天！"从怀疑到确定，只有短暂的瞬间，那妇人赶紧冲店内大喊一声，"老头子，小天回来啦，你儿子回来啦！"颤抖的声音带着激动和狂喜，再转回脸的时候已经笑中带泪，妇人两步冲下台阶，朝冯天奔了过来，"小天，娘终于把你盼回来了……"

在她奔至跟前的一瞬，冯天倏地屈膝跪下了，冯母始料未及，刹住步子，怔住了。

此时，屋里闻声跑出来两名男子，激动之情溢于言表："小天儿……"

冯母连忙上前，欲拉冯天起来："你小子，回来就好了，好好的跪什么，快起……"话说到一半，她的手掌从冯天的胳膊穿了过去，捞了把空。她难以置信地盯着自己的手，又难以置信地盯住冯天，不死心地又捞了一把，然后整个人僵在了原地。

她怀疑自己是不是思儿心切，又出现了幻觉，茫然地低唤道："儿子？"

刚跑出屋的两人看见这一幕，皆是一惊。

冯天重重叩首："孩儿不孝，已魂归故土，爹娘养育之恩，今生无以为报。"

"魂归故土"四个字，听得冯母两眼一黑，直接昏厥了过去。

李怀信手疾眼快，挺身将冯母带入了怀中。

冯父方寸大乱，吩咐长子："快，阿坚，扶你娘进屋。"然后红着一双老眼，端详冯天半晌，有些迟钝地喃喃道，"我……我去请大夫来……"

"不必。"贞白从后面走出来，"我能替尊夫人诊脉。"

很显然，冯母是大受刺激导致的昏厥，把她扶进屋子，平躺在榻上，无须采取其他措施，掐一把人中就能醒转。

倒是冯父，看似冷静，进门的时候却连低矮的门槛都没力气迈过去，猛地被绊住脚尖，整个人往前扑倒。

"爹！"冯天大喊道。

一早走在后面，迅速搀住冯父，双手使了点劲，才没让冯父的膝盖磕到石板上，她说："伯伯，当心些。"

冯父艰难地站起来，脚步却是虚浮的，他硬撑着让到门边，猩红的眼睛瞅一眼冯天，嗓音发着颤："进……进屋。"

冯天心里生疼，喊道："爹。"

"哎。"冯父垂头应道，他帽檐下两鬓已斑白，整个人好像瞬间变得佝偻了，"快进去，看看你娘，她天天盼着你回来，一直怪我狠心，把你送去太行，让你们母子分离。"他有些语无伦次地说，"现在你回来了，回来就好，回来……咱就不走了。"

"爹……"

冯父一颗心空落落的，只能强作镇定地絮絮叨叨："爹不该送你走啊，男孩子嘛，皮点儿就皮点儿，我自己的儿子，应该我自己管教，是爹的责任，是爹不尽责，那么小就把你送走……"

冯天听着不落忍："您是怕孩儿学坏……"

"坏就坏呗，有我们天天看着你，有点苗头就纠正了，不至于的……"其实，他哪是怕儿子学坏，他是对儿子寄予厚望，盼着儿子成才。

冯天再也忍不住落下泪来，从前他心里一直是怨的，怨父亲太严厉，怨父亲成天忙着酿酒，每次他一顽皮，父亲二话不说便是一顿打骂，以暴力镇压。他一直觉得，当年父亲是因为家里生意忙不过来，没工夫管教他，为了省心省力，才把他送去太行的，所以这么多年来，他都认为自己是家里不要的，是父母厌弃的。毕竟家里还有个听话懂事的大哥，他在这个家似乎可有可无，所以哪怕太行允许每三年回家探亲一次，他也没想过要回来，而是选择留在太行，陪着那个和他一样没人疼的师父。如今听到这些，他悔恨不已，悔自己没有早点回来，恨自己从未体谅父母的心，事到如今，除了一句苍白无力的“孩儿不孝”，他什么都弥补不了了。

回来之前，冯天早就想好了，事情的前因后果都由他自己来说，所以他让李怀信先出去，免得这祖宗在他爹娘面前引咎自责。二老中年丧子，痛心疾首，若由外人来说，有些话听了容易曲解放大，到时候说也说不清，倒不如一开始就把李怀信给择出去。

冯天的阐述很简单，就是和同门一起下山，在长平乱葬岗除魔歼邪的时候被撞碎了魂，幸得贞白一直帮他养着魂体，才未魂飞魄散，而李怀信不远千里，只为将他的骨灰送回乡里……

李怀信难得一次对冯天言听计从，移步到门外，却并未走远，只是僵直地站着，一动不动。他耳朵灵，里头说的一字一句他都听得格外清晰，加之冯母逐渐激动的啜泣和冯父隐隐约约的哽咽，这些确实都是他应付不了的，冯天体谅他，才让他出去。这些他都明白，正因为明白，他才更加难受，每吸一口气，都像是有一把冰锥扎进心底，太疼了，疼得他两眼昏花。他都这么难受，那含辛茹苦生养冯天的父母呢？

一早在边上靠着，见状捅了捅贞白的腰窝，格外惊奇地用口型道：“要哭啦。”

李怀信如此嚣张傲慢的一个人，真是难得见他伤回心。

贞白转头，瞧见他双眼通红，泛着泪光。她忽然想起在乱葬岗，他们合力修补完破损的大阵之后，她昏了过去，再醒来，冯天已经死了，而李怀信精心布下法阵，以符箓圈起来护住其尸身，使其免遭乱葬岗的煞气腐蚀。她立于峰峦之上，目睹李怀信孤身徘徊，固执地不肯离开，疯了般在尸骨坑里刨，在充满阴煞气的乱葬岗里找，不要命似的，想一点一点把冯天破碎的魂体聚拢起来。此事就像在大海里面淘珍珠，哪有那么容易。贞白当时没管他，自顾自出了乱葬岗，却不料这人足足在里面待了月余，直到将冯天的魂体拼凑完整。

寻常修士，谁敢在那种煞气蚀骨的地方多待半日，那里危机重重，稍不留神就会死无葬身之地，李怀信却宁可冒着被附骨灵缠身的危险去做这件事。为了冯天，他是豁出过命的——别人不知道，连冯天自己都不知道，而贞白却是亲眼所见。

贞白最不擅长安慰人，只好带着一早避远一点。她看着院角的一棵桃树，光秃秃的枝头压着积雪，突然有点感触。这种生死与共的情谊，她似乎也有过，但往具体了说，又谈不上，因为曾经的她是没有什么感情的。唯一的一点情分，刚给出去，还未来得及惺惺相惜，就已经终结。但她仍然记得那些相处中的点滴，虽平淡无奇，却历久弥新。如今再回想，与当时的感受截然不同，似乎多了些什么。多了些什么呢？她也说不明白。像是一种怀念，怀念那个时候，那个人，以及在不知观中静好的岁月。她想，等解决完这些恩怨就回去，回禹山，回不知观，远离世俗纷乱，一个人看书种菜，闲看日出日落。只是此行险恶，前路未卜，她难以预料自己还能否回得去。

贞白转头看了眼一早，想起这丫头也是个没有归宿的，不知观倒是能收留她。她这么想着，便问出了口："会种萝卜吗？"

"嗯？"一早没明白，被她问得莫名其妙，但还是点点头答，"会。"

贞白又问："蘑菇呢？"

一早跟她爹窝在山顶时，种过不少蘑菇，便道："当然会。干吗？"

"往后倘若你没有去处，"贞白不敢肯定自己是否有活路，但至少能够尽力保住这丫头，她说，"你可以往南去，禹山上有座不知观，是我的故居，那里荒无人烟，算是个安全的居所。"

一早皱了皱眉："怎么听起来像在交代后事？"

贞白并不在意她的话，继续道："你不用跟着上太行，这对你不利。"

"对你也不利。"一早生气了，鼓起腮帮子，道，"你都知道李怀信没安好心，怎么还要去？这些名门正派，口口声声说什么除魔歼邪，哪管你是善是恶，只要你身负阴气就是恶……"

贞白当然知道，也正因如此，她才不打算带上一早。

"我有东西寄存在故人那里。"贞白打断她，"此去太行，便是准备取回来。"

"什么东西……不对，什么故人？"一早完全没想到贞白这么孤僻的人居然在太行有故人，还存了东西，那必定是有几分交情的，就是不知她这位故人在太行道的地位高低，说话有没有分量，能不能平息一场干戈？一早脑筋转得飞快，她又琢磨着，既然贞白不惜冒着被围剿的风险也要去取，那应该是顶重要的东西。

贞白不与她解释，只道："你可以留在东桃村。"

一早谨记亲爹的遗嘱，尽量不往修道士跟前凑，所以没打算去太行涉险，毕竟李怀信是个翻脸无情的祸害，便说："我可以在太行山脚下等你。"她想了想，又说，"万一你被他们逮了，我总不能一直等着……那就以一个月为期，一个月后，如果你不能如约下山，我就独自往西去找线索。"

"我会下山的。"贞白沉吟片刻，道，"太行，不足以困住我。"

这话要是换了别人说，一早肯定会翻着白眼说对方大言不惭，但从贞白嘴里说出来，就显得很有底气。

一早由衷地点点头，毕竟贞白太邪门儿了，甚至有点儿道高一尺魔高一丈的意思，李怀信对她完全无可奈何。至于太行道那群身居高位的老东西，一早曾听她爹提及他们的威名，但传言总喜欢夸大其词，不排除是世人对他们过于吹捧，盲目崇拜……但转念一想，太行道毕竟是数百年长盛不衰的国教，实力一定不可小觑，所以即便于贞白而言，太行道好像不足为惧，一早也不敢抱着侥幸的心理跟着去。

后院的树下有两坛子桃花酿，在地里埋了近十年，是专门为冯天及冠而备的酒，原本应该父子三人对饮的，如今却祭了半坛在地上。

这种场合本不适宜说这种话，但李怀信想既然早晚得说，不如干脆点："我将冯天的骨灰送回乡安葬，至于他的魂魄，还得带回太行，交由他的师父寒山君，亲自给他超度。"

是该要超度的，冯父也不可能让儿子变成孤魂野鬼在世间游荡，因而他除了暗自垂泪，也只能默允。

就算于心不忍，李怀信也没办法，他必须给寒山君一个交代，只是那老头子不像冯父冯母这么心慈人善好商量，怕是一经知晓就要跟他拼老命的。一想起那老头子暴跳如雷的模样，他心里就难受得紧，索性倒了半碗酒，坐在雪地间陪冯父和冯家大哥喝几口。

这酒性烈，一口喝下去，让人感觉喉咙和肠胃里像是有把火在烧，李怀信在太行虽谈不上循规蹈矩，却和所有太行弟子一样，是滴酒不沾的，一时还真喝不习惯。

夜深了，冯母收拾好客房，给他们下榻。李怀信道过谢，独自待在院中没进屋，他冲冯天摆了摆手，示意他别管自己，进去跟他父母和大哥说会儿话。

外面天寒地冻的，许是喝了点酒，李怀信居然不觉得冷。他靠在那棵光秃秃的桃树上，举起酒壶牛饮了一口，却被呛得满眼泪花。他抬手擦了擦，突然用手指抵住了眉心，头又开始疼了，像是被人用尖刀刺了一下，待挨过这阵隐痛，他仍然感觉有些眩晕，估计是酒劲上头了。他浑身乏力，揉着眉心往树根上坐，这时，耳边传来一阵脚步声，窸窸窣窣，在他跟前戛然而止。

李怀信抬起头，眉心揉红了，他看见贞白，一袭玄衣，像皑皑雪地间的一滴墨。

贞白问他："明日启程吗？"

李怀信不悦道："你急什么？！"

贞白垂眸看他一副落寞神伤的醉态，不吱声了。

李怀信把酒壶掷在雪地里，突然道："我头疼。"

贞白蹲下身，去把他的脉，刚要触到其手腕，他倏地抽回手，提防道："你干什么？"

他抱着手，如避蛇蝎的样子："你别碰我。"

贞白："……"

谁刚才说自己头疼来着？有病不得治啊？

贞白知道他什么意思，那晚的事，他们谁都没提一个字，但李怀信似乎很介意，处处避嫌，她只好收回手，不碰他。

他头疼也许是饮酒所致，贞白站起身，打算不管了。

"你没必要着急，上太行也得长途跋涉。"李怀信跟着站了起来，他虽有点晕，但脑子清醒着，事情的轻重缓急还拎得清，不会因为冯天这事在东桃村耽搁太多时日，他说，"明日一早就走。"

贞白觉得他脾气虽大了些，但又可以理解，便道："我不是在催你。"

是不是都无所谓，李怀信并不是在计较这个，他就是心烦意乱，没有一个发泄的出口，只能压在心底，压着压着就跟她过不去了。

此刻，他摆摆手道："我也不是针对你。"谁让她在这个当口走了过来呢？他从她身边擦过，拎着酒壶，脚步虚浮，"早点歇着吧。"

然而刚走两步他又顿住了，踱回来，借着酒劲，正好有些话想跟这个装模作样的女冠论一论：“那天晚上……”他对上她的眼睛，突然又有点难以启齿，“在华藏寺……普同塔里……我……”

看来还是没醉，他很想再给自己灌一壶黄汤，然后酒壮㞞人胆地敞开了说：“我……我是被艳鬼咬了一口……”

吞吞吐吐了良久，没想到贞白单刀直入地来了一句：“那是个意外。”

她言简意赅，一个“意外”就干干脆脆地把那夜所发生的一切盖下印章。李怀信愣在原地，他也不是没想过，单从她这两日的态度就能看出来，这家伙果然是想撇清关系的。

行吧，意外就意外，李怀信被堵住了话头，只能忍气吞声，转身就走。

他心里说不上是什么滋味儿，反正不大好受。他晃荡进屋，把酒壶搁在桌上，想倒杯水喝，茶壶却是空的，只好举起酒壶又闷了口酒，太辣了，简直烧心。

李怀信没想到自己酒量还不错，生平第一次喝酒，灌了半壶都没有醉倒，只是犯晕乏力，也没胡思乱想，一沾床就睡着了。

一夜好眠让李怀信觉得酒是个好东西，翌日辞别冯家时，还特意打了一壶带走。

第七十七章 糖炒栗子

东桃村距太行山八百余里，坐马车连日赶路，在不耽搁的情况下，少说也需四五日。

越是吃过苦就越是怕受苦，马车虽快，但一路要饱受风寒，而且李怀信实在受不了马车颠簸，思来想去，他准备走一段水路，先坐船，待改道时再换乘马车。

贞白对此没有异议，一早更不敢有异议，左右都是他说了算。

结果他们到码头一看，嘿，河水都冻上了，河面结了厚厚一层冰，船只全部停靠在岸边。据船夫说，往年这条河从来没有冻结过，今年比较特殊，入冬后连下了两场大雪，气候是前所未有的冷，恐怕要等到来年开春，冰面化了才有生意做。

一早忍不住乐了："你可以溜冰啊，溜过去。"

李怀信瞪她："找揍是吧？"

天不遂人愿，到头来他们还是得乘坐马车。李怀信没办法，只能让车夫多铺一张软垫，把座位调整舒服了，才肯上路。

晌午之后，下起了大雪，马车在疾风中奔驰。道路不宽，左边是山壁，右边是悬崖，拐角又收势狭窄，所以马车走得时疾时徐。这段路走的官道，尚不算颠簸，估摸着能在天黑前赶到下一个城镇。结果中途又遇到状况，马车缓缓刹在路中央，车夫道："前面好像出了事故。"

事故层出不穷，他们一路上没少遇到，李怀信稳坐车内，事不关己地吩咐道："绕过去。"

"挡道儿了。"

李怀信这才掀开帘子看，前面一辆马车正好翻倒在狭道中央，车轮也掉了一只，把去路堵死了。

正束手无策的老汉从车里探出来，胡子拉碴的一张脸，双颊和鼻头冻得通红，见有车辆经过，忙上前求助："小老儿途经此地，结果车轮裂了，滚下悬崖去了，能不能借您的马车，帮我把粮食运进城里？"

车夫有点为难，回头征询客人的意见。

李怀信瞅了眼那辆破车上的几麻袋粮食，整个人都不好了。

那老汉站到车帘底下，裹着一件打了无数补丁的棉袄，朝李怀信作揖，双手都已经冻裂了。他哀求道："公子行行好，帮帮忙吧，实在是没办法了，车轮裂了，板车不能用了，我骑马也驮不走这么些粮食。"

眼看雪越下越大，这老汉守着粮食不肯走，万一冻出个好歹来怎么办？李怀信一个不忍心，就起身挪到了车厢的夹角。车厢内本来就不宽敞，坐了三个人，再装上几大麻袋粮食，直接把贞白也挤到了夹角，那老汉还在往车厢里装货，李怀信立即后悔了。老汉一边往里码粮食一边对李怀信感激涕零，让李怀信骑虎难下。

最后，车厢全被粮食占据了。一早个头小，干脆躺到了粮食堆上；李怀信和贞白则双双被困在夹角，腿贴腿，肩并肩，胳膊蹭胳膊。

气氛一度变得十分微妙，两人靠得太近了，李怀信如坐针毡，偶尔马车颠簸一下，两人挨得更紧了。

"你……"李怀信挣动道，"压我胳膊了。"

刚说完，马车便碾过一处洼地，李怀信整个人被颠起来，朝贞白压了过去，磕了一下额角，又弹了回去。

他莫名火大，拔高音量冲车夫喊道："能不能走稳当些？！"

车夫也很无奈，驱着马儿，很难看清地上哪里有凸起哪里有坑，因为地面全被积雪覆盖了，他答道："公子，这路不平整，我也没办法啊。"

狭窄的空间里拥挤不说，好像连空气都异常稀薄，让人有点呼吸不畅。李怀信用力吸了吸鼻子，闻到贞白身上一股冷霜的味道，似寒梅之气，若有似无地往他鼻孔里钻，撩拨着他的神经。他背贴着车厢，身体绷紧了，尽量压制着神思，然后他猛然发现，自己有点受不住和她这么近距离的接触，感觉心魔快要跑出来作祟了。他的视线冷不防瞥到贞白的颈间，那黑色布条解掉了，上面的红痕已经褪去，重新恢复了白净。

“看什么？”

直到听见贞白低语，李怀信才如梦初醒，惊觉自己方才盯得出了神。他尴尬得不行，胡乱搪塞道：“渴了，把水给……”似曾相识的一句话，他在某个不能言明的场合说过，李怀信恨不得把自己舌头剪掉，渴个屁啊。

贞白板着脸，似乎并没有想偏。

一早及时把水壶递了过来：“给。”

李怀信：“……”

一早见他迟迟不接，心想这祖宗可真难伺候，又将塞子拔了递给他。

李怀信硬着头皮接了，欲盖弥彰地豪饮一番，假装是真渴了。没想到，马车突然一个急转弯，壶里的水不慎泼到了胸前，让他差点奓毛，最后还是强行忍住了。什么叫搬起石头砸自己的脚，真是糟心透了。

好不容易挨到进城，夜幕已降临，那老汉下了马，绕到他们的车窗底下，对李怀信又是一通千恩万谢。

李怀信的耐心早已告罄，好事做得不情不愿，觉得亏待了自己，他催促老汉道：“别谢了，赶紧把你这几麻袋粮食扛下去。”

粮食不卸，他和贞白就一直卡在里头出不去，他难熬极了，只想下车透透气。

“好好，马上就卸，您稍等。”老汉应完，扭头就跑。

还等什么？李怀信盯着他健步如飞的背影喊：“哎……”

这是要跑哪里去？李怀信正纳闷，转过头就见贞白正目不转睛地盯着车窗外，他也偏过头看出去，只见街边架着一口大炒锅，老板挥动着胳膊，翻来覆去地炒着一锅混了石英砂的栗子，个个爆裂开口，色泽油亮。

李怀信见贞白嘴馋，正欲开口，那老汉却推着一辆板车手脚麻利地跑了过来，生生挡住了糖炒栗子的摊子。他冲李怀信和贞白憨笑道：“实在不好意思，我现在就卸。”

好不容易等老汉卸完粮食，这头李怀信刚跳下马车，拍着衣服上的灰尘，那头贞白已经跟人动上手了。

只听那人嗷了一嗓子，叫声尤为凄厉，被贞白反扭着胳膊摁在了车前，差点惊了马。

贞白冷声道："交出来。"

那男人疼得直吸气，却还死鸭子嘴硬："交……什……什么……"

贞白二话不说，直接将他一条胳膊给卸了。只听咔嚓一声，关节错了位，男子痛得仰天长啸，惹得周围人纷纷侧目。

贞白面色依然冷淡，道："钱袋。"

方才，她刚下马车这人就故意横撞过来，动作神速地扒了她揣在腰间的钱袋。

此人本想迅速开溜，不料却遇上了个身手了得的硬茬儿，反手就被对方给擒住了，只能惨叫道："女侠……女侠饶命啊。"

"不是女侠。"贞白纠正他，"是道长。"

"哎，道长。"男人立即改口道，"道长手下留情，饶了我……"

贞白不听他废话，道："交出来。"

"好好好，我这就交。"男人另一只手伸进衣服里，趁贞白松劲的瞬间，蓦地抽出匕首，反身朝贞白削去。贞白微微后仰，刀刃擦着她咽喉而过，不过毫厘之距，她不得不松开擒人的手。男人拔腿就跑，然而刚转身，就被来势汹汹的一脚踢中胸口，狠狠飞了出去，压垮了糖炒栗子的摊子，再重重砸到雪地上。

男子捂住胸口在原地挣扎，仿佛五脏六腑都被踹移了位，一时竟没爬起来。

李怀信方才不过使了三分力，此时一整衣摆，居高临下地盯着倒地不起的贼人，道："不知死活。"

一早见机奔上前，在贼人身边蹲下去，伸手就往他胸前的衣领里掏。那人连忙捂住袄子，被一早一巴掌拍在脑门上："要钱不要命是吧，吃了熊心豹子胆了，胆敢偷到贞白身上。"

一早连续从此人怀中摸出了四五个钱袋子，也不知道这贼之前偷了多少人，最后才摸到贞白那一个，她忍不住乐了："嘿，偷什么不好，你偷冯天。"一早捏着那袋五帝钱站起来，笑嘻嘻地威胁那贼人，"你完了。"

那贼人当然听不懂这丫头在胡说八道什么，下一秒，李怀信就朝车夫一扬下巴，吩咐道："捆了吧。"

车夫有点茫然："啊？"

这种混迹三教九流的，成日行窃，没少撞在枪口上，已经被打得皮实了，根本不怕这点儿疼，李怀信也懒得亲自教训，他指了指板车上那根老汉用来绑粮食的粗麻绳，示意道："送官。"

处理完贼人，又赔偿了打翻的小摊，看样子，李怀信还挺心甘情愿，甚至多付了些碎银将炉上刚炒熟的那锅糖炒栗子也打包了。

一早大包小包地捧着，无法理解，这多糟蹋银子啊，遂问道："你买这么多干吗？"

李怀信："吃啊。"

一早："……"这么多，天天吃都能撑死人，何况这玩意儿吃多了容易胃胀，消化不良。

"路上吃。"李怀信补充道，又问她，"沉不沉？"

猝不及防的好心，一早赶紧点点头，全给她抱着，能不沉吗？

李怀信似乎突发善心，从她怀里拎出两袋，转手撂给了贞白，装模作样地说："帮忙拎着吧。"片刻，他瞥了一眼，见贞白只是老老实实地拎着，又道，"也可以尝尝味道如何。"

"嗯。"贞白应着，却并未去尝。

李怀信忍不住催道："刚出锅的比较好吃，一会儿该凉了，得趁热吃。"

说完，才发现一早和贞白都盯着自己，李怀信没来由地觉得心虚。他又没干什么亏心事，心虚个什么劲儿啊。他伸手从袋中抓了颗栗子，就着爆裂的口子剥开了，塞进一早的小嘴巴里，道："趁热吃，怎么样？"

一早鼓着腮帮子嚼，眼神炯亮地点点头，含糊不清地答道："嗯……好吃……甜……还要。"

"自己剥。"李怀信懒得理她，拔腿就走。

一早两手都搂着袋子，根本没法腾出手来，只好去追他："那你帮我拎着。"

开什么玩笑，李怀信根本不可能接手。

一早知道他矜贵，求也是白求，只能转头去找贞白："贞白，你帮我……"

话说到一半，突然一只大手越过头顶，将她怀里几袋栗子拎走了。

李怀信破天荒地主动拎走了袋子，转性了似的，一早受宠若惊，却听他说：“就你馋，难道别人不吃吗？”

“别人？别人是谁？”一早纳闷道，她抓了把栗子在手里剥开，一口一个，鼓着腮帮子点破他，“不就是贞白吗，至于拐弯抹角的吗，还‘别人’‘别人’的，听着像跟谁过不去似的。”明明想对人好又拉不下脸，遮遮掩掩的，一副假清高的模样，其实她早就看出来了。只是不知道何故，李怀信最近的矫情程度比往日更甚，往往无心的几句话，便不知踩到了他哪条尾巴。比如现在，李怀信的脸拉得老长，把板栗的袋口一收，道：“吃的也堵不上你的嘴。”

一早最会审时度势，不敢继续招惹他。她站到贞白跟前，举着一颗剥开的栗子：“真甜，尝一个？”

贞白伸手接了，垂眸盯着栗子仁，莫名想起一段往事。

她住不知观时，也曾收到过一包糖炒栗子，那人说是一点心意，往她手里一塞，袋子还是热烘烘的。贞白记得自己当时在看书，突然一个袋子压在了翻开的书页上，挡住了她的视线，她轻轻挪开，放到桌上。那人拖了把椅子过来，反着坐下，长腿跨开，下巴搁在椅背上，突然抽掉她手里的书，笑嘻嘻地说：“书呢，什么时候看都行，这栗子刚出锅，得趁热吃。”

他剥好一颗栗子递了过来，贞白迟迟不接，他便笑了，调侃道：“不至于要喂吧？”

贞白向来正经，不习惯这种调侃方式，遂伸手接了，无意间，指尖触到指尖，云淡风轻地掠过了。

那人说：“我亲自炒的，用老板的锅。”他眼尾上挑，丰神俊朗，从旁侧拎出另一袋糖炒栗子，问，“老春呢？给他备的下酒菜。”

“你们……”贞白问道，“为何总约在我这儿喝酒？”

不知观酒也没有，菜也没有，什么都得他们自备，还不如去酒馆方便。

那人却道：“教规严，太行道有规定，弟子不许饮酒。”因为是国教，更注重体统，所以无论在内在外，太行道弟子都得遵守这个明文规定。特别是出门在外，更是严令禁止，怕有些人酒品恶劣，若因为醉酒而失了体面或闯下大祸，毁太行声誉，肯定要被严惩的。但是上有政策下有对策嘛，要说真正会循规蹈矩滴酒不沾的弟子其实也没多少。比如他，酒还是要喝的，只是怕万一在外面的酒馆被下山游历的正经同门看见，得不偿失，索性找个隐秘点儿的深山老林小酌儿杯。不知观就是个好地方，幽闭，雅致，来来往往的也就几只飞禽走兽。

……

恍神间已经住进了客栈，贞白细细嚼着栗子，觉得这栗子的味道其实比那人炒的更好吃。

李怀信不经意回头，瞧见贞白又剥了一颗栗子往嘴里送，他转回脸，不易察觉地翘起了嘴角。

用过晚膳后，李怀信没急着回屋，而是坐在院角那把藤编的椅子上，让掌柜在石桌上架了个炉子温酒，再摆上一盘糖炒栗子，喝酒，赏景。出来这么长时间，难得清闲。

客栈的掌柜养了一只猫，栗色的皮毛，眼如琥珀，在雪地间撒泼打滚儿，也不惧寒，还总爱往李怀信脚边凑，伸着爪子挠他的黑靴，喵喵叫着撒娇。

李怀信瞧着这小东西还挺讨喜，弯下腰去挠它的脖子，小东西眯起眼，舒服得直往他手心里蹭。猫鼻子灵敏，闻到他手上的香气，嗅着嗅着就舔他指尖，麻痒得很。

“小馋猫。”李怀信忍不住笑起来，把它拎到怀里，“正好，陪我喝两杯。”

他把温好的酒倒进杯子里，缓缓喂到猫嘴前。那小东西嗅了嗅，伸出一条粉舌，试着舔了一口，又舔一口，再舔一口，把李怀信逗笑了：“酒量不错啊，应该没少贪杯。”他又给自己斟满一杯，饮尽，从嗓子眼儿一直辣到肠胃里，特别驱寒。

李怀信懒懒地靠在藤椅上，一下一下给猫顺毛，桌上的炭火烧得正旺，壶里的酒水咕噜咕噜响，他又斟了一杯，喂小猫喝。

贞白正巧路过，看见这一幕，踩着积雪走了过来：“你……”

李怀信闻声抬头，眼微红，眉微挑，在雪夜景色衬托中，一张脸熠熠生辉。

贞白瞧着他，话到嘴边突然卡住了。

“舔得满嘴都是。”李怀信搁下杯盏，掏出锦帕去擦那小猫嘴边被酒沾湿的毛，漫不经心地擦完，将帕子扔在石桌上，抬头问站在一边的贞白，“有事吗？”

贞白瞧着他绯红的眼尾，闻到他身上的酒气，多嘴提醒道：“太行道，不是严令禁止饮酒吗？”

李怀信逗猫的手顿住：“你连这个都知道？”

规矩早就有，所以外面的人知道并不稀奇，他只是没法跟她解释，自己喝酒是因为有助于睡眠，否则独自待在屋里很容易胡思乱想，哪怕念几十遍清心咒都不管用。

她不提这茬儿还好，一提，李怀信就开始怨她。

贞白不知他心中所怨，以为他还在为冯天的事耿耿于怀，所以在此处借酒消愁，遂答道："略有所闻。"

盘里的栗子凉了，影响口感，李怀信一手撸猫，一手将栗子放到炉边烤。

"要吃吗？"他问贞白，将一颗颗栗子在炉边摆成一圈，"烤栗子。"

贞白瞥了一眼，走过去。

怀里的猫忽然拱起背，奓了毛，凶神恶煞地冲贞白喵了一声，喵完又立刻认㞞，往李怀信的袖子里藏。

李怀信忍俊不禁："它好像怕你。"

猫最有灵性了，贞白蓦地顿住步子，又岂止是猫怕她，打从她出乱葬岗，所有能感知到她阴邪的人畜都对她退避三舍，即便她把自己封印了，极力隐去身上的阴煞气，却仍然被当作邪祟。大家对她或忌惮，或像李怀信这类修行者一样，欲除之。

她性情冷淡，对此倒不介意，但是别人介意，最起码当下，这只猫介意。

"不了。"贞白说。

李怀信敛了笑，敏锐地觉察到了，他把猫按在袖子里，不让其乱动："要不要喝两杯？"

未等贞白拒绝，他便兀自将另一只空杯斟满："享誉整个东桃村的桃花酿，应该尝一尝。"又问，"你酒量怎么样？"

"不怎么样。"

"之前喝过吗？"

"喝过。"

"醉了吗？"

"没有。"贞白补充道，"只是浅酌。"

"那就浅酌吧。"他把酒杯推到桌沿，示意贞白落座。

贞白却没有动这杯酒，只道："出门在外，你我总要有个人是清醒的。"

"浅酌罢了。"李怀信觉得她太过谨慎，"不至于喝醉。"他只想喝乏了，能睡个好觉。

李怀信伸手去拿栗子，不料就这么一会儿工夫，炉边的栗子已被烤得滚烫，他倏地缩手，用被烫到的指尖捏住了冰凉的耳垂。

贞白走过去帮忙，把一颗颗滚烫的栗子重新拨到盘里。

“有件事一直忘了问你，”李怀信盯着她的举动，开口道，“你那只左眼，是什么时候、被谁刺瞎的？”

贞白手上的动作一滞。

“是仇家？”他试探道，盯着她的脸看，双眼微微眯起，“还是，那个把你钉在乱葬岗的人？”

贞白神色如故，她把盘子搁回石桌上，明显不愿提及，却还是回答道：“是我自己。”

李怀信一怔：“什么？”

此时小猫从他的袖中挣扎出来，跃到地上，扭着屁股走了，在雪地里踩出一串梅花印，像是要逃离现场，结果没走出去两步，就趔趄着醉倒在地上。

贞白瞥了一眼那只醉猫，道：“我自己剜的。”

李怀信盯着她，难以置信，她莫不是疯了，才会做出这种自残之举：“为什么？”

贞白沉思片刻，不想细说，遂含糊其词道：“当时……出了点状况。”

李怀信难以想象，究竟出了什么样的状况，会令她不惜剜掉自己的眼睛？

他猜测道：“得了眼疾吗？”

贞白摇头，指尖无意间碰到那杯酒，像是突然平添了一抹愁绪。她把酒杯端起来，将那愁绪混着烈酒一同饮尽，说：“明日还要赶路，早点歇着吧。”

李怀信愣愣地看了眼她，目光流转，又看了眼她手上的空杯，“你是不是……”拿错杯子了。

“嗯？”

方才她居然越过了桌沿上刚斟满的酒，把他喝剩一半的那杯酒饮了。是故意的吗？是故意的吧！不带这么粗线条的，她肯定是在用这种间接的方式接近他，李怀信头都大了。

贞白见他话说到一半又顿住，似乎有难言之处，遂问：“何事？”

不好说，而且这种事一旦点破了，她以后明目张胆起来，他应付不来怎么办？思来想去，李怀信不知如何是好，此时，一阵惨叫声隐隐约约自远处传来，及时给他解了围。

“什么动静？”

修道士的耳力比常人灵敏，他们的听觉范围更广些，当下，贞白判断着方位，道：“是有人遇险吗？”

“叫得这么惨，怕是要出人命……”李怀信觉得有必要转移一下注意力，道，“去看看？”

贞白斟酌须臾，颔首，随即人已经像朵黑云飘了出去，乘风直上，落于屋顶，轻盈无比地踩着瓦片前行，无声无息。

李怀信则先去抱那只不胜酒力的醉猫，把它塞进了某间房的窗户里，以免它在外头被冻成冰坨子，动作迅速，片刻不耽误，跟上了贞白。

第七十八章 大宅阴灵

一黑一白两个身影飞檐走壁，如履平地，飘逸似仙，脚尖点在铺满积雪的瓦片上，只印下浅淡的足迹。

他们循着声音寻找，最后停在与客栈相邻的一座大宅子上。只见那院子里里外外，门庭窗扉都贴满了五花八门的黄符，正院的中央设了法坛，上面摆着香炉、法器和生米，一个穿戴得像鸡毛掸子的神婆右手持剑，左手拿符，正叽里呱啦地跳大神，也不知念的什么咒，边念边打哆嗦翻白眼。

立于房顶上的贞白："……"

和贞白并肩而立的李怀信："……"

惨叫声是从正对着法坛的屋子里传出来的，那屋子窗门紧闭，看不出里面的景况。

院子里围了一堆人在观望，个个面露惊恐，瑟瑟发抖。

神婆手舞足蹈地挥剑乱砍，一把黄符撒出去，纷纷扬扬铺了满地。随即她豪饮一口浊酒，举起法桌上的油灯，对准那间屋子，噗地喷出一道火："天灵灵地灵灵，太上老君快显灵。"

李怀信目瞪口呆，一看就不靠谱，就这也能出来招摇撞骗？

只见神婆提起脚边一只被五花大绑的公鸡，高高举起，叽里呱啦地哼唱片刻，一挥长剑，把那公鸡给抹了脖子。公鸡咯咯几声惨叫后，血溅门扉，神婆厉叱道："何方妖孽，还不束手就擒！"

贞白盯着这一幕，道："是荒唐了些。"

砰的一声，房门被神婆一脚踹开，阴风倏地席卷进来，正堂之上的软椅中斜瘫着一名男子，身穿靛蓝色缎袍，目测年纪不过而立，他脸上的表情极度痛苦，挣扎着，仿如正遭受酷刑，直哼道："救我啊……我受不了了，疼死我了……"

神婆抬脚进屋，先拎着鸡脖子滋了男人一身血，然后弃之一旁："妖孽，休要作祟害人，本仙师今日便要你永不超生。"说着她挥舞法剑，围在那男人三步开外，比比画画地转悠了一阵。

李怀信眼瞅着神婆在室内跟空气干仗，一会儿掀桌子，一会儿砸椅子，最后她踉跄了几步站稳，捂住胸口，仿佛受了一掌，对着虚空声色俱厉地吼道："胆敢伤本仙，看本仙不打得你魂飞魄散！"然后一剑朝虚空中刺过去，噼里啪啦又是一阵折腾，还不忘夸一声不存在的对手："好生厉害！"

"表演杂耍呢？"李怀信原想作壁上观，结果看得脸都绿了，"她神经病吧！"

贞白也觉得这浮夸的演技没法看。

那头，神婆已经自己把自己打得瘫倒在地，捂着心口道："不好，这妖孽实在太过厉害，我请上身的小仙难以匹敌，已经被它打伤了。"

屋外的老爷子闻言，满是惊恐和担忧："这可怎么办才好？"

那神婆假装受了重伤的样子缓缓站起来，扶住门框，大概是跳累了，有点儿上气不接下气："恐怕得请上仙，才足以除祟。"

老爷子忙道："那就请上仙，快请。"

"不过，"神婆说，"上仙比较贵，一般情况下，我们是请不动的。"

"多贵都行，钱不是问题，只要我儿子能尽快好起来。"

有了这句话托底，神婆很快进入请神模式，在法坛上念咒抛符，手舞足蹈……

屋里的人又是一声惨叫，语无伦次地喊道："爹啊，娘哎，老天爷哦，好疼啊……"

听得外头的二老心急如焚，恨不得以身代之，却又不敢贸然进屋，怕触怒了那只作祟的孽障，伤及独子性命。

贞白看向屋内，目光落在男人的腿脚上，那里有一团隐约可见的黑气萦绕，道："此人双足缠煞气，的确有阴灵作祟。"

李怀信也看出来了："这阴灵有点儿意思，专门折腾别人的脚，是什么癖好？！"

那坑蒙拐骗的神婆肯定是指望不上的，贞白觉得没必要夜半站在房顶上看人跳大神，便道："速速解决了吧。"

那神婆拿着剑，一指苍穹，大喝道："有请仙尊下凡，急急如律令！"

所有人仰起头颅，就看见贞白和李怀信从天而降，众人不可思议地睁大眼，惊叹不已，神了，居然真有仙尊下凡。

神婆还在演，突然觉察出异样，她瞄见众人的反应，转过身，也大吃了一惊。

贞白和李怀信绕过神婆，也不废话，朝男人的双足掷出两道镇煞符。

男人忽觉脚上一松，惨叫声戛然而止，他试着动了动双脚，"嘶"了一声，估计是之前伤着了，但那股禁锢的剧痛骤然消失，他惊喜道："哎……哎……好像好多了。"

闻言，屋外的老爷子战战兢兢走进来，小心翼翼地问："还疼吗？"

男人觉得实在神奇，道："不疼了。"

老爷子三步并作两步来到李怀信二人面前："上仙哪，果然是仙尊下凡哪。"接着，又跪地叩首，"多谢二位上仙相救，救我儿于火海！"

李怀信被他弄得一时手足无措。

因为方才允诺过神婆，既然真有上仙下凡，老爷子生怕怠慢了，忙差遣身旁的夫人："赶紧去取银子来，不，到账房拿金子，给二位仙尊上供。"

李怀信觉得这老头跑偏了："上什么供？我们也不是仙尊，称呼道长即可。"

老爷子愣了一下："刚才二位上仙，明明是……"他指了指上头，"从天上来。"

李怀信还没来得及说话，贞白就老老实实地交代了："我们从房顶上来。"

李怀信："……"

众人："……"

虽然她说的是事实，但李怀信还是觉得有损颜面，毕竟夜行屋檐，翻墙入室不是什么光彩的事，偏偏她还说得一本正经："我们听见了惨叫声，便过来一探究竟。"

老爷子将信将疑，扭头去看立于门外的神婆："你们……不是神婆……请来的吗？"

贞白答道："不是。"

神婆见马上要露馅儿，忙为自己辩解："我请神的法事才做到一半，就被这两位年轻人给打断了。"

李怀信挑眉道："怪我咯？"

"不敢。"神婆干了一辈子装神弄鬼的行当，阅人无数，自然看得出这俩小辈来头不小，就那从天而降的落地姿势，飘逸出尘，赛过天外飞仙，若换成她这把老骨头，肯定是要摔得粉身碎骨的，况且他们仅凭两道符就治好了那男人的脚，定有两把刷子傍身。

神婆多番掂量，心知这两位是不能得罪的人，遂吹捧道："一看二位便是后起之秀。我老婆子岁数大了，想要收服邪祟，已是力有不逮，既然二位闻声而至，知道此地有妖邪作乱，必不会袖手旁观。"

见她还算识相，李怀信也懒得戳穿她，皮笑肉不笑道："岁数大了，还是别上蹿下跳的好，当心邪祟没收服，自己倒闪了腰。"

这小子年少轻狂，目中无人，话里话外尽是嘲讽，那神婆毕竟受乡民敬重，脸上自然挂不住，但又不敢硬碰硬，只得忍气吞声道："小道友说得是。"

李怀信并不打算跟这个招摇撞骗的神婆过不去，转身面朝那男子，道："你把鞋脱了。"

男子盯着脚上的两道符，犹豫道："脱鞋的话会把符也弄掉的，万一再疼起来……"

"已经退了煞，撕掉也不会再疼。"

男子这才安心，躬身去脱鞋。

贞白问："疼了多长时间了？"

"三日了。"男子苦不堪言，"每到夜里，双脚就疼得钻心，而且一天比一天严重，像是被什么东西狠狠缠住了。"

贞白道："确实是被煞气缠住的。"

李怀信附和道："这宅子里阴气颇重，的确有怨灵作祟。"

其实宅中上上下下都猜到了，这几天，老爷夫人请了不知多少位郎中来给少爷治脚，却没有一位能诊断出病症。无端端的，那少爷却疼得哭天抢地，如此蹊跷，肯定是被什么不干净的东西给缠上了，否则也不会请神婆开坛作法。

李怀信问："除了你，家中还有其他异常吗？"

"没……没有。"

没有的话，那就是这怨灵专门纠缠他一个。李怀信盯着那双被煞气缠得微微变形的脚，趾骨已经屈向掌心，实在影响观感。他问："之前你是否做过伤人害命的事，否则怎会招致怨灵缠身？"

"没有。"男人反应激烈，坚决否认道，"绝对没有，如此残暴的事，我断不会做。"

老爷子附和道："我们祖上世代为官，只不过后来遭到了贬谪，但我们也算是官家之后，深明礼仪法度。我儿虽无甚作为，却一直都遵纪守法，不会为非作歹，做出伤天害理的事情来的。"

李怀信并不在意他们话中的虚实，毕竟就算真的伤人害命了，也不可能据实交代的，他转向贞白，道："先找找那只怨灵躲在何处。"

按常理来说，阴灵不会无缘无故地害人，既然缠上了这家公子，应该是有所积怨。如果今日不把这只阴灵找出来，化解掉它的怨气，日后肯定还会出来作祟。

只不过李怀信没想到，这家宅子奇大无比。几进几深，共有七座宅院；每座宅院又分别有多进院子，加起来总共有屋舍上百间。真不愧是世代为官的，李怀信心想，八成是贪官。要在这么大的一座宅子里找一只藏匿起来的阴灵，恐怕得颇费一番功夫。

关键时候，还得靠贞白出马，她对阴怨煞气的感应比较敏锐，随着直觉七拐八绕，就拐进了一座宅院。李怀信跟着贞白一入内就感应到，那东西就藏在此处。

老爷子紧跟而来，身后还跟了一大帮人。那男子双脚骨骼有点变形，尚未恢复，所以是被小厮背着来的。众人一走到这宅院，无不面露惊诧。

李怀信扫一眼众人，道："就是这里了。"

"这……"老爷子惊愕不已，话到嘴边又生生咽下了。

"我看你们个个都挺吃惊的，想必这里曾经发生过什么惨案？"

老爷子忙不迭地摆手："没，没有。"

小厮背上的男子却开口了："这是我曾居住过的宅院。"

"哦？"李怀信环视一圈，四处积雪覆盖，无人清扫，像是空置已久。

贞白走到屋前，吱呀一声推开了那扇红木门。

男人说："三月前，我的妻室，因为不慎滑倒，后脑磕在假山的尖石上，掉入鱼池里，不幸身亡了。我怕自己继续住在这里，忍不住睹物思人，忧心难过，便移居到了别院，这里也就空置了。”

李怀信道：“你确定她只是不慎滑倒？”

“你什么意思？”男人脸色沉肃起来，“当初官府已经彻查过，若不是滑倒，还能是被人蓄意谋害的不成？”

“这就要问你的妻子了，若只是意外，她为什么会阴魂不散，跑回来纠缠你？”

“什么？！”男人脸色陡变，“是……是她？……她回来……”

李怀信神色莫测，扭过头，见屋内一只薄透如烟的阴灵，面对着贞白，吓得瑟瑟发抖。

贞白的声音淡漠得令人发寒，质问道：“你为何害人？”

那只阴灵当即吓瘫了：“道长饶命，我也是情非得已啊……”

因为李怀信的话，那男子让小厮背着他走进院落里找寻，四处张望道：“是你吗？小满，是不是你回来了？”

那小厮因为太恐惧，不敢再往里面走，男子干脆挣扎下来想自己走。他双脚刚落地，便一个没站稳摔在了地上，他爬起来，摇摇晃晃地往前挪动两步，面对贞白所站之处问：“小满，是你吗？小满，唐小满……”

小厮和丫鬟们闻声，战战兢兢地在院门外窃窃私语：“不会真的是少夫人回魂了吧？”

“难道少夫人当初真是被人害死的，所以现在回来索命了？”正所谓冤有头债有主，这冤魂缠着谁，谁就是那个害死她的凶手。

李怀信本以为男子会心虚害怕，怎料他听说亡妻回魂，竟不顾一切地往里闯，如此情切，倒不像做过什么亏心事。

贞白盯着那只胆小如鼠的阴灵：“你是唐小满？”

阴灵畏惧地冲她点头：“我是。”转而望见外头的丈夫，唇抿成一线。

“你既是他的亡妻，因何对他心生怨气？”

“我……”唐小满凄楚又委屈，道，“我脚疼。”

这头，李怀信拍了拍男人的肩膀，制止道：“别喊了，你看不见她的。”说完自顾自顺着台阶走了过去，正好听见唐小满的话，心下生疑：脚疼？一只阴灵脚疼？

唐小满无助极了："我只是一缕阴魂，根本没有办法告诉他，甚至没能力给他托梦，我实在想不出别的法子了。"

李怀信接过话："……然后你就给他的脚也上个刑，你以为这么做他就会知道？"可真有办法啊，他想起了方才的疑惑，问，"你脚怎么会疼？"

"我本以为，他应该会明白的。"唐小满说道，显然她失算了，"我家境贫寒，出身低微，不是什么大家闺秀，打小便要干农活，帮着家里跑生计，所以没有缠足。后来遇上了温郎，我俩情投意合，又承蒙温家老爷夫人不嫌弃，答应娶我过门。官宦世家或书香门第的少奶奶，都是出身名门的千金小姐，大门不出二门不迈的，个个打小便开始缠足，皆为三寸金莲。温郎说，我虽出身贫寒，但以后在温家，就是温家的掌上明珠，别人拥有的，我一分都不会少……"

李怀信算是听明白了，这光鲜的少奶奶身份是需要付出代价的，温少爷给唐小满锦衣玉食生活的同时，也给了她断骨之痛。因为缠足之风在高门大户里时兴，而温氏乃官宦世家，女子缠足的观念更是根深蒂固，所以这温少爷，恐怕还觉得自己这样是为她好。

而唐小满遵从夫纲，尽数隐忍，结果因缠足之痛难以行走，在水池子边上摔死了。这家人只当是意外，在安葬她的时候，给她换上寿衣之余，又给她规规矩矩地缠上了裹脚布，令其死后也饱受折磨，不得安息，她能不心生怨念吗。

一生怨气就容易成为怨灵，这怨气积攒了数月，又因为魂体孱弱，还没到能显形托梦的地步。唐小满的魂体好不容易找回家，又不知道该怎么把诉求传达给丈夫。更无奈的是，她大字不识一个，所以也无法以笔墨传达，最后只能出此下策。刚开始她给丈夫缠足，力度不轻不重，不过是想给他提示，结果丈夫完全没有领会；第二天她只能力度稍微加大；到了第三天她就急了，想着非得把女子缠足后的脚掌呈现出来，她这愚钝的丈夫才能想起她遭受的苦痛，最后一狠心，就用力过猛了……她也是情非得已。

死者在地下不得安生，自然会来找活人的麻烦。李怀信给温少爷转述完，让他赶紧找人开棺，把缠在唐小满脚上的裹脚布拆了。

温少爷一张脸越听越白，原来是自己间接害死了妻子，心中悔恨不已，又愧疚又伤心，道："恳求二位上仙垂怜，让我夫妻二人见上一面。"

李怀信看了看夜色，决定不"垂怜"了："你要想忏悔，就去你夫人的坟头忏悔吧。"他刚才喝了半壶桃花酿，又在房顶上吹了寒风，现在酒劲上头，特别困乏，只想早点完事儿回客栈，还能睡个后半宿。

化解了唐小满的怨气，自然也就解决了温少爷的麻烦，李怀信毫不客气地伸手讨报酬。

温老夫人见状，匆忙掏腰包，李怀信直言不讳：“去账房，取金子。”

老夫人愣了一下：“哎……”

李怀信见她不爽快，煞有介事地吓唬道：“若是再晚些，这怨灵恐怕要把你们家上上下下老少爷们儿都裹一遍足。”

“好……取金子……金子。”老夫人吓得不轻，连连应下，转身就往账房跑。

温老爷走过来，双手作揖道：“二位上仙，那这宅子里的阴魂，要如何处置？”

李怀信道：“我们一会儿会给你送走。”他摸出几道符，递给温老爷，很是慷慨大方，“这些算是附赠的吧，贴在大门外，可以辟邪镇宅。”

温老爷毕恭毕敬地伸手来接，正欲道谢，那温少爷一听要把唐小满送走，赶紧道：“要送到哪里去？”

“当然是送回阴宅，那里才是她安身的地方。”李怀信道，“你记得开棺把她裹脚布拆了，赶明儿再去道观里请个德高望重的道长做场法事，给她超度。”

温老爷一听：“还要做法事吗，那不如就请二位上仙帮忙超度。”

李怀信一口回绝道：“我们没时间。”

“那……”温老爷还欲再次游说，温老夫人和丫鬟刚好取完金锭回来，气喘吁吁地把鼓鼓的一袋子金锭奉上，道：“二位上仙，请笑纳。”

李怀信接过来，一挥袖，绝尘而去。

贞白无法，只能顺着他的意，将唐小满纳入五帝钱中，随他而去。

众人还没反应过来，就见李怀信与贞白二人突然拔地而起，疾风骤雨般“飞”了出去，看得一帮人差点跪地，送上仙重返九天。

从屋顶跃至街巷，李怀信回身向贞白要五帝钱，预备出了城门再将唐小满叫出来带路。

贞白瞧着他冲自己摊开手，没太领会他的意图：“要什么？”

“五帝钱。”不过是慢了半拍，李怀信已经没耐性了，“快点，我困了，很困。自从下太行以来，我白天赶路晚上破阵，忙得昼夜不分，真的快要劳累死了。”

贞白一回想，的确如此："那你先回客栈休息，这里我……"

"你不累吗？"李怀信的语气更不好了，"你是铁打的吗？！"

这祖宗说翻脸就翻脸，贞白还没太适应他的阴晴不定，只能把五帝钱交给他，看他又一刻不停地往前赶。

行到半途，冯天这个不消停的钻了出来，一副兴师问罪的嘴脸："李老二，我不是早就说过，你抓鬼别往我这儿塞吗？！"

李怀信嫌他烦："就放一会儿，能碍着你什么事儿？"

"不是放一会儿的事儿。"冯天也是个洁身自好的主儿，"你也知道的，男女授受不亲，你把她塞进来，我们孤男寡女共处一室，以后说得清吗？"

李怀信就纳了闷了，步子慢下来，道："你俩都是鬼哎……"

"鬼怎么了，鬼就没有清白，没有名誉了是吧？"

"不是。"李怀信想解释一下，"她是有夫之妇……"

冯天："那你更缺德！"

李怀信蓦地笑了，心情愉悦地说："小天儿啊，这可真不赖我。"

"不赖你赖谁？！"

贞白走在侧后方，仍是一副淡定自若的态度，淡漠地接话道："是我。"

冯天头皮一麻，后背冷飕飕的直发毛。

李怀信瞥见他秒尿的熊样，笑得更欢了。所谓一物降一物，这冯天成天跟他叫嚣跳脚，今儿终于有个能压制他的克星了，正好治一治这欺软怕硬的东西，于是他附和道："是吧，真缺德！"

即便知道贞白不会真的拿他开刀，冯天还是有点儿怵，因为此人开罪不起啊，他赶忙道："我不是这个意思……"他嘴上服软，心里却在骂李怀信这天杀的。

贞白却道："是我考虑不周。"顿了顿，又说，"不会有下次。"

冯天愣了一下，有点反应不过来，这态度，这番话，算是知错便改的意思吧？本来冯天一直觉得，凡是邪祟，都不是什么好东西，是收了，除掉，还是封印，得看它们坏到哪种程度。像贞白这种大魔头，留在世上，造成的危害必定极大，冯天觉得是该除掉的，除不了就封印在太行。奈何相处下来，冯天感觉自己坚持除魔的道心似乎受了点影响，也许是因为，自己的魂魄一直在靠她身上的阴气滋养修复，有这份恩情打底，再加上后来种种……他思来想去一琢磨，贞白似乎还没害过人吧？她身为一个正儿八经的邪祟，魔头，好不容易从乱葬岗里爬出来，居然还不及李怀信这只害人精作恶多端。

若真论起来，李怀信才是真邪祟，就算除掉他，也不该除掉贞白……胡思乱想了一路，冯天得出这个结论，顿时风中凌乱，以至于回到客栈关上门，他还在走神，直到听见李怀信问他：“你觉得这个贞白，怎么样？”

冯天还没回过神来，顺口答道：“还行吧。”

李怀信拉掉腰扣，解开腰封，搭在椅背上：“还行吗？”

冯天也不知道他具体想问什么，反正瞎聊呗：“就是无趣了些。”

李怀信回过头，衣襟散开：“无趣吗？”他没觉得她无趣啊。

冯天点点头：“是啊，成天也不爱说话。”

李怀信一寻思：“话是少了点儿。”他最讨厌聒噪的女人，像那些深宫妇人，成天叽叽喳喳搬弄是非。

“对谁都冷冷淡淡的。”冯天道，“要不是你说，我都没看出来她居然在打你主意。”

李怀信正单腿而立脱靴子，闻言，差点一个不平衡歪到一边，他赶紧把住床沿站稳了。

冯天仍在说：“心思藏得够深的，你可得保护好自己，若是她……”

“行了，你可闭嘴吧……”还保护好自己，晚啦！李怀信听得耳朵发烫，直接把冯天关进了铜钱，这家伙哪壶不开提哪壶！

那半壶酒算是白喝了，李怀信气得很，不就上了一次床吗，他怎么就这么念念不忘了？！

他索性爬起来，抱着酒壶又饮了半壶，然后第二天上午，硬是没能下来床。

第七十九章 风寒之症

李怀信睡过头了，但是谁也不敢催他，都知道他气性大，招惹不得。反正多让他睡几个时辰，也耽误不了什么工夫，只是吧，半日的车程，紧赶慢赶也到不了下一个城镇了。

这一路荒无人烟，连个农户都没见过，加上大雪过后，道路两侧阴沟里的野草被积雪一铺，结了层冰，看上去就像给道路加宽了半尺，实则却是个虚架起来的陷阱，在夜间难以识别，马车差点翻下去，还好车夫及时勒住了缰绳，才有惊无险。

可是大雪寒天的，总不能在半道上过夜吧？睡马车里？李怀信看了眼一早，又看了眼贞白，别提多糟心了。

“哎哟，这天气，又开始降雪了，咱不能继续赶夜路，太危险了。”车夫大声道，“在马车上睡，大家身体肯定扛不住。我到附近找找，看有没有可以挡风挡雪的山洞，在里面生个火，起码还能凑合一宿。”

“怎么会连续降雪？”李怀信挑开帘子，风雪呼地灌了进来。

“可不是嘛。”车夫紧了紧身上的棉袄，把自己裹得严严实实的，只露出两只通红的眼睛，瓮声瓮气地说，“今年天寒啊，连降大雪，把运河都给冻住了，这在江南一带，可是从未有过的事儿。”车夫放下缰绳，跳下马车，继续念叨道，“实在太奇怪了，地里的庄稼全被冻死了，老百姓没多少收成，米粮的价格也跟着水涨船高。昨儿个咱们路上碰到的老汉就是趁此去广陵倒一手粮食的，他跟我说啊，今年粮食的价格比往年贵了三成，这天寒地冻的，恐怕要闹饥荒，得早做准备。他本来走的是运河，结果途经桃花村一带时，河道全部冻上了，他才转了陆路。”

车夫一边东拉西扯，一边把双手也裹得密不透风，突然想起什么似的，又说：“我听说，咱皇上去年有些怠政，最后还是让当朝宰相代为祭天的。”

车夫前面的话，李怀信只当闲话在听，听到这里，不禁一愣。的确，祭天为大祀之首，按祖制，一般为皇帝亲祭，但去年因为父皇身体抱恙，无法亲自前往，遂命宰相及朝中重臣和太子一同前往。不承想，此事传到民间，竟成了天子怠政，宰相代之。

“所以……说不定是老天爷怪罪了，才会天降大雪。据说河北一带近两月连降暴雪呢，那积雪厚得，都埋到人腰上了。”车夫说着，自顾自地点点头，“很有这个可能。”

无论酷暑严寒，但凡发生饥荒鼠疫等天灾人祸，百姓都会将之归咎为天子失德、失职或怠政。而如今，天现异象，江南等地连续降雪，导致河水结冰，庄稼无收，既然有一个人这么想，就可能有成千上万人这么想。

李怀信神色一敛，道：“据我所知，去年祭天，天子虽未亲自前往，但东宫太子，大端未来的储君却是去了的，怎么传到民间，就变成宰相代为祭天了？”

“太子不也还没继位嘛……”再无知的百姓，心里都有一杆秤，宫中钩心斗角，朝堂暗潮汹涌，谁知道往后有没有什么变数？所以即便太子代祭，也作不得数，车夫嘴上不敢明说，意思却很明白，“还是象征不了天子的。”

顿了顿，车夫又说：“一朝一代，天子只有一个，太子即便位列东宫，也还是臣下。”

没想到这驱车的马夫居然心如明镜，李怀信忍不住赞叹，车夫却腼腆一笑，摆手道：“我连大字都不识得两个，怎么可能了解这些？都是给那些贵人公子驱车时，听他们说道的。”

车夫找了个山洞，生起火，让大家凑合一宿。

李怀信挑了离火堆近的位置，陷入了沉思。

今年天现异象，再联想到方才车夫的一番话，他估计，他那皇帝老爹又要辗转难眠了。一国之君不是那么好当的，要心系天下，忧国忧民，今天战事刚过，明天内乱又起，比一千个老妈子加起来还操心。而李怀信喜欢懒懒散散的日子，所以父皇当年要把他送往太行，他是欣然接受的。只是他的母妃却像个弃妇一般，弄得整个寝宫上下都是怨气。她觉得自己的儿子是被舍弃的皇子，少时就被逐出宫门，不封王爵，更不能继承大统，这也就罢了，还出家当了个道士，在太行那种鸟不拉屎的地方。

李怀信曾纠正过他的母妃，那地方不仅有鸟拉屎，还有丹顶鹤拉屎。

他母妃觉得这儿子是没救了，气急败坏道："丹顶鹤不也是只浑身长毛的鸟吗！"

"行吧，都长毛，都是鸟，您说了算。"李怀信开始数，"还有鸡鸭鱼，牛羊鹅……"

母妃痛心疾首地看着他，心想这儿子算是彻底废了，再也指望不上了，奈何她肚子不争气，就生了这么一个不争气的儿子，除了长得好看，一无是处。

李怀信反而觉得，他母妃能在宫里过上太平日子，就是因为没得指望，无从争斗。想当初，他为了打消母妃那点争权的野心，可谓煞费苦心。况且他那心术权术都玩得贼溜的父皇，一眼就能洞穿枕边人的心思，何必呢？重点是，他母妃的演技别提多拙劣了，就是个头脑简单的花瓶，别说争权了，没被自己作死就算好的。也得亏她生得美，年轻时被称为大端王朝第一美人，深得父皇的宠爱。李怀信的长相随了母妃，因为长相极好，在所有公主皇子里最为出挑，所以从小娇生惯养，连皇太后都打心眼儿里疼他。只是太后和父皇一直面和心不和，李怀信自小便不敢跟老人家太亲近，怕失了圣宠，但又不敢不亲近，怕得罪了老太太，因此经常左右为难，所幸后来他便离开了那个是非之地……

想着想着，李怀信靠着石壁睡着了。夜里风大，风从洞口灌进来，把火吹灭了，车夫半夜被冻醒，哆哆嗦嗦地爬起来架干柴点火。那干柴经不住烧，每过一个时辰就得添柴，否则又得熄火……这一整夜，车夫反复起来生火，而李怀信却一直睡得很沉，完全没有被生火的动静惊扰。

翌日，一早过来喊李怀信，才发觉他受了寒，浑身滚烫，已经烧糊涂了。

其实李怀信的底子已经算是相当不错了，刮骨之伤没养几天就开始跋山涉水，连日挨饿受冻，每天水里来火里去的，换了别人，可能早就垮了，他却坚挺地扛到现在，实属不易。

但于铁打般的贞白而言，伤寒之症完全是不值一提的小病，简单扎几针，丝毫不影响赶路，即便这人已经烧得神志不清。

车夫有些犹豫，道：“他这副样子，怕是不适宜再继续奔波。”

贞白将手从李怀信的脉搏上收回来，道：“无碍。”

一早一路做小伏低，被李怀信欺负，现在巴不得折腾他一番，便道：“天寒地冻的，这山洞也不适合养病，待久了只会越烧越糊涂。”

车夫一寻思，觉得言之有理，便将李怀信背上了马车，继续赶路。

途中颠簸难耐，李怀信将醒未醒，意识一直混沌不清。每到休整的时候，贞白便会去附近采药，用石头捣碎了，将绿色的药汁挤进他嘴里。

李怀信一直在做梦。梦境中，他不断地跟妖魔鬼怪缠斗，昼夜不分，精疲力竭。忽而身在乱葬岗，目睹一场血流成河的战争；忽而辗转枣林村，见那些死而不僵的村民全都变成了行尸，向他蜂拥而至……因为敌人数量庞大，李怀信早已力有不逮，后来他被围困在行尸之中，无数双手抓住了他的胳膊和腿，似乎要将他生生撕裂，他奋力挣扎，猛然惊醒……

眼前，是一张死气沉沉、惨白的脸，当阴冷无比的尸气灌入鼻孔的瞬间，李怀信骇然瞪大眼，差点以为自己还在梦境里。可这分明不是梦，他倏地抬手，一张镇尸符直接拍在那惨白的行尸额头上，拍得它猛地后退，定住了。

李怀信坐起身，发现自己居然躺在一口棺材里。他一眼望去，这屋里井然有序地摆放着十几口棺材。旁边有两三具行尸，手里拿着脏兮兮的破布，像是从它们自己身上撕下来的，正在抹棺材板上的灰尘。

此时，这些行尸扭过头，与李怀信大眼瞪小眼，面面相觑。

李怀信：“……”

行尸们：“……”

须臾，这些行尸又若无其事地转回头，继续擦棺材上的灰尘，好像什么都没发生过。

李怀信：“……”

他之前浑身难受，虽然意识混沌，但迷迷糊糊中，仍能感觉到马车颠簸，再醒来，怎么就是此番光景了？是哪个不知死活的，居然把他塞进棺材里，和这群……好像还会打扫自己棺床的行尸同寝？

李怀信感觉头皮都发麻了，这时其中一具行尸抖了抖手中的抹布，他被灰尘呛得连打两个喷嚏，然后忽闻人声："咦，你醒啦？"

李怀信扭过头，就见一早半截身子迈进屋，突然又把原本已经迈过门槛的小短腿收了回去。为防他暴怒动手，她撇清关系道："是贞白选在此地落脚的。这两日你一直高烧，到早上才退，正好咱们赶到了太行山脚下，有这么一处可以落脚的义庄。"

到太行山脚下了？李怀信有点恍惚，问："义庄？"

一早天真无邪地眨了眨眼："横七竖八地放着这么多棺材的地方，肯定是义庄啊。"

见李怀信面部紧绷，几欲爆发，她晃了晃手腕上的凶铃，讨好道："我也是怕你嫌这地方不卫生，不整洁，所以专门驱它们起来打扫打扫。"

一早心虚啊，因为在此之前，马车行至半途时，她曾找到一座还算宽敞阴暗的古墓，费了九牛二虎之力才入了墓，撬掉七根棺材钉，把里头的尸骨搬了出去，打算让李怀信住，但贞白觉得不妥，哪有活人跑阴宅里去抢死人床睡的道理？遂又连夜赶了半宿的路，辗转到了义庄，挨个儿掀开棺盖，寻到一两副空棺，才将就着把昏睡不醒的李怀信安顿下来。

这些经过一早肯定不敢说，只不过在她催动凶铃，召唤死人起来打扫的时候，一时忘了有外人在。眼见那些尸体扭着嘎嘣脆的脖子从棺材里面爬出来，车夫吓得惨叫连连，直接蹦上马车，跑了。

许是病体未愈，又许是太气了，李怀信感觉浑身疲软无力，他用胳膊撑着棺材沿，一时居然没能站起来。他冲一早勾勾手，示意对方过来。

一早不敢。

"过来。"李怀信感觉脑壳疼，而且浑身酸痛，好像昏睡期间被人揍了七八十遍，他想出口恶气，但有心无力，便道，"不揍你。"

一早这才犹犹豫豫地跨进门。

李怀信伸手搭住她肩膀，问："贞白呢？"

一早缩了缩脖子："去追马车了。"

李怀信借力起身，闻言皱起眉："什么？追马车？"

"车夫驾着马车跑了。"一早支撑着他，突然觉得自己就不该进来，"被吓跑的。"

"被什么吓跑的？"

一早老老实实答："就突然……诈尸。"

还突然诈尸，李怀信一听就知道是她干的好事儿，只是他还是不明白：“跑就跑了，她追什么？”

一早龇牙强笑，心更虚了：“你的剑匣还在车上……”

李怀信双脚刚下地，闻言，一张脸阴沉极了。

“真的纯属意外。”一早连忙找补，“贞白觉得你可能会不高兴，我也觉得你肯定会生气。她已经去追了，一定能……”

那七魄剑乃流云天师亲赐，从李怀信入太行伊始，跟随了他十年，从未离身，此刻他眼神阴郁，道：“若是七魄剑追不回来，我就……”

他狠话还未说出口，一早已经欣喜地指着外头喊：“我就说吧！追回来了！”

李怀信扭头望去，只见贞白身负剑匣，从漫漫风雪中走来，一袭玄色道袍在苍茫天地间迎风飞扬，像路人，又像归客，她孑然一身，踽踽独行。

不知为何，那一瞬间，李怀信看着她，感受到一种百年孤独的味道，他不由自主地迎了上去，似乎想驱散这种寂寥。

贞白走向他，卸了背上的剑匣，拎在手中，淡漠又从容。她半句也没提自己去帮他追七魄剑的事，更不会说她费了多少功夫，才追上那辆绝尘远去的马车，只说重点：“我们已经到了太行山下的义庄，再往前，曲径不通车马，只能走路。”真是，一句闲话也不多说。

既然剑匣寻回来了，她不提，他也不好再找碴儿。只是他没想到居然这么快，一觉醒来，他们就到了太行山脚边。他瞥见贞白肩头上的雪花，感觉她的肩膀又窄又薄，身上似乎只裹着一层薄布，这才意识到她衣衫单薄，整个人看起来像是随时会被风刮走的纸片，然而她行得稳，站得直，有种顶天立地的气场，令人难以企及；她英姿飒飒，又阴冷寡言，像个冰雕的人儿，没有温度。

李怀信忍不住问她：“你冷吗？”

他从前未曾想到要问这个问题，此刻鬼使神差地问了出来，听得贞白一愣。

问都问了，李怀信索性问到底：“要不要添件衣裳？”

多新鲜哪，一早在一旁看着，差点以为李怀信这讨人嫌的病了两天，把脑子给烧坏了。关键是，这前不着村后不着店的，上哪儿添衣服去，从死人身上扒吗？不对，这气场太诡异了，临到太行山下，他怕是又没安好心，一早打了个寒噤。

只听贞白沉声道：“不必。”

李怀信刚要怨这女冠不识好歹，忽地想起来，她这一身阴煞气，能赛过几个冰川的寒气，她的体质不能跟寻常人比，他突然觉得自己有点咸吃萝卜淡操心了。

贞白说："一早不随我们上太行，她暂且留在义庄。"

李怀信挑眉看过去："这小鬼不去？"

一早忙摇头道："我就不去了，犯忌讳。"

李怀信当然知道她说的是什么忌讳，忌讳道门，忌讳修道士。

"行吧。"李怀信瞅了眼屋里那几具任劳任怨地擦着棺材板的尸体，心里把一早归类了过去，道，"正好它们跟你做个伴儿，你也不会闲着太无聊。"

一早："……"

"唯有一点……"李怀信对她的不满视若无睹，"不许作恶，也不许驭尸作乱，吓到路人。"

一早回想起被吓跑的车夫，着实给贞白添了麻烦，遂点头应承道："就算借我一百个胆子，也不敢在太行山脚下作祟啊。"

这倒也是，李怀信姑且信了她，谅她也没这个熊心豹子胆。

第八十章

冰消雪融

太行山高水长，流曲深澈，毗连峡谷，一路瀑布湍流，要抵山门登绝顶到太行道紫霄宫，需徒步穿越崇山峻岭，深涧幽谷，加之冬日降雪，山路结冰打滑，更不好走。

李怀信和贞白穿过两山之间的夹缝，像行在被刀斧劈开的豁口间，抬头只能瞧见一线天光。

“你跟紧我。”李怀信叮嘱道，“这里有太行伏阵，不能大意。”

“什么伏阵？”

李怀信指了指上面，贞白仰头望，只见百丈悬崖上有无数支冰锥倒挂，堪比千万支弓箭，一旦触发，必将把人扎成刺猬。

山路本已险峻崎岖，又有重重阵法埋伏，外来者若不事先送拜帖，而想擅闯，怕都是九死一生，有去无回。

“还有一些阵法，”李怀信有些为难地说，“是专门驱煞的，但凡有邪祟入境，会自动启阵。你身上有阴煞气，肯定无法规避，到时候……”

贞白倒觉得无关紧要，道：“破了便是。”

说得轻巧，李怀信觉得还是有必要告诉她：“太行道平常弟子布下的阵法，也就能捕两只小鱼小虾，对你倒是不值一提。但数百年间，太行道也是出过几任大能的，还有几代掌教或长老在执掌太行期间，以守山为己任，闲来无事就爱钻研一些抵御外侵的阵法。”

贞白听他娓娓道来，以为他接下来会介绍其中的凶险，顺便传授几个破阵之法，结果这厮话锋突转，居然说：“这些先贤早已作古，布下的法阵于太行而言，都是弥足珍贵的，有些法阵里还残留着先贤的元神守护，破掉太可惜，所以，你尽量不要下手太狠，以免损毁。”

否则，他师父千张机可能要心疼得三天三夜都吃不下饭睡不着觉。这还算轻的，李怀信主要是担心，贞白是自己领进山的，到时候师父怪罪下来，他身为太行道弟子，带个邪祟回来糟蹋自己家，着实过分了点儿。那么多师兄弟眼巴巴地等他犯大忌呢，最好是能让掌教将他逐出师门的大忌，再不然让掌教狠狠罚他一顿，也能解气。奈何多年来，千张机处处护着他，从来不舍得罚，因此，他也是体恤自己师父的，虽然窝里横，但一直尊师重道。

李怀信继续道：“我知道有几个拘灵除祟的法阵，咱们能绕开就尽量绕开，实在避不开的，只能请你下手轻点儿。”经过几次山崩地裂的破阵，他算是见识过贞白的能耐，真怕她没轻没重，把太行山也震垮了，惊动了紫霄宫里的人，到时候非得把她关押起来不可。

因为太行沿途布着大大小小的拘灵除祟的阵法，冯天身为阴灵，也只能老老实实在五帝钱里待着，以免飞来横祸。

期间碰到两三处阵法，乃太行弟子所布，李怀信知道其中关窍，便领着贞白毫发无损地绕过去了。

两人紧赶慢赶大半日，李怀信又饿又乏，突然看见前面有草木颤动，他立即止步，示意贞白别动。他弯下腰，随意捡了颗石子，盯住草丛中一撮隐约可见的棕毛，打过去，精准击中。

李怀信上前，在草丛中拎起那只被砸晕的野鸡，心情甚好。这一路吸了一肚子的冷气，终于能吃口热乎的了，只是……他左右打量着手里的野鸡，无从下手似的，轻轻拔下一根鸡毛，抬头问贞白：“会烤吗？”

贞白独居深山，自给自足，自然是会的。

见她颔首，李怀信喜上眉梢，把野鸡递过去：“烤了吧，注意火候，别烤焦了。”

贞白接过，环视周围林立的奇峰，听见远处有水声，抬脚便往峡谷中走去。

前头有活水深潭，百丈瀑布自绝壁倾泻而下，涛声如雷。贞白行至潭边，杀鸡拔毛。

李怀信站在旁边看，没料到她还真的会。只见她动作娴熟地给野鸡开膛破肚，一样样地把鸡肚子里的东西掏出来，画面实在太血腥，李怀信看得有点不忍，无奈肚子却诚实地响了一声。

他从袖中摸出一只橘子，好像是在温家的法坛上顺的，一直忘了吃。他扒开橘子皮，掰开橘瓣，考虑了一下，最终决定与贞白分享：“给。”

贞白站起身，提着刚杀好的鸡，满手是血，盯着他递来的橘瓣，不方便接，遂身子前倾，就着他的手，用嘴咬住了。

李怀信愣住了：“……”

贞白却已若无其事地转过身，踩着深潭边一块高低不齐的岩石，给野鸡清洗血水。

李怀信心里还没迈过这道坎儿，他不知道贞白怎么想的，反正他单方面觉得他俩真没好到彼此喂食的地步。不，确切地说，他俩压根儿就没好过，所以，他提醒她道：“你注意……”

此刻突生异变，李怀信神色一凛，刚到嘴边的话猛地拐了个弯：“注意深潭，快上来！”

贞白倏地拔地而起，幽碧的潭水如怪兽般，吞噬了她方才踩的那块岩石，瞬息间，潭水开始搅动，在中央形成一个巨大的漩涡，已经将那只开膛破肚的野鸡卷入其中，吞进了水底。贞白一跃数丈高，垂头向下望，只见水面浮现一个太极八卦阵，由波涛汹涌的水啸形成，那八卦阵越来越大，渐渐笼罩住整个深潭，风卷残云，寒气上逼，吸纳吞噬着所有阴邪之气，也将贞白往漩涡中心卷。

“是诛邪阵！”李怀信脸都白了，平常掌教师叔们谁都没提起，弟子们上下山也根本不会触动此阵法，因为诛邪阵是针对邪祟而设。之前那些阵法都只是小打小闹，给太行弟子练习用或预防几只怨灵罢了，而此处已深入太行腹地，能闯入这里的邪祟自然非等闲之辈，而这些年还没有什么妖魔鬼怪敢来自寻死路，所以自然而然地，大家就把这个诛邪降魔的阵法给忽略了。

贞白的沉木剑当空劈下，在深潭中炸起一片水花。

李怀信朝她喊：“快上岸！”

贞白踏浪而行，然而她足尖踩在水面上，则是踩在浮动着的太极八卦阵中，刚要飞身上岸，八卦阵的方位忽地逆变，又将其死死困在其中。

李怀信也看出门道来了："这个阵法随风而动，顺水而动，没有规律，且千变万化。"

贞白根本无法脱身，一个浪涛掀过来，她往右躲开，只听李怀信大声道："别踩！"她根本来不及，一脚陷进了漩涡里，像是有股巨大的力量拉着她的脚踝往下拖，水面本就没有支撑，一时间她打着旋儿被卷了进去。

李怀信在岸上干着急，眼看半截小腿已被卷进去的贞白使尽全力倏地跃起，整个水面仿佛静止了一瞬，他看准时机，喊道："往左，艮位，斜方有凶门，不能落脚，走右前方……"

机会只在瞬息，水流湍急，眨眼，八卦阵法又乱了。

此间寒气上逼，云雾缥缈，水面上的情形逐渐看不清。贞白按照李怀信的话没走出几步，又被逼得连连后撤，足尖刚点在浪头上，那浪头却如蟠龙翻身，狂暴袭来。贞白腾跃间乱了阵脚，落脚在任何位置都会引发巨涛，水势如万马奔腾，紧追而至。等她回过神来，不觉间已临近瀑布下方，流水自悬崖上直泻而下，落入峡谷中，翻滚腾跃，那些一溅三尺的水花打过来，犹如坚冰利器，有几滴水花击中了她的手背，钝痛之后，水滴迅速覆在她的皮肤上结成白霜。

"原来是冰消雪融。"可把阴灵邪祟凝成冰霜，再消融化水，积在这深潭之中，好在她尚有一口活气，不是灵体。

她决定放手一搏，迎着倾泻而下的瀑布直上。激流砸在她身上的瞬间，她全身倏地凝结成白霜。

李怀信目睹她飞蛾扑火，自取灭亡，脸色陡变，声音嘶哑地大喊道："贞白！"

瀑布的水流巨响如雷，砸在深潭中，将他的嘶喊声完全覆盖。

李怀信已经来不及多想，只想把这天不怕地不怕甚至连死都不怕的女冠揪出来。当水花溅在她身上、凝霜结冰的瞬间他便看出来了，这是太行道的"冰消雪融"，是用来腐蚀阴灵的符水。一般的阴灵躲都来不及，这不要命的竟敢冲上去。

李怀信跃到瀑布下方的岩石上，激流以万钧之势直冲而下，卷起千堆雪，打湿了他的衣袍和头发。

雷鸣般的瀑布声震耳欲聋，他顾不了许多，正欲往里跳，却见贞白赫然现身，穿梭于飞瀑之间，转瞬已落在他踩着的这块岩石上。

飞珠落玉，衣衫尽湿，贞白裸露的皮肤以及眉睫、青丝，全都凝着薄薄一层白霜，正与他相望。

李怀信一颗心提到了嗓子眼儿，此刻刚落回胸腔，却仍旧狂跳不止：“这是‘冰消雪融’，太行道的灭灵瀑。”

贞白身后，巨型银幕般的瀑布倒悬于天际，她说：“我知道。”

她的声音细如蚊蚋，瞬间便被瀑布的巨响淹没，但李怀信盯着她的口型，那三个字似乎在他耳中异常清晰，他莫名恼火，吼道：“知道还上赶着找死？！”

“我不是灵体。”

“就算你不是灵体，可身上阴气那么重……”李怀信站在瀑布下，被浇成了落汤鸡，却压根儿没任何影响，而贞白却浑身结满冰碴子，明显是伤魂的。这也罢了，让人恼火的是，他在一旁瞎操心，差点就要冲进瀑布了，她却一脸若无其事的样子，平静地道：“为免损坏此处潭阵，也只能从瀑布下硬闯。”

李怀信蓦地怔住了：“你……”

这话的意思是，她原本可以破掉深潭里的诛邪阵，却并未这么做，反而选择铤而走险，不惜自损神魂，硬闯瀑布。稍微有点脑子的人都不会这么做，何况贞白又不蠢。

李怀信觉得不可思议：“既然能破阵你闯瀑布干什么？”

贞白觉得他莫名其妙，蹙眉道：“之前不是你说，太行山有些阵法是先贤布下的，损毁了可惜吗？”

而此处深潭里的诛邪阵，一看就非等闲之辈所设，所以她……

李怀信真的没想到，他随口说的一番话，她会不惜代价地照做。感动吗？当然感动！所以呢？要怎么回应她？他突然觉得有点压力，因为她这份情感委实太重，他没想过承担，也怕辜负她。

或者给她回报些什么？他愤愤地想，自己连身子都给了，还能给什么，早就回报够了，她若还想要，就是贪得无厌了……

李怀信心思千转百回，一番内心博弈之后，对贞白的态度也缓和了下来：“伤着了没？”

贞白没吭声，明显是伤着了。

李怀信盯着她一头染霜的青丝，想起乱葬岗初见之时，她也是一头华发，不知为何，心中生出一点怜惜：“伤得重不重？”

“无碍。”只是在瀑布里被符水洗了几遍，化过几层霜，就像活活被剐了几层皮，疼是疼，但还能忍。

李怀信知道她向来如此，“无碍”不过是口头禅，明明她身上那股阴煞气都被削弱了。他道：“先离开这里，找地方休息吧。”

夜里，峡谷极冷，李怀信生了火，贞白一直在旁边打坐。

贞白身上的白霜开始消融，从头发丝到下巴颏儿，一路淌下去，沿着脖颈流到衣领里。她浑身湿漉漉，玄衣紧贴着肌肤，完全把身段勾勒了出来。李怀信无意间一瞥，差点窒息，他蓦地站起身，往林子边走。其实并没什么可看的，衣服虽然湿了，却仍然遮蔽严实，只不过他生出了难以启齿的心魔，见不得她那副湿身的模样，上火。

太行山埋伏重重，他怕贞白打坐疗伤时掉以轻心，不敢走得太远。百无聊赖，又饥肠辘辘，他想起了那只葬身寒潭的野鸡，倍感惋惜，索性去到河边，用长剑去插鱼。

待李怀信串着两条鱼回去，贞白浑身都烤干了，依然在原地闭目打坐，她眉心的红痕比平日更加艳丽，怕是调息间又冲撞了体内的封印。

李怀信不动声色地走过去，捡了根树枝，从鱼嘴里面捅进去，正欲架在火上烤，贞白抬起眼帘，淡淡提醒道：“你没刮鱼鳞。”

“嗯？”

“鱼鳃和鱼肚，都要清除。”

李怀信举着两条鱼，有点为难，他从小到大都是被人伺候的，十指不沾阳春水，连厨房都没进过，第一次见人杀鸡拔毛还是今天，更何况是亲自杀鱼？他又不好意思劳烦伤者，遂问：“怎么弄？”

贞白注视他，心中疑惑，太行道弟子下山游历，怎会连最基本的生存之道都不会？

李怀信伸手摸了摸那鱼，鱼身又滑又黏，再放到鼻下一嗅，腥死个人，他没辙了，直接往火堆上一架：“算了，就这么着吧。”

贞白：“……”

他掏出帕子，一根一根手指地擦着，下意识地问：“你好些了吗？”

贞白忍着体内那股灼烧感，低低“嗯”了一声。

“其实你没必要这样。”

贞白没明白：“怎样？”

“接下来无论遇到什么阵法，能破就破。”李怀信怕她再为自己做傻事，到时候情债变成命债，他可担不起。他又说：“随便毁，不要紧，关键是保全你自己。”

贞白听懂了，这是关心，她颔首道：“明白了。”

“明日到了太行，你跟着我就行。”李怀信垂眸，将手帕对折叠好，塞进袖中，“我不会让人为难你。”

“多谢。”

李怀信不习惯她这么客气，但有些事必须得提前说明：“你要找寒山君占卦没问题，但绝对不许怀有其他目的，在太行挑起祸端。”

贞白承诺道：“不会。”

她向来一诺千金，李怀信是信的。他又道：“对我师父千张机，还有太行的其他长辈，不可冒犯。”

其他长辈，他自己都做不到不冒犯，却要求别人尊敬，贞白仍是答应下来：“不会。”

无论他说什么，贞白都答应，恍惚给人一种百依百顺的错觉，尤其最近，李怀信从她身上几乎挑不出毛病。

烤鱼的香味散发出来，让人垂涎欲滴。

贞白观察着火候，见对方蠢蠢欲动，道：“没熟。”

李怀信只得缩回手，耐着性子等。他看出贞白脸颊微红，一副隐忍之态，想必是封印作祟，阳火烧阴了：“要不你再调养一下？”

体内的封印委实麻烦，但解开封印更麻烦，贞白闭目入定，只能硬生生地挨过去。

深山老林，孤男寡女，气氛相当诡异。

李怀信的眼睛不由自主瞟过去，收回来，又瞟过去，借着火光，出了神地看着贞白。不得不说，贞白这长相，挺符合他审美的，甚至越看越赏心悦目，像冰川雪莲，像高岭之花……不，他立刻在心底否决，花太娇柔了，易摧易折，配不上她……

李怀信一时入了迷，连鱼在火上烤焦了，也没有发觉。贞白嗅到焦煳味，睁开眼，恰好对上他的视线。

他一怔，却并未慌张，只在四目相对的瞬间，心脏陡然一紧，像被什么东西攥了一把，很不可思议。

他还没来得及细品这感觉，便见贞白瞥了一眼火堆上的鱼，开口道：“煳了。”

“啊？”他这才回过神来，一股焦煳味猛地钻进他鼻腔。他立刻跳起来，去挽救那两条鱼，可惜为时晚矣，刚才烤的时候没翻面儿，他也不知道要翻面儿，导致那鱼一边焦煳一边没熟。串鱼的树枝被火烤得滚烫，他刚拿起来，又被烫得蓦地撒手，两条鱼直接掉进了灰堆里，飞溅出无数火星，他立刻往后撤，手忙脚乱的样子，看得贞白甚是无奈，原来他是真不会。

李怀信无能为力地看着眼前的残局，气得双手叉腰：“我只是想吃口热的，吃口肉！”怎么就这么难！他太难了！

“我来吧。”贞白看不下去了，站起身往河边走。

李怀信连忙拦住她：“别，我不是这个意思，你还伤着呢……”

“无妨。”

“怎么无……”他拽她胳膊，隔着衣物也能感觉到她滚烫的温度，他猛地缩手，像是被烫着了，也确实被烫着了，他整个人立在原地，看着她没入夜色的背影，咽了口唾沫。

是饿狠了吧？他心烦意乱地想，怎么突然有点儿口渴呢？可惜身边没酒了。

直到贞白拎着两条清理干净的鱼回来，串在火上烤，他还在寻思，要是有酒就好了。

鱼烤熟了，香气扑鼻。李怀信吃过那么多山珍海味，都不及这一条鱼抓人味蕾，他张口咬下去，烫了舌头烫了嘴。

也可能是这餐吃得太波折，所以才觉得特别香，并不是贞白手艺有多好。李怀信吐掉刺儿，吮着指头琢磨，这幕天席地的，加上冬夜苦寒，肯定睡不好，况且身边还有个……怎么说呢，算是居心不良的女人吧，再想起那件荒唐事儿，谁还睡得着？他决定今夜还是打坐吧。

两个人双双打坐到天亮，谁也没去妨碍谁，早晨用积雪扑灭了火堆，又继续赶路。

第八十一章 钟响鹤鸣

逐渐靠近山门，已有弟子看守在途中，他们很快便感应到贞白身上的阴煞气，纷纷警觉，握紧了剑柄。等二人走近了，那太行弟子愣了愣，脸色瞬间就白了："二……二师兄……"

俩弟子仿佛见了活阎王，而他身旁那个真正散发阴邪气的贞白完全可以忽略不计了。那弟子吞吞吐吐道："你回……回来啦……"

李怀信显然已经习惯了他们这副老鼠见了猫似的畏缩样儿，不紧不慢地"嗯"了声，领着贞白往石阶上走。

俩弟子还有点儿怵，大眼瞪小眼了片刻，突然，其中一人醒悟过来："快点儿，这儿有我守着，你赶紧去通知师兄弟们。"

"哎！"那弟子忙点头，望了眼李怀信的背影，从旁边一条小径抄近路往太行殿上去了。

半炷香的工夫不到，消息迅速传开了，弟子们纷纷奔走相告："警惕警惕，李老二回来啦。"

"啊？这么快！他才走几天哪？"

"你做梦哪，都走了好几个月了。"

"不是，这货怎么没死在外头，还回来干什么！"

"回来祸害咱们呗。"

“哎哟，完了，我上个月的符篆没有交。”

“啥？你赶紧现在去补上吧，交给他屋里那个小太监，应该还来得及。”

“我也没交，我一起去。”

“等等，还有我……”

一时间太行山上兵荒马乱，弟子们东奔西窜，跟被土匪袭击似的。

一个捧着茶走过的人被撞倒在地，怒道：“你们跑什么？慌慌张张的，还有没有规矩！”

把人撞倒的弟子赶忙去扶，帮那人把茶盅捡起来，还好没碎，他说：“李老二回来啦。”哪还顾得上规矩！

“什么？！”

“估计快到山门外了，我着急去交上个月的符篆，对不住啊，你重新去沏一壶吧。”说完一溜烟跑了。

“哎……等等，你们禀报掌教了吗？”

那弟子早已跑远，遥遥地回道：“谁还顾得上！”

那人捧着茶盅，正欲转身，忽闻此起彼伏的振翅声，抬起头，愣愣地望向上空……

李怀信确实已经走到山门外了，他边走边跟贞白说：“太行山门外设有两道禁制，别说是歪门邪道，就算外派弟子前来，不经允许，也根本进不去。你暂且在山门外等等，待我向师父讨到通行令，再……”

话说到这儿，忽然，一阵高亢、洪亮的鸣叫声，自远空传来。李怀信和贞白仰头望去，只见成百上千只丹顶鹤振翅高飞，迁徙般，齐齐向山门这边飞来。与此同时，太行山门外的两道禁制凭空开启……

守山门的弟子皆是一愣，无缘无故的，也没有人强行攻破，太行山门前的禁制怎会突然打开？正茫然间，只听呔的一声，太行山的钟声响了起来。

原本还在东奔西跑的弟子们蓦地驻足，皆是一脸不知所以。

晨钟暮鼓，现在是晌午，早就过了敲钟的时辰，怎么突然撞响了铜钟？

弟子们个个云里雾里，左顾右盼：“发生什么事了？”

“不知道啊。”

呔！

又是一声钟响，恢宏绵长，回荡在山顶上空，传入所有人耳中。

与钟声相接的，是一声声鹤鸣，震耳欲聋，响彻天际。

太行凌绝顶，山势峥嵘险峻，气势磅礴，太行掌教千张机，墨发银冠，长袍加身，步履沉稳地迈出太行殿，凭栏远眺，一脸沉肃。无数丹顶鹤群飞过苍穹，如乌云蔽日，铺天盖地地从他头顶翱翔而过，几乎将整个太行殿笼罩遮盖，振翅声如疾风骤雨，席卷往同一个方向。

呔！

又是一声钟响，与丹顶鹤的长鸣交相呼应！

所有弟子仰起脖子，盯着那遮天蔽日的鹤群，大吃一惊："那是寒山君养在东郡山的丹顶鹤吗？"

"是吧？"弟子叹为观止，"往这边飞过来了。"

"难道要迁徙吗？"

"不对。"有弟子警觉道，"钟响鹤鸣，这是异象吧？"

众人瞪大眼，面面相觑："什么异象？"

"去太行殿，找掌教！"

"我刚才好像看见，掌教从太行殿上下来了。"

呔！

钟声不绝，挟着绵绵余音，雄浑，肃穆，绵延百里。

寒时殿上空，翱翔的群鹤如黑云笼罩，鹤声喧嚣，几近鼎沸。

一位白发苍苍而容颜未老的男子怔怔仰望，手中的竹卷不知何时落在了地上，他浑然不觉，双手微微颤抖起来，喃喃道："铜钟响，结界开，丹顶鹤群起相迎。"

是你吗？也只有你啊！

十年了！十年来杳无音信，他在寒时殿把铜钱都摸得快看不清纹路了，那遍寻不着的人，终于回来了？

他心里又酸又胀，胀得像要爆开了，他不顾一切地冲了出去，撞倒了身侧的香案，身后的弟子猛地接住那即将落地的香炉，对匆忙而去的背影喊道："寒山君！"

他听不见，也顾不得了，在东、西神道交会处，正好与匆匆赶来的千张机相会。

两相无言的二人，心照不宣地往山门外赶。

混乱的弟子们纷纷开道，站成两列，毕恭毕敬地对二人垂首行礼。

“掌教。”

“寒山君。”

旋即他们跟在二人身后，齐齐往外奔去。

浩浩荡荡一群人，穿着清一色的太行道道服，白衣无尘，行色匆匆。他们本以为掌教是去接他的爱徒回山，可是寒山君也来了。寒山君跟李怀信向来不对盘，再看这钟响鹤鸣的，怕是有大事发生。众人大气不敢喘，个个换上了掌教与寒山君的凝重神色，倒像是要抵御一场外敌侵袭。

而还有一部分人，在太行待了数十年，知晓太行的往事，目睹此场景，也震惊而匆忙地赶了过来。

众人来到山门前，被眼前的一幕震撼了。

成百上千只丹顶鹤山呼海啸般汹涌而至，盘旋在上空，如彤云密布。它们在李怀信和贞白头顶振翅，喧闹着，仿如欢呼，绕着贞白雀跃飞旋，有三两只甚至落在她身前，讨好般凑近她。

有弟子忍不住低声开口：“那个人是谁？”

寒山君养在东郡山的丹顶鹤都有灵根，能识邪物，啄阴灵，而贞白明明满身阴煞气，却招来东郡山所有丹顶鹤相迎，这太奇怪了。

连李怀信都诧异不已，方才群鹤俯冲而下时，他还以为这些鹤群要攻击贞白，他下意识地想护住她，却不料……他盯着被鹤群环绕的贞白，长冠黑袍，迎风猎猎，她一拂袖，千鹤振翅而起，只是仍盘旋于长空，久久不散。

寒山君盯着她，死死地，目不转睛。

千张机也盯着她，深邃的目光中，风起云涌。

长久的注视与缄默后，千张机抬脚，缓缓落在台阶上，似有千斤之重。他面朝贞白，长睫微颤，目光下移，似打量，最终定格在她悬挂在腰间的墨玉上。

李怀信一看这阵仗，浩浩荡荡来了一群人，连师父和寒山君都出动了，心下感觉不妙。

“师父。”他上前一步见礼，有意将贞白挡在了身后，心里盘算着当着这么多人的面儿，该如何解释。

千张机却对他视若无睹，直直走向贞白。擦身而过的瞬间，李怀信敏锐地注意到，师父神色不对。千张机眼波流转，像是触到情深处，却极力压制着，张了张嘴："你……"

"贞白。"既然李怀信称他师父，她便知其身份，遂自报姓名，微微颔首道，"见过太行道掌教。"

对方一开口，千张机才恍然意识到，自己失态了，但他心绪翻涌，根本难以自持。他找了十年，也念了十年，杳无音信的那个人，如今突然有了线索，让他如何平静？他一丁点儿线索都不肯放过，虽然唐突，但不得不问："敢问，阁下腰间的佩玉，是从何而来？"

贞白垂眸扫了一眼，心中了然，淡漠地答道："故人相赠。"

"是何故人？姓甚名谁？又于何时何地相赠？"

"姓杨，名辟尘，十二年前，在禹山不知观。"

李怀信猛地睁大眼，不可思议地看向贞白。这块玉佩，居然是他二师叔的。二师叔，那个失踪了十年，一直被他师父和寒山君牵肠挂肚的人，他虽从未见过，但对其鼎鼎大名并不陌生，那是太行道数十年间，唯一一个根骨奇佳，资质远超千张机，承天师命的人。

千张机直视贞白，又问："你可知他是什么人？"

贞白道："太行道流云天师亲传弟子。"

底细她倒是摸得一清二楚的。他又问："那你可知，这块玉佩，于整个太行而言，代表着什么？"

贞白答不上来了，一块玉佩而已，能代表什么？

"太行承天师命之人，会择一贴身之物，以其精血炼养，日后承位天师，乃天师的信物。"千张机字字郑重。这块墨玉便是杨辟尘的信物，直接牵涉整个太行山。钟声鸣，结界开，昭示他的归来。

贞白愣住了。

千张机留意到她的反应，话锋一转，语气轻缓，却拿捏着分寸："所以，这么重要的东西，他又岂会随意赠人？"

贞白皱眉，她万万没料到，这块玉佩竟是如此贵重之物。她记得当时杨辟尘随手一扔，丢给了她，轻描淡写地说了句话："哪日你若来太行寻我，这块玉佩算是个通行令吧，你且收着。"

贞白欲拒绝，杨辟尘已转身走远，背对着她，在余晖中挥了挥手，算是道别：“太行会欢迎你的，贞白。”他说，“后会有期。”

赠玉的人如此随意，她便没觉得这是件极其珍贵的东西，只是一直随身携带着。如今到了太行，也果真如他所言，打开了结界，是块通行令。只不过，太行是否欢迎她，却是个未知。

因为千张机的目光陡然变得冷厉：“辟尘下落不明，想必，也跟你有关？”

贞白不着急辩解，道：“我此来太行，其一，便是来寻他的下落。”

李怀信看着她，原来，这就是她来太行的另一个目的。

千张机心思流转：“其二呢？”

贞白道：“其二，则想劳烦寒山君，替我占一卦。”

一旁的寒山君没料到这满身阴煞气的人，带着杨辟尘的玉佩上太行，居然还想找自己占卦。他站在台阶之上，踏前一步，居高临下地问：“你想占什么卦？”

总不能一直被众人堵在山门外聊。贞白不卑不亢道：“能否移步殿中说话？”

那一拨人又浩浩荡荡往紫霄宫行去，贞白被拥在其中，离千张机三尺之外。

李怀信则伴在千张机左侧，落后半步，斟酌道：“师父。”

千张机目不斜视道：“你带回来的人？”

“是。”

“从哪里结识的？满身阴邪，就敢往太行带。”

李怀信如实回答：“长平，乱葬岗。”

千张机脚步一顿：“什么？”

寒山君冷哼一声：“胡闹。”方才因杨辟尘的事耽搁，一直没顾得上问，此刻他问道，“冯天呢？你把他拐下山，怎么现在就你自己回来了？”

寒山君冷着脸，心想这小兔崽子估计是想家了，早该回去探探亲的，十年没在爹娘身边尽孝，多待一阵也是应该的。况且，他胆敢跟着李怀信偷跑下山，必定也知道以自己的暴脾气，回来以后非得剥他一层皮，所以现在，说不定躲起来了。

李怀信被这突如其来的一问弄得措手不及，面色瞬间苍白，他张了张口，仿佛突然失了声，一个字都说不出来。

寒山君瞥他一眼，心想，现在知道怕了？

因为有外人在，寒山君决定暂不追究了，但他绝不可能轻饶了这俩无法无天的兔崽子，于是他冷哼道：“以为躲起来就没事儿了？除非他能躲一辈子，否则回来我非打断他的腿！”断了再接上，扔床上躺三个月，看他以后还敢不敢乱跑！

“师叔……”

这两个字从李怀信嘴里吐出来，寒山君反应了半天，才惊觉这祖宗竟然是在称呼自己。他一直是斜着眼瞥着李怀信，此刻忍不住正眼看过去，严重怀疑这小子是被鬼上身了：“你叫我什么？”

李怀信立马叫不出口了：“……”

“冯天他……”许是因为太愧疚，李怀信像是吞了把碎瓷片，声音被刮得破碎而沙哑，他脑子里嗡嗡作响，有一瞬是空白的，甚至听不清自己说了什么，仿佛失了聪。然后，他看见寒山君愣在了那里，眼红，颤抖，然后暴怒到猛地拔出身旁弟子的佩剑，向他发难。

李怀信反应不及，盯着那刺向自己的剑，仿佛卷着滔天的愤恨，势如猛虎。

危急关头，他下意识地后退了一步。他怕了，第一次这么怕，不是怕死，而是怕如此暴怒悲愤的寒山君。

周围的弟子都没反应过来，就见寒山君突然对李怀信拔剑相向，不留余地，下的是死手。纵然二人历来不和，也从未到兵刃相见的地步，以往寒山君不管如何气急，也不会当着外人的面，对小辈动手。

千张机身为太行掌教，自然不会让这种事情发生，他当机立断地截下寒山君的剑，呼其本名：“陆知！”

寒山君怒不可遏，瞪着猩红的双眼吼道：“你别拦着我！我今天非得砍了他不可！”

千张机摁着他的剑，压制道：“你冷静点儿！”

“你要我怎么冷静！”他冲千张机喊道，“小天，没了啊！”话刚喊出口，眼泪就跟着滚了下来，当着众多弟子的面，他老脸也不要了。外人在又怎么样？他顾不了了。无奈他拗不过千张机，打不过他。千张机铁了心要袒护这孽障，他奈何不得，他手里的长剑一扔，倏地断在了地上。

眼前一阵天旋地转，寒山君摇摇晃晃地站稳，感觉胸口发闷，连呼吸都是痛的，一双眼睛淬了毒般狠狠瞪住李怀信，颤着手指向他：“你……”一张口，气血上涌，堵着心脉，他猛地呕出一口血。他就冯天这么一个入室弟子，养在身边近十年，废是废了点，却是他掏心挖肺的宝贝，如今出去一趟就没了，叫他如何受得了。

众弟子大惊失色道："寒山君！"

"陆知！"千张机连忙搀住他，往寒时殿扶。

他们师兄弟二人这些年没少因为小辈们吹胡子瞪眼，可吵归吵，彼此却是情深义重的。千张机心里比谁都清楚，他这师弟一直对冯天视如己出。偏偏李怀信这混账东西把人拐了出去，非但没护周全，还将人折在了外头，现在该如何交代？

千张机满心郁结地守在寒山君榻侧，不禁自省，是不是他平日里太惯着这个徒弟了，才让他犯下这等无法弥补的大错？透过门缝，他看见李怀信笔挺挺地跪在寒时殿外，这混账东西心气儿比天高，如今捅破了天，才知道认错，还有什么意义？

可回头想想，两个小辈偷跑出去，难免会遇到危机，危机当前，也怪不上谁。千张机这次无意袒护徒弟，只是站在长辈的立场，他该说句公道话。然而他身为李怀信的师父，说什么都有偏袒的嫌疑。

手里的五帝钱捏了又捏，是方才李怀信交给他的，千张机搁在榻边，道："这是冯天的五帝钱，里面……装着他的魂魄。"

寒山君垂眸，发红的双眼久久地凝视着那串五帝钱，语气愤怒而尖刻："我活生生一个徒弟被他带走，他就给我还回来一缕阴魂？"

寒山君抬眼，尖刺一般扎向千张机："千张机，这就是你们师徒俩给我的交代？"

"事已至此……"

"事已至此？说得多轻巧啊，难道冯天就活该去死？"

"那你要如何？"

"我要他以命抵命！"

这不可能，千张机沉默了，他知道寒山君现在正在气头上，痛到极处，说什么都不顶用。

寒山君冷笑一声："舍不得了？如果今天死在外头的是李怀信呢？千张机，你扪心自问……"

千张机决然道："如果换作怀信，我绝不会迁怒到冯天头上。"

你还摸不得了

别摸老子！

她看我，她又看我

她就是对我有所图

李怀信

这事儿你也有份，
该担一半责任吧。

凉凉凉！你暖手呢！
当我是炉子吗！

我嫌！我太嫌了！

太行道
TAI HANG DAO

人若害我，我必奉还，
谁的生死都不论

贞白

等你百年之后，我会葬了你……

待你轮回转世，我再去找你。

那么生生世世，万水千山，
我都能找到你。

寒山君看着他，仿佛从不认识面前这个师兄："迁怒？你说我迁怒？"

"是不是迁怒，你自己很清楚！怀信和冯天打小一块儿长大，关系比亲兄弟还亲，冯天殒命，他不见得比你好受多少。现在怀信就跪在寒时殿外，就他那气性，连我这个师父都从来没跪过……"

寒山君再也捺不住脾气怒吼道："千张机，你别忘了，这一跪是以我徒弟的性命为代价的！他若是能把冯天还给我，我给他三跪九叩地磕过去。"

人死不能复生，这明显不讲理了，千张机道："陆知……"

寒山君扭过头，决绝地赶人："带着那孽障，给我滚出寒时殿。"

千张机僵立片刻，终是无言地离开了。他跨出门槛，居高临下地盯着跪在殿外的徒弟，心里知道，他与寒山君在屋里的谈话，李怀信一字不漏地听了去。

就让他跪着吧，千张机也不想多言了，瞧着李怀信，他内心也异常烦乱，太阳穴突突直跳。

此时突然鹤声高鸣，无数只丹顶鹤盘旋于寒时殿上空。千张机目光一转，与静立远处的贞白对视，眼下还有一件同等重要的事情需要处理，他对守在寒时殿外的弟子交代了几句，便转身走了。

那弟子下了台阶，朝贞白走近，目光打量着她，有些犹豫。他看得出此人浑身阴煞气，不似善类，定是长年修习邪道，片刻，他拱手作揖，道："掌教吩咐，有请……"见对方那不似人又不似鬼的气息，他一时竟不知该如何称呼，却又不能因对方像是邪门歪道而不知礼数地冒犯，除了像李怀信这样的异类，太行绝大多数弟子的素养操守都是相当高的。他顿了一下，斟酌道："有请阁下，移步紫霄宫一叙。"

贞白颔首，扫了一眼李怀信可怜兮兮的背影，便随这名弟子往紫霄宫去了。

第八十二章 负荆请罪

鹤群飞散，如乌云散开，寒时殿再次亮堂起来。

一个肤白粉面的少年在冗长的甬道上疾奔，手里还捧着一沓沓黄符，那都是来时的路上被太行的弟子们拦路硬塞过来的。

少年气喘吁吁，却带着难掩的欣喜，人未到声先至："殿下。"

因跑得太急，冷风把那张嫩白的小脸吹得通红，当看见李怀信直挺挺地跪在寒时殿外时，他蓦地在高门立柱前刹住步子，笑脸僵了僵，收了起来，像是怕冒犯了谁，小声冲那背影唤道："殿下。"

李怀信没有回头。

小圆子轻手轻脚地走过去，站到李怀信右侧，面朝他，谨小慎微地跪下了。

李怀信瞥其一眼，皱眉道："你来干什么？"

"我听说殿下回来了……"听闻李怀信回来，他欣喜不已，扔了手里的活计就往外跑，结果被一拨拨来送符的弟子耽搁，待他跑到山门前，弟子们却说李怀信去了寒时殿，他遂急匆匆地追到了这里，却看见了眼前的一幕。除了在宫里面圣，殿下何时跟人屈过膝，怎么一回来，就跪在寒时殿外？小圆子忍不住有点忧心，小心翼翼地问："出什么事了吗？"

李怀信盯着他这副谨小慎微的模样，没解释，只道："你回去。"

小圆子不肯，一双圆溜溜的眼睛集着水汽，委屈得要哭似的。

李怀信意识到什么，脸色沉了下去："我不在的时候，谁欺负你了？"

"没有。"小圆子连忙摇头，声音细如蚊蚋，"只是殿下这一走，好几个月，着实让人担心。"

既然没受人欺负，李怀信便没工夫搭理他了，只让他赶紧回去。

可是主子都跪在这儿了，哪有他独自回去的道理？

"我带回来一个人。"李怀信嘱咐道，"她叫贞白，玄衣长冠，很好辨认，你去紫霄宫外等着，见到人后，领回我的住处，再收拾一间屋子给她。"

小圆子向来言听计从，一个劲儿地点头。

"去吧。"

小圆子还在犹豫："可是您……"

李怀信不耐烦道："别废话，赶紧去。"

小圆子最怕惹他不耐烦，慌忙起身，揣着一身的黄符又往紫霄宫跑。

紫霄宫乃掌教千张机内殿，与寒山君的寒时殿分坐于太行道东西两处，隔了好长一段距离。一路上弟子们议论纷纷，小圆子顺耳听了个大概，不由得顿住脚步，瞪大了眼，犹如五雷轰顶。难以置信的他，小心翼翼地凑到两名弟子跟前，想打听仔细。

那两名弟子当然认识他，李老二院子里最细皮嫩肉的小太监，专门伺候李老二饮食起居的。这小圆子虽不是太行弟子，却也一直称呼大家为师兄，说话从来都是轻声细语，对谁都恭恭敬敬的。

小圆子一打听，才知道冯天死了，他们殿下差点被寒山君一剑给砍了。怔愣间，他双手一松，黄符掉了下去，被风卷得满地翻飞。

身旁的师兄喊了他一声，他回过神来，慌忙蹲下身去拾，只是泪眼蒙眬，眼前一片模糊。他们殿下打小就跟冯天好，自然地，他和冯师兄也格外亲，他揉了把眼睛，抹了又抹，始终抹不完眼泪。

他脑海里忽地闪过一个画面：冯师兄背着他们殿下，带着他一起下河，捉了一木桶的小鱼小虾，然后他们一起驾着一只巨大的丹顶鹤，他抱住木桶，冯师兄则在身后扶着他，以防他摔下去。他们飞去相邻的东郡山，在上空中，投一把鱼虾出去，无数只丹顶鹤振翅飞来，张着灰绿色的长嘴接受投食……如今，忽然听见冯师兄殒命的消息，他实在难以接受。

那两位师兄帮忙捡起黄符，塞给他："你……"抬头见他湿漉漉的脸蛋，愣住了，“你哭什么？这不都给你捡起来了吗，一张没少，快拿好。”

那两人胸襟开阔，倒没因为他是李怀信的小狗腿就嫌弃他。

小圆子吸了吸鼻子，对他们鞠躬道：“谢谢师兄。”

伤心归伤心，他还记着殿下交代的差事，当下，他攥着黄符，边哭边往紫霄宫方向走。

暮色渐沉，寒山君盯着面前那串五帝钱，枯坐着，一动不动，仿佛失了神魂。直到双眼干涩发疼，他才伸出手触摸那根串着五帝钱的红绳。

他深吸一口气，又缓缓吐出，努力平复心绪，想和平常一样，换上那副刁钻刻薄的老顽固模样，反复试了几次，却都不成样子。

香炉里的香烛燃尽了，他起身，取了一根新的点燃，再端起架子往高椅上一坐，指尖一弹那铜钱，一缕薄透的阴灵旋即现身。

看到寒山君的第一眼，冯天当即吓得腿软，惯性地下跪认错。

寒山君双手握紧椅子的把手，从牙缝中挤出两个字：“逆徒！”

冯天抬头，对上寒山君那双充满血丝的眼睛，心脏猛地揪紧了，这老头子怕是哭过了。他难过得要命，像往常犯了错一样，说：“徒儿，下次不敢了。”

寒山君猛地站起身，怒叱道：“你以为你还有下次！我说过多少次，你从来都把为师的话当耳旁风，非跟那混账东西混在一块儿，现在好了，人家毫发无损地回来，你自己却把命丢了！”

冯天早有预料，师父绝对会将自己的死归咎到怀信身上，一点儿道理都不讲。即便如此，他还是得跟老头子掰扯清楚，他仔细地描述了当时的情形，最后总结道：“……所以，怎么能怪怀信呢，我自己能躲。”

虽然了解了当时的情势危急，寒山君听完仍是怒不可遏，斥责道：“也就是说，你自己活腻了是吧？！”

冯天：“……”不带这么蛮不讲理的。

寒山君感觉整颗心都碎掉了：“养你这么大，说没就没了，我图什么啊？”

“师父……”

“本以为，等为师百年之后，你还能给我送终，没想到……”寒山君泪盈于睫，仿佛泄尽了力气，倦极了，“临到头，还得为师来给你超度。”

冯天蓦地跪地叩首，泪水滴滴滚落，久久伏地不起：“弟子不孝，愿受师父责罚。”

“我还能怎么罚你？”

李怀信跪在殿外，不知道过去了几个时辰，听着里头师徒俩的对话，心如刀割。无论以前怎样，这一次，因为冯天的死，寒山君是真正恨上他了。

殿内一阵长久的沉默，许是彼此情绪都平复了些，再响起话音的时候，冯天已经发现他跪在殿外。

“怀信怎会跪在寒时殿外头？”

寒山君没搭腔。

冯天也是蠢到家了，在这个节骨眼儿上还想帮李怀信说话，结果又没有技巧，扯到李怀信大端皇子的身份，说他对掌教都没屈过膝，怎么能让他跪在寒时殿外面？

这无异于火上浇油，寒山君气得够呛，敢情是白养了这么个不孝徒弟，他怒道：“他自己心甘情愿跪在这儿，倒成了我让他屈膝了？”

“而且，大端皇子又如何？”寒山君咽不下这口气，“我不管他膝盖有多矜贵，他就是跪死在这儿，我也不带心软的。”

见师父明明刚压下去的火，又给翻腾起来，冯天这回不敢吭声了。

大殿里又安静了下来，良久，冯天才自内殿穿门而出，飘到李怀信跟前：“起来吧，人已经被我气走了。”

李怀信左右瞥一眼，没看见寒山君出来。

“从侧门走的，实在不想看见你。”冯天道，“他其实心里都明白，只是一时半会儿想不通，总得找个人撒气。你先回去吧，跪这儿反倒刺激他。”

李怀信来低头认错，倒不是非要取得寒山君的原谅，算下来他跪了大概有四五个时辰，也差不多了，他没打算真把自己跪死在这儿。

膝盖疼得厉害，加上天寒地冻，浑身僵硬，他起身的时候颇有些费劲。

冯天也没办法扶他一把，见他一声不吭，知道他心里难受，道：“你自己回去行吧？”

李怀信抻了抻腿，道：“行。”

李怀信回到自己住处的时候，院子里已经亮起了烛火。屋檐下有两个人相对而立，话语间还夹杂着呜咽声。李怀信走了过去，不禁蹙眉。哭的是小圆子，而贞白正默不作声地盯着对方。

感觉到有人靠近，贞白抬起眼，没出声。

李怀信开口道：“圆子。”

小圆子正在抹泪，闻言，忙转身过来，低垂着头，鼻音浓重地应道：“殿下。”

冯天的死，怕是整个太行已尽人皆知，小圆子向来喜欢跟在冯天屁股后面跑，知晓后难免伤心，李怀信没责难他，只道：“你在这儿干什么？屋子收拾好了吗？”

“收拾好了。”小圆子不敢抬头，低声说道，“殿下饿了吧，我去上菜。”

李怀信扫一眼他落荒而逃的背影，与贞白对视，不知怎的，沉默中，彼此之间仿佛突然生出芥蒂来。

或许是因为贞白一直都隐瞒他，她身上那块玉佩竟是他二师叔所赠，单论这块玉佩的重要性，她和二师叔的交情有多深，不言而喻；而贞白也是今日才从小圆子口中得知，他那一口一个“殿下”喊的竟是李怀信。这一点，李怀信倒没有刻意隐瞒，只是贞白从来也没有问过。

其实，无论李怀信是什么身份，大端皇子也好，太行弟子也罢，于贞白而言并无区别。所以更计较的人是李怀信，他从寒时殿回来，本该第一时间去紫霄宫见千张机，可他对今日之事耿耿于怀。

“你有我二师叔的玉佩在身，连太行的结界都能打开，可以说是畅通无阻。”

亏他之前还对她说什么，你不跟着我，就算有再大的能耐也闯不上这太行山，真是丢脸丢到家了，人家关系都攀到他二师叔头上了，那可是承天师命之人。她拿着他二师叔的信物，一出现，钟声鸣，结界开，千鹤相迎，多大的排面儿啊，哪用得着他这个晚辈引见？想到这儿，李怀信一肚子邪火，他生生憋着，脸色自然好不到哪里去，说话也阴阳怪气的：“没想到啊，真是让人好生意外。”

贞白站在檐下，身旁是燃起的琉璃灯，她听出对方语气里的不快，答道：“我也没想到。”

什么叫你也没想到？李怀信觉得这人完全是来给他添堵的，但还是必须问清楚了：“这么重要的玉佩我二师叔都给你了。”李怀信倒不会像千张机那样揣度贞白，认为她居心叵测或巧取豪夺，她不是这种人，所以他相信玉佩真是对方馈赠的。然而这份馈赠的背后，必定有一段不同寻常的情谊，所以他真正要问的是：

“你们什么关系？”

千张机也拐弯抹角地问过同样的问题。贞白从没想过她和杨辟尘之间的关系，无非就是，不知观曾给他提供过一个畅饮的地方。贞白挑了个尚且合理的回答：“算是……朋友吧。”

什么叫，算是，朋友吧？李怀信蹙起眉，觉得这女冠可能没有他想象中那么老实，正欲再问，小圆子端着热菜过来了：“殿下，天儿这么冷，你们怎么还在外头，快进屋吧，该用膳了。”

天确实冷，他跪了一下午，感觉整个人都快凝霜了。两人先后进了屋。

屋里的炭火烧得格外旺，想必是因为他回来，特意多加了新炉，炭火全都烧红了，炉子被贴心地安置在饭桌旁。

李怀信和贞白相对而坐，小圆子给他们布菜。李怀信没什么胃口，只喝了半碗骨头汤驱寒，而贞白连筷子都没动，端坐着，像是在等人盘问。也是，他们刚才的话还没谈完，就被打断了。

此时，屋外突然传来一个女子的呼喊：“二师兄，二师兄……”

那声音愈来愈近，听脚步声，人已经入了院门。李怀信眉毛一挑，目光杀向小圆子：“狗呢？”

小圆子握着竹筷，被这记眼刀杀得一抖，慌了：“不是……刚刚……我带白姐姐回来的时候，小黑一直狂吠不止，怎么训都不老实，我担心它吵到白姐姐，所以……我……我就把它拴到后山去了。”

李怀信愣了一下才反应过来小圆子口中这白姐姐指的是贞白，她身上阴煞气重，难免招来狗吠。

小圆子怕他发脾气，忙往外跑，欲补救：“我这就去把小黑牵回来。”

“不用了。”李怀信叫住他，想站起来，不料膝盖一疼，他“嘶”的一声又坐了回去。

此刻房门被推开，那丫头已经闯进来了，确切地说，是哭着进来的。

李怀信一个头两个大，大家都在为冯天伤心，小圆子眼睛还肿着，这小师妹又跑来哭。

这丫头前两天跟师弟几个下山赶集了，今晚刚回来就听见消息，第一时间去了寒时殿，结果寒山君闭门不见，把她直接关在了外头，所以她一路哭到了李怀信的住处。

李怀信本就烦闷，方才没能站起来，干脆坐着，任由她在跟前掉眼泪。

小师妹豆大的泪珠一颗颗地往下掉："二师兄……"

她这次不是来纠缠他的，也不是因为冯天的死来跟他问罪的，她就是听到了消息，纯粹来哭的。

太行在收徒时筛选相对严苛，纳进来的弟子大多心性端正，就算私下嚼舌根，也是有一说一，不会歪曲事实，这种品行很难得，当然，也要归功于长辈们教导有方。

这小师妹乃五长老之女，原本李怀信觉得她挺天真率直的，可后来对他动了歪心思，他就觉得这丫头坏了，自己不学好，还想着来干扰他，要不得。所以一直以来，李怀信避她如洪水猛兽，从来不会像现在这样，让她靠近自己三尺之内。

只是有一点，李怀信特别受不了。他无奈道："你能别哭一声就叫一声二师兄吗，你又不是在给我哭丧。"

闻言，小师妹哭得更伤心委屈了，她抽噎不停，眼见就要哀号开了，李怀信不胜其烦道："师妹……"

她立即收住抽噎，眼泪汪汪地盯着他。

李怀信尽量克制着脾气，用一种商量的口吻逐客："你能不能让我清静一会儿？"

空气瞬间凝固了，小圆子连忙介入："小师姐，要不您先回去吧，殿下这会儿刚从寒时殿回来，饭都没来得及吃上一口。"他刻意说了寒时殿，背着李怀信冲那小师妹使眼色。小师妹当然一听就懂，大家都在传李怀信今日在寒时殿跪了好几个时辰，寒山君面儿都没露，最后他自讨没趣，一瘸一拐地走了回来，现在他肯定很闹心……想到这儿，小师妹也怕再给他添堵，遂半推半就地被小圆子送出了门。

临走时，她回头看了眼旁边一声不吭的贞白。等到了院外，她抹掉眼泪，抽噎着问小圆子："旁边那个人，就是被二师兄抓回来的邪道？"

小圆子愣了一下："啊？邪……邪道？"

"我听说，有人窃了二师叔的玉佩，被二师兄抓回太行了，下午还受了掌教盘问的。"

"是这么说的吗？"小圆子也没弄明白，他只听殿下吩咐，把贞白从紫霄宫接回来，至于具体是怎么回事，他现在也有点儿蒙。

白姐姐居然是邪道？看着不像啊，若她是殿下抓回来的，怎会接到自己的住处来，还同桌而食？

小圆子心思细，自然往细节上琢磨。而小师妹神经大条，完全没想到这些，因为认定正邪不两立，就信了大家有理有据的猜测跟议论，她叮嘱小圆子好生伺候李怀信，就抽噎着走了。

第八十三章 斩四方龙脉

那两人走后，屋子里重归宁静。贞白站起身，李怀信立刻抬眼道："你要去哪儿？"

贞白："……"不是某人说，他要清静一会儿吗？

李怀信却觉得她此时是想溜："你是我带回来的。"若不是今日这么大场面，他还不知道自己会被蒙在鼓里多久，他道，"最起码，你也应该跟我交代几句吧？"

贞白重新坐下，沉默须臾，开口道："我曾有位老友，名唤老春，与杨辟尘因酒结识，成了忘年交。某日老春将他领来不知观，之后便常来，两人把酒言欢。"

李怀信听着，等她继续说，却久久没了下文。

"没了？"

贞白："嗯。"

李怀信："……"骗鬼呢！三言两语，云淡风轻的，若就这层关系，人家凭什么赠你玉佩？这不是睁眼说瞎话吗？

他注视贞白，见她神色无异，又问："他为什么给你玉佩？"

"他告别的那天，随手扔给我的。"

李怀信觉得不可思议，以精血炼养的信物，能随手扔给别人？他二师叔到底什么行事风格啊？

既然每次去都是为了喝酒，李怀信便猜测道：“所以他当时……是不是醉狠了？”肯定是喝醉了才会把玉佩扔给贞白，毕竟饮酒误事嘛，否则太行也不会明令禁止弟子饮酒。

贞白摇摇头：“那日，他倒是滴酒未沾。”

李怀信的眉头蹙了起来。

贞白道：“当时他说，邀我来太行做客，这玉佩可以算一块通行令。”

李怀信斟酌她话中的虚实，沉吟道：“你在紫霄宫，也是这么跟我师父说的？”

“嗯。”

“他信吗？”

贞白回想了一下，千张机当时听完便沉默了，并未表态。

李怀信却纳闷了，难不成他师父还真信了她的话，否则她也不会被轻易放出紫霄宫。他当时派小圆子去，主要是想让他盯着里面的动静，其次才是接人，结果他居然顺顺当当地把人给接了回来。贞白身上阴煞气这么重，他师父不可能掉以轻心。

李怀信越想越不得劲儿，他撑着桌子站起身：“我得去一趟紫霄宫。”

他不敢耽搁，贞白和他二师叔的关系，以及冯天的死讯暂且不提，他们在路上遇到的三个七宿大阵才是最紧要的。

贞白道：“今日我提及四方大阵，听尊师言下之意，太行早就知悉了，就在乱葬岗的大阵触发之后，所以流云天师才会提前出关。”

李怀信表情凝重起来：“我师父还说了什么？”

贞白摇了摇头。千张机并不信任她，而且事关重大，自然不会对她多透露半点。

这也在李怀信意料之中，所以他必须亲自跑一趟，事无巨细地向师父禀报。

然而当他去到紫霄宫，却扑了个空，守宫的弟子说：“掌教去了承华殿。”

承华殿曾经是二师叔的内殿和居所，空置了十年，里面的布置和摆设却不曾变动，就连当年师父跟二师叔未下完的那盘棋，也是一个子儿没动地摆在棋盘上，仿佛一直在等待，等那人归来，再继续对弈。

李怀信从未觉得他师父是个固执的人，但对承华殿的一切，对二师叔，却固执得很。

年少时李怀信曾好奇地问道："师父与二师叔，谁的棋艺更高一筹？"

千张机当时嘴角含笑道："旗鼓相当。"

如今，千张机独自站在承华殿的凉亭中，忆起当年，满心落寞。

李怀信踩着一地未曾清扫的积雪，走到亭下，作礼道："师父。"

千张机缓缓落座，语气平静道："来了。"

"是。"李怀信拾级而上，来到近前，"我有要事向师父禀报。"

千张机等着他说。

李怀信便将下山后如何在乱葬岗遇险，如何遇见了贞白，再辗转历经枣林村和广陵的三个大阵，事无巨细地说了一遍。

此间，千张机一句都没有打岔，仔细听着，眉头时蹙时展。这三处地方，每一个大阵被触发之后，便在各大门派之间传开来，太行也第一时间收到了消息。各门派纷纷派人去查看，一路找寻线索，却始终无人得知，是谁这么大本事布下此阵法；更无人弄清楚，又是谁这么大能耐，不仅把阵破了，还闹了个山崩地裂。今儿他才知道，原来是他这不知深浅、不知利害的徒弟。这混账东西，真是好大的能耐！

千张机面上不动，实际上听得胆战心惊，怪不得把冯天折了，就这上天入地的闯祸精，没把自己折进去就算万幸了。他暗自捏了把汗，后怕不已，盯着面前这活生生的小子，暗忖，一会儿他怕是该登太行金顶烧炷高香。因为下山查探的弟子曾在传信上阐明过利害，他深知七宿阵的凶险，里头死了多少人，戾气有多重，讲难听些，李怀信完全就是从死人堆里爬出来的。

李怀信盯着师父脸上变幻莫测的表情，摸不准他心里在想什么。

千张机则在想，这小浑蛋，决计是不能再放出去了，再放他出去，怕是不把自己折腾死不罢休。寒山君说得一点儿没错，这小子就是个不安生的。哪怕留他在太行惹是生非，祸害一下师兄弟，也比让他下山找死强。

李怀信说完，却见他师父铁青着脸，久久没有开口。

"师父？"

千张机下意识地拈起一颗白棋，在指尖摩挲，心中波涛翻涌，面上却波澜不惊，道："所以，你带回来的那女子，是你在乱葬岗遇到的活尸，受天罚而出世。"

李怀信对上千张机的视线，蓦地一愣，似乎彼此的认知出现了偏差。他说："不是活尸，她……"正因为害怕贞白被误会，所以方才他避重就轻地强调过很多次，是贞白救了自己，还养着冯天的魂魄，她没有害过哪怕一个人。他强调道："是当年布阵的那个人，活殓了她。"

千张机的眉头蹙起。

"她也是受害者。"李怀信道，"她跟我来太行，就是想请寒山君占上一卦，找出幕后真凶。"

"十年前，"千张机缓缓道出，"她被钉在乱葬岗，而辟尘，也是在那年下落不明。"

李怀信一怔。

千张机一针见血道："若换成是你，你会作何怀疑？"

李怀信的脑子差点儿停止运转，因为接连发生诸多事，他根本没来得及思量。

千张机将白棋扔进棋盒中，语出惊人："她不是来找辟尘的，她还可能……知道辟尘的下落。"

李怀信更加混乱了，假如贞白怀疑二师叔是真凶，又知道其下落，却不直接去揪人，而来太行，其用意是什么？难道……

一时间，李怀信被自己的想法吓得毛骨悚然。

"别瞎琢磨了。"自己教出来的徒弟，心思并不难猜，千张机站起身，适时告诉他，"连你们都发现这是个四方大阵，太行还能被蒙在鼓里？布阵之人，是以四方神兽之形，作二十八星宿之局。你若看得够远，就会发现，如今被发现的这三个阵法，不偏不倚，正好斩在我大端四方龙脉其中三方之上。"

而处于西方的另一处大阵虽未发现，却已不难推测了——刚好四个阵法，斩四方龙脉。

李怀信惊愕地瞪大眼，脱口道："斩龙脉？"

当初从那三个阵法的方位图发现玄机时，千张机和寒山君便已经惊骇过了，如今再提及，还算冷静。他道："怕是有人处心积虑，耗费数十年精心布阵，要断我大端王朝的百年气运。"

李怀信万万没料到，这事儿居然会牵涉到王朝国运，事关重大，他惊恐得指尖都有点发颤。

“不然你师祖也不会冒着元气大伤的风险强行出关，”千张机继续道，“兹事体大，刻不容缓，如今你师祖已经赶去宫中，向圣上禀报了。”

回去的路上，李怀信思绪翻涌，心事重重。

深夜时分，寒气越发刺骨，小圆子一直等在门外，冻得直跺脚，瞧见人影，立即跑上去迎。

炉上烧着热水，一进屋，小圆子就把热水往木盆里的凉水里兑，他伸手试了试温度，刚刚好，又去搬来一张方几，把煮好的姜茶摆上去：“殿下，您先喝口姜茶，泡泡脚。脚一暖和，身上的寒气就散去了。”

李怀信走到软榻边坐下，小圆子蹲在地上给他脱鞋，轻轻地把他的脚搁进热水中。

也许是这几个月在外面吃尽了苦头，回来被这般伺候着，李怀信突然觉得熨帖极了。

小圆子给他卷起裤腿，一直卷到膝盖上，瞧见他双膝处的青紫，抿了抿唇，然后跑去拿膏药，用指腹抠一点出来，轻轻柔柔地往他膝盖上抹。

李怀信垂眸看着，忆起贞白给他处理伤口的情景，相较而言，简直粗鲁至极。

小圆子抹完药，又鼓着腮帮子吹了两口，才仰头问他：“殿下，疼吗？”

李怀信忽地笑了，比起刮骨，比起在外头受的伤，这点青紫算什么。他摇摇头道：“不疼。”

小圆子双手浸进水盆里，准备给他按足底，瞧见他小趾边的冻疮，才知道他在外头肯定受了不少苦。小圆子是真心疼，指腹在那冻疮上轻轻摩挲，李怀信觉得痒，道：“干什么呢？！”

“给你搓一搓，搓热乎了才好得快。”小圆子埋着头，手指摁到他的足底穴，轻重拿捏得度，又说，“殿下瘦了许多。”

一路上风餐露宿，不瘦才怪。李怀信盯着小圆子的后脑勺，心里觉得暖暖的：“这几天做点好吃的吧。”

“晚上做的，您都没吃，就喝了半碗汤。”

今日确实没胃口，李怀信忽然想起了昨夜的烤鱼，有点馋：“明天吃鱼吧，烤鱼。”

难得他主动提出要吃什么，小圆子满口答应道："我明天去河里抓一条活蹦乱跳的回来。"

李怀信想到贞白，道："两条。"

小圆子总算笑了，像个暖心窝的小太阳。李怀信没忍住，在他脑袋上揉了一把。

他突然想起，自打他回太行，就没瞧见秦暮那假正经的影子，疑惑道："秦暮呢？"

"大师兄随天师入宫了。"

身体渐渐回暖，足底被捏得极舒服，李怀信身体往后靠，一颗心却依然悬着，从回来到现在都没落下来：兹事体大，牵涉到大端王朝，他要不要告诉贞白？

他问："贞白歇了？"

"嗯。"小圆子点头，"太晚了，我就让白姐姐早些休息了。"他想起今天小师姐的话，斟酌许久，还是没忍住问，"白姐姐，是殿下抓回来的邪道吗？"

"嗯？"李怀信眉头皱起来，"你听谁胡说的？"

小圆子呼出一口气，安了心。他就说嘛，白姐姐看着一点儿也不像邪道。他一心向着自家殿下，也拎得清，不该瞒的不会瞒："好像大家都这么认为，说是白姐姐窃了二师叔的玉佩。"

没来由地，李怀信觉得心里很不舒服，因为似乎人人都把贞白看成了不入流的贼，那分明是他二师叔不知轻重地把信物乱赠与人，可一想到那真是赠送的，他更不舒服了。

为什么会不舒服呢，而且是左右都不舒服？他坐立难安地动了动。

小圆子抬起头，紧张地问："是我下手重了，把殿下按疼了吗？"

李怀信摆摆手道："你继续。"

小圆子揉到了脚踝，这次力道轻了些。他见李怀信一双脚瘦骨嶙峋的，似乎只剩一层皮，心疼得紧："以后殿下再要去哪里，把圆子也带上吧，您看您瘦得。"

"不行。"李怀信想都没想就一口回绝了。

"我跟着，起码可以照顾殿下，绝对不会让您掉一两肉。"

李怀信本想说外头太危险，可见小圆子这张又软又糯的小脸，指不定要怎么提心吊胆，于是他轻笑道："你这么细皮嫩肉的，经不得风吹日晒，还是留下来看家最妥当。"

小圆子瞪着一双杏仁眼，感动不已，因为殿下从来都很疼他，连劈柴挑水都从不让他和院里的人干，说那都是粗活儿，累人，他们个个细皮嫩肉的，得好生养护，不能吃苦，最好手都别生茧子，所以就苦了太行这帮师兄弟，轮着班儿来给他们挑水劈柴。

因为李怀信挑剔，不吃大锅饭，所以伙食要在院里另起炉灶，小圆子不想劳烦这帮师兄弟，谁都看得出来，大家都不情愿，没少引来怨怼。小圆子不希望他家殿下因此招人怨，试图自己来，结果差点被遣送回宫，此后他就再也不敢了，安安心心被保护到如今，几乎从没吃过苦。反倒是他家殿下，出去一趟，瘦了一大圈，他当然心疼，心疼得很。

"愣着干什么？"李怀信踢了踢腿，催他，"再按会儿，舒服。"

小圆子忙把住他的脚，一寸一寸地按，细细地揉。

后来李怀信靠着椅背睡着了，小圆子怕惊醒他，就把他的脚抱在怀里捂了半宿。

不知过了多久，小圆子正迷迷糊糊打盹儿，忽然听见殿下轻轻叫他："圆子，圆子。"

他睁开眼，眨巴眨巴，道："殿下，您醒啦？"

"傻不傻？"李怀信把脚抽出来，一双脚被捂得暖烘烘的，他说，"不知道叫我？起来，回屋睡去。"

小圆子却保持着姿势没动。

李怀信弯腰去扶他："腿蹲麻了？"

他把人拖到榻上，又责备地推了把对方的脑门："又不是榆木疙瘩，蹲一宿。"

小圆子捏了捏发麻的双腿，纠正道："现在才四更天，就小半宿。"

李怀信伸了伸腰，瞧见桌上摆着一盘蜜饯，他走过去拈了一颗进嘴，然后整盘端起来塞给小圆子，习以为常地，随口就夸道："乖，赏给你的，吃完去睡觉。"

讨了殿下的欢心，小圆子喜滋滋地拈了一颗吃，腮帮子鼓起来，特满足，道："谢殿下。"

李怀信瞥他一眼："傻样儿。"忽地想起什么，又"嘶"的一声转回脸，"你刚捂完脚，手都没洗！"

"没事儿，殿下的脚干净。"

"少拍马屁。"李怀信笑道，"端回去洗完手再吃。"

"哎。"等麻劲儿过了，小圆子从榻上下来，搂着一盘蜜饯，跟搂着什么宝贝似的往外走。

天色未亮，李怀信和衣躺到床上，却怎么也睡不着了，他枕着胳膊，思绪纷纷。

第八十四章 她的秘密

因为冯天殒命，寒山君单方面跟他结下了深仇大恨，而贞白，因为是他带回来的人，也被一并仇视了。寒山君不肯帮忙占卦也就罢了，还让人吃了个闭门羹。冯天本想劝解，反倒被那老头子用缚灵香术绑在了寒时殿，一点儿面子都不给。

李怀信见小圆子丧着脸跟着贞白回来，差不多也料到了，那老头子肯定认定了贞白和他是一丘之貉，都有份儿害他的徒弟。

桌上摆了两盘糕点，粉白相间的梅花糕和糯米糍，李怀信拿起来，各尝了半口，又放了回去。

小圆子汇报完情况，眼尖地瞧见两块缺角的糕点，遂问："不合胃口吗？"

"甜了些。"他昨夜熬太晚，今天又起得早，一直在等贞白二人回来，没去补觉，此刻倦意涌来，困乏得很。他的眼睛慢慢转向贞白，道："这事儿我有责任，总不能让你白跑一趟。等过几天寒山君的气消了一些，我再让师父出面去说。"

贞白虽然心里着急，也知道此事强求不得，总不能在太行山上造次，逼着寒山君给她算卦。她盯着李怀信懒懒散散的样子，问："几天？"

小圆子默默地将两盘糕点端走了。

门外的雪色有点晃眼，李怀信眯了眯眼，给不出准信儿。连冯天都被绑起来了，他还真拿不准这回老头子的气多久才能消。

不过，贞白真正想要的答案，他方才坐这儿想了半天，兴许能给她解惑一二，于是他单刀直入地问："你怀疑过我二师叔吗？"

贞白一怔，直视他的眼睛。

李怀信看起来虽没精打采，表情却是凝重的："因为怀疑他，所以怀疑太行？"

贞白未给他回应，甚至一动未动，像一尊雕塑。

他自以为猜中了她的心思，所以把昨天千张机的那番话转述了一遍。不知为何，他就是希望能打消她对太行的误解，似乎是怕她哪一天会站在太行的对立面，甚至站在整个大端王朝的对立面，那不是他想看到的。何必猜忌来猜忌去，制造这些无中生有的麻烦，所以，哪怕关乎国家气运，兹事体大，他也不打算隐瞒她。

听完他的转述，贞白愣了许久，这个真相完全出乎她的意料："谁会布阵……斩大端的龙脉？"

"不知道。"李怀信自小被送到太行修习，对国事知之甚少，他师父又顾虑颇多，不肯过多透露，所以他只能靠猜，"兴许是一些外邦小国，也可能，是当年长平之战被大端灭国的西夏？"

贞白呼吸一滞，的确，在此之前，她还在怀疑太行道，因为天下间有能耐布下四方大阵的门派和能人，屈指可数。

"如若牵扯到这些，"李怀信顿了顿，道，"就不是你一个人的事了，整个太行，乃至整个大端，定会倾尽全力找出幕后的真相。"

"所以，"李怀信说，"再等等，我会去打听，也会对你如实相告的。"

他觉得自己都如此坦诚了，贞白无论如何也会投桃报李，坦诚相待，便道："我二师叔的下落，你是否真不知情？你除了怀疑他，还有别的什么吗？"

这是他师父的揣测，他只是想求证一下，贞白却保持了沉默。

李怀信确定贞白不会说谎，但这种沉默也是一种隐瞒。长久的注视后，他明白了，原来坦诚不一定会换来坦诚。他站起身，突然觉得不值得。

眼见李怀信的面色沉下去，贞白开口道："我的确是来太行找他的。"顿了顿，她说，"我有一件重要的东西，寄放在他身上。"

李怀信挑眉，道："什么东西？"

什么东西并不重要，此刻他更在乎的点是，他们两个居然交换信物！不，这简直就是私相授受吧！

此时，小圆子跑过来喊道："殿下，白姐姐，吃鱼啦。"

闻言，李怀信莫名地火冒三丈："还吃什么鱼！"说完拂袖而去。

小圆子很委屈，不知道自己怎么就惹恼了殿下，还把人给气走了。明明昨天夜里，是殿下亲口说要吃鱼的，他满心欢喜地一早就去河里捉鱼，这不，都让后厨烤好了，结果……

他愣愣地看着贞白，估摸着自己大概是被拿来当出气筒了。

李怀信自己也觉得，这股火气实在来得莫名其妙，但就是气啊，他越看贞白越糟心，一起相处了这么久，她怎么依旧如此惹人烦？他感觉心里堵得慌，索性出来透透气，眼不见为净。

他在池边喂了会儿鱼，待心绪平复了，才拍拍手，往紫霄宫走。

紫霄宫门前有弟子把守，见了他，便作礼道："二师兄。"

"师父呢？"

"掌教在殿内。"

李怀信欲往里走，那弟子拦了一下，为难道："寒山君也在。"

谁都知道，现在寒山君跟李怀信水火不容。

李怀信犹豫着，止步不前，他想，冯天必定将这一路所发生的事情全盘告知了，这老头子气归气，但事情的轻重缓急应该还是拎得清的。他原本就是来打探消息的，师父之前没有对他透露太多，现在也不见得会告知，既然撞上了，听听墙脚也无妨。

他耳力好，静心屏息地站在外头，里面的声音隐隐能辨……

突然，他听到了贞白的名字，眉头皱了起来。

千张机说："那女子……怕真是，二郎的心上人。"

寒山君的语气很不好，反驳道："不可能。辟尘向来有分寸，才不会像李怀信这么离经叛道，跟个歪门邪道厮混。"

"我还记得，"千张机回忆道，"当年二郎总是往南跑，说去不知观，他在那儿结识了一位道友，很是投缘。如今看来，他千里奔赴，竟是为了……这女子。"

"你问过这女子吗？"

"问过，"千张机说，"她也认了，的确是去的她那儿。"

“所以那块玉佩，真是辟尘赠与她的？”

“八九不离十。”

“这么重要的东西，”寒山君语带责怪，“他怎么能随随便便就送出去？”

“这怎么会是随便送的呢？”寒山君活了半辈子，感情的事情仍然不开窍，但千张机不缺这心眼儿，他很了解这个二师弟，他道，“辟尘若是认定一个人，别说一块玉佩，命都愿意交出去。”

寒山君惊讶道：“你的意思是……”

“十年前，这女子为什么被钉在了乱葬岗？”千张机揣测道，“我怀疑，二郎生死不明，大致是因为她。只不过，我昨天问起，她却只字不提，我便想……或许可以让怀信去问问。”

“他？”寒山君一提李怀信就嗤之以鼻。

此时，殿外的人已经转身走了，这种八卦情史，谁愿意扒着门缝儿听？

李怀信真真是没想到，就贞白那么寡淡的一个人，成天板着张脸，半天也蹦不出句暖心的话，居然跟他二师叔勾搭过！

气头上的李怀信想不出什么好词儿来，十年前啊，十年前他俩勾搭的时候，他还是个刚满十岁的毛头小子呢，那女冠就已经跟人私相授受了，他简直望尘莫及啊。

还命都愿意交出去，他师父说这话的时候就不牙酸吗？谁离了谁会活不成？谁又真会为了谁不要命？那二师叔真把自己当情圣了？

李怀信冷着脸踏出紫霄宫，正好踩在一把扫帚上，那正打扫的弟子瞧见他脸色，吓得立刻撒了手：“对……对不起，二师兄，我……我……我没看见您出来。”

李怀信目光像刀子一样，剜了他一眼，不发一言，直接走了。

等他走远，旁边拿着抹布擦门柱的弟子才转头过来，“嘶嘶”两声，引来其他人侧目，说：“也没怎么着他，太凶了吧。”

踩在高凳上的弟子手拿拂尘在清扫门楣上的灰，低头接话道：“他就这狗脾气，不搭理他就完了。”

那弟子捡起扫帚，拍着胸口惊魂甫定的样子：“吓死我了，我差点以为他下一刻就要揍我。”

“那不能。”高凳上的弟子弹了弹拂尘上的灰，“打你，他还嫌手疼。”

“就是，娇贵着呢。”立柱前的弟子伸着头，朝里望了望，“他刚刚进去，怕是挨了寒山君的骂。”

“横成这样，也该有人治治他了。”

“我要是寒山君，不杀他也非得让他掉层皮不可。”

“嘘，别说啦，干活儿吧。”

回去的路上，李怀信才发现今天所有弟子都没在练功，有的在扫雪，有的在修剪道路两旁杂乱的树枝，连他院儿里的人都在里里外外地忙活。

他阴沉着脸，刚迈进院儿，就见小圆子整个人挂在高处，双腿盘着檐柱，探着身子去摘屋檐下的灯笼，结果费了半天劲儿都没够到。

李怀信走过去，冲他嚷道：“爬那么高，干什么？！”

小圆子身子闪了一下，立马抱住柱子，低头朝下看，知道他家殿下的气还没消，道：“到年关了嘛，今天是太行除尘的日子，辞旧迎新嘛，所以我爬上来换个灯笼。”

李怀信完全没意识到居然都到年关了，道：“不知道搭架梯子吗，摔不残你。”

小圆子疑惑地发现，他家殿下出去一趟，不仅气没消，反倒更气了，他只能应道：“梯子被拿到后边儿去清理屋檐下的冰锥了，怕午后化开，砸下来伤到人。”

李怀信正欲再训，贞白提着灯笼从里屋出来，见了他，跟没看见似的，仰头问攀在檐柱上的人：“是这个吗？”

“对。”小圆子点点头，“我前些天刚刚糊好。白姐姐你稍等会儿，我先把这只摘下来。”说着又伸手去够，“殿下，你们站远一些，小心这上头落灰。”

屋檐下的两人往一旁挪步，却不约而同地并到了一处。

肩头相碰，哪怕瞬息便分开了，李怀信都敏感介意得不行，但他又找不到一个宣泄口，只能气哼哼地转身进了屋。

他郁闷地想，贞白明明跟别的男人勾搭纠缠，还三番五次来打自己的主意，简直令人发指。现在他只要一想到……一想到自己的清白之身毁于她手，就恨不能将她碎尸万段。这种水性杨花的女人，就该像樊家小妾那样，抓去浸猪笼！

听见门砰一声关上，小圆子吓得一抖，也顾不得换灯笼，从柱子上滑了下来。他清楚地记得，他家殿下是在今日跟白姐姐说话时突然生气的，虽然不太礼貌，但他还是忍不住问：“白姐姐，殿下是在跟你生气吗？”

贞白盯着门，颔首道：“嗯。”

小圆子没想到她如此坦诚，胆子便大了些：“为什么？”

贞白想了想，没寻到缘由，再加上这几月下来，李怀信总是隔三岔五地气上一回，又莫名其妙地自愈了，她已经习以为常了。她答道：“不知道。”

好在小圆子也清楚自家殿下的脾气，生起气来的确毫无预兆说来就来，一般人很难摸透他在气什么。小圆子接过贞白手里的灯笼，道了谢，急吼吼地往厨房跑，想着过个把时辰，等他家殿下气消了些，肚子也该饿了，到时再端些好吃的去哄。

说不清为什么，李怀信心里又气又酸，这气还好说，酸是怎么回事？他心烦意乱地在屋里来回踱步，尝试分析自己的心理。

比如，想到贞白和二师叔交换信物，听到师父说的那句“心上人”，他就特受刺激。不应该啊，他纠结的重点是不是偏了？

他一屁股坐到软榻上，纳闷地想：我为什么要想这些破事儿？跟我有半个铜板的关系？可思绪就是不听使唤，还就揪着这些个破事儿不放了，不光想，还钻牛角尖，他感觉自己大概是出了什么问题。

小圆子端着饭菜进屋，见李怀信躺在软榻上，一副失魂落魄的样子。

“殿下？”

没搭理。

“殿下？”小圆子把饭菜搁在桌上，走过去，道，“您快一天没进食了，不饿吗？”

还是没搭理。

见榻上的人睁着眼，并没睡，小圆子决定哄哄他：“我做了您平常最爱吃的……”

“走开，别烦人。”李怀信翻了个身，“我有心事。”

哎？小圆子心下生奇，靠到榻前问：“什么心事？”

“不知道。”李怀信一脸纠结的样子，说，“没理清。”

“那，需要圆子帮您梳理不？”

“不需要。”李怀信开始赶他，“你出去，我自己想。”

小圆子不放心道：“您自己能想通吗？”

当然能，他又不傻。李怀信猛地坐起来，阴沉着脸指了指门，小圆子立马灰溜溜地出去了。

他的确不傻，而且也差不多想通了，只是觉得震惊，不可思议。

他把自己跟贞白从初遇到现在所发生的事情，从头到尾理了一遍，到底是哪个环节出现了问题？前面都还好，他心里无甚波澜；从他们去普同塔开始，他内心就开始作祟了。

难道真是因为那次，就走心了？未免太肤浅了吧！李怀信怎么也无法接受自己居然是这样的人，上了一次床就走心了？有病啊！

但是，那女冠在床上的表现……（他在脑中迅速过了一遍）着实令人满意！李怀信觉得自己快疯了，使劲搓着自己滚烫的脸，满意什么不好，满意这个！真有病啊！

第八十五章 他的心事

直到夜晚，李怀信才拉开门出屋，丧着脸，把小圆子吓了一跳，他家殿下怕不是给气病了吧？

“别咋咋呼呼的。”李怀信挡开那只要来摸他额头的手，有气无力地说，“我饿了。”

哎？好像气消了！小圆子笑开了，立刻应了一声，欢欣雀跃地跑去厨房了。

为了保证李怀信随时能吃上，饭菜都温在炉子上，不需要重新生火加热。

饭菜摆了满桌，李怀信吃到一半，觉得闷：“你去把窗户打开。”

小圆子忙去开窗，只开了一条缝儿，透进丝丝凉风。

李怀信并不满意，道：“全打开。”

“天冷，会着凉的。”小圆子嘴上虽这么说，但还是照做了。

窗户打开，映入眼帘的是叠筑在庭院中的假山石，似座座小型峰峦，千姿百态，冬日被积雪覆盖，增添了一点苍茫的意趣，正是最雅的景致。

李怀信却无心赏景，皱起了眉。

小圆子察言观色道：“殿下，怎么了？”

“没事。”他低下头，又吃了口菜，装作漫不经心地问，“那谁呢？”

小圆子一时没反应过来：“谁？”

“贞白。”

“白姐姐在房里呢。”

李怀信道：“她在房里干什么？”

小圆子：“……”这他怎么能知道？总不能有事儿没事儿去瞅她吧？

李怀信抬眼又看向窗外，啧，那假山真挡视线啊。

小圆子直觉他家殿下不太对劲，又怕触了逆鳞，不敢多问，只能转移话题道：“殿下有没有什么需要的？明天有几个师兄要下山去镇上采购，置办年货，我列了个单子，把咱们需要的全都写上去，明儿一早交给师兄。”

李怀信想也没想便道：“酒。”

小圆子整个人一愣：“什么？”

“酒，买酒。”

“不是。”小圆子有点慌，“太行禁酒，师兄肯定不给买的。”

“那你跟他们一起去。”李怀信说，“想法子夹带些。”

这怎么行？小圆子眼睛瞪得溜圆：“不是啊，殿下，您要酒干吗？”

“喝啊。”

小圆子惊了：“您什么时候开始饮酒了？不行的，这是犯禁的，要是让掌教知道……”

“少啰嗦。”李怀信不耐烦道，他放下竹筷站起身，“你明天跟他们一块儿下山，必须把酒买回来。”

这是命令，不容置喙。

李怀信打开门走出去，一排假山石横亘在庭院中心，隔开两间相对的屋子。贞白就住在对门儿，那么近，他却连个窗扉都瞧不见。实在是，闹心。

小圆子跟了出来，心想着：殿下莫不是气还没消，想借酒浇愁？忽然听见李怀信发话：“你去叫几个人来，把这些破石头搬走。”

小圆子盯着庭院中绵延起伏的假山石，蒙了：“现在？”

多好看哪，怎么就成破石头了？而且，这些所谓的破石头，可是当年殿下一眼相中的。那年他们去了趟东郡山，李怀信无意间看见这堆奇石，很是喜欢，想搬回自己院里做点缀，就抓了十几个太行弟子当壮丁，让人千辛万苦地从东郡山给他搬回来的，过程别提多折腾了，还有两个弟子砸了脚，在床上躺了半个月，差点没气得骂娘……结果如今殿下一个看不顺眼，又要给搬走。

小圆子虽说一心向着自家殿下，但偶尔也会有那么一点点觉得，他家殿下太过分了。用冯师兄之前的话说就是："净不干人事儿。"

现如今，他又要不干人事儿了。

小圆子没办法，殿下开了金口，只能硬着头皮去叫师兄。

弟子们扫了一天山，累得筋疲力尽，一听小圆子的来意，全都怒了。曾经为李怀信搬石头砸过脚的两位师兄正巧也在，这次直接骂人了："他有病吧？！"

夜里，贞白是听见动静才出来的，院里忽然拥进十几个太行弟子，有人拿着铁锹铲石头，有人直接把小块的石头往外搬。

看见小圆子，她走过去问："这是做什么？"

"白姐姐。"小圆子无奈得很，看见贞白，仿佛看到了救星，他说，"殿下心情不好，连这些山石都看不顺眼了，让师兄们全都搬走。也不知道他为什么这么生气，大晚上的，折腾人。"小圆子有点抱不平的意思，求贞白道，"白姐姐，虽然我不知道殿下在气什么，但您也说了，他是在跟您闹，要不然，您去……"总不能让人去低头认错吧，白姐姐看起来也不像个会服软的，他灵机一动，道，"要不然，您去哄哄他？"

他又不是小孩子，她愣了一下，问，"怎么……哄？"

小圆子立刻眉开眼笑道："殿下虽看起来霸道，脾气不好，但是他一向耳根子软，说几句好听的，他就释怀了。"

贞白："……"

小圆子眨巴眨巴眼，一脸期待："行吗？"

他是真怕殿下搬了假山还不消气，赶明儿要把房子给拆了。就李怀信这脾气，什么事儿干不出来？

贞白却摇了摇头："我不会。"

"就说几句……不，一句也行。"他家殿下虽心气儿高，但遇到像白姐姐这种不肯服软的，若能递个台阶，说不定他也愿意下。

贞白问："说什么？"

"呃……"小圆子被难住了，说别生气？我错了？白姐姐肯定不干。他琢磨了一下，殿下要的，无非就是个对方主动讲和的态度，遂道："你平常，有没有什么话，能跟他聊上两句的？"

贞白想了一下："没有。"

"……你就说……"小圆子绞尽脑汁，忽地想起了什么，让贞白稍等，他冲进屋子，拿出一个精致的长方形小木盒，道，“你就把这个，交给殿下。”

贞白接过：“这是什么？”

小圆子献宝似的：“裁刀，象牙质地，雕纹很漂亮，刃也锋利，割纸用极好，是大师兄特意从外面带回来的，这两天我忘记给殿下了，白姐姐帮我转交吧，他就喜欢这些小玩意儿。”

李怀信没料到，贞白会突然来敲他的门，还递来个盒子，说是帮人转交的。他莫名其妙，打开盒子看了一眼，勾了勾嘴角。小圆子这点儿谀媚的心思他太了解了，变着法儿地哄他开心，居然误打误撞把贞白支了过来。这小滑头向来会收买人心，李怀信不难猜他是怎么哄贞白过来的，他将那把精雕细琢的裁刀取出，也把贞白让进屋，道：“我试试。”

他绕到案前，取了张宣纸铺在案头，仔细对折。

贞白听着屋外搬石头的动静，想起小圆子的话，即便不擅长聊天，还是决定随便聊两句：“怎么让人将山石搬走了？”

李怀信正伏案裁纸，不动声色道：“看厌了。”

一句“看厌了”，大晚上的折腾人，真是任性，贞白将目光落在他压纸的指尖上，没作声。

李怀信试完裁刀，还算满意，道：“还不错。”他抬眼，注意到贞白的视线定在他手上，“好看吗？”

贞白把目光收回来，看向他的脸：“嗯？”

李怀信晃了晃手中的裁刀，又问一遍：“觉得好看？”

她顿了顿，方才并没细看，此时他问起，她才多瞥一眼，缓缓颔首。

李怀信将裁刀放回盒子里，走过来，递给她。

贞白没明白对方的意思，李怀信笑了笑：“喜欢你就收着吧。”

“不是。”贞白没接，“给你的。”

“现在我给你。”李怀信挑起眉，“真不要？”

贞白犹豫着，这个人实在难以揣摩，他似乎气消了。

“我给你的。”李怀信声线低沉，笑着凑近她，“我愿意给你的，你要不要？”

不知为何，或许是此刻的气氛使然，贞白感觉实在不好拂了他的好意，遂伸手接了。

李怀信垂眸看着她，心里纠结了这么久，此刻突然就想明白了。他在太行，一直潜心向道，怕生情愫，可千防万防，最后还是没能防住，居然栽在这女冠手里了。

哪怕她有段过去，他也想通了，十年前的情，都是陈芝麻烂谷子的事儿。况且，就算她和他二师叔有瓜葛，至少没发生过那档子事儿，因为普同塔里那软榻上的落红就是最好的佐证。再则，他风华正茂，相貌堂堂，怎么也比那老一辈的二师叔更有优势。你看，十年后，贞白不就移情别恋了？！

也不怪她用情不专，李怀信向来觉得自己魅力无穷，谁不动心？只是好巧不巧地，一不当心截了他二师叔的和，实在是无心之过。凭他的魅力，他倒是不担心贞白还对他二师叔留有余情……

也罢，李怀信在心底叹了口气，毕竟贞白惦记了他这么久，总不能让人白惦记一场。只是吧，这女冠性子太冷清，不温柔也不体贴，也不怎么解风情，他多少还有点儿犹豫，怕受委屈。他很了解自己，是半点委屈都不堪受的，所以贞白若真要跟他好，就要对他百依百顺，不然……

李怀信还没琢磨完，屋外忽然安静了下来，半晌，有三两个声音在寂静中响起：“冯师兄……”

趁寒山君不在，冯天好不容易挣开缚灵香术溜了出来，想探探李怀信这边的情况。结果刚到院门，就见几个师兄弟正气喘吁吁地搬石头，他一问缘故，脸都绿了，李怀信这祖宗，一回来就作，片刻都不带消停的。

“冯师兄……”小圆子一见他半透明的魂体，眼圈便发红了。

冯天指着他鼻子，命令道：“不许哭，憋回去！你家殿下呢？”

小圆子指了指屋子：“里面……”

未等他说完，冯天就直接飘了进去。

在太行，也就冯天敢为这群受苦受难的师兄弟们鸣不平。一进门，他就咬牙切齿地冲李怀信嚷嚷：“李老二，我求求你了，做个好人吧。”

冯天虽没亲眼见到那阵仗，但也听说了，贞白一来，几乎惊动了整个太行。

在他讲述下山所遇到的险境时，寒山君也给他透露了一些信息，与千张机给李怀信透露的相差无几：这个四方大阵牵涉到大端的国运。他听后惊诧不已，感觉此事非同小可，所以他想尽办法跑过来，怕李怀信和贞白会有回京的打算。

李怀信却摇摇头道：“师祖已经回京了，我没必要再跑一趟。”

冯天下意识地瞥了贞白一眼，他听见了一些八卦，又不好当着人的面说，只得鬼鬼祟祟地凑到李怀信跟前，声音压得极低：“我有话问你。”

李怀信也看了贞白一眼，低声问：“什么话？”

两人交头接耳，贞白听得一清二楚，她抬眼，见冯天欲言又止的神色，遂识趣地转身出去了。

冯天盯着她背影走远，才开口：“我师父和掌教，一直在找二师叔的下落。”

这件事整个太行都知道，他们的二师叔杨辟尘，是流云天师最得意的弟子，也是太行山上最传奇的人物，承天师命，是唯一一个修行全才，无论符箓剑道，六爻八卦，奇门遁甲，样样拔尖儿。

不得不承认的是，那样一个风云人物，李怀信年少之时，也曾暗自崇拜过。记得师父曾用一切美好的词语形容这个人：潇洒不羁，风流洒脱，意气风发，英姿飒飒……再多的他记不清了，因为他现在已经不崇拜这个人了。

思忖间，他又听冯天道：“东郡山曾是二师叔修炼之地，千鹤皆由他亲自驯养，才有了灵根，哪怕嗅到他一丝气息，都会群鹤相迎，这是只有二师叔回来才有的盛况。”

直到杨辟尘消失无踪，东郡山的千鹤才由寒山君代为照料。

李怀信说不上心里是什么滋味儿，只“嗯”了一声。

冯天继续道：“我师父说，当年他们师兄弟三人，成年后选修符箓时，只有二师叔没有选修纯阳符。”

李怀信眉头皱了起来：“承天师命之人，怎么可能不修纯阳符？”

“是啊，所有人都很惊讶，连师祖都苦口婆心地劝过他，但咱二师叔说，他有七情六欲，肯定过不了情关，反正最后都会功亏一篑，何必白费那力气……瞧瞧，人家活得多明白。最后，师祖也没有勉强他修纯阳符，哪怕他不修，太行也是要让他承天师命的。”

李怀信越听越吃味儿：“这是为他破例吗？”

冯天点点头：“我在想，是不是那时候，二师叔就跟贞白那什么了？”

李怀信闻言，脸色很难看：“那什么？”

冯天完全没注意到对方的脸色：“至少也该相识了吧，不然二师叔怎么会那么笃定，一开始就放弃修习纯阳符？因为修纯阳符是必须保证童子身的，他们俩……”

未等冯天说完，李怀信斩钉截铁地打断他："他们俩什么都没有！"

"哎？"冯天愣了一下，"你怎么知道，套出话来了？"

李怀信烦躁得很："套什么话，我发现你现在怎么越来越嘴碎，又不是老妈子，说三道四的，净搬弄是非。"

"我怎么就说三道四了？"冯天觉得他怪得很，"我还没说你呢，好端端的，一回来又开始作，大晚上让人给你搬石头，就见不得师兄弟们安生是不是？"

"冯小天！"李怀信吼他，"你跑来管什么闲事，少跟我这儿嚷嚷！"

"李老二！"冯天吼回去，"你就仗势欺人吧你，整个太行，除了掌教和我，还有谁会向着你？师兄弟们每月自己画符，本来精力就不够，还得额外给你交一份，让你备着下山挥霍，凭什么呀？谁欠你的啊？"

太行道规定弟子每日画两道符，将能用的收起来，备着以后下山游历用，但李怀信这作恶多端的，连符箓都要搜刮，要求师兄弟们另外给他按月提交，也因此，这次下山进入乱葬岗，他才能挥霍地把符箓乱撒。

李怀信被冯天的怒吼震得耳膜痛："我让他们勤学苦练，顺便交个成果，一举两得，有什么问题？"

"我听你扯这些？！"冯天还不知道他，"坐享其成就是坐享其成。"

李怀信也不来虚的："知道我是这种人，你还闹个什么劲儿？有用？"

冯天差点给他气死第二次，确实也拿这二世祖没有办法。他估摸了下时间，寒山君应该快从紫霄宫回来了，只能咬牙切齿地结束这场争吵，道："给自己积点德吧。"

李怀信毫不在意，毕竟"德"这种东西，太约束人，若不能活得随心所欲，多憋屈啊，积了德又有何用？所以冯天的建议，他向来不予采纳。

待送走"冯阴魂"，李怀信转了一圈，找到了小圆子，一只沁凉的手从对方后领子里伸进去，掐住其脖颈。

小圆子正在西厢房里写采购单，被李怀信的凉手一冰，立刻握紧笔杆缩起脖子："殿下。"墨汁滴在了宣纸上。

李怀信扫了眼那两排娟秀的字迹，像极了姑娘家的手笔，他说："再买斤糖炒栗子。"

"哎。"小圆子顺着那滴墨下笔，又画了个圈作为记号，表示很重要。

"还有酒。"

小圆子疑惑地抬头看了眼他家殿下，和颜悦色的，气消了啊，怎么还要买酒？但他不敢违背，只好道："酒不能往清单上写，师兄们肯定不同意。"

就算他是皇帝老子的儿子，身为太行弟子，也不能犯禁。

李怀信捏了捏他脖子："你想办法带回来。"

"殿下……"小圆子很是为难，嘀咕道，"白姐姐不都去给你送裁刀了吗？"

"送裁刀跟买酒有什么关系？"

"倒是没什么关系。"小圆子仰头问他，"殿下生什么气呢？"

李怀信暗忖了一下，把手抽出来，也不知想到了什么，自顾自笑了。他弯着眉眼，看着院子里被搬空的假山石的位置，心想：真敞亮啊。

他拍了拍小圆子的后脑勺，叮嘱他继续写，末了又问："你们到哪里去采买？几时能回来？"

"就在东郡山脚下西道上的镇子里，离得近，傍晚应该就能赶回来。"

李怀信点点头，春风似的飘走了。

小圆子握着笔，有点愣，他家殿下刚才那个眉眼含春的笑，未免也太瘆人了。他打了个寒噤，在脑子里回想了一下，确定他家殿下还从没这么笑过，实在是诡异。

而李怀信，自从想明白以后，就像练武之人打通了奇经八脉，从抵触到坦然接受，只在这一念之间。

李怀信推开窗，对面屋里的灯光还亮着，光把贞白的身影投射在窗扉上，她一直保持着打坐的姿势，岿然不动。他是知道的，她可以就这么一坐到天明，就像在长平镇上那间客栈里，他们孤男寡女共处一室，贞白就算存了几分歪心思，也没动他，而是规矩本分地枯坐了一宿。

经过数月的相处，他算是看出来了，贞白即便打他主意，也是十分克制的，不主动，也不会勉强。这女冠要的，不就是他心甘情愿吗？！

李怀信自以为摸透了对方的心思，却又不便敞开了说，毕竟这种事，搁谁都会难为情，而他又不是那种混迹情场，身经百战的老手。他是第一次，一点经验也没有，再怎么着也是身份尊贵的皇子，总不能让他纡尊降贵去讨她欢心。

琢磨了一晚上，李怀信决定给贞白点暗示。怎么暗示呢？他想了又想，有了主意。

翌日，跟贞白同桌用饭时，他装出病恹恹、萎靡不振的样子，一边用筷子戳着碗里的米粒儿，一边揉着太阳穴，时不时拿眼角的余光瞥贞白一眼，仗着曾经犯过几次头疾，便顺理成章地说："头疼。"话音刚落，就把胳膊伸了过去。

贞白刚夹了根竹笋进碗里，见他手腕伸过来，便放下竹筷搭上了他的脉门。

难得他第一次没有抵触她诊脉，还如此积极主动，然而她摸了良久，却没诊出个症状来，她有些疑惑，道："是头疼吗？"

李怀信一副强打精神的样子，点点头。

之前几次他犯头疾，她也没能诊出个由头来，又未见他出现风寒的症状，这次贞白忍不住指尖用了一点力，又让李怀信换另一只手，仍然查不出毛病来，只好问道："是怎么个疼法？"

李怀信顺嘴瞎编："针扎一样。"

"什么时候开始的？"

"刚才……"差点说漏嘴，他圆了回来，"刚才疼得厉害，早上起来，就开始了。"

"很疼吗？"

李怀信装出萎靡的样子："倒还能忍受。"

他偷偷挑起眉，见贞白专心切脉，完全没有任何怀疑地问他："之前几次头疼，也跟这次一样？"

"嗯。"李怀信点点头，装模作样地问，"怎么回事？"

贞白收了手："没有出现异常症状，应该并无大碍。"

当然无大碍，李怀信自己心里有数，他仍然问道："有没有什么法子能够缓解？"

没有症状，也不是风寒，贞白不便开药，更不便针灸："如果尚能忍受的话……"

一听这话就知道她不解风情，李怀信有心给她接触自己的机会，结果她好像不太聪明的样子，居然没有顺杆儿爬。

他摁住太阳穴，偏头看着她，打断她的话："揉揉吧。"

"嗯？"

"圆子今儿不在，去镇上了，其他人不太知道轻重。"他说，"你懂医理，帮我揉揉。"

"你……"贞白觉得他今天格外反常，毕竟之前他对她都是避之唯恐不及的，哪怕她再迟钝，也能察觉到对方的排斥，她确认道，"……不介意吗？"

李怀信皱起眉，才想起之前自己对贞白的态度，虽谈不上恶劣，但总露嫌弃之色，也怪不得对方有贼心没贼胆。他觉得造成这种局面，责任全在自己，他若是对她脸色稍微好点儿，也不至于让她望而却步。不过，过去的他守着底线，也没什么不对，无非是现在初心变了，他想改善一下关系，大不了抛出橄榄枝嘛，于是他诚心实意地说了句："不介意。"

那是一个宁静的午后，日光洒在积雪上，院角的寒梅悄无声息地开了苞，有人在枝头挂上了红穗子，寓意新春吉祥。

窗门紧闭，屋里的炭火烧得正旺，李怀信躺在软榻上，任由贞白微凉的指尖一下一下揉在他的穴位上，异常舒缓。

贞白站在软榻边上，垂眸看着李怀信舒展的眉目，指腹轻移，滑到他额头上。

感觉眉间像是被尖利的指甲轻轻刮了一下，李怀信蹙起眉头，挤出一个浅淡的褶皱。

贞白却倏地抬手，指腹顷刻间被烫红了，她意外地看向李怀信，盯住自己的指尖，有些发怔。

后者浑然不觉，仍旧闭目养神地躺着。

"你的眉心……"

闻声，李怀信睁开眼："嗯？"

贞白斟酌着问："是有封印吗？"

李怀信的脸色突然沉下去："不是。"

"你之所以出现头疼之症，说不定是因为你眉心这道……"

李怀信猛地从软榻上起身："我说了不是！"

贞白立即意识到，他对眉心这道封印是知情的，但像有什么难言之隐，半句都不愿提及，她并不想窥探别人的隐私，便道："你知情就行。"

他当然知情，因为这并不是什么封印，而是他一生的黑点，十年来他最引以为耻的东西，他不想再多哪怕一个人知情——这是当年师祖带他入太行时，为他强行开的道心。否则，凭他个人的能力，一辈子都无法入道，在千张机座下修行。他后来也想要雪耻，无奈怎么都争不到第一。

本来走后门就不光彩，如今还留了个后遗症，往后哪怕头疼死，他也不敢再吭声。

第八十六章 温泉和解

下午申时，李怀信去了趟紫霄宫，和师父商讨明日凌晨在太行金顶举行祭祀大典的流程。

商讨完已近傍晚，李怀信走出主殿，在御碑亭碰见几个刚采购回来的师弟还有小圆子，他们身上挎满了大包小包，沉甸甸的。

“殿下。”

“二师兄。”

李怀信颔首，示意小圆子跟他回去。

小圆子屁颠屁颠地跑了两步，忽地被其中一位弟子叫住：“小圆子，等等，掌教让买的那份糖炒栗子你还没给我。”

“哦，差点忘了。”小圆子拎着两袋鼓鼓囊囊的栗子跑过去，分了一袋给对方，“劳烦师兄了。”

李怀信闻声扭回头，突然敏感起来，有些狐疑，问小圆子：“师父也让你们买糖炒栗子？”

“嗯哪。”小圆子笑道，“掌教每到年关都会让师兄们买份糖炒栗子回来，听说是因为以前二师叔喜欢吃，掌教每回都会带去承华殿。”说着，他将另一袋糖炒栗子打开，递给李怀信，“早知道殿下您也喜欢，之前我就让师兄给咱也……”

啪！李怀信突然一巴掌扫了过来，将那袋糖炒栗子打翻在地。他从未关心过谁的喜好，哪怕连他师父偏爱什么，他都未曾在意，更别说过问太行每年年关采购的东西。

小圆子瞪大眼，惊慌失措地盯着他："殿下？"

一颗颗爆了口的糖炒栗子滚了满地，沾了尘土，小圆子被李怀信阴沉的脸色吓得喉头一紧。

打从回太行伊始，那山门前聚集的千鹤，贞白身上的玉佩……许多事，桩桩件件；许多人，议论纷纷……全是关于他那杳无音信的二师叔和贞白之间纠缠不清的前尘情事。现在就连一包不起眼的糖炒栗子，也是爱他所爱，喜他所喜？亏他还傻了吧唧地托人去买她和她那旧情郎爱吃的东西。他越想越气，那老东西有什么好，值得她如此念念不忘？

他用脚底狠狠蹍碎了一颗糖炒栗子，心里很不服气。他都没嫌她年长，没嫌她一穷二白，更没嫌她满身阴邪气，不人不鬼的……她倒好，如此不识好歹。他对她青眼有加，她应该感恩戴德才对。

李怀信感觉自己气得快要冒烟儿了，刚转身要走，无意间瞧见门框上挂着桃符，直接炸了，怒吼道："谁钉的桃符？！"

还没走出多远的几名弟子闻声回头，有些莫名其妙。

一名年纪较小的弟子从门后探出身子，满脸惶恐地出来认罪："是，是我，怎怎怎……？"

"话都说不利索。"李怀信火冒三丈，"太行何时连结巴都收了！"

那小弟子脸蓦地涨红，一路红到脖颈，他想辩解，又害怕。他不是结巴，而是听多了这位二师兄的恶霸行径，被吓得口吃，他不明白，这年年新春都会钉的桃符，怎么就惹恼了这位二师兄？

李怀信纵身一跃，蓦地将门框上的桃符摘了下来，抛进一旁的焚帛炉中，烧了，然后臭着脸对在场所有弟子放话："太行所有宫门殿门寝门的桃符，全部摘下来烧掉。"

众人大气都不敢喘，只听李怀信厉喝了一声："听见没有？！"

"是。"众弟子纷纷应答，作鸟兽散，赶紧去摘那随处可见的桃符，并一传十十传百地吩咐下去，让大家将各大殿偏殿的桃符都摘下来，扔进焚帛炉中。

弟子们多少有点不服气，私下里怨声载道："今天是年夜，那李老二还有完没完，连桃符都不让挂，是想怎样？"

十几个弟子围着焚帛炉，议论道："有他在，咱过个年都不消停。"

"总不能他想干吗就干吗，这事儿就该跟掌教说说，太不讲理了。"

"说了。"一名弟子手捧桃符，是刚从紫霄宫的大殿前摘下来的，他疾步迈下石阶，掷进焚帛炉中烧掉，道，"今年确实不能挂桃符。"

众人不明就里，问："为何？"

"因为冯师兄。"那弟子盯着炉膛中的火，说，"寒时殿一道桃符都没挂。"

大家这才反应过来，都差点忘了这茬儿，冯天现在是阴灵，而桃符压邪驱鬼，钉在门首，会伤他的魂。

有弟子忙道："也怪我们，竟然把这事儿给忘了。"

"是，也怪不得李老二发脾气。"

"大家再分头检查检查，看还有没有遗漏的桃符，都摘了投进火里烧了吧。"

众弟子积极分工查看，这次谁也不敢怠慢。

也怪李怀信平常说风就是雨，霸道惯了，发起火来从不解释因由，光招人恨了。

恨就恨吧，李怀信也不屑于跟人解释，他现在还一肚子火呢。回到住处，他连院子都没进，直接绕到了后山。

后山离甘泉池不远的地方，还有一个温泉池。

小圆子大气不敢喘，一路小跑地跟着，见李怀信往后山方向走，他才疾风骤雨似的跑进院里，将挂了满身的东西通通往地上一卸，顾不得规整，便冲进屋里拿皂角香料和换洗的衣物，动作迅速，腿脚奇快。

在李怀信宽衣解带坐进浴池时，小圆子已经气喘吁吁地将托盘搁在池边的岩石上。他抓了块布巾绕到脖子上，长嘘一口气，拿起一条帕子在水里浸湿了，谨小慎微地说："殿下，圆子帮您搓背吧？"

见李怀信没拒绝，小圆子才敢动手。这也是太行亘古不变的规矩，祭祀大典前夕，必须沐浴净身。

整个过程中小圆子都不敢吭声。待擦洗完，李怀信开口遣人，说想独自留在池子里泡会儿。

小圆子怕他家殿下被气昏了头，走之前冒着被痛骂的风险叮嘱了一句："殿下别泡太久，您晚上还要去太行殿与大家吃年夜饭呢。"

还好李怀信只是不快地皱了下眉，没发作，小圆子才有惊无险地撤退了。

李怀信一向知道自己小心眼儿，没有君子的度量，更狭隘到见不得任何人比自己优秀，比如秦暮。李怀信知道自己这种性格特别讨人嫌，可哪怕整个太行的人都看不惯他，他也压根儿不在意，活得很恣肆。而如今有关贞白的绯闻，他更是小肚鸡肠，哪怕听一耳朵，都受不了。

只要一想到糖炒栗子，他胃里就一阵阵反酸，又想到自己还试图用糖炒栗子讨好她，他脑壳就忍不住疼了起来，像被一根指头粗的铁钉狠狠扎进了眉心，他猝不及防地栽进了水底……

与此同时，在房内闭目打坐的贞白倏地睁开眼，好像身临其境般，铺天盖地的潮水涌了过来。她飞奔出去，如风如影，循着记忆中那点模糊的残影，观察四周地形，缩地成寸般闪到了后山。

李怀信正赤身泡在云雾缭绕的温泉池中，水位刚刚没过胸口，感知到有人靠近，如乘着疾风而至，这样的速度不可能是小圆子，他警惕地回头，恰好与贞白四目相对。

李怀信：“……”

热气往上升腾，蒸得他头昏脑涨。

贞白笔直地站在池边，依旧是一副冷淡的模样，不避不闪，盯着他看。

这么明目张胆地盯着人洗澡……真是，不害臊啊……不过，她都不害臊，他害什么臊？李怀信在这束从容淡定的目光中赤身硬撑着，他一条汉子，怎么也不能输在气势上吧？只是，此时他脸颊发烫，心如擂鼓，他怕凭这女冠的耳力和敏锐度，会听出来。

水太烫，泡过了时辰全身开始燥热，又发了汗，这会儿竟觉得口干舌燥。他迎着贞白的目光，咽了口唾沫，七情六欲突然来势汹汹地，缠上了身。

他眯起眼缝，将贞白从头打量到脚，用尽量沉着的口吻哑声问道：“看够了没？”

贞白微怔，盯着水雾中的人，像在雾里看花，一时间居然忘了来意：“你……”

突然，一声狂暴的犬吠声响起，一条黑狗从树丛中猛地窜出来，龇着尖利无比的獠牙，便要往贞白身上扑咬。贞白方才被那池中的人恍了神，危急关头，反应慢了半拍，只得有点被动地闪躲，结果一脚踩在岩石边的皂角上。

扑通！池子里炸起巨大的水花。

李怀信被浇了满脸满头，心里却想，这狗简直是来成人之美的。

那黑犬还格外识相，将人吓到落水后，就踩着碎步溜走了。

贞白在水中稳住身子，抹了把脸上的水，看见李怀信弯起的眼尾。

他在这儿好好泡澡，贞白却突然出现了，这居心，根本不需要加以揣度，明摆着的嘛。只是这种行为，不太好吧？！但也无所谓，既然她主动了，他心里那点儿醋劲来得快也去得快。

“一会儿要去太行殿吃年夜饭。”李怀信觉得时间上有点仓促，现在不太合适，“我必须到场。”

贞白颔首，脸色如常，看不出失望与否。

李怀信见她毫不迟疑地起身往岸上走，似乎没有任何失落，大概是因为她向来尊重他的意愿，不会强求？他又怕她误会，以为自己拒绝她是因为不愿意，遂道：“你去吗？”

贞白驻足侧首：“嗯？”

只是一念之间，李怀信决定带上她：“你也去吧，跟我一起。”

第八十七章 年夜饭

太行殿面阔七间，进深三间，坐落在山体的中轴线上，背临千阶陡梯，登达太行金顶，建高台之巅，绝壁临天，隐现于云山雾绕间，巍峨庄严。

贞白仰视一眼，随李怀信步入正殿。

一众弟子早已端坐于案前，目视前方，肩背挺直，见李怀信携贞白姗姗来迟，纷纷注目，面露惊疑。倒不是太行内部的年夜饭不能有外人参加，而是贞白阴邪气太重，又陷于舆论之中，李怀信如今堂而皇之地将她带来，并列入座，是要同桌而食？

懒得理众人复杂的神色，李怀信已经吩咐上茶点的弟子：“添副碗筷。”

小师妹就坐在他们对桌，眼巴巴地瞧了须臾，张口喊道：“二师兄。”

李怀信怕给她点好脸色就被缠上，干脆不搭理她。

千张机和寒山君是最后到的，两人不约而同地侧目扫了贞白一眼，又不动声色地收回了视线。

冯天没来，据说是因为昨夜挣开缚灵香术溜出寒时殿，回去的时候被寒山君发现了，惹得寒山君大发雷霆，遂将他彻底软禁了起来，年夜饭都不让他参加。

按照惯例，弟子们起身，齐齐向掌教及寒山君两位尊者见礼贺岁，然后千张机说几句场面话，年夜饭就开席了。

宴席上一视同仁，每桌的菜品一致，四碟爽口凉菜，四道热菜，两盅羹汤，荤素搭配，营养均衡。一顿饭而已，没多少讲究，只图个节日氛围，大家聚在一起团年。

以往逢年过节，李怀信都要回宫，甚少在太行跟众师兄弟过节。相比而言，宫中的规矩太多，远不如在太行自在。但是大锅饭不好吃，味道寡淡，也不知是哪位厨子的创新，居然在白菜玉米馅儿的饺子里加了焖熟的青豆，还有一盘干豆丝儿，一盘豆腐焖排骨，成心跟李怀信过不去似的。

李怀信倒了胃口，他用筷子戳了戳那盘排骨，肉焖得不够软烂，太柴了，遂移开了筷子……就这样挑三拣四的，最后只吃了两口蘑菇和青菜。

转头见贞白在细嚼慢咽地吃水饺，他凑过去问："好吃吗？"

贞白不挑食，冲他点点头。

李怀信心念一起，反正闲着也是闲着，就当打发时间，夹了只水饺，用筷子尖剖开皮，把青豆挑出来，搁在贞白的碟子里。

他挑一颗，贞白吃一颗，待整只饺子的青豆都挑完，李怀信尝了第一只饺子，他点点头，难能可贵地夸了句："挺好。"

说着他又夹起一只，照样把青豆先挑给贞白。

有弟子无意中看见这一幕，一脸的不可思议，连连用手肘去碰旁边的人，一个劲儿地抬起下巴指着对面。旁边的弟子正在夹水饺，冷不防被同门的手肘一碰，饺子落入碗里，溅起几滴醋，他正郁闷，抬眼就瞧见李怀信和贞白分食一盅莲子羹。

桌上明明一人一盅，还需要分？

李怀信是自己先尝完一口，感觉不错，才给贞白盛了半碗。瓷勺在碗沿碰出声响，他递到贞白手边："圆子在小厨房里还蒸了蛋羹，这个可以少喝点儿。"

太行上下，谁不知道李怀信连自己的碗都懒得端，只差张口让人喂了，今儿是太阳打西边出来了，他居然会替人舀羹汤，甚至不停地往对方碗里夹菜。

那股殷勤劲儿，当事人不自知，对桌的小师妹却看得瞠目结舌，醋意大发。这女邪祟根本不像弟子们私下传言的那样，是窃取了二师叔的玉佩而被李怀信抓回来的。

这边，两人的小动作也引起了上座的千张机注意，他微微蹙起眉，心里清楚这个徒弟最是骄矜，心高气傲，平时哪会主动跟人亲近，更别说对方还是个女人。

千张机收回视线，发现寒山君也在看着他们二人，表情一言难尽。

一顿饭在众人异样的眼光中结束了，李怀信浑然不觉，一盘水饺居然被他挑开青豆吃完了，撑得不行。

待所有弟子都散去了，寒山君终于忍不住开口道："你刚才看没看见？"

千张机当然看见了，但没回应，只是啜了口茶。

"这俩人怎么回事？"寒山君向来沉不住气，他一向认为李怀信不是什么省油的灯，一反常，必有诈。他道："就在咱们眼皮子底下，他这又是唱的哪出？"

寒山君对怀信偏见颇深，哪怕他一句话不说，就站那儿呼吸都能被挑出错，更别说现在。这两人都不是省油的灯，千张机真怕大年夜的不得清静，好在宴席无波无澜地散了，他安抚师弟道："吃顿饭而已，你就别挑剔他了。"

寒山君脸色一沉，顶回去："你装瞎也就罢了，倒反过来说我挑剔他？你偏心眼儿也不是这么偏的！"

"现在就咱师兄弟二人，你也不必总拿话呛我。无非就是挑几筷子菜嘛，按理说，那贞白救过怀信和冯天，怀信心存感恩，对她亲近几分，也是理所当然的。"

寒山君觉得千张机这次可能是真瞎了："那是几筷子菜啊？"按那孽障平常的个性，会为了吃个饺子，将馅儿里的青豆一颗颗挑出来？他能有这种好脾气，好耐性？怕是早就掀桌子了！

还有那女子，一顿饭光顾着吃某人挑出来的青豆了，是有多好吃？

寒山君就算再不开窍，也看出点儿名堂来了："这两人，怕不是……"

千张机立刻想到了杨辟尘，不允许寒山君口无遮拦："别胡说，那女子看着样貌年轻，但实际应该跟辟尘的年纪相仿，也算是怀信的半个长辈……"

"长辈？"提起这茬儿，寒山君就更激动了，"他能尊谁是长辈，他就是太行上下的八辈儿祖宗。"

千张机很伤脑筋，怕再聊下去，对方又要暴跳如雷了。

弟子们陆续出了太行殿，李怀信与贞白往回走，途经玉泉池时，小师妹追了上来。

"二师兄。"

这丫头贼心不死，李怀信躲都躲不过："什么事？"

小师妹从小混在男人堆里，跟一帮师兄弟混成了个直肠子，喜怒全挂在脸上。她看向贞白的目光，如临大敌，对着李怀信时，又委屈得紧，她说："我有话要问你。"

李怀信道："问。"

小师妹目光刺向贞白，语气狠厉："有外人在场，不方便。"

贞白倒不跟她一般见识，正欲转身离开，李怀信却道："我跟你单独说话更不方便。"

李怀信从不纵着她，谁都知道这丫头的心思，她可以觍着脸往他跟前凑，他却是要避嫌的。

"二师兄！"小师妹又气又急，"今天是咱们太行内部的年夜饭，你怎么能把这只邪祟带过来……"

李怀信眸光一冷，绷起脸："赵云乐，你对她客气点儿。"

小师妹一怔，从小到大二师兄还从没真正跟她红过脸，如今居然为了这女的，对她直呼其名，她别提多难受了："你干什么这么凶我？！"

李怀信差点翻白眼，怎么还凶不得了？他想凶就凶！

小师妹很委屈："你以前都没有凶过我，现在还连名带姓地直呼我的名字。"

"你有名有姓不就是给人喊的吗？"李怀信决定不惯着她，"以前我没凶过你吗？"他寻思道，"那可能是我给你脸。"

闻言，小师妹双眼瞪了起来。

李怀信懒得搭理她，转身就走。

贞白也随他离开了，走出几步，没忍住回头看了一眼那赵云乐。倒是个模样乖巧的小姑娘。

一见他们进院门，小圆子就赶紧往小厨房跑。

"不吃了。"李怀信冲他摆手，"已经饱了。"

"哎？"小圆子刹住步子，很是意外。

"就端两盅蛋羹来吧。"李怀信说，"再把大家一起叫过来。"

小圆子喜笑颜开，蹦跶着去张罗了。

没多久，一直伺候在小院里的四个人走进来，个个脸上喜气洋洋的，捧着茶水，突然齐刷刷地向李怀信下跪叩拜。

贞白刚揭开蛋羹的瓷盖儿，被那四人突如其来的一跪惊得手上一滑，盖子重新扣了回去。

李怀信跟她对坐，面上带笑，怡然自得。

只听那四人异口同声道："新年吉祥，祝殿下安康如意，福星高照。"

继而是拜年、敬茶的仪式。

李怀信接过茶饮一口，从袖中拿出事先备好的四只装了金箔的钱袋，一人一个地分发下去，作压岁钱。

四人叩谢，因为贞白和殿下平齐同坐，理所当然地又朝她拜年，说些吉祥如意的祝词。

贞白独居深山，从未有过新春佳节迎新贺岁的经历，所以并未像李怀信那样，给他们准备压岁钱。但见这四人笑逐颜开，巴巴地跪着奉茶，来讨个吉利，她从袖中掏出一包碎银，递给小圆子："事先未做准备，你们自行分一分。"

李怀信弯着眼尾，笑看贞白，知道这袋碎银是她全部的家当，如今全都拿出来了，一个子儿都没给自己留，也不知是大方，还是她爱屋及乌？不管如何，也算是为他倾家荡产了，李怀信心里美啊，他想着，既然回到了太行，往后自然不会再让她囊中羞涩，或为了生计去揽那些死人的生意，荣华富贵，他给得起。

除夕守岁，长夜漫漫，气氛也好，正适合共度春宵。

小圆子笑道："殿下，白姐姐，出去放爆竹吧。"

"你们去玩儿。"李怀信大手一挥，"把酒端上来。"

酒是屠苏酒，除夕进饮，为民间风俗。

李怀信用它招待贞白，说："浅酌。"

借酒助兴，暖烛调情。

可谓，爆竹声中一岁除，春风送暖入屠苏。

又可谓，无复屠苏梦，挑灯夜未央。

李怀信嘴角含笑，眼波迷离，似醉意上头，呢喃一句："挑灯，夜未央……"

第八十八章 祭祀风波

“殿下，殿下，您怎么还没起床？祭祀法会马上就要开始了，可千万别误了时辰，不吉利的。”

李怀信猛地睁开眼，从凌乱的锦被中爬起来，着急忙慌地穿衣蹬鞋。

小圆子给他端水洗漱，顺便收拾桌上的残局。昨晚那满满两大壶屠苏酒，小圆子提起来晃了晃，又倒过来控了控，居然一滴不剩：“你们昨夜怎么喝了这么多，怪不得今天睡过头呢。您怎么偏选在祭祀大典的前夕犯禁宿醉，这么重要的日子，就不怕被掌教知道责罚呀？”

李怀信一边听他喋喋不休，一边掬起一捧水往脸上猛泼。

小圆子走过去，递上锦帕，关怀道：“有没有觉得头疼？”

李怀信摆手，擦干脸上的水，焦急地催促道：“冠，银冠，快点儿……哎，去把窗门都敞开，散散味儿，太熏了。”

他还知道熏，小圆子被他东一趟西一趟地使唤，大早上的忙得鸡飞狗跳，好不容易给他收拾妥当，熏完香，确定从头到脚都焕然一新，没有半分酒气了，才送他出门。

幸亏，李怀信在最后一刻钟登上了金顶。

所有长辈弟子，都已到齐，李怀信步入首列，朝立于台基上的千张机行礼。

太行纳四方之灵气，金顶高绝，独步云天，殿身乃铜铸鎏金，于峻岭之巅，熠熠生辉。每年的元正吉日，乃天腊之辰，初春之时，蛰虫始振，天气下降，地气上腾，太行都会举行法会，上表恳求天神，以祷福寿，保家国安泰。

法会烦琐，但没什么特别，只是今年大师兄秦暮不在，画纯阳符这个环节就自然而然地落到了李怀信头上。

李怀信直接蒙了，他完全忽略了秦暮不在，他就要在祭祀法会中顶上这件事。

“怀信。”千张机见他还在原地发怔，催促道，“上来。”

李怀信脚下像是生了根，寸步难行，此刻他悔得肠子都青了，自己当初怎么就壮志凌云地选修了纯阳符？

无数双眼睛盯在他身上，有疑惑，有不解，李怀信感觉如芒在背，心思百转，却想不出任何借口推辞。

法会掐着吉时，不可能允许他在这当口拖延，千张机皱眉道：“怀信！”

李怀信深吸一口气，终于出列，却未上台阶，他对千张机俯身作揖，道：“徒儿，已无能胜任。”

“你……”

在场所有人，包括千张机在内，无不震惊。

然而事已至此，别无办法，在场的，除了李怀信，其他都是外室弟子，又道行不足，最后还是掌教亲自画的纯阳符。

一场法会，在看似平静的表面下，已是巨浪滔天。

寒山君的脸色，像是突然吞了一万只苍蝇。还有站在一旁的小师妹，闻言差点没有当场哭出来，但也泪盈于睫，鼻子红了……

所有人都憋着，憋到法会结束，这事儿就在太行传开了。一时间，太行上下，人人都把李怀信当成笑柄：他不是牛吗，当初选修纯阳符的时候多清高啊，尾巴都快翘上天了，扬言要干翻大师兄，继承千张机的衣钵……结果呢，打脸了吧！

太行每个犄角旮旯，都在谈论此事。

“看到掌教当时的脸色了吗？掌教脸都青了。”

一弟子忍不住笑：“还有寒山君的脸色，简直没法看了。”

“哈哈哈哈，你说李老二，他丢不丢人哪？”

“当着这么多人的面儿，丢人丢大发了。”

有几个年纪尚轻且单纯至极的弟子，全程都没搞明白状况，虚心求教。

有人委婉道："咳，这都不懂，就是纯阳符得用纯阳血来画……你细品。"

那小弟子反应了半晌，脑子转过几道弯，才忽地睁大眼："你是说，二师兄他……他……"结巴了半天也没把话说出口。

有心直口快的接茬儿道："他泄过精元，不是童子身了。你们说，才出去几个月，就在外面瞎搞。"

"平常装得多高洁，还养狗去防小师妹，亏他做得出来。"

"他有什么做不出来的，如今也算是自毁道行了，活该！只是糟蹋了掌教这些年来栽培他的心血。"

李怀信从没想过，这么私密的事，竟会在这种场合，在众目睽睽之下说出来。羞耻是羞耻了点儿，不过，他也没觉得多丢人。男欢女爱能有多丢人，无非就是当年，他斩钉截铁地在太行殿上宣誓过，而今纯阳符修到七成，却功亏一篑，有负于师父的期望和寄托。

当初在普同塔，身不由己发生了那档子事儿，他也曾百般怨悔，替自己扼腕叹息，但自从想通了，纯不纯阳的，他就没再当回事儿。毕竟，尝到了快活，谁还修那清心寡欲的苦差事，他李怀信才不干这种憋屈自己的事情。反之，他要及时行乐，所以昨天年夜，他制造了那么好的一个契机，然而……现在想想他都觉得遗憾。

明明他打定主意要借酒助兴，结果一杯接着一杯下肚，贞白却面不改色，清醒极了。他实在拿捏不准，因为有些人即便醉了也看不出来，于是他问贞白："醉了吗？"

"没有，"贞白道，"浅酌而已。"

李怀信晃了晃酒壶，已经空了，一壶被她一个人饮尽，还说只是浅酌而已，什么酒量啊！

那便再接再厉，接着喝吧，结果李怀信一个没把握住，把自己喝蒙了，贞白却仍旧面色平静，端坐如常，一点儿要把他怎么样的苗头都没有。他左等右等，连"挑灯，夜未央"都暧昧不清地说了，这暗示难道还不够明显？她没理由无动于衷啊。但贞白确实无动于衷地一直静坐浅酌，最后，李怀信把自己都放倒了，贞白还是没对他下手！

李怀信醉得迷迷糊糊的，只隐约记得，贞白俯身过来，轻轻将他扶上了床榻，然后便转身离开了，像是怕吵到他，连走路都寂静无声。

李怀信想不通，如此大好的机会摆在眼前，这女冠为何没有把握住，是不想乘人之危，还是怕他事后不悦？他仔细回想了一下，的确很多时候，贞白一靠近他，他就冷脸相对，所以，她就打了退堂鼓？思及此，他心头一紧，明明是这女冠先居心不良的，如今他箭在弦上，蓄势待发，她怎么能打退堂鼓！

不行！由不得她！

今日一事，千张机的脸色一直不好看，法会结束后他就把李怀信叫去紫霄宫，想谴责李怀信一顿，但这种事，又能如何谴责？

千张机焦虑至极，他在殿上来回踱步，几番纠结，难以启齿，搜肠刮肚才挤出一句："你知道你修的是什么吧？"

李怀信站在紫霄宫思绪万千，听到问话，只能点头。

"既然知道，为什么没有恪守戒律？"

当时那种情况，实在是身不由己，难以恪守啊……可李怀信没敢搭腔，左右都是他的过错，修为浅薄，定力不足，找不得其他借口。他也很郁闷啊，毕竟是私事，如今却搞得尽人皆知。

千张机瞪着这个不争气的东西。他的道心是被强行打开的，所以他的修道之路走得比任何人都要艰难，他又很要强，为了证明自己不比别人差，夜以继日地练剑，甚至比秦暮更努力，常常练得全身是伤，图什么呀？作为师父，千张机其实是心疼他的，正因为心疼他，发生这种事，才更恨其不争："你怎么就……这么……不知道洁身自好！"

李怀信一副乖乖受训的模样，垂着头一声不吭。

事已至此，千张机再怎么气也拿他没有办法，只是没想到，这浑小子下了山，竟会这么毫无分寸地胡来。

千张机为人师长，有义务了解清楚内情，他虽面上冷厉，但对李怀信更多的还是关心："究竟，是个什么样的女子？"

李怀信这才抬起头，想到关于贞白的点滴，却形容不出来："就……那样吧。"

什么叫就那样吧？他乃大端皇子，又是他千张机座下的入室弟子，对方不论地位高低，至少该家世清白，否则，他们若想要长相厮守，哪一关都过不去。这么浅显的道理，他自己应该拎得清。

见李怀信答得这般敷衍，千张机不免担心，他年纪还太轻，又是初涉情事，可能还不知情为何物就莽莽撞撞地伤了人的心，遂问：“你打算，怎么办？”

李怀信会错了意，以为师父要追究，立刻讨罚道：“徒儿犯戒，甘受责罚。”

这事儿他确实办得不像话，太对不起师父这些年的苦心栽培，但他也不是故意为之。他深知师父对自己的爱护，几乎到了纵容的地步，不会真责罚他。况且太行又没严禁弟子们私下发展男女关系，只不过选修纯阳符的，是走的天师一脉，更有机会继承千张机的衣钵，以后执掌太行，就看这人有没有雄心壮志了，反正全靠自觉，坚持到中途功亏一篑的，比比皆是，至于责不责罚，也看各人尊师的脾气，或器不器重你。

千张机自然是器重李怀信的，只是舍不得重罚他，毕竟罚也罚不回童子身了，干脆让他滚回去禁足两日，抄十遍《戒规》，也正好让其他弟子过个清静年，免生是非。毕竟他这一回来，闹的这些事，气得千张机偏头疼都发作了，更别说寒山君了。

第八十九章 再度春风

李怀信是心甘情愿被禁足的。屋子的门窗大开着，能望见院角正盛放的寒梅。李怀信裹一件皮裘，没个正形地靠坐在炉边，他是真想得开，确实做过的事，也就无所谓别人嚼舌根。

案上摊着一本《戒规》，李怀信叼着一块豆糕，随意抽了张裁好的宣纸，取笔蘸墨，开始抄写。

偶尔有雅兴的时候，他也会写写画画，因此收集了不少上好的笔墨纸砚，方便闲来无事时打发打发时间，或心浮气躁时磨炼一下心性。可这抄戒律不比书法绘画，一两遍还行，翻来覆去地重复多遍，就难免枯燥乏味，让人丧失耐心。

一块糕点吃完，炉上的水煮开了，咕噜咕噜地沸腾着，李怀信刚想喊圆子进来，突然有个人影出现在桌前。他抬起头，看见贞白，便道："来得正好。"他一指茶炉，不见外地说，"帮忙沏壶茶，豆糕有点儿干。"

贞白顿了顿，走过去，抬手提起茶壶。

"哎，"李怀信连忙制止，递了条帕子给她，"这水刚烧开，小心壶柄烫手。"

贞白接过锦帕，用它包住了壶柄。

矮几上摆着一套紫砂茶器，提壶里放了新烤制的嫩芽，小圆子已经提前用热水烫洗过。李怀信不太喜欢喝陈茶，小圆子照顾他起居多年，熟知他的偏好，所以他的茶叶都是现摘现烤的。

无论李怀信如何讲究挑剔，小圆子都能让他称心如意。就拿这壶沏茶的水来说吧，贞白在倒水时倒出几瓣梅花，李怀信解释道：“这茶汤是圆子用寒梅花蕊中抖下来的积雪煮的。”那雪在花蕊中挂了一夜，沁了梅香，再溶于水，清甜甘美。

一杯沏好的热茶搁在案头，李怀信无意间瞥见那素白的指尖，握笔的手蓦地一顿。他抬眸，欲蘸墨，砚台里的墨汁已经干了，他搁下笔，往椅背上一靠，弯起眼尾，冲贞白笑道：“劳烦，再帮我磨墨。”突然又想起了什么，道，“这方砚石不大好，磨完墨冷凝得太快，我去换一块。”

他起身到旁边的书柜中取砚，又在紫檀盒里挑了块墨条。

贞白立于书案边，看他抄到一半的戒律：“这是……”

李怀信用心良苦地把人引到案前，可算看见了，他转过身，牵起嘴角：“被罚禁足，抄戒律。”

“为何？”

李怀信就等着她问呢，他不怀好意地答道：“因为，失了童子身。”

贞白一怔，原本过来找他是有话想问，却被他突然一记直拳打蒙了，一时间不知该说什么好。

李怀信走过去，把砚台搁在桌上，墨条递给她：“磨墨。”

贞白接过，倒少许生水入砚台，手腕轻重有度地在上面打圈。

“这事儿你也有份儿，”李怀信压低声线道，“该担一半责任吧。”

他说这话时，眉眼弯弯，贞白抬眸，从他脸上看出些居心叵测的意味来，遂问：“怎么……担？”

李怀信一点书案，要求不算过分：“帮我抄两份。”

这要求在合理范围内，贞白遂应承了下来，只是顾虑两人笔迹迥异。

李怀信才不管什么笔迹，若真想让人代抄，他大可以吩咐小圆子来，他这么做，无非是为了把她留在身边。

李怀信端起杯子饮茶，瞧着贞白磨完墨，坐到他方才的位置，提笔抄《戒规》，神情冷清又专注。

方才吃了块豆糕，李怀信把茶水含在嘴里，并未下咽，而是来回漱口，而后吐到脚边的绿植盆里。如此反复几次，待漱完一盏茶，他才搁下杯盏踱到书桌前，抽出宣纸，挑了支较细的毛笔，又拣了块墨条和朱砂，坐到了窗前。

他看看贞白，又看向窗外，垂下头，开始描线。没勾几笔，他便心绪不宁，不时抬眼望向书案前的人。那略带冷厉的侧脸，似乎越看越对口味，他就喜欢她这略带禁欲的模样。

李怀信咬住唇，将毛笔尖蘸上朱砂，往宣纸上点。他画得三心二意，后来实在坐不住，又起身去隔间翻箱倒柜，找到存香的楠木盒子，取出几根线香，点燃了，插进香炉中，这才重新坐回窗边，继续勾画。

这次他沉静了下来，中途盯着窗外的枝头发了阵呆，然后刮掉笔尖多余的朱砂，晕染成水粉色，涂到纸上。空气中弥漫着一股墨香，他转头问贞白："抄完了吗？"

"还不到一半。"贞白答道。

李怀信起身去续茶，给贞白也倒了一杯，顺便垂眸看了看桌上的字，颜筋柳骨，遒劲有力。

他啜一口茶，出自真心地夸道："字不错，笔力遒劲。"不同于小家碧玉般的娟秀柔美，她下笔刚劲大气，笔力千钧，铁画银钩。

这手好字，李怀信是打心眼儿里喜欢，他俯下身，想凑近了看，冷不防杯里的茶水倾泻出来，落在纸上，也溅湿了衣裳。

贞白蓦地起身，把椅子挪开。

"啧。"李怀信心疼那一手好字，赶忙去救，结果衣袖带翻了笔架，又打翻了另一杯茶，案上的书册画轴齐齐遭殃。他顾不得了，拎起宣纸的边角，抖掉水，却仍是来不及，纸张已被浸透，晕开一大片墨渍，糊成一片："毁了！"

"无妨，我从头再抄。"贞白拿来搭在壶柄的锦帕，揾干画轴和书册上的水，挪到一旁，才去擦桌面。

李怀信毛手毛脚地将抄纸摊到桌角，然后去捡滚落在地上的毛笔。

贞白这趟过来原本是有事要问，却莫名其妙地被李怀信忽悠着抄起了《戒规》，此刻回过神来，她问："你之前说，太行也在查这个隐于幕后的布阵之人，如今可有眉目了？"

李怀信将毛笔一支一支地挂上笔架，答道："还没有。"

"我手里这柄沉木剑，极可能跟那人密切相关，只要寒山君愿意用它占一卦，兴许就能找到一些线索。"

李怀信当然明白，今日在紫霄宫他就曾跟师父提及，师父的意思是，让贞白将沉木剑呈上，由他亲自去找寒山君占卜。

这不失为一个好办法，贞白却犹豫了："除此之外，还有位于西方的第四个大阵，太行可有找到具体所在？"

"已经加派了人手沿着龙脉寻过去，应该很快就会有消息。"在太行无所事事地耗了两三日，李怀信看得出她坐不住了，便道，"问这个，是想自己去找吗？"

贞白态度很明确："我不可能一直待在这里等。"

"此事牵涉甚大，也不是凭你一己之力就能解决的。"即便贞白武力值很强，但也是身陷迷局、曾被钉在乱葬岗十年的，背后那个人，可能比想象中的还要危险，她不一定能与其对抗。待在这里，起码还有太行和大端可依靠，若她孤身前往……李怀信难以想象，太危险了。

"一早还在山脚下等我。"

看出对方的坚持，李怀信挑起眉："想走了？"他推开蓄着墨汁的砚台，往书桌前一靠，心里不太愉快，"我还以为，你至少会愿意再多待几天。"

"我不愿就这么等……"

这话在李怀信听来，莫名有种双关语的意味。她不愿等太行查个水落石出，而感情之事，是否也决定抽身了？

相识不过月余，某些人真心急。"行吧。"李怀信扬起嘴角，才发现白裘沾染了朱砂，应该是刚才勾画的时候不小心所致，"寒山君虽然心眼儿小，脾气暴，但轻重缓急还是拎得清的，攸关家国大事，他也不敢怠慢。待师父把沉木剑的事情跟他一说，不日就会觍着老脸主动来给你占卦的。"

"只是，我要被禁足两日。"李怀信面带遗憾，不停用手去蹭皮裘上那抹朱砂红，道，"那老头子还恨着我，绝对不可能踏入这里半步，到时应该会遣人来请你过去。"

那朱砂蹭不掉，越蹭，晕染的面积越大，无奈之下，他只好把皮裘解开，随手搭在椅背上。他里面穿的是一件略显单薄的缎袍，月白色，沐浴之后新换的，用一根玉带束着腰，松不松，紧不紧，刚刚掐住一把恰到好处的褶皱。他偏头瞅了一眼大开的门窗，寒风肆无忌惮地灌了进来，掀起案上的纸张。

贞白盯着他侧脸漂亮的下颌线，道："沉木剑不能交出去，占卜的时候我必须在场。"

"嗯。"掌心也沾上了朱砂，李怀信左右睃巡，没找到手帕，又嫌贞白那条帕子擦过桌案，不干净，遂撩起皮裘的一角来蹭手，反正已经脏了，他说，“不过，寒山君是因为早年泄露天机，才成了现在这副白发苍苍的模样，未老先衰。若这次真占出点什么来，我怕他不一定会跟你说。”

贞白眉头皱起来：“倘若如此，我岂不是白来一趟？”

“只是可能，不一定。”李怀信擦干净手，抬起眼皮，“而且，不会让你白来一趟的。”

贞白与他对视，有些困惑，以为他有其他主意。没想到他突然笑了起来，琉璃般的眼珠熠熠生辉，不同于平常的样子，他整个人变得生动，明艳，耀眼。

贞白突然闻到一股香，原来是他倾身过来，贴近了。他的笑容近在咫尺，让她感觉似曾相识，记忆中他那撩人的情态在她脑海中一闪而过，她只见过一次。

李怀信怎么也没想到，有一天自己也会以色事人。

他抬起手，似有若无地触碰贞白的手，捏住她手里的锦帕，抽出来，弃之一旁：“都脏了。”

这种若即若离的尺度，他掌握得游刃有余。

贞白看着他的眼睛：“你刚才说……”

李怀信又笑起来，偏了偏头，等着她。

“你说，”贞白看着他的笑脸，已经有些灼眼了，她预感这话不该问，像个设下的圈套，但还是问出了口，“不会让我白来一趟？”

万一呢，他鬼主意那么多，总会有其他办法。

“嗯。”她真的不聪明，暗示行不通，李怀信决定挑明了，“比如我。”

贞白似懂非懂，觉得身体有些僵，因为眼前的人，慵懒，性感，声线低沉地问她：“想不想？”

她瞬间就懂了，目光投在他的薄唇上，像是刚舔过，湿润着，有股情色的味道。

当初在普同塔里就没抵挡得住，再次看见他这般撩人的情态，依旧难以自持，贞白其实也好他这口，她猛地抓住他的领子，将他扯到近前，噙住了唇，美色当前，实在难敌诱惑。

粗鲁是有些粗鲁，李怀信却是得意的，他嘴角一弯，诡计得逞般，反口将人吻住了。

他要的人，左右是逃不掉的，无非就是费点儿心思，要套她这样一个早有居心的假正经，一套一个准儿。毕竟这种事总要你情我愿才身心愉悦。

有过一夜的交情，李怀信便食髓知味，从此惦记上了，决计是要再尝一尝的。这回他做足了功课，断不会像初次那么毛躁。

他后腰抵在书桌前，顺势搂住了她，压着她的双唇。呼吸交缠，越来越烫，亲着亲着，就带着几分侵略的意味，他用一只手撑住桌面，稳住身子，以防被她压下去。

这女冠，是真放得开，回应得尤其热烈。

李怀信不打算跟她在吻技上较量，撤出来，有些埋怨道："你轻点儿。"

贞白并没意识到："重了？"

"你自己多大劲儿，你心里没数吗？"说完，他一口含住贞白的嘴，带着点报复的意味。

经他一埋怨，贞白收敛了起来，只微微迎合着，任由其施为。

明明才刚开始，李怀信就有些招架不住了，原本是想慢慢调情，却耐不住干柴烈火，一触即发。毕竟，上次事后，也让他一天三顿地好生惦记。

他沿着她的下颌吻过去，勾魂夺魄地附在她耳边问："要不要？"

话音未落，贞白的手已经伸向他腰间的玉带。

"急什么？！"他忍俊不禁，"门窗都没关。"

贞白一扬手，卷起一阵阴风，砰一声响，门窗齐齐关上了。如此，便没了顾忌。

原来性急的人不止他一个。贞白这个举动完全取悦了他，李怀信旋身，将她抵在桌边，压住她吻，越吻越深。隔着几层衣料，他血脉像烧沸了一般。

李怀信身体绷紧，呼吸加重，亲不够似的，顺着她下巴咬下去。

贞白被迫仰起头，咽喉被咬住的瞬间，呼吸一滞，猛地扣紧了李怀信腰间的玉带，没个轻重，扯断了。这种时候，哪怕被扯断几十条玉带，他也不带心疼的。只是他太受刺激，嘴上也跟着加重，牙齿硌在她咽喉处，她蹙起眉，被咬疼了，却忍着没吭声。

这一瞬间，彼此渴望更多的肌肤相亲。

暖暖烛光的映照下，两个身影交叠着投在屏风上，似相卧于山水画卷之中，喘息痴缠，难分难舍。

唇过之处，如燎原之火，寸寸点燃，贞白终于受不住，托起李怀信的下颚，怕他继续下去，没了分寸。

然而某人欲火焚身，哪还顾得上分寸。既然两情相悦，则更肆无忌惮，比之前冲撞到体内封印，阳火烧阴，更让人难耐。

桌面又硬又窄，李怀信施展不开，道：“这里不舒服。”吐息滚烫，声如呢喃，他伏在贞白耳边啄吻，声音喑哑，“去里榻。”

贞白还能说什么，她早已被这妖孽迷得神思恍惚，别说去里榻，哪怕他要上房梁，她也是要纵他一回的。

几步之距，也缠得难舍难离。窗几上摊着画纸，是他方才心神不宁时，勾画的一枝寒梅。李怀信拥着贞白的薄背，眼角余光瞥见窗几上的画，他脑海中蓦地浮现出那曾拓在贞白腰背的半幅雕花图，销魂得要命，他一直念念不忘的，光想想，就血脉贲张。

那画上梅瓣的朱砂尚未干透，李怀信伸手把画一抄，带入了里榻，倾压过去的同时将画纸垫在了贞白身下。

比起红莲，寒梅孤傲，清冷，更衬她。

李怀信再也耐不住欲火，即便事先想好了要温柔以待，可真到了紧要关头，却是无论如何也无法克制的。

贞白偏过头，怕像第一次那样被他咬伤唇舌，李怀信却不依不饶，纠缠上来。

怎么能不让人沉沦呢？这个人，这具身体，贞白于恍神间贪婪地细看——简直是人间极品，确实是不枉此行，没白来一趟。

门外传来窸窸窣窣的声音，是有人踏雪而行，忽远忽近。

耳边是缠绵悱恻的喘息，正值欢愉。

李怀信在情欲中颠来倒去，折腾得大汗淋漓，案头的红烛早已燃尽，他仍在不知餍足地，唇齿碾磨，抵死缠绵。

案头的红烛燃尽，床帏中光线暗淡。

李怀信侧身卧躺，用胳膊支起脑袋，懒洋洋地盯着贞白光洁的后背。

尽兴之后，他们都没穿衣，虽然裹在同一条被子里，中间却隔了段距离，划清界限似的，谁也没有挨着谁。锦被只稍稍搭到腰际，贞白侧身朝里躺着，像是睡着了，一动未动。

“贞白。”李怀信难以入眠，打破沉寂问，“睡了吗？”

淡淡地，对方答他：“没。”

都翻云覆雨完了，她性子还这么冷淡，上次也是这样，总给他一种事后不认人的感觉，爽完就把他给撂一边了，什么德行？！

李怀信忍着没发作，自我调节了一下，带几分关切地问：“累吗？”

怎么会累呢？贞白这体力，大战三百回合都不带喘的，但是……她在床上喘了，李怀信有点儿志得意满。

她如实答道：“不累。”

不累的话，其实他还有点儿意犹未尽……李怀信从来没想到自己居然这么好色，锦被往下扯了扯，露出印在贞白后腰的寒梅，斑驳的浅红色，绽开在那片雪肌上，瑰丽而诱惑，是他的杰作。他越看越馋，蠢蠢欲动，又燥热了起来。

他喉咙一动，道：“现在时辰尚早。”长夜漫漫，好不容易费尽心机凑到一张榻上，岂能蹉跎？他心随意动地伸出手，抚在她后腰的梅瓣上，很轻。

贞白脊背一僵，原本在假寐，被他指尖一碰，倏地睁开了眼。

李怀信的手指落在她腰间，拇指摁到她背上那条凸出的脊骨，一节一节按上去。太瘦了，他想，应该给她好好补一补，长点肉，摸起来舒服。不过她瘦归瘦，却很结实，尤其这柔韧的腰力，他对她满意得不行，忍不住倾身挨过去，贴住她的薄背，吻了吻她的肩头。

贞白不习惯温存，但也没躲开，只是侧躺着没动，轻蹙起眉。

他一只手摸到她腰间，带了缱绻的情欲，问她：“还要吗？”

歇了才不到半盏茶的工夫，贞白觉得有必要提醒他：“点这种乱人心神的东西，始终会损伤身体。”

“嗯？”李怀信蓦地顿住了。

“欲香。”华藏寺普同塔里的欲香，她闻过一次，当然不可能忘记，没想到李怀信居然带回了太行，还在自己屋里点。

被戳穿了，李怀信放开贞白，躺到一侧，抬起手盖在自己脸上，忍不住笑了起来。起初那笑只是闷在喉咙里，后来直接笑出了声。

丢人吗？还行吧！明知道这欲香对她不起作用，还是抱着侥幸的心态点了，反正也打算明示的。

贞白转身看他，略带不解：“笑什么？”

“你是不是以为，”李怀信依然挡着脸笑，露出一口瓷白的牙，“我是因为这种香才把持不住的？”

贞白没想太多，但多少也知道有些影响。

欲香早就燃尽了，于寻常人而言，后劲很大。李怀信不算寻常人，只是没打算抵御，他自己专程点的，自己当然会吸进去，反正左右都是要放纵的。

笑意还挂在嘴角，李怀信一翻身，用胳膊撑住脑袋，支起半截身子，面朝贞白，懒散又轻佻地说：“饿吗？入夜前我让圆子炖了刺参。”

问完他就撑起身下了床，没等贞白回应，他径直走到书案边，在一地凌乱中把衣服捡起来套上，可惜玉带绷断了，需要换一条。

把贞白的衣服拾起来的时候，他无意中摸到一块冷硬的东西，翻开来看，是那块刻着“杨”字的墨玉。

不过是块承载着旧情的死物，留着又能怎么样？反正现在，贞白人都在他床上了。李怀信嘴角一撇，将贞白的衣衫和玉佩一起搁到床前的椅子上，自己则去立柜里随便找了条腰带，转头就见她已坐起身，伸手去抓椅子上的衣物。

李怀信将一件缎袍扔到她手上：“晚上就穿这个睡。”迎上贞白迟疑的目光，他补充道，“相对舒适些。”

这是他的衣服，贞白顺着他的意，往身上披。

“我去端刺参，”他亲自去，没使唤人，“很快回来。”

少见他这么积极，走之前还带走了那条被扯断的玉带。

一出屋就瞥见了枝头的寒梅，李怀信随手摘了两朵含进嘴里，他拐进堂屋，见小圆子正跟另一个小太监对着脑袋趴在桌上，临摹某书法大家的墨宝。

“殿下。”两人抬起头喊道。

小圆子咋咋呼呼挺起身，问：“您怎么穿件单衣就出来了，当心着凉。”

“才几步路。”李怀信没当回事儿，吩咐另一个小太监道，“刺参炖好了吗，去盛一碗过来。”

“好了，这就去。”小太监麻溜儿地往小厨房跑去。

李怀信将手里的玉带扔给小圆子：“拆了。”

“咦？”小圆子抄手接住，这是殿下最常用的一条玉带，“坏了啊？殿下若是舍不得，我给接上不就行了，干吗要拆？”

“让你拆就拆，只留玉扣和玉钩，你再弄俩穗子系上去，打个结，做成一对儿。”

“哎？”小圆子一怔，这是什么新奇的想法？片刻后，他那颗七窍玲珑心忽地意识到什么，立刻乖乖应承下来，把玉带放到桌上，找来红绳跟穗子，开始卸玉带的两端。

李怀信瞧着他手上的动作，瞧着瞧着，咽下嘴里的梅瓣，冲小圆子吹了口气。

突然感觉迎面一阵风，小圆子手上一顿，茫然地抬起头：“殿下？”

李怀信笑得那叫一个颠倒众生：“香吗？”

小圆子听得骨头都酥了，内心却是惊悚无比。

李怀信盯着他呆呆的模样：“问你话呢。”

“啊？啊！”小圆子给他一口仙气吹得汗毛直竖，忙道，“香，香的。”

李怀信满意了，催道：“快系上。”

此时那小太监端着刺参回来了，李怀信让他搁到桌上，待小圆子系完两条穗子，他仔细端详一番，收入了袖中，这才去端那碗刺参：“对了，你们几个没什么事儿就赶紧回屋去睡觉，从现在起到明儿个晌午，谁都别来打扰我，连房门也别靠近。”

“啊？”小圆子很是困惑，“为……”

一句“为什么”还没问出口，李怀信已经转身走了，留下俩小狗腿面面相觑，他们家殿下，太反常了。

李怀信推门进屋时，贞白正站在炉边，披着他那袭白衣，因为偏长，一直垂到了地上，她正低头盯着手里的画纸。

李怀信有刹那的恍神，瞧着那人，白衣，长冠，如轻云出岫，孤冷出尘。

惊鸿一瞥，只觉炉边人似月，他脑中不由得想起那句“髣髴兮若轻云之蔽月，飘飖兮若流风之回雪”。太绝了，她应该常穿白衣，但是，风姿太绝，他便只想把她和这身白衣关在屋里，不让旁人窥视半分。

李怀信不动声色地走过去，将那碗刺参搁到案头，见贞白握在手中的画纸，正是他画的那幅寒梅图，一半的朱砂印到了某人的腰背上，画上的梅瓣已暗淡失色。

一时间，好像所有的艳色都集于贞白身上，他情难自禁，却生生按捺住，道："坐下来尝尝吧，闻着挺鲜的。"

"你呢？"贞白见只有一碗，便问道。

"我没觉得饿。"反倒是方才折腾出一身汗，有些想沐浴，遂问，"你想不想……"

话刚开了个头，贞白准备握瓷勺的手就顿在了半空。

李怀信盯着她的动作，不由得也顿了一顿："……沐浴。"也不怪她误会，方才那一场艳事也是从一句"你想不想"开始的……

贞白捏着瓷勺在碗里搅动一圈，她知道他爱洁净，但总不好让外人知道他俩这层关系，遂垂眸道："方便吗？"

刚才已经招呼小圆子几个睡了，他说："后山有个温泉池……"

那池子贞白昨日也去过，但是要邀人共浴，他多少有点难以启齿，而倘若要分开洗的话，他宁愿不出这屋子："算了，等明日再洗吧。"

知道他性子善变，贞白都由着他。

打消了沐浴的念头，李怀信貌似无意地一瞥，伸手将二师叔那块墨玉捞了过来，在手里翻转着看了又看，然后挑剔道："这块玉的质地实在不怎么样，色泽也暗沉，我二师叔拿它送人，也不嫌寒酸。"

贞白不懂玉，但上山后也知道了这块玉的分量，又怎会寒酸？

"你一直戴在身上，应该很珍视吧？"李怀信笑容和煦，却处心积虑道，"只可惜，它意义特殊，算是我太行的信物，本不应该随便赠给外人，可想我这位二师叔的为人处世多没分寸……"顿了顿，又说，"我师父的意思呢……"他直接睁眼说瞎话，"让我来当个说客，希望你能将这块玉佩归还给太行，以免将来横生枝节。"

贞白感觉他言之有理，并未怀疑，颔首道："这块玉佩，本来也是他当年寄放在我这儿的。"

没想到她这么爽快就答应了，而且是毫无留恋的样子，这让李怀信心情大悦，他趁机掏出一块白玉扣，推给贞白，道："就当一物换一物，我也不至于让你吃亏。"

"不必……"

"既然我给了，"李怀信不容她拒绝，道，"你尽管收下便是。"他袖子里还藏着另一块，没拿出来。

贞白看他一眼，没再推辞。

一碗刺参下肚，不知不觉就耗到了深夜，贞白不便久留，起身准备回厢房。

然而，一场云雨让李怀信理所当然地以为后半夜他俩是要同榻而眠的，因此他还特意含梅，让唇齿留香……万万没想到，这女冠吃干抹净了就想抬屁股走人，当真只为得到他的身子啊？亏他还这么卖力！简直是肉包子打狗！气死他了！

第九十章 告别

翌日，李怀信起了个大早。

见伺候洗漱的人换了一个，他问道："圆子呢？"

小太监把帕子浸湿拧干，双手奉上，恭敬地答道："殿下昨儿个说要起晚些，圆子一早就去遛狗了。"

李怀信擦完脸，随手把帕子扔进了盆里，又接过净水漱口："去备水，我要晨浴。"

他从起来就开始眼皮跳，坐进了浴桶也没有消停，总觉得会有什么不妙的事情发生，加之昨夜孤枕难眠，此刻被热水一泡，脑子有点昏沉。

李怀信知道自己的性子，不在意还好，一旦对什么人在意了，真的是太爱计较了。他和贞白，明明很契合，彼此也满意，他快活，也看得出她舒服，为此他都已经敞开心扉，打算跟她有个长远的发展，却忽然琢磨不透她的心思。

他反复回想昨晚的情景，贞白要他的时候很性急，完事儿后则对他弃如敝屣，所以她真的是人不要，心不要，只要身子吗？他突然觉得事情有点严重，因为他要人，要心，也要身体，如果贞白给不了他……想到此，他心口一疼，事已至此，他也无法快刀斩乱麻地来个了断。

这女冠，简直太不是东西了！凭什么走心的只有他一个？

李怀信愤愤不平地抹了一把脸，靠在木桶边沿，脑仁儿隐隐作痛。

估计这头疼症又要犯了，往后若三不五时地就要发作一次，终究得想法子，他想着解了禁再去跟师父说一声。

此刻他眩晕得厉害，只好闭目假寐，通体卸下警惕，疲乏到屋里进了人都久久没察觉。

待感应到丝丝阴气，他才猛地睁开眼，盯着来人：“冯天。”

冯天也盯着他，脸上的表情难以形容。

“你还敢来。”李怀信打起精神，“寒山君……”

“我再不来，”冯天终于开口道，“以后恐怕就见不上了。”

李怀信心里一咯噔，没想到这么快寒山君就要给冯天超度了，一阵难过排山倒海地席卷过来，哪怕知道早晚都要面对，他还是舍不得。

“什么时候？”两个人几乎同时开口道。

“什么？”李怀信不知其意。

“祭祀法会上，纯阳符的事……”这事现在闹得尽人皆知，小师妹想了解事情的缘由，却不敢当面质问李怀信，只能跑去寒时殿找他，哭得惊天动地的。冯天哪里知道啊，他非但不知道，还是最后一个知道的。李老二失了身，这事如一记当头闷棍，砸得他恍了半天神。

等回过神来，他第一个想到了贞白，她对怀信早有居心，除了她，没谁了。只是他万万没想到，那女冠看着冷静自持，规规矩矩的，竟如此狼子野心，居然在途中避着他，把怀信给办了！

“到底是什么时候发生的？”看得出来，冯天被惊到了。

事已至此，李怀信也不打算瞒他：“华藏寺，普同塔里。”

冯天想起来了，那晚怀信和那女冠在普同塔里对付波摩罗和艳鬼，整整一宿，出来后，李老二似乎有些异样，然而他粗枝大叶的，没太在意。但谁会想到，在那种危机四伏的情况下，连塔顶都给掀了，还会发生这种事，除非……

李怀信道：“我被艳鬼咬了一口。”

所以是那女冠乘人之危？冯天一直知道，怀信对贞白是一万个看不上，却在那样的境况下无奈委身，得多屈辱啊。如今，还要被一众师兄弟当成茶余饭后的谈资，在其伤口上撒盐，何其残忍。要知道，李怀信是最洁身自好的，一直发誓要守身如玉，奈何天不遂人愿，遇到贞白这样的女魔头，她有心要霸王硬上弓，谁都抵抗不过，李怀信就算再三贞九烈，也不能为了守住清白就咬舌自尽，犯不着的。

冯天理解他，心疼他，谁还没个委曲求全的时候呢，遂道："别人不了解，可我知道你定是万不得已。"

是啊，李怀信想，当时的确是万不得已，可后来食髓知味，便惦记上了，所以昨天愣是没忍住，把自己又贡献了一回。

"实在是欺人太甚。"冯天愤愤地说，替他鸣不平，"现如今咱们回到了太行，即便她再本事通天，咱也没什么好怕的，你跟掌教解释清楚……"

实在没什么好解释的，李怀信身子前倾，抬起胳膊趴在木桶的边沿，带起水流，哗一声响："本来就是我起的头，就算到师父那儿理论，也挑不出贞白的理儿。"

冯天瞠目道："什么……"

"一个巴掌拍不响，"贞白对他虽早有居心，却不主动，不拒绝，就像撒个网等着他自己往里跳，一次，两次，她都只能算是顺水推舟，反而是他一马当先，把自己给坑了，李怀信只能认栽，"其实她喜欢，我也是乐意的。"

冯天有点蒙了，良久之后，他才整个爹了毛似的跳起来："祖宗哎，你怕不是被哪只邪灵夺舍了吧？！"

"……"李怀信特别想抽人，"夺你个头！"

"不是，老二，怀信……"冯天感觉震惊又恐慌，他飘过去，一脸天塌下来的表情，"纯阳血啊，之前你那么看重的，就这么给糟蹋了？你怕不是气疯了才说的胡话？还乐意……"他越想越觉得不可思议，这人怕是受了天大的刺激，"你乐意个啥啊，你不是最反感她的吗？！"

"像你这种……"李怀信觉得跟他说了也是白搭，"没经历过人事的，说了你也不懂。"

"我有什么不懂？！"

"行了。"这话题再继续掰扯下去就出格了，他不想带坏冯天，于是岔开了话题，"你是怎么跑出来的？当心又被寒山君知道。"

"多亏了小师妹帮忙。"冯天道，"师父去了太行殿，今日一早，外面来了各大门派的弟子，说有要事商议，我才趁机过来找你。"

李怀信眉头皱了起来："这才正月初二，各大门派遣人前来，能有什么要事？"

"之前不是送过拜帖嘛，他们知道师祖出关了，所以前来拜会吧。"冯天显然没当回事，“昨夜掌教来了一趟寒时殿，我无意间听到他们的谈话，应该是收到了宫中的消息。”

李怀信在浴桶中坐直身体：“什么消息？”

“好像说，边塞有一支严家余孽，这些年一直冒充商队，在四方活动。”

“严家余孽……”李怀信蓦地警惕起来，“严家？”

“我当时就听了这么一耳朵，还没搞清楚状况，就是隐隐觉得他们的谈话内容似乎跟大阵相关。我没什么印象了……这严家究竟是什么背景？”

李怀信在宫中长到十岁，“严家余孽”这四个字，他从父皇和众多大臣的口中是听过的。

那时他年纪尚幼，跟着太傅在国子监上课，偶尔会被叫去御前考考学问。

有一次在御书房外头，他听见有位大臣说：“当年严家军造反，就该赶尽杀绝，也不至于留下余孽，造成隐患。”

一向沉稳威严的贞隆帝，在御书房里大发雷霆：“是严家军造反吗？！是整个朝廷，是士族门阀，是你们，是朕，逼得严家不得不反！朕留着这一支残部，没有赶尽杀绝，是为了……为了……慰藉他在天之灵！”

天子发怒，所有人都为之发怵，李怀信也吓得没敢进殿，倒是多留了个心，事后向太傅打听了一下严家军。

原来那是李怀信出生前二十多年的事了，说是当时镇守边关的一位小严将军造反，后来被朝廷平叛了。太傅只用了几句话便轻描淡写地带过了，可那天听李怀信父皇的一通怒叱，感觉那其中是有天大的冤情的。其实无须特意去查证也能大概猜到缘由，无外乎是朝廷内部权力斗争，牵一发而动全身，就算满朝文武百官都清楚，他父皇也心知肚明，也是不可能为严家雪耻的。

至于为什么没有赶尽杀绝，他父皇说，是为了“慰藉他在天之灵”。这话里的“他”，李怀信曾揣测过，应该是那位背上造反大罪的小严将军。

听说那位小严将军和他父皇是总角之交，两人情深义重，不分你我，曾梅苑煮酒，共饮一壶，也曾于边塞荒漠上阵杀敌，一起出生入死……

方才听冯天说，边塞有一支严家余孽，这些年一直冒充商队在四方活动，李怀信骤然想起去广陵的路上碰到的商队，那商队的头儿也姓严，而且当时他听顾长安提起过，那支商队也是从边境过来的。不至于这么巧吧？他可能阴差阳错地，跟这支叛军擦肩而过了。

冯天也难掩吃惊："你是说，跟顾长安一道的那支商队……那个头儿叫严什么来着？"

"严无忌。"李怀信也惊讶于自己居然还能记得一个萍水相逢之人的姓名，或许是因为当时他便隐隐觉得，那人气度非凡，不似寻常商贾的面相。

"怪不得，"冯天得出结论，"这么一理，布下四方大阵的，很可能就是这支还在四方游走的叛军。"

以反叛之罪，被诛杀满门，若真是被构陷的，就真是天大的冤屈，所以幸存的严家血脉想要报仇雪恨，不惜一切欲斩大端龙脉，就非常有可能了。只不过……李怀信对此仍存疑，又说不出哪里不对，凭直觉，他认为那严无忌不像个叛军。不过，仅靠一面之缘，难辨人心，更何况，直觉这种东西最不靠谱了。

接下来，朝廷怕是要一纸诏书，力剿这支东奔西窜的叛军了。

目前一切都只是推测，李怀信琢磨着，要不要跟贞白说？

推测就说推测吧，左右不该瞒着她。

"既然宫中传来消息。"冯天说道，"应该八九不离十，就看师父和掌教如何考量了。"

李怀信却思绪一转，目光定在冯天身上，看着他薄透的魂体，隐隐开始难受："寒山君是不是已经给你定好了日子？"

他指的是超度。

冯天迟疑了一下，点点头。

"哪天？"

"明日。"

李怀信感觉心口一疼，喉咙发紧："什么时辰？"

"子夜。"

他眼皮一直跳，原来是因为这事儿。水温降了下去，李怀信整个人开始发抖："我去送你。"

"别了吧。"冯天的声音低下去，故作轻快道，"你要是来，我怕老头子一个顺手，把你也给超度了。"

"度呗……"李怀信满不在乎道，"我让他超度。"

冯天语气郑重，又比任何时候都亲昵地喊道："怀信啊……"

"嗯。"

“老二。”

“嗯。”

“以后，你别再气他了吧。”

“不气了。”李怀信别开脸，不敢看冯天，“以后我都顺着他行吗？！”

“行。”冯天轻声嘱咐道，“时不时地，也帮我照看着他点儿。”

李怀信受不了冯天这交代后事一样的口吻，他感觉喉咙里像哽了颗枣核，堵得慌：“还有吗？”

“我走以后，老头子怕是要伤心好一阵子，这又上了年纪，别憋出个好歹来，所以你让掌教多去寒时殿走动走动，宽宽他的心吧。”

“冯天……”

“我就是来跟你道个别。”冯天看着他，说，“出来太久了，现在也该回去了，不好让师父发现，再惹他老人家生气。”

“冯天，”李怀信蓦地起身，拽了衣服出浴，唤住他，“小天！”

冯天在门口驻足，回过头。

李怀信走到他跟前，刚想开口，冯天就摆了摆手：“打住吧，那些酸不溜丢的话咱就别说了，以后呢，你就收收你那狗脾气，别净招人厌。没人在背后咒你，你才能活得长久些。”

李怀信从来不信这一套，反而觉得祸害遗千年，他是什么德行就什么德行，从不管束自己，也清楚自己不是什么好东西，可是他这么差的脾气，却三生有幸，能交到冯天这样的挚友知己。他何德何能？

且听冯天道：“反正，往后余生，你自己保重。”

第九十一章

抢夺均正尺

小圆子回来的时候，见房门大敞着，李怀信坐在凳子上，胳膊撑住膝头，躬身垂首，一头湿发还在滴着水，浸湿了他身上的单衣。门开着，暖气泄了出去，屋里和屋外一样，刺骨寒凉。

“殿下！”小圆子吓坏了，冲进屋，随手抓了件皮裘往他身上披，“怎么了这是？”

李怀信缓缓抬起头，只觉浑身僵硬，瞧着小圆子那紧张的模样，感觉以后就只剩下这么一个诚心待他的人了。

他轻声唤道：“圆子。”

“哎。”小圆子被他这副样子吓住了，“发生……什么事了吗？您怎么浑身都湿透了？”

“啊，”李怀信反应有些迟钝，“我刚才，沐浴来着。”

小圆子看了一眼浴桶，气到了：“他们怎么伺候的，我去……”刚转身，就被一只冰凉的手拉住了，他被冻得一抖，反手握回去，像捂冰块儿似的，也不知道他家殿下独自一人在这儿坐了多久。

“是我遣他们下去的。”李怀信这会儿才发觉自己手是冰的，可能是冻得麻木了。

小圆子搓了搓他的手背：“这屋子现在太冷了，我是想去把门关上，把炭火烧旺些，殿下先换身干爽的衣裳吧。”

待一切做完，室内渐渐回暖，李怀信缓了好久的神，才终于开口：“方才……冯天来跟我道别。”

小圆子正拿着帕子给他擦头发，闻言，手上一顿，其实他也猜到了。

李怀信知道他跟冯天感情好，所以才会特意告诉他：“明日子夜，你去寒时殿一趟，送送他。”

小圆子瞬间红了眼：“就不能……”他心里一万个舍不得，“把冯师兄留下来吗？”

怎么留，让他不得超生吗？李怀信没说话。

小圆子垂下头，吸了吸鼻子，心里明白那样只会害了冯师兄，他也不敢多嘴，怕更伤殿下的心，只道：“那我……去给殿下煮碗姜茶。”

拉开门，小圆子有点吃惊地说道：“白姐姐？”

李怀信闻声抬头，见贞白站在门外，也不知站了多久，都听到了什么。

“您来找殿下吗？”小圆子把她请进屋，怕刚烧起来的暖气散出去，他迅速将房门带上，自己去了厨房。

李怀信明明还在为冯天黯然神伤，可见到贞白这一瞬，忍不住又心跳加速。他还在为昨夜的事情不痛快，别扭着，没有主动开口跟她说话。

“我刚才经过……”她不经意间都听见了，但她向来不擅长宽慰人，此刻瞧着他苍白沉郁的脸色，只能道，“节哀。”

他早已节哀了，在冯天死于乱葬岗的时候，他恨不能把自己给剁了。

“我一直很目中无人，肆无忌惮。”李怀信抬手，摁住狂跳不止的眼皮，“从来不承认自己轻率，莽撞，哪怕明知道是错的，我也会恣意妄为，因为……我一点也不在乎别人的感受。”他曾经不可一世，为所欲为，不计后果，如今想来却觉得无比讽刺。他牵起嘴角，悲哀又自嘲地笑笑：“包括冯天的感受，所以这些年，我才会无数次地让他在我跟寒山君之间，左右为难。”

那时候，应该是觉得好玩吧，毕竟山上的日子实在太枯燥，光欺负那帮逆来顺受的师兄弟也没多大意思，后来他故意去招惹那格外容易奓毛的寒山君。

就像冯天说的，他真的是一个扎进好人堆里的坏坯，放到民间，就是典型的欺压百姓的恶棍，不是一句“年少无知”就能洗白的。

他也没想过要洗白，坏得心安理得，直到冯天今天说“以后，你别再气他了吧”，才让他开始反省自己以前做下的那些混账事儿。

贞白没想到，李怀信这么桀骜不驯的人，也会在人前数落自己的不是。她瞧着他略微发红的眼眶，犹豫了一下，递了条手帕过去。

李怀信抬眸直视她，没接，只是自嘲地笑了笑，用指腹摁着双目揉了揉，更红了。半晌，他才若无其事地告诉她：“我眼皮一直跳。”

贞白攥着锦帕，垂下手。

李怀信道：“先坐吧，我正好有件事要跟你讲。”

炭火刚挑旺，屋里还是不够暖，他紧了紧皮裘，双手揣进袖子里：“近日宫中传来消息，可能与这个四方大阵相关。”

待贞白入座，他才将知悉的一切一一道来。至于其中可能牵涉的家仇国恨，权谋相争，李怀信并不了解，也不敢妄下论断。

贞白垂眸细听，等他说完，才轻声道：“二十多年前，严家军造反一事，我倒是有所耳闻。那些年边疆战事告急，民不聊生，全赖严家军驻守边塞，抗战杀敌。”

如此久远的事情，独居深山的贞白之所以会印象深刻，全赖老春。那些日子里他时常怒发冲冠地声讨朝廷，为边塞的将士鸣不平，说什么严家满门忠烈，世世代代，子子孙孙，皆为国捐躯，战死沙场，最后却因为门阀之争，背上乱臣贼子的骂名，遗臭万年。

老春当时多喝了几杯，在不知观里跳着脚骂当今天子昏聩无能，最后一个倒仰，抱着酒坛躺在麦秆儿堆里，迷迷糊糊地念叨：“小白啊，这世道怕是要乱了，你可千万别下山。”

李怀信听到此，忍不住插嘴道：“但你后来还是下了山？”

“是。”没想到她这一下山，就再也没有回去过。就像老春说的，世道乱了，乱得一塌糊涂。

“你当时，为什么会下山？”

贞白沉默半晌，李怀信立刻猜测道：“是因为我二师叔？”

“他有难。”贞白惜字如金地吐出三个字，却破天荒地，跟他坦白了。

李怀信蓦地一愣，果然，师父预料得没错，他二师叔的下落，贞白是知情的。他等着她说下去，却久久没等到下文，便追问道：“什么难？他如今人又在何处？”

贞白面无表情地直视他的眼睛，正欲开口，此时小圆子却敲开了房门：“殿下，寒时殿的师兄在门外，说来请白姐姐过去一趟。”

明明下一秒贞白就要对他道出实情了，却半路杀出个程咬金。

正如昨夜李怀信所言，寒山君果然来请她了。贞白转身欲走，手腕蓦地被攥住。

“不着急去。”李怀信道，“咱们先把话说完。”

感觉到他的掌心微凉，贞白道：“等回来再说吧。”

李怀信不肯放手，好不容易等到她要对他敞开心扉了，话说到一半，他正好奇着呢，却惨遭打断，让他如何甘心。

贞白还是那句话，不是商量的口气，而是毫无商量余地：“回来再说。”

行吧，李怀信的指腹轻轻蹭过她的脉搏，松开了。他目送贞白踏出院子，在雪地上留下一串脚印，像紊乱的心事，他说不出这是种怎样的感觉，不过是一个背影，怎会教人如此依依不舍？

李怀信端着姜茶，百无聊赖地踱到院角，看圆子蹲在水槽边上洗毛笔砚台。

昨儿个写完字，没来得及清洗，过夜的墨汁干涸了，笔毫凝成一坨，需要在清水里泡软了才能洗干净。

小圆子拿着毛笔在水里晃了晃，又掰开另外几支笔的笔毫检查：“上次也不知道是谁洗的，这么马虎，里头还有残留的沉渣，这最伤笔毫了。”

“是吗？”李怀信捧着茶杯，小啜一口，“若是坏了，就把人找出来赔。”

“那以后估计没人再敢马虎了，这可都是从宫里带过来的上品狼毫。”真要赔的话，就算殿下打个对折，也得耗尽他们大半年的月钱。

水被墨汁染黑，小圆子又重新换了一盆新的，拿着毛笔不断在清水里晃动。

李怀信心里惦记寒时殿那头的情况，不知会是怎样的结果，和小圆子有一搭没一搭地聊天，纯粹是为了打发时间，转移一下注意力。

李怀信又思及严家军的事，严家军在边陲活动二十余年，却未曾听闻有攻城略地之举，甚至还数次保护了遭受突厥骑兵劫掠的边陲百姓，这一招的确笼络民心。而朝廷之所以剿不干净这支叛军，也与边陲百姓为其打掩护脱不开干系。难道这支叛军看似不成气候，实际上早已处心积虑地在四方布下二十八宿阵，斩大端龙脉？

李怀信想起严无忌，不知他在严家军里是何等地位，实在难以将他与这布局深远的幕后主谋对上号，他背后应是另有高人在出谋划策，但是……

李怀信还没想出个所以然，突然一缕阴魂倏地撞进了他的视线。

冯天去而复返，一脸大事不好的神情，十万火急道："快，贞白跟掌教打起来了！"

李怀信眼皮狠狠一跳，手里的茶杯一下没拿稳，掉了下去，砸在水槽边的青石板上，四分五裂。

情况危急，冯天心急如焚地嚷道："寒时殿偏殿的屋顶都被贞白给掀了！"

顾不得禁足不禁足了，李怀信随冯天冲出院门，边跑边问："怎么回事？"

若说贞白跟寒山君打了起来还能理解，可是，跟他师父？这两个都是清冷自持的人，特别是他师父千张机，乃一派之掌，最是理性克制，到底是什么样的冲突，会导致两人大打出手？

冯天当时就隐在寒时殿内瞧着。

只见那寒山君伸手抚上沉木剑，一股巨大的阴邪之气传入指尖，瞬时侵皮入骨，寒凝周身，叫人毛骨悚然："这种至阴至邪……"话说到一半却猛地顿住了，他将整柄沉木剑握在手中，陡然睁大眼，难以置信，仿佛此剑有千斤之重，他说，"这是……"

瞧见寒山君此刻的神色，千张机一颗心提了起来，却没打断他，而是极有耐心地等他说下去。

"这是……均正尺？！"

在场所有人都为之一惊。

寒山君不敢确定，遂将沉木剑递给千张机。

世间无人不知，均正尺本为太行神木，后被太行道创派真人炼成法器，有"均宇内，正社稷，丈量天下"之能，是自太行立派以来，便插于金顶之巅的一根"定海神针"，乃天命的象征，固国之根本，定千古江山。

如此国之重器，却在十年前不翼而飞。为免引来祸乱，太行上下全面封锁消息，不曾泄露半分。这些年太行弟子踏遍江河山川遍寻不着的均正尺，竟会凭空出现在长平乱葬岗，不仅面目全非，且被这女子握在手中来问卜，只因它是唯一牵扯着那位幕后布阵之人的物件。

谁料这一牵扯，就牵扯上太行了……

十年前，杨辟尘失踪。

十年前，均正尺失窃。

一人一物，全都无迹可循。

人可以大张旗鼓地找，此物却不敢走漏丝毫风声。

他们不是没想过，也许找到杨辟尘，就能找到均正尺，但出于私心，他们不愿意这么想。

贞白在他们风云变幻的表情里，看出了端倪。

“看来没错了，就是杨辟尘所为。”若说均正尺失窃，跟太行无半点干系，贞白是断然不信的，她道，“十年前，太行遭遇一场天劫，四十九道玄雷，就落在太行山脉上。”

若说是巧合，委实牵强。大道五十，天衍四九，四十九道玄雷已是天罚的极数，太行定是有人犯下了天地不容的大罪孽。有了这样的依据在前，那么千张机所说的，因为均正尺失窃，引发天下动荡，才令太行遭此劫难，委实难以让人信服。

但有史以来，均正尺插于太行金顶，如天地之神柱，哪怕腾挪半寸，都将荡海拔山，地拆天崩。

“何况，”千张机的话掷地有声，绝无半句虚言，“我太行被奉为国教，百年不衰，又怎会企图斩大端龙脉，断太行气数，这样做岂不是自取灭亡？！”

……

李怀信听到这里，心里一紧。

“那可是均正尺啊。”冯天越说越激动，“就算落到贞白手里，那也是太行神木，好不容易失而复得，掌教断不会再给出去，谁知贞白却拒不归还，随后两两相争，就打起来了。”

话音刚落，两人远远地瞧见寒时殿的屋顶之上，卷起千堆雪，露出原本的青瓦来，贞白与千张机瞬间被扬起的雪花包围。千张机发出一记掌风，是以横扫千军之势，却未震退对手半寸，他眼中闪过一丝讶异，原本这一招带着试探之意，没料到这女子的功力竟强劲如斯。

贞白身形一偏，浮光掠影般避开掌风，去夺沉木剑的手快得看不清虚实。

千张机警惕地一闪，不敢再轻敌。而贞白那只抓空的手转瞬变成了掌力，一个反转，重创他后背的腰心。太快了，鬼魅一般，快到让人来不及闪避。千张机腾空一跃，拔起数丈，几个旋身，将均正尺负于腰后，只用两指并作剑指，朝贞白俯冲而下，势不可当。

贞白于狂风乱雪中仰首，不避不让，突然倏地凌空拔起，快如虚影，几欲冲天，去接千张机的剑指……

“我的天！”冯天忍不住低吼道，“她也太敢了！”

她有什么不敢的！李怀信整颗心揪成一团，眼见两人追风逐日地缠斗，掌风越来越狠厉，也越来越急，下一刻，就要发展成生死较量了。

李怀信不得不出声阻挠：“贞白！”

闻声，贞白微微侧首，眼角余光瞥见正疾奔至月台上的人，稍作迟疑，却并未止戈。李怀信见贞白眉心那抹红痕颜色逐渐变深，遇到强手，她不甘示弱，原本全力压制隐藏的煞气，顷刻间暴涨。

见状，千张机神色一凛，再出手，已经不留情面了。

李怀信顾不得多想，在二人倾力相向的当口，飞身直上，企图阻拦，然而这两位是神仙打架，离他们三尺之内的风雪都利如刀刃。李怀信毫不畏惧，猛地横插进去，千张机掌风猛厉，已来不及收住，贞白劈空相迎，同时腾出左手，扣住李怀信的手腕，顺势一带，矫若游龙般错身相护。

电光石火间，李怀信反手一拽，避开千张机掌风的同时，去架贞白的掌力。

贞白皱起眉，嫌他碍事儿，冷声道：“闪开。”

“贞白！”李怀信不退反进，较着劲，成功隔在二人之间。贞白袍袖一展，掰住他的肩膀，目光沉下去，左瞳瞬间泛绿。

寒山君在底下远远看见，脸色骤变，高声提醒道：“师兄当心！”

话音未落，千张机手握着的沉木剑上，蟒目一亮，泛出同样的绿光。紧接着，剑身蟒纹浮动，仿佛突然活过来一般，蜿蜒直上，绞住了千张机的手臂，露出獠牙……

怪不得这女子在太行数日，随身携带沉木剑，他和寒山君却丝毫没能感应或识别出来，因为均正尺已被阴煞气侵蚀，冥蟒缠身，以阴制阳，此刻更是化作邪灵咬了过来。千张机猝不及防，沉木剑蓦地从手中掉落，旋即落入了贞白手中。

贞白剑势一收，腰部往后弯折，避开李怀信的拳脚，翩然飘远，足尖点在屋脊的吻兽上，冷淡道：“我不跟你动手。”

李怀信隔在她和千张机之间，道：“你也不该跟我师父动手。”

上太行之前，她的确答应过他，不会冒犯他师父，但是……贞白道："情非得已。"

"均正尺是我太行神器。"千张机冷声说完，沉下脸，手里捏了个诀。

贞白无丝毫让步，阴煞气直灌沉木剑，与之对峙："现在不是了。"

若说方才两人只是赤手空拳地较量，还留有余地，那么现在就要动真格了，千张机吩咐道："怀信，退下！"

"师父，"李怀信不肯，"您先别动手，给我点时间，让我跟她单独谈谈。无论怎么样，"他竭尽全力想说服千张机，"贞白是我带回太行的，这一时半会儿，她也不能离开，我会尽全力……"他无法保证贞白是否会因此退让，但总得试一试，他咬牙道，"如若……不能善了，您再出手也不迟。"

贞白听他这席话，默默握紧了沉木剑，心下已然明了：李怀信站在太行的立场，想在不伤和气的情况下，跟她讨回均正尺，所以千张机才会点头应允。

第九十二章 辟尘的识海

待人都散了，李怀信扫一眼狼藉不堪的寒时殿，偏殿的瓦檐被糟蹋得基本要重建，那寒山君居然沉得住气，撇下一切就跟千张机回了紫霄宫，没跳着脚找贞白算账，要她赔个屋顶什么的。

赔是一定要赔的，贞白难得捅娄子，李怀信想，他就给她兜着吧，到时候从自己的私库里拨银子修葺。

他掖着这点心思，转向贞白，道："回去再说吧。"

总不好在寒时殿的屋顶上现眼。

贞白盯着他："你不是在禁足吗？"

"你都跟我师父打起来了，我还禁什么足！"若不是冯天及时通知他，照刚才的局面，这两人指不定闹到什么地步。

"这件事与你无关。"贞白不想把他卷进来。

"可我不可能置身事外。"他若不是太行弟子，不是大端皇子，倒可以撇得干干净净，甚至跟贞白一起造反，但他身不由己。

"均正尺乃太行神木，对大端更是意义非常……"事到如今，其实贞白除了归还，没有半点回旋的余地，但面对她，李怀信说不出这么决绝的话，只能慎重又慎重地恳求她，"别叫我为难。"

"既然觉得为难，"贞白直言道，"你就不要站出来。"

这说的是什么话！她的良心呢？

“贞白。”李怀信忍着头疼和一股隐隐的不适，跟她商量道，“太行的兵器库中珍藏了无以计数的稀世灵剑，我可以带你去挑几把称手的……”

“不必。”

“什么都可以，哪怕你看上我师父手中那柄千机剑。”

“这柄沉木剑，已经不是均正尺了。”贞白毫不领情，道，“它在乱葬岗里生了根，吸收了无数将士之魂的阴怨，沾染了洗不尽的煞气，早已变质，就像……”说到这里，贞白顿了顿。就像她一样，别说用道符洗髓，哪怕将她剥皮抽筋，换血换骨，也于事无补，无论如何折腾都散不尽她这一身邪煞气，除非魂飞魄散，否则即使化成灰，埋进地里，也是要坏一方水土的。她总结道：“就算我还给太行，也无济于事。”

李怀信皱起眉，心思流转，终于忍不住问出他最在乎的问题：“真的，是我二师叔做的？”

即便来时的路上，冯天一字不落地跟他转述了事情的原委，他震惊之下，仍觉得难以置信，直到此刻贞白道：“他最有可能。”

毕竟整件事从头到尾，杨辟尘牵涉最深，嫌疑最大。

李怀信呼吸一滞，内心天人交战，说不上来的复杂：“他怎么会，这么对你？”

若说杨辟尘私自作恶也就罢了，居然还暗箭伤人，伤的还是个女人，窃取均正尺把贞白钉在乱葬岗那种地方，令其永不超生，简直是个禽兽不如的老混账。他心里如是骂着，嘴上却说：“就你们这关系……”

等等，那块定情信物难不成是杨辟尘抛出去的鱼饵，是用来欺骗贞白感情的？一切都只是为了完成他所设下的阴谋？还以为他俩多么情深似海呢，李怀信嗤之以鼻。他师父之前跟寒山君在紫霄宫里说什么来着？说他杨辟尘若是认定一个人，命都愿意交出去！怕是说反了，是要索命吧！就贞白这种直肠子的女人，根本不懂那些弯弯绕绕的，还敢随便跟人勾搭，结果呢，勾魂夺命了吧？就该让她长长记性！只是……这代价未免太大了……

李怀信沉浸在自己的思绪中，贞白见他迟迟没有下文，追问道：“什么关系？”

什么关系你心里没数吗？！李怀信暗自揣测完，继续道：“你跟他交换信物，既已私订终身，他却不惜伤害你……”可别又上演一出相爱相杀的戏码来恶心他。

“不是……”贞白皱起眉，开口打断他，“何曾交换信物？又怎叫私订终身？”

“你们……”李怀信愣了，“曾经，不是在一起过吗？”

贞白觉得莫名其妙：“胡扯。”

李怀信惊讶道：“难不成没在一起？”

贞白答得干脆：“根本没有的事。”

所以，害他吃了那么久的醋，居然是一场乌龙？李怀信直接傻了。

贞白见他这个反应，觉得有必要多解释一句：“他与老春交往甚密，所以时常会来不知观，慢慢地，也与我走得近了些。”

其实也谈不上多亲近，中间隔着道友的分寸，毕竟贞白熟识的人并不多，在她的生活中，除却过客，走得近些的也就这两位了，因此，她会看得比较重，在听闻杨辟尘遇难之时，才会打算出手相救。谁知，人心难测，而世事无常。

李怀信听到此处，想起之前他们在屋里还未聊完的话，问道：“那你可知，他人在何处？”

贞白抬起眼皮，直视他，冷漠到几乎不近人情：“死了。”

李怀信震惊之余，感觉头痛欲裂，他强忍住，因为还有诸多疑惑：“你不是专程来太行寻他的吗？”既然知道人已死，还来寻什么？

贞白道：“他的三魂，尚在人间。”

李怀信蹙紧了眉，忍不住抬手去按眉心，贞白的脸在他眼前模糊地晃动，他呼吸急促，尽量让语气显得平稳些：“三魂？”人既然已死，还千辛万苦地跑来寻他的三魂做什么？他满心疑惑，想慢慢细问，却连开口都显得吃力了：“怎么……死的……？”

他极力集中注意力，盯住贞白翕张的嘴唇，耳中却嗡嗡作响，只听见自己急促的喘息。突然，头上传来一阵绞痛，他只觉一阵天旋地转，两眼昏花，双膝一软，然后听到冯天一声嘶喊：“怀信！”

李怀信感觉身体就像一根鸿毛，突然变得很轻很轻，随着一块崩落的青瓦，从檐角直坠而下。他努力张开眼皮，模模糊糊地看见贞白飞身而来，张开双臂，欲拥住他。

多么熟悉的一张脸啊，他好像见过，在很久很久以前，某个落日黄昏，她一袭白衣，逆光而来。

轰鸣的耳边突然响起一道声音：“小白。”

那是谁的声音？谁在叫小白？

李怀信意识混沌，根本分辨不清这些破碎的记忆是从何而来。

接着，他眼前出现了无数人，无数道声音在他耳边呼喊。

“辟尘。”

“杨辟尘。”

“二郎。”

“杨兄弟。”

……

那声音繁杂汹涌，几乎要将他吞没。

李怀信感觉脑子像要炸开了，他猛地扣紧一个人的胳膊，用尽全力，想要看看那是谁，然而，那些呼喊声又忽然换了称谓。

“怀信。”

“李老二。”

“殿下。”

“二殿下。”

头痛欲裂中，记忆搅成了一团，李怀信似乎在铜镜里看见了一张脸，俊朗而陌生，像是他自己，却又不是他自己。然后那张脸如同云烟般，在他的识海中迅速消散，继而浮现出一座隐于山窝里的木屋，木屋的匾额上刻着三个字：不知观。

不对！这是哪里来的记忆？他何时去过不知观？

忽然间，一只手抚上他的眉心，像一根烧红的铁锥深深插进他头颅中，肆意翻搅，疼得他双膝一软，再也承受不住，跪倒在地。

接着，他的识海中又出现了另一番景象，那人道袍加身，立于东郡山巅的高台之上，由三百六十块青石砌成石圭，那是太行道的观星台。

俯瞰其间，万山环合，绵延千里，处处生云，不辨径蹊。

壮阔山河尽收眼底，那人最终面朝一方，冷静地吐出四个字：“长平之征。”

长平……

万万将士列阵，乌泱泱一片的黑甲铺陈开，带着视死如归的杀伐之气。

长矛红巾，猎猎旗帜，迎风而展。鼓噪起，号角鸣，那声音龙腾虎啸般，穿云破空，直杀天际。

两军对垒，万马奔腾，气盖山河地卷席了整个长平。

当第一具身体被劈开，血溅长空，终于杀气腾腾地掀起了一场腥风血雨。

嘶吼，惨号，金戈交鸣。

碎骨，断颅，叱咤喑呜。

满天阴云滚滚来，铁血之气弥散开，只见烽火硝烟，四处刀光剑影，猩红触目。

有铁骑纵马，欲从头顶冲锋，士卒的长矛自下而上，狠狠刺入马腹，再用力剖开，热血兜头泼洒，浇了底下的人满脸满身，而那马背上的将士在坠马的瞬间，就被无数柄长矛当空刺穿！

屠戮才刚刚开始，无以计数的兵刃在血肉中划过，满地支离破碎的残骸。将士们杀红的双眼仿佛漫开无尽的血雾，投入这场你死我活的决斗，直到被取了首级，还在拼死杀敌的惯性中，紧握枪杆不放。

那战况太过惨烈，李怀信在识海中瞪大眼，看得双目赤红，仿佛身临其境般，在尸山血海中闻到冲天的腥气，胃里翻江倒海，他几欲呕吐出来。

金戈与重器碰撞，发出尖锐刺耳的声音，同时夹杂着哀号。李怀信听得浑身战栗，这是他从未经历过的生死厮杀，却如历史重现，银枪捅进眼窝，戟铊刺进耳膜，以最惨绝人寰的方式烙入他灵魂的深处，变成一场令人毛骨悚然的噩梦。

然而，一切还远远没有结束。

金鼓连天，飞箭如蝗。兵锋所指，所向披靡。

可李怀信一眼望去，确实流血浮丘，满目疮痍。

这场厮杀从他的识海中仓促掠过，不过是冰山一角，却足以慑得人神魂俱颤，似乎一呼一吸，都需要倾尽全力。

然后那些零散的记忆如碎片般，突然间蜂拥而至，又转瞬即逝，李怀信什么都来不及看清，只觉眼花缭乱。

尽管如此，他还是在那些记忆碎片中，捕捉到贞白清冷无比的面孔。她站在不知观门前，却是白衣，竹簪，墨发及膝，仿如轻云出岫，孤冷出尘。

原来她以前，是这个样子，哪怕毫无妆饰，仅一根竹簪，就无与伦比。

他真的很喜欢，喜欢到莫名心疼，疼到整颗心都绞起来，因为从他识海中跳过的一帧一画，都像是一场处心积虑的阴谋。

李怀信害怕极了，竭力想从识海中挣扎出来，无形中却有一只手，将他往深渊里拉。

然后他听见一声鹤鸣，回荡在深渊的上空，那人一袭白衣道袍，驾着白鹤，穿过重峦叠嶂，万里黑云，俯瞰深渊。

渊底积尸成山，两江被血浸染。到处残骸断肢，白骨露于野，乌鸢啄人肠。

震天的战鼓与呐喊销声匿迹，群山重归寂静。

黑云压顶，长夜临，悲风掀起阵阵腥臭气，如人间炼狱，是以阴魂凝聚。

愤怒、悲怆、不甘，还有无尽的怨念，交织成煞。

那人乘鹤直上，于长平山峦处，埋伏阵，血祭无数军魂，倾千钧之力，逆天而为，将第一棵槐木钉入山脊！顿时，风起云涌，飞沙走石。

那人仰起头，望向苍穹，阴云滚滚压下，仿如天威，震慑四方！

可他屹立于山巅，八风不动，与苍天对峙，却无惧无畏："这笔千古罪孽，辟尘一肩担之！"

为什么？李怀信还来不及理清，识海再度乱作一团，他头痛欲裂，根本想不明白，也来不及去想，那人为什么要这么做。

紧接着，他的耳际响起回音，是他与冯天初入乱葬岗时曾做出的推测：每一个上过战场的将士，身上杀孽都很重，因果报应牵涉甚深，用他们来布阵，怨煞之气最重，也最易将龙穴化为凶地。

随即画境转变，只见长空裂帛，天雷滚滚，直劈向那具血肉之躯。

李怀信浑身一震，仿佛天雷劈中的正是自己，他脑海中一片空白，陷入无止境的混沌之中，根本来不及感受到痛，第三道天雷便已击落，将那肉体凡胎化作齑粉……

那一刻，他终于明白，什么叫天威不可犯！

身虽死，魂未消，他目光涣散，却还是看见了夜色尽头走来的故人。

白衣，竹簪，在暗夜中，天空闪过一道白刃似的电光，倏地照亮那张白净的脸。

电光石火间，第四道天雷已当空劈下。

贞白没有时间犹豫，眼见对方即将灰飞烟灭，她当机立断，将毕生修为汇聚于左眼剜出，钉入杨辟尘的眉心，固住其三魂不散，并替他挡下第四道天雷。

……

突然，感觉被一股巨大的冲击力撞入眉心，仿佛要将整颗头颅搅碎，李怀信猝然睁大眼，见贞白的指尖正抵在他的眉心命宫处，透过那一只左目，她看见了他识海中所有凌乱的记忆，洪流一般，席卷而出……虽零散破碎，却足以让她笃定，她找到了她的另一只眼睛。

当年，贞白为了保住杨辟尘三魂不灭，将左目钉入他灵魂眉心。但她没想到，李怀信居然就是杨辟尘。

其实她早就应该有所觉察，在李怀信第一次头疼时，在华藏寺突然闪现的钟楼经文里，以及那次在温泉池里……说不上来是大意，还是不甚在意，她却三番五次地忽略了。

像历经一世劫，走在刀山火海中，李怀信惊惧，慌张，满脸的血色褪尽，对识海中的一切他难以置信。猛地抓住贞白的手腕，狠狠地，紧紧箍住，手背青筋暴起，他感到前所未有的害怕，语无伦次地否认道："不是……不是的……不是我……"

"眼睛，"贞白开口，目光一寸一寸冷下去，凝成寒冰，"还给我。"

"贞……"另一个字还卡在嗓子眼儿，李怀信只觉眉心倏地被大力绞住，贞白指尖蓄劲，毫不犹豫地去拔那只曾钉入他三魂的左目。

骤然一阵剧痛，几乎是剥皮开颅般的痛楚，令李怀信措手不及。

太疼了，疼到了极点，却又必须生生承受，甚至不给他昏过去的机会。

李怀信双目充血，连一根指头都动弹不得，额头及脖颈处的青筋根根暴起。

然而对方指尖的力道还在加剧，他几乎承受不住，仿佛下一刻就会爆头而亡。

眼看着李怀信从屋顶坠下来，不过须臾之间，不明所以的冯天，此时才后知后觉地感到不对劲——贞白似乎突然对李怀信发难。

"怀信！"他这一缕阴魂，还没能力触及实体，只能在一旁看着干着急，"贞白，你干什么？住手！"

贞白置若罔闻，那只虚抚在李怀信眉心处的指尖，就像摸到了滚滚岩浆，灼伤了指节。她心中一凛，手上更加用力，这明明是她自己的眼睛，灌注了她毕生的修为，却因为如今的至阴之体，遭到排斥和反噬。

李怀信浑身的力气都在被吞没，但他顾不得了，满心只有一个念头，一句话，就算吞钢刀他也要说："我……不是……他……"

贞白神色肃杀，冷漠到不近人情，就像她之前跟他说起杨辟尘，死了。

此刻，对他，贞白亦是下了杀手的。

突然赶来的小圆子看见这一幕，不由得瞠目结舌，眼看着他家殿下在贞白手中，似乎神魂和肉体正在一点点剥离，他被吓得僵在了原地……

冯天早已方寸大乱，眼角的余光瞥见小圆子身后那条黑狗，想也没想，就一头猛撞进去，夺舍狗身，狂吠着朝贞白猛扑过去……

然而才冲到离对方半尺之处，就被一股强大的气流震飞出去，直接砸到了小圆子身上，一人一狗摔得四脚朝天。

李怀信已经完全感应不到外界的干扰，一双猩红的眼眶蓄满血泪，看什么都是红色的，周遭的一切，连同贞白，都像站在腥风血雨中。

“贞……白……”他觉得自己可能快死了，饱受这种非人的疼痛与折磨，还不如让贞白一刀杀了他。他实在受不了了，血泪溢出眼眶，顺着他的脸颊淌下去，他想在死前留一句遗言，奈何拼了命，嘶哑着嗓子只说出了一句最没志气的话：“我……疼……”

这两个字，猝不及防地扎进贞白的心口，她蓦地泄了力。

那股抽在眉心的力量猛地一松，李怀信原本将要剥离出身体的魂魄再度重合，但魂体已受到极大程度的损伤，一时间他的意识混沌不清。

待他缓过来的时候，发觉自己还跪在地上，死死攥着贞白的左手手腕，攥得青紫，几乎要捏折她的骨头。

贞白居高临下，仿佛毫无感情般，冷冷地看着他。明明是个人，却像没有心一样，不动容，无起伏。

李怀信在阎王殿里闯了一遭，神魂刚刚归位，只觉筋疲力尽，满身疼痛。他动弹不得，连眼皮都似承载着千斤之重，但他拼尽全力想抬眸看她一眼，想透过她那垂下的长睫窥见哪怕一丝一毫的情意。然而没有，她整个人冷若冰霜，像一尊千年不化的雕塑，没有心，没有情。

只是她那只被他紧攥的手，却在抖。

贞白的手，一直在抖。

“这只眼睛，”她的声音冰寒彻骨，“我留给你。”

随即，那只手一抽，他全身无力，根本稳不住，被贞白轻轻一带，整个人就倒了下去。

他的视线蒙上血雾，最后只看见贞白渐行渐远的背影，她头也不回。

就这么，走了吗？一滴血泪滑进鬓角，他却仍觉不甘心。

耳边响起小圆子紧张的呼唤，夹着一声声急躁的狗吠，越来越遥远……

第九十三章 决裂

李怀信像是经历了百八十个梦境，那些梦境的碎片，在他脑子里嘈杂纷乱地搅成一团，虚实难辨，又断断续续。

他其实早已经有了意识，在听见千张机厉声责问时。

“这是在太行，谁敢伤他？！”

小圆子估计吓坏了，说话的声音都在抖：“是……是白姐姐……”

他刚追到寒时殿，就目睹贞白差点拔了他家殿下的魂体，他压根儿不知道发生了什么，更别说向千张机解释原委了。

唯一从头到尾都在场的冯天多少知晓些实情，却已附身于狗，魂魄被严严实实锁在狗身里，剥离不出来，现在只会张着嘴汪汪汪。寒山君急得焦头烂额，想了各种办法都无济于事，又不能将二者强行分离，唯恐伤及魂魄。

寒山君一气之下，一巴掌狠狠抽过去，拍在狗腿上，恨铁不成钢地骂道：“好好的人不做，偏要跑去当畜生，你是不是想气死我啊！”

冯天：“汪汪汪……”

寒山君脸都绿了：“你还敢学狗叫，闭嘴！”

冯天只好睁着一双湿漉漉的狗眼，发出呜呜两声。

寒山君一口气没上来，差点昏厥过去。

小圆子哭了一场，眼睛还红着，他蹲到地上，小心翼翼地去解那套在狗脖子上的绳索："冯师兄，你先别动，我把这个摘下来。"他一边摘，一边仰起头，可怜巴巴地问，"师叔，那现在该怎么办？"

"现在顾不了这些了。"寒山君满脸疲态，揉着太阳穴，正色道，"冯天的事先放一放。"

千张机看向他："当务之急，必须把均正尺追回来。"

寒山君颔首，主动揽起重任："我去。"

"陆知……"

"就这么定了，师兄。"寒山君神色凝重，"咱们分头行动。你带众弟子前往长平乱葬岗，先与各大门派联络，待我寻回均正尺，再去与你们会合。"

"那女冠不易对付。"

"我知道。"就今日她与千张机过的几招，明眼人都能看出她的功力，寒山君那只藏在袍袖中的手攥紧了铜钱，道，"我自会见机行事，谨慎而为。"

"你知道就好。"千张机倒不担心他会贸然行事，毕竟寒山君名声在外，其风度与魄力颇受世人赞叹，只不过对内，尤其对李怀信，就是冷水浇滚油，一触即炸。

千张机继续道："我看怀信只是魂体受创，静养两日便无甚大碍……"

话未说完，寒山君的脸色就沉了下来，嘴里没有好话："行了，他是死是活都跟我没关系，我巴不得这祸害早死早超生，你跟我说他没大碍，不是给我添堵吗？"

千张机："……"

"事不宜迟。"寒山君片刻都待不下去了，道，"就别在这儿耽误工夫了。"

千张机无可奈何，又不是很放心，反复给李怀信把了脉，见他昏睡着，又跟小圆子叮嘱了几句才离开。其实他心里清楚，就算他不叮嘱，这一院子人也会尽心尽力照顾李怀信的。

寒山君没有等他，领着夺舍狗身的冯天先走一步了。

李怀信虽有意识，能听见外界的声音，却困乏得根本睁不开眼，加之识海中乱梦交错，实在难分虚实，只能浑浑噩噩地又睡过去。睡得也不沉，总在连续不断地出现一些凌乱的画面，思绪根本不受他控制。

他梦见他和贞白日夜兼程，赶到某个小镇上，在客栈内听一帮闲人嚼舌根。

两人围着炉子吃着一锅腊排骨，他问贞白，若找到那个幕后布阵之人，打算怎么办？

贞白回答得很干脆：“杀了。”

随即，他就看见贞白抬起手，面色冷肃又凌厉，毫不留情地拔出了那只钉入他眉心的眼睛……

李怀信猛地惊醒，瞪着一双惊惧的眼睛，吓得正躬身给他擦汗的小圆子一颤：“殿下，醒了？”

在小圆子的搀扶下，李怀信艰难地坐起来。他浑身酸软无力，魂魄似遭受了一顿生拉硬拽，头昏脑涨，他捂住额头，被梦境里的情景吓出了一身冷汗。

不，那并不完全是梦，贞白真的差一点就……只差一点……

小圆子不断在他耳边嘘寒问暖，唠唠叨叨个没完：“殿下，是头疼吗？很疼吗？要不要我现在去请掌教来？他刚才就在问我到底怎么回事，我也不知道发生了什么事。白姐姐为什么突然对你出手啊？你们吵架了吗？她怎么会对你下这么重的手？她……”

“她是想杀了我。”李怀信心里蹿出一股火，熊熊燃烧了起来，他急火攻心地打掉了对方手里的锦帕，“她差点就把我杀了！”

他不是针对小圆子，就是不知道该气谁。

气贞白吗？不是。

气自己吗？更不是。

他凭什么气自己，他什么都没做！他就是觉得委屈，委屈极了，他说自己不是杨辟尘，可贞白连句解释都不听，就直接给他定了罪，他该找谁申冤去？

就因为十年前，贞白把左眼钉在杨辟尘眉心，而十年后，却发现这只眼睛在他的眉心里，然后贞白又透过这只左眼，在他的脑子里看到那些不知道从哪里冒出来的，本该属于杨辟尘的记忆。

李怀信感觉无比焦虑，悲愤，更不堪忍受，他打心底抗拒这一切，死也无法接受自己跟那姓杨的有半点儿关系。

明明是那姓杨的不干人事儿，处心积虑地摆了一盘大棋，在长平乱葬岗血祭数十万大军，布下逆天大阵，最后把贞白坑了，跟他有什么关系？他什么都没做，凭什么让他来做这个冤大头、替死鬼！

李怀信越想越意难平，狠狠揉了把绞痛的太阳穴，掀开被子下床。

许是起身起得太急，一阵眩晕猛地袭来，他踉跄两步，被小圆子手疾眼快地搀住了：“殿下。”

李怀信勉力稳住身体，吩咐道：“更衣。”

“您要去哪儿？”

“回宫。”

“什么……”小圆子一愣，“回宫？现在吗？”

“对。”

“不是，殿下怎么突然要回宫？您现在身体还很虚……”

“我现在说什么你都敢置喙了是吧？”李怀信压着火，嫌他磨蹭又啰唆，厉喝道，“我叫你更衣！”

小圆子吓得肩膀一耸，缩起脖子，忙不迭地转身取来衣物，小心翼翼地给他穿上。

李怀信垂眸，看着小圆子那鹌鹑似的小样儿，有点儿于心不忍。不该冲他发脾气的，他又没做错，可是反观自己，自己又做错了什么，那女冠一发脾气，就差点要了他的命，然后说走就走，一点情面都不留。

李怀信转过身，弯腰去取剑匣，不经意间瞥见枕边的半块玉扣，一瞬间，鼻子就酸了，眼眶也发涩。

他才把心意送出去，她就不要了。

李怀信将玉扣握在手里，指腹蹭着上面的纹理，突然感觉天旋地转，再也站不住地坐在了床前的脚踏上。而后，他慢慢从袖中摸出另一半玉钩，将两块玉扣到了一起，越看越像个自讨没趣的笑话。然后他就真的笑了起来，埋着头，捂住眼，一个劲儿地发笑，笑音闷在嗓子里，嘲讽似的，又低又沉。

小圆子担忧极了，踟蹰着靠近，看他此时的状态，明明是在笑，却笑得失魂落魄，看着比哭还伤心。

“殿下？”小圆子小声唤道，谨小慎微地，不敢贸然询问。

笑声戛然而止，李怀信捏紧了玉扣，心想，不要就不要吧，谁也不稀罕。然而，只是这么一想，他就已经无比伤心。

但他的心，不是来给人伤的。他和贞白，他们俩，也算是一路披荆斩棘，同生共死，走到现在，不该落到这般田地。别说心生恨意，分道扬镳，哪怕彼此有一丁点儿龃龉或芥蒂，他都不甘心，更何况，牵扯着一场惊天动地的恩怨。贞白可以翻脸无情，他却必须把事情弄清楚。

想到这里，李怀信心一横，起身拎着剑匣便往外走。

小圆子想拦又不敢拦，只能拐弯抹角地劝道："殿下就算想娘娘了，也该先把身子养好再……"

"不想。"李怀信这次语气不凶了，"我要回宫见师祖。"

当年，是师祖流云天师领他入太行，也是师祖给他开的道心，更是师祖赐他七魄剑，将他送入千张机座下。这一切绝非巧合，师祖必定知道前因后果，甚至连千张机都被蒙在鼓里，所以他必须回宫问清楚。

"可是，"小圆子说，"天师已经离宫了。"

"什么？"

"掌教收到消息，天师和大师兄正在赶往长平的路上。"此事整个太行都知道了，"掌教和寒山君，也正准备带弟子们前往，到长平境内与天师会合。"

李怀信闻言一惊，他刚才在半梦半醒间，似乎听见师父说要下山，他还以为是场梦，虚实难辨，却不料……

"发生什么事了？"

连太行道流云天师及掌教都要亲自出马，此事必定非同小可，李怀信心下一凛，就听小圆子道："昨日太行就开始陆续收到各方来信，还有几位从各派前来拜会的弟子，说是之前镇住长平乱葬岗的封印就快支撑不住了，要请天师和掌教亲自前往，今天还召集了太行的大半弟子。看情形……怕是会出什么大事？"

简直是一波未平一波又起，长平乱葬岗的封印若是支撑不住了，那意味着将会有一场令天下动荡的浩劫。小圆子不知个中凶险，李怀信却听得脸色煞白："你怎么不早说！"

小圆子不明就里："您也没问啊……"

未等对方说完，李怀信已脚步匆匆地往紫霄宫去了。

千张机与寒山君此刻还在太行金殿中密谈，屏退了所有弟子。

寒山君沉着脸道："我已经放出消息，不日就会天下皆知，太行神木均正尺，已落到那女冠手中。"

千张机脸色骤变："你这么做，必将挑起天下纷争！"

寒山君紧紧攥着手里的铜钱，咬紧牙关道："那女冠，非除不可。"

“有什么非除不可的理由？”千张机瞥见他攥紧的拳头，“是因为均正尺？我与那女子过招之时，你算到了什么？”

寒山君目光一颤。

自从寒山君未老先衰，千张机已经很多年不问卦了，也一律将那些前来太行求卦的人拒之门外。千张机不是没有怀疑过，以冯天的资质和悟性，在其门下修习多年，却学业不精，必有隐情。如今看来，怕是他不想这小子成大器后跟他一样，或者比他还要无法无天，泄漏天机，到时就不只未老先衰这么简单了，恐怕连阳寿都要折尽。奈何他千防万防，冯天也没能躲过命运。

有些东西，上天早已注定，妄图更改，去打破天地间的法则，必将导致天道失衡，生出一些避无可避的灾祸与厄运来，所以说，天道不可逆。寒山君占天卜地，怎么可能不懂这个道理，只不过，他太疼冯天了，以至于，可能会为了冯天，做出一些打破规则的事情。

这些，千张机都不予追究，更不会强人所难地要求他说出卜算结果，比起未知，他更在乎眼前人的安危，遂改口问：“是否与辟尘有关？”

寒山君内心正天人交战，没有正面回答，坚持道：“若这女冠不除，必将天下大乱。”

阴风刮过，朗朗晴空转眼就变了天。

太行山高水长，绝壁万丈，岩如斧劈，峰如刀削。贞白独行于悬天古道，越过风刀霜剑，放眼望去，深谷生云，峭石凌风，风起云浮，仿佛山在摇晃。

是山在摇晃吗？贞白无法断定，只觉脚下虚浮，跟着山摇地动，人行于悬崖边，步伐踉跄。

她走了很久很久，一步也未曾回头，眼前不断涌现出那些残存下来的记忆，像刀一样，将她割得支离破碎。

她用毕生修为，去救了一个将她钉在乱葬岗十年的人。这十年，她被阴煞气侵蚀，差点变成厉鬼，最终，不得不依附阴煞气存活，吸纳乱葬岗滔天怨气……撑到如今，只为找到那个布阵之人，亲手了断。

现在，人找到了，她却下不去手。

贞白第一次感到筋疲力尽，仿佛日行万里。

恍惚中，她听见一声清脆稚嫩的呼喊：“贞白。”

她一抬眸，就看见一早雀鸟似的奔过来，腕上的凶铃发出丁零当啷的脆响。

“哎？”一早远远地将她打量了一遍，风尘仆仆地在她跟前刹住步子，目光最后落到她的指尖，有两根手指明显被灼伤了，遂问道，“跟太行山上那帮人打架了？”

贞白顿了顿，颔首。

“打赢啦。”只伤了两根指头，算是全身而退啊，一早又扫了眼贞白身后，一直望到尽头，确定没有人跟来，才道，“我还以为你起码会被这帮人困个十天半个月呢，没想到这么快。哦，对了，找到你那位故人了吗？还有你的东西，取回来没有？”

良久没听见回应，一早抬起头，才发现贞白在走神。

“贞白，贞白。”一早拽她的胳膊，还想问她有没有找那位寒山君问卦，却发现贞白的腕上印着五个青紫的指印，“哎，怎么弄的这是？骨折了都。”

贞白蹙眉，垂头看手腕，这才后知后觉地发现。

“不接一下吗？”一早看她似乎不大对劲。

贞白垂下手，神情依旧冷淡，她避开一早的询问，盯着前方两个正在挖坑铲土的行尸，问：“你在干什么？”

一早转头看了看，答道：“哦，我看这些尸体一直搁在这儿也没人来领，等开了春，雪一化，就该臭了。我就想吧，让他们自食其力挖个坑，自己把自己埋了算了。”一早说着，又想起另一件大事，“我躲这儿的时候，听见几名上太行的修道士说，长平乱葬岗的封印快撑不住了。”

贞白眸子一沉，当机立断道：“启程，去长平。”

卷五

荡魔篇

『我可以如实相告，但你必须答应我一个条件。』

『讲。』

『我要你，收拾这长平乱局。』

第九十四章 阴兵入城

李怀信原本要前往紫霄宫，可刚跨出院门没几步，就感觉天旋地转，头重脚轻，根本支撑不住，还好小圆子跟在后面，见状，将他重新架回了屋。

然而头疼越发频繁，李怀信常常疼得冷汗涔涔。那三魂像是要抢占他的意识，一点一点地，灌注着杨辟尘的前尘过往，都是些无关痛痒的记忆，却时常搞得他意识混沌，不得安生。他只能强行压住，不断与之较劲，他怕一妥协，自己就不是自己了。

就这么浑浑噩噩地煎熬了两日，李怀信之前被扯伤的魂体才稍稍稳固，但此时紫霄宫和寒时殿早已人去楼空，山门中只留下小半数弟子。

那两位守山门的弟子说："掌门有令，二师兄不得下山。"

别说掌门有令，现在就是天王老子有令，也拦不住他。

李怀信背着剑匣，出了山门，却一步一回头，满脸无可奈何："我都说了，这次不能带你去。"

几步之遥，一条黑狗驻足，与他相望。

李怀信一转身，它就往前跟，他走几步，它就跟几步。

李怀信被磨得焦头烂额："别跟着了，回去。"

黑狗叫道："汪汪汪。"

李怀信头都大了："我听不懂你在说什么，但是你别再跟着我。"

他要去的是长平，而冯天正是在乱葬岗殒的命，他怎么可能还将夺舍狗身的冯天带过去。更何况，乱葬岗的封印快撑不住了，此行比他们之前误入其中还要危险千百倍，连他自己都做好了死在外头的准备，因为除了要找师祖问清楚，他还要去寻贞白。

李怀信觉得自己真是活腻了，呢喃道：“她要杀我，我还上赶着跑去找她。”

冯天叫道：“汪汪汪……”

不过，他李怀信可以不要命，不能把旁人也搭进去。因为他，冯天死在乱葬岗；又因为他，冯天夺舍狗身，一时半会儿还不知道怎么让魂体出来。他觉得自己亏欠冯天的，两辈子都还不清。

为了让冯天安安分分待在太行，李怀信道理说了一箩筐，说得口干舌燥，结果一转身，这四条腿的又颠颠跟来了，真是冥顽不灵，应该让小圆子把它拴起来的。

要不把它打晕吧，李怀信是真没招了。他抬起手刀，刚比画了一下，冯天就呼哧呼哧地哼了起来，龇牙咧嘴地瞪着他，像条恶犬，特别凶，仿佛只要他敢妄动，它就会猛扑过来，跟他拼了。

李怀信有点儿忌惮，毕竟跟条狗打起来，太不体面，何况他又不敢下重手，万一真伤到对方。

这冯狗就不一样了，一嘴的獠牙，也不用顾面子，到时候逮着他就咬，啧，实在是敌强我弱。

一人一狗僵持了半天，李怀信没时间继续跟它耗了，道：“你信不信我对你不客气。”

冯天猛地龇牙，摆出一副进攻的架势，更不客气。

“冯小天！”李怀信简直束手无策，他从未想到，有一天会被一条狗欺到头上，“寒山君一定会活剐了我的。”

“汪汪汪……”黑狗狂吠。

李怀信盯着它，表情一言难尽，活剐就活剐吧，只当他这二十年作威作福，造孽太深，终于要遭报应了。

“不过丑话说在前头。”李怀信双手叉腰，审视它，“你跟着去，若敢不顾危险，最后连这条狗命也丢了，我就去给你陪葬，咱俩共赴黄泉！”

冯天瞪着一双溜圆的狗眼，没吭声。

李怀信轻轻踢它一脚，把它踢得一趔趄："听见没有！"

冯天站稳了，尾巴一甩一甩的，依旧没吭气。

"答应你就'汪'一声，不然我就把你拴这里，等巡逻的弟子一会儿把你拎回去。"

这死小子一向说得出做得到，冯天只得不情不愿地屈从了："……汪！"

达成协议，一人一狗才往山下走。

李怀信身体还没完全恢复，体能不行，赶路时间一长，就容易气虚，不得不停下来稍作休息。

李怀信手腕和脚腕上绑着四根红绳，是千张机专门给他系上，用来固魂的。此刻他坐在石台上，沉思道："你还记不记得？"他把冯天拉过来，"我小时候，刚上太行那会儿，身上就系着几根红绳子。"

冯天歪着狗脑袋，做回忆状。好像是有这么回事，当时小李怀信病恹恹的，长得跟瓷娃娃一样，看起来格外人畜无害，冯天就是被他那张脸蛋给蒙蔽了，其实这人一肚子坏水。不过那时候他们都还太小，又过去了近十年，冯天记不太清了，想回答，却只能汪汪两声。

李怀信听不懂，撸一把它的脑袋："能不能说人话？！"

冯天一爪子糊开他，这不是"强狗所难"吗？！平常为难人也就算了，现在连狗也要为难，你咋不跟老子汪汪汪呢？

"嘶！"李怀信抬手一看，被挠出几道泛白的爪痕，"狗爪子尖利得很，伸过来剁了。"

冯天撒腿就跑，李怀信也就嘴欠几句，压根儿没打算逮它，只靠着岩壁养神。

头还是晕的，睡着后那些纷乱涌来的记忆就像梦境，而清醒时，则成了席卷而来的幻境，源源不断地在他眼前涌现，无孔不入地往他脑子里钻。既然无法抵抗，李怀信索性决定好好看一看，只要他不把自己代入进去，不把自己当成杨辟尘，撇清这层关系，就稍微容易接受些，说不定，还能从这些零散的记忆碎片中，理出一条线索来。

很快，他又在识海中看见了贞白，她提着竹篮，兜着几只刚摘的蘑菇，在林间穿行。

而他，好像就跟在她身后。他从树桩上采下一只蘑菇，问："野生的，还是自己种的？”

“种的。”

无论当时还是现在，贞白的性子半点儿都没变，十年如一日地淡漠凉薄。

随即画面一变。还是贞白，这次离得远些，她坐在凉亭下，手里托着一卷书，看得全神贯注。

耳边有个醉醺醺的声音，笑道：“杨兄弟，眼睛都直了。”

他回过头，是个蓄着山羊胡子的老头儿，说着醉话：“快把心思收一收，别想打我们小白的主意，你没戏。”

闻言，杨辟尘眯起眼，放下酒壶，兴味盎然道：“为什么？”

“因为……”老头儿喝了口酒，咂巴咂巴嘴，乐呵呵地举起手，抖了抖袖管，掐住一根手指的指节，故弄玄虚道，“我掐指一算，你俩没戏，哈哈哈哈。”

杨辟尘也被他逗笑了，开怀道：“老哥哥，你很准嘛。”

老头儿乐和完，又开始摇头，长叹一声：“唉，是我们小白啊，没这个福分。”

“哦？”杨辟尘身子前倾，胳膊支在桌上，“怎么说？”

老头儿摇头摆手，捂着额头，很有几分老爹为闺女发愁的意思：“她啊，惨哪……”拖长了尾音，因为醉着，舌头是打卷的，“没有姻缘的。”

闻言，李怀信心头一颤——什么叫，没有姻缘？

“你不知道……”老头儿越说越含糊，“我知道……但是你不知道……没人知道……”

杨辟尘侧耳听了半天，也没听出个所以然来，就这么几句话绕来绕去的，他哭笑不得，问：“知道什么？”

老头儿已经趴到了桌上，醉得不省人事，嘴里还在嘟囔着：“秘密……”

杨辟尘撑着太阳穴，酒精也开始上头，瞅着老头儿的醉态，他勾起嘴角：“老哥哥，你说漏嘴了。”

……

这些久远的记忆一旦出现在李怀信的识海，无论相隔多远，都会通过那只钉入眉心的眼睛，让远在长平的贞白瞧得一清二楚。

已经好几次了，甚至越来越频繁，无论白日黑夜，她都会无意中看见杨辟尘的记忆，因此受到影响。哪怕她现在并不想再看见这个人，却还是要被迫去面对。

为什么当时不干脆杀了他？难道，就这么算了吗？

她本来心如坚冰，却抵不住那人一声“我疼”。那两个字，像刀一样插在她的软肋上，让她猝不及防，然后，她手一软……

“贞白。”一早回头，看见贞白握着沉木剑的手在抖，警惕道，“城里很危险吗？”

贞白收回思绪，蹙起眉，负手于身后，目视着被黑气萦绕的城镇，沉声道：“阴煞气很重，已经蔓延百里了。”

明明是青天白日，却阴云压顶。

一早盯着城门和城墙，那上头插满了各式各样的驱邪旗帜，贴满了黄符，各派混杂，乱七八糟。随着阴风阵阵，旗帜猎猎作响。

一早有些犹豫：“咱们还进去吗？”

贞白已经走到了城门口，用指腹蹭了一点青砖上的黑褐色血迹：“应该是鸡血，黑狗血，还有朱砂。”

“嚯，还挺齐全。”一早轻轻推开城门，城门发出咯吱咯吱沉闷的钝响，“居然没扣锁。”

“锁了也无济于事。”贞白往里走，“邪煞无孔不入，哪怕铜墙铁壁都无法阻挡。”

整个城镇阴气森森，街道两旁空空如也，一个人影都没有。相比之前贞白初来时的繁华热闹，现在家家户户闭门闭窗，门窗上贴着各式凶神恶煞的门神、黄符，路边甚至摆着丧葬时用来随葬的纸人，地上泼洒着斑驳的血迹，不知是人血还是用来驱邪的鸡血。

“这些人呢？”一早疑惑道，“都逃走了，还是已经遇害了？”

倏地，一道黑影从深巷里闪过，贞白和一早齐齐侧头，却什么都没看见。

一早问：“刚才是什么东西？”

贞白摇头。

阴风吹起，挂在屋檐下的法铃随之晃动，叮叮当当乱响。

法铃镇邪，贞白问一早：“受得住吗？”

“还好吧。”一早拍拍胸脯，道，“就是有点儿心慌。”

当然她并没有心跳，只是表达那么个意思。

“进去看看。”

一早点头，跟着往里走。

满城黑气萦绕，阴云覆盖，街巷的十字路口牵了无数根红丝，每根红丝结头处系着一排五帝钱，这是个专门为邪灵设置的路障。

贞白驻足看了看，无意破坏，带着一早拐进一条纵深小巷：“绕道走。”

“城里贴了这么多符，”一早这一路上没少辨认，有好几种符印，能看出分别是来自不同道派，“怕是来了不少道士。”

“嗯。”贞白不置可否，“先看看什么情况。”

“要不然去敲门看看，人是不是都躲在屋里了？”一早道，“也好找个人问问。”

“动静别太大。”现在这种状况，肯定个个绷紧了神经，如同惊弓之鸟，贞白补充道，“会吓着人。”

一早随意挑了一户，轻轻地敲门，里头毫无声息，她不由得加重了几分力道，用小女孩纯真稚嫩的嗓音问：“有人吗？哎，请问，有没有人？”

贞白侧耳倾听，屋内传出压抑的低喘，仿佛是屏息了太久，喘不过气，略显惊恐地换一口气，仓促地，喉咙里呜咽一声，带点儿哭腔，许是怕极了，又快速闭住了气。

“别敲了。”贞白唤住她，“到前面看看。”

她们走到窄巷的深处，只见地上躺着几个人，个个身穿道袍，面如死灰。

一早踹了踹其中一个人，跟踢石板一样：“都死僵了。”

贞白蹲下身查看，说道：“是撞魂。”

“嗯？”

贞白想起死在乱葬岗的冯天，道：“阴兵撞魂，应该是……乱葬岗的封印已经裂开了。”

一早瞪大眼：“那怎么办？”

突然，窄巷尽头闪过一个奔跑的人影，一道阴影紧随其后。贞白快如疾风，沉木剑猛地脱手，飞剑射出，将一身黑色甲胄的阴灵钉在了墙垣上，那阴灵随即化作一团黑气，倏忽消散。

待贞白跨出窄道，镇定自若地拔下墙垣上的沉木剑，转过头，刚才那位差点被阴兵撞魂的人已经吓得呆若木鸡。

那人从方才死里逃生的境况中反应了许久，神魂才终于归位，然后他突然朝贞白冲了过来，几乎喜极而泣："哎呀，贞白！"

闻声，贞白才认出这位狼狈逃奔的人是谁："梁捕头？"

"哎！"梁捕头激动不已，"对对对，是我是我，你怎么回来了？真的有鬼啊！"

"你……"

"你刚才那一剑，真是及时，我差点就没逃过这一劫！"梁捕头神经紧绷了数日，如今这救星居然一剑就解决了阴兵，这本事令他激动不已，贞白根本插不上话。他噼里啪啦地说完，还有心思叙旧："你走的时候咱俩没来得及道别，没想到有生之年，还能再次相见。"

贞白刚要开口，突然听到远处传来一声叫唤："道长！"

两人回过头，见赵九一把顶开头上的箩筐，直奔而来："道长啊，道长。"

若说梁捕头方才是差点喜极而泣，这赵九则真的是哭了出来。他冲过来，想拽住贞白的手，又硬生生地把手收了回去，他抹了把已经溢出眼眶的泪花，道："道长，闹鬼了！"

赵九还欲再说，眼角余光突然瞥见从巷子里晃悠出来的小小身影，吃了一惊："丫头？！"

一早弯起月牙眼，腮边笑出两个酒窝，不慌不忙地应道："大叔。"

"不是。"赵九却慌了，现在城里城外这么危险，这丫头看着还挺悠闲，是真不知道怕啊，他问，"你打哪儿来的？就你自己吗？"

一早的小尖下巴朝贞白一点："我和贞白一起来的，过来溜达溜达。"

赵九瞪大眼，把她当孩子训："都什么时候了，你还跟这儿瞎溜达，当心小命不保啊。"

"哎，这小丫头……这丫头……是不是……"梁捕头看着一早有点面熟，一时又想不起来在哪里见过。

一早见他这样子，乐了，有意点拨道："咦，你还没让老虎给叼走呢？"

她这么一说，梁捕头立马想起来了，这不就是当初捡到指骨，跟何大爷来县衙报官，却偷偷拿走死者扳指的小丫头吗？他很是诧异，问道："你家大人呢？"

一早随口答道："死了。"

梁捕头和赵九皆是一愣，异口同声道："死了？"

"嗯。"一早点头，为免他们问了父母问亲戚，东拉西扯起来没完没了，干脆道，“全死了。”

赵九心疼道：“怎么……”

一早就受不了这个，连忙打住，道：“眼下你们都自身难保了，就别操心我了。”

“哎，你这丫头，”梁捕头惊奇道，“这么没心没肺呢？”

“阴兵是何时入城的？”贞白适时插话，“城里的百姓呢，都躲在屋里吗？”

“两日前入的城……到今日，就第三天了。”梁捕头向来不信邪，这还是第一次见鬼，目睹它们从墙壁里头穿进来，捅不烂，也砍不死，但凡被这些身穿黑甲的阴灵撞上，人就会死，慢慢地，整个城镇被黑云笼罩，再也由不得他不信邪。

百姓们个个吓得魂飞魄散，东奔西窜，幸亏一批修道之人及时赶到。奈何来的都是些修为尚浅的修士，道行还不够高，只能勉力抵御，把符咒贴了满城，又是宰鸡杀狗的，四处布下防护，却只撑了不足两天。从外侵袭的煞气越来越重，短短一个昼夜，黑云就遮天蔽日，直接将城门口的黄符腐蚀了。那些修士一拨接一拨地贴了三轮，最后符箓耗尽，待阴兵再次侵袭，只能硬拼。

原本修士们是将大家召集在一起，集中维护，也能勉强稳住设下的阵法，但是一见阴兵进来，大家就吓得四处乱窜，再加上死了半数以上的修士，跑散的人就躲到了家中，守着自己那一亩三分地，以为关上门窗，就能安全些。

“还有一部分人，”梁捕头继续道，“跟其余的道长都安置在衙门里。”

贞白问：“那你们怎会在此？”

“我跟赵九，还有另外两位道长，是准备去包子铺给大家弄些吃食的，结果刚走到半途，就被阴兵劫道了。混乱中，那两位道长也跟我们走散了，不知道会不会有危险。”

“走吧。”贞白抬眸，看着沉沉压下来的黑气，翻涌着，波谲云诡，道，“我送你们过去。”

梁捕头和赵九急忙跟上，一路东张西望，四下提防着。

“大叔。”一早踢开横在路上差点绊着赵九的半截木头，“你看着点儿路吧，别乱瞅了，后面我帮你盯着。”

“丫头哎，”赵九忙将她往前面推，“你可别添乱了，去跟紧道长，你是不知道现在有多危险啊。”

一早知道这俩人自己吓得够呛，还把她当成不知死活的倒霉孩子，瞎操心，她也懒得费口舌，索性跟上了贞白。

此刻一股邪风吹过，卷起尘土，乌烟瘴气的，赵九当即吓得一哆嗦，手里攥着一张皱巴巴的朱砂符，在空中挥来挥去。

贞白静待片刻，找准方位，手中沉木剑一旋，众人还未来得及看清，她已若无其事地收了剑。

梁捕头刚拉开架势，突然风就止了，完全没反应过来："怎么了？"

为免吓着他们，贞白只道"无事"，继续往前走："城中有多少人因此丧生？"

梁捕头心有余悸道："光是百姓，就不下二十个了，还有那些赶来的修士，好多都不幸身亡了。我手下的人，但凡见到死者，都会尽量往衙门里抬。"

贞白又问："阴兵的数量多不多？"

"至少达到一小支队伍的数量了，除灭了一部分，但是那些道长说，还有不断从乱葬岗里出来的。"梁捕头忧心忡忡道，"有好几个百姓想逃命，结果刚跑出城门，就死在了外头。"

"嗯。"贞白眺望远方，道，"不只是此地，方圆百里，长平乱葬岗周围的各个城镇及村子，都已被波及。"

"都……"梁捕头吓得脸色铁青。

"封印裂损，煞气冲天。"

一旦完全冲破封印，数十万阴兵出世。比起斩断四方龙脉，仅仅一个乱葬岗的阴兵，就足以荡平大端的半壁江山，造成一场人间的千古浩劫。

贞白突然心头一凛，生出一个可怕的猜疑：当初天降玄雷，将封印劈裂，她和李怀信、冯天合力修补之后，仍然不再牢固，埋在地下的怨灵躁动不安，确实极有可能造成再次破损，但……也不排除有人蓄意破坏。她必须尽快前往查看。

想到这里，贞白加快了步伐，去了一趟包子铺，等梁捕头和赵九各拎上两麻袋面粉，就匆匆往回赶。

县衙的大门外设了法坛，横梁上挂着三清铃，贞白刚靠近，那三清铃就被阴邪气催动。

梁捕头和赵九皆是身体一震，这是那些道长特意挂的，但凡有邪祟靠近，就会被催响。两人惊慌失措地往后看，却什么都没瞧见，更慌了。

贞白并不在意，道："进去吧。"

她前脚刚跨入门槛，斜刺里就有一剑挑来，贞白似早有预料，沉木剑轻轻一提，手腕一转，那柄铁剑就被弹飞出去，哐当坠地。

随即又有三四柄剑刺过来，把贞白逼退的同时，破空飞来一道诛邪符。

贞白两指一夹，黄纸没燃，可上面的朱砂瞬间煳成了黑色，冒起青烟。

“别打别打。”梁捕头赶忙插到中间，劝架道，“各位道长，都是自己人，咱……”

“什么自己人！”一名年轻道士厉叱道，“这就是只邪祟！快离她远点！”

“不是。”梁捕头完全没听懂，“邪祟？谁？”

那青年急了，指向贞白：“就是她啊！”转眼又看见一早，又道，“还有这只小鬼，你们……”

闻言，一早撇了撇嘴，没吱声，表示默认。

赵九却不干了：“话不能乱说，这位道长，还有这丫头，跟咱都是老相识了，多好的人啊，当初还帮梁捕头破过案子的。”

“对。”梁捕头帮腔道，“刚才也是她于危难之中救我一命，一剑就斩除了那个阴兵，真的很厉害，现在情况危急，大家应该团结一致，别生出误会。”

“没有误会！”那人脸色苍白，挂着两只黑眼圈，显然是折腾了几日，已经疲惫不堪，他道，“这邪祟身上的阴气比那群阴兵还要重，她更危险。”

梁捕头和赵九同时转头看向贞白，然后又对视一眼，都是一脸“他在胡说八道”的神情，但又碍于这些修士这三天不分昼夜地对付阴兵保护了诸多百姓的情面，没有当即反驳，可心里是压根儿不信的。

那人急火攻心：“你们无半点道行，自然什么都看不见。”

梁捕头左右为难，好言相劝：“要不这样，咱们有话呢，先进去慢慢说，别站在外头，伤了和气。”

那人严词拒绝道：“不行。”

“不必。”贞白与他同时开口，“我只顺便送你们一趟，这就告辞。”

说完转身便走，一早紧跟上她。

“道长。”赵九提着两袋沉甸甸的面粉上前挽留，“别走啊，外面实在太危险了。”

“对。”梁捕头也道，“暂且在衙门里避一避吧，大家再挺一挺，相信各大派的道长，还有太行，很快就能赶来救咱们。”

贞白拒绝道：“我还有事，不便耽搁。”

“什么事啊？”赵九问道，“你还带着这丫头，要去哪儿？”

贞白如实相告：“乱葬岗的封印破损，我必须前往查看。”

赵九吓得一哆嗦：“娘哎，你怎么还敢去那里，这可万万不行，你这是去送死啊。”

梁捕头也吓得不轻，她真是不要命了，这时候还敢往乱葬岗跑，他说什么也不让。

“若不封住源头，”贞白据实相告，“待几十万阴兵出世，祸乱人间，周围的百姓都将死无葬身之地，无一幸免。”

事到临头，贞白也不是吓唬他们，眼见煞气越来越重，她不再耽搁，转身就走。

赵九先反应了过来，盯着她的背影，千万个不放心：“可是……你一个人去吗？”

贞白顿了顿，一早回头道：“不是还有我吗？”

“你不许去！”连个小屁丫头都敢上，岂有他们龟缩起来的道理，梁捕头牙关一咬，豁出去了，“你等着，我调派些人手，跟你一块儿。”

“我……”赵九怯懦极了，面粉袋靠在脚边，战战兢兢地举起了手，“我也……”

贞白万万没想到，这些普通百姓，血肉之躯，面对阴兵根本束手无策，他们明明怕得要死，也知道去了必死无疑，却仍愿意站出来，助她一臂之力。所以人心，不是只有险恶无情的吧？起码赵九和梁捕头，他们的心是热忱的。不说什么拯救苍生，哪怕只为了这两颗心，长平乱葬岗的阵法也必须封死。

贞白深深吸气，说道：“不必，这里还有众多百姓需要保护，你们暂且守在城内，以防万一。”

第九十五章 捍卫

天寒日暮，山脚处的茶肆里坐了几桌人，都是持剑赶路的道门各派弟子，正热火朝天地议论着乱葬岗封印破损之事。周边的城镇村子通通遭了殃，煞气还在不断地蔓延扩散，他们都是赶去助阵的。

“可是话说回来，”其中一人道，“太行道的均正尺，真的落到了一个邪祟的手中？”

“寒山君都因此亲自下山了，肯定不会有假。”

“嚯。”大家来了兴致，“这均正尺，可是立国之神木啊，历来被掌握在太行手中，相当于掌握着一统天下的无上权柄。”

如此至高无上的权柄，谁不想握在手中？大家都有心想将门派发扬光大，所以此话一出，难免各有算计。

“太行百年不衰，又被奉为国教，靠的不就是这柄均正尺？”

“也不全然。”有人糊涂，自然便有人清醒，“太行之所以被称为天下之脊，乃是天时地利人和，缺一不可。历来多少王朝统治者选择背倚太行，建立国都，从而一统宇内。都是命数，才成就了太行道今日之地位。”

话虽如此，可绝大多数人都是不理智的，自古以来，多少人为了虚名争得你死我活，不惜血流成河，更何况这号称能掌天下的均正尺。

“古往今来皆如此，名利荣辱，都是要用命来挣的。”

“咱也不必扯那么远，就看眼前太行备受倚重，其实全赖当年本应继承大统的那位，被送去了太行修行。”

“你不提我都差点忘了这茬儿。”此人马上坐直了，“是那位……流云天师啊。”

“可不，多了不起的一号人物，绝不是徒有虚名的。”

另一个忍不住调侃道：“可惜啊……你们觉得，是当皇帝好呢，还是当天师好？”

“这就要看个人志向了吧，天师虽然也享无上尊荣，终归不如帝王权倾天下。”

而那个本可以手握皇权、坐拥江山的人，却不得不放弃帝位，出家修行，这其中是否有隐情，谁也不得而知。

这些人聊着聊着，话题一拐，又聊到了本朝二皇子身上。这二皇子和老天师一样的命途，都是被送上太行修行。只不过这二皇子既不是嫡子，后台也不硬，前途自然唏嘘，这辈子跟皇位也沾不上边儿，修行就修行了，倒没什么可说的。

李怀信坐在角落，听他们瞎掰，茶都凉了。

对众人的说法，他在心里嗤之以鼻，说他跟皇位沾不上边儿，他从小到大压根儿都没稀罕过好吗。就看他父皇每天起早贪黑的，累死累活还要受那一帮老东西的夹板儿气，特别是议事之时。李怀信曾在御书房外撞见过几遭，文官们夹枪带棒打舌仗，而武官们又沉不住气，直接扯开大嗓门儿骂街，两拨人在御前差点就挽起袖子打起来。多闹心哪，别的不说，还要躲明枪，防暗箭，没完没了的斗争，外面乱，窝里反，天天水深火热的。这么变态的日子，谁愿意谁要，反正他是不要。每次回宫，表面上兄友弟恭的，私下里，谁没在往死里折腾？同一个爹，但又不是出自同一娘胎，那些老母亲们便每天挖空了心思带着儿子们玩宫心计，花样百出，处处暗藏杀机。他躲在太行，简直就是坐拥一方净土，对皇权之争无半点兴趣。

至于师祖，他多年闭关，李怀信对他的印象已经不太深了，只记得他手执拂尘，搭在臂弯，一副仙风道骨的模样，不像眷恋尘世之人。李怀信十岁之前，一直称他为皇爷爷，直到上了太行，皇爷爷才让他改口：“以后不能再叫皇爷爷了，应该叫师祖。”

李怀信稍稍走了个神，茶肆里这帮人又不知不觉扯远了。他垂头，搁在宽凳上的茶盏已空，黑狗踮起后腿，前腿架在宽凳上，保持着站姿。他问它：“还喝吗？”

冯天：“汪……”

李怀信拎起茶壶，又给它倒满，且听那帮人你一言我一语地扯回长平乱葬岗，并煞有介事地说起几个月前，突然降下的十几道天雷，是因为出了个祸世的邪祟。而太行道的均正尺，就落在了这只邪祟手中。据说，她下了太行后，就一路往长平去了。他们此行前往，会集了修道百家，不仅要镇压乱葬岗大阵，还必须要除掉这只祸世的邪祟，以绝后患。

“烦死了。”一道声音突然响起，让正热烈讨论的众人蓦地噤声，纷纷转过头来。

“喝个茶都不清静。”李怀信阴沉着一张脸，道，“一群嘴炮，嘚嘚个没完。”

那群人直接青了脸，有人猛地奓毛道：“你说谁呢？！”

“不要误会，我不是针对你。”李怀信眼皮一抬，扫过去，“我是说在座的各位，都是嘴炮。”

这就是有意挑衅了，另一人一拍桌子，气势汹汹道：“找碴儿是吧。”

李怀信嗤笑，睨着眼，极其不屑。

在众人看来，就是一副狗眼看人低的欠揍样儿，气死人不偿命。

“你算哪根葱，敢这么跟我们说话？”

李怀信不欲逞口舌之快，打算用实际行动告诉他自己算哪根葱。结果刚站起身，就被绊住了，他一低头，只见桌子底下的黑狗死死咬住他衣袍的下摆。

李怀信瞪它：“撒嘴。”

冯天哼唧，咬住不放。

“我叫你撒嘴。”

对面传来讥笑声，在他们说出那句“连条狗都奈何不了”时，李怀信手指一拨，使了几分巧劲，一盏茶被掀飞出去，茶盖、茶杯、茶碟以迅雷不及掩耳之势分别啪啪啪打了三个人的脸。

所有人都还没反应过来，李怀信已冷哼道：“屁本事没有，张口闭口就叫人邪祟，掌嘴！”

“你……”

见大家蜂拥而上，冯天怕妨碍他，只能松了嘴，这惹事精要生事，真是拦不住的。

仗着自己有点儿能耐，李怀信把一拥而上的十几个人打得满地找牙，个个直不起腰来。当对方义愤填膺地问起他师承何派时，得亏他还知道给掌教留脸，自己惹的事自己揽：“是我动的手，与我师门何干，你问这个是想去告状吗？换作我在外头挨了揍，十几个都打不过一个，绝对没脸往外说，丢人。”

李怀信扫视茶肆里的一群人，嚣张道：“就你们这几个废物点心，打包给我都不够吃的，还嚷嚷着去乱葬岗除祟，这是专程去送人头呢？那里面的尸骨冤魂已经够多了，用不着你们去凑数，打哪儿来的回哪儿去，顺便……”他一指被他摔坏的杯碟，“跟茶肆老板把账算一算。”

说完，李怀信就拎着剑匣跨出了茶肆。他心里跟明镜儿似的，一帮乌合之众，嘴上嚷嚷着除祟，打的却是均正尺的主意，现在不收拾，放着他们去给贞白添乱吗？

这已经是他今天第二次跟别派弟子起冲突了。

来的路上，遇到一拨赶往长平的人，见他们七嘴八舌地议论什么，李怀信就听了一耳朵。结果却是在说长平乱葬岗降下天罚，出了个祸世的邪祟，而且这邪祟相当了得，已经在人间游历一圈，甚至害死了枣林村全村的百姓。

李怀信一听，气得要死，差点拧断那群人的脖子。谁这么阴毒，什么黑锅都往贞白背上扣？还残杀全村百姓，罪大恶极，此事一经传开，必将人人得而诛之。

那帮弟子技不如人，又见他下手狠辣，在严厉逼问下，不得不如实招来，原来也是从别人口中道听途说的。当时枣林村破阵之后，跑出来两三个村民，倒在路上奄奄一息，浑身长满了尸斑，恰巧被路过的某位道长遇见，本想施救，却已无力回天。据那几名村民临终前说，有一名身着玄衣的女冠，手执木剑，还放出过一条巨蟒，她与一名男子联合青峰道人，将整个枣林村赶尽杀绝……

区区三言两语，就让贞白成了个杀人如麻的头号邪祟！李怀信思绪无比纷乱，这样的传闻，再加上乱葬岗天罚、太行均正尺，这一系列事件搅和在一起，不知是有意还是无意，让贞白成了众矢之的。李怀信不得不怀疑，也许十年前，在贞白被均正尺钉入乱葬岗时，布在四方的大阵便已经完成，可是又历经了十年，到今时今日，这场阴谋仍未终止。幕后那个人，仿佛在悠久的岁月中下了盘大棋，然后按照布局，随着时间一步步推进，将所有人玩弄于股掌间。

可布阵那个人，杨辟尘，李怀信明明在识海中亲眼所见，他已经死了。不对，杨辟尘的三魂尚在人间，甚至跟自己如影随形……思及此，李怀信的心一点一点往下沉，后背阵阵发寒，他怕自己也是颗棋子，甚至是杨辟尘早就设置好的，至关重要的一步棋。

不管那人打的是什么算盘，若是真相真如他猜测的这般，那么，无论用什么办法，他也一定要掀了这盘棋。

李怀信日夜兼程，脑中不断推敲着幕后的种种阴谋诡计，想要找出更多信息，奈何识海中有关杨辟尘的记忆被切割得支离破碎，毫无逻辑可言，根本无法理顺。

他越想脑仁儿越疼，回过头，才发现冯天慢慢腾腾的，已经落后了老远。

“累了吗？”李怀信停下来等它，“四条腿不是应该跑得更快？”

冯天直接一屁股坐在地上，不搭理他。

“冯小天。”李怀信无可奈何，折回去，在它面前蹲下身，“夺舍谁不好，你夺舍狗身，一时半会儿当然难以适应，都叫你别跟来了。”

不夺舍狗身难道夺舍人身？当时那种情况下自己有得选吗，冯天一急，开口道：“汪汪……”

算了，还是闭嘴吧。

“沟通实在太有障碍了。”李怀信盯了它片刻，道，“要不你试着学学人话？”

冯天只能腹诽道：学你个头！

李怀信见它忍气吞声，也不捉弄它了，张开双臂道：“要不我带你一程？”

冯天毫不客气，直接往他身上扑，攀着他胳膊往肩膀上踩。即将登顶时，被他一把扯进了臂弯，牢牢箍住：“真有你的，还想骑到我头上，老实点，再蹬腿儿就把你扔出去。”

月色如霜，寒冬未过，仍是一片萧瑟景象，远处灯火阑珊，有客栈可下榻。

李怀信一沾床就乏得睁不开眼了。许是因为日有所思，夜有所梦，他梦见自己年幼时，看见天上飞过一只白鹤，便弃了书卷跑去追，绕着皇城内高高的宫墙，一直跑，一直跑，身后年迈的公公追得上气不接下气：“二殿下，二殿下，别跑了，等等老奴啊，那边就是前殿了，您这样乱闯，莫要冲撞了圣驾。”

“那只鹤……”李怀信这才停下，气喘吁吁地指向天空，“上面有个人。”

“是……是……”公公已经喘得续不上话，半天才说完一句，“天师……入宫了……那位乘鹤来的……是天师的二弟子。”

李怀信匆匆瞥了一眼，那人他竟是见过的，可惜只能看见他瞬息掠过的身影，眨眼间，便又消失无踪。

随即梦境一转，黑夜降临，入目是一条积满残骸，被鲜血染红的河流。幼时的李怀信站在断桥上，惊恐地看着长平之役后的战场，早已吓得头脑空白，魂不附体。

然后一个略显苍劲的声音在耳边响起，诱导他，支配他：“二殿下，走过去，站上去。”

他如同被操控般，无法自已，感觉心口倏地一痛，转瞬已神志涣散，瞳孔失焦，只于茫茫中看见一柄拂尘，细韧如针，扎进他的胸膛。须臾，他身体里潺潺溢出鲜血，将银丝染红。

那声音低沉极了，响在耳际：“吾以皇室正统，天家血脉，祭大端数十万军魂，平灵怨，定长平。”

拂尘一甩，血洒长空，他小小的身影如同纸鸢，坠下断桥上的祭台……

——贞白骤然睁开眼。

她已置身长平，面前的景象格外熟悉，往事历历在目。她转过头，目光落在远处那座断桥上，与李怀信识海中的断桥一模一样。

所以，他也曾是这四灵阵的献祭之人？！

第九十六章 乱葬岗混战

长平乱葬岗的上空一片昏暗，数日间黑云罩顶，遮蔽日月，连带周遭的城镇村子也都昼夜难辨。一群黑鸦盘旋于半空，哑声嘶叫。寒风吹动草木枯枝，卷起地底躁动不安的声息，低如哀鸣。

连一早都感觉有点怵："这地方也太邪乎了吧？"

她上次过来，也只敢在边上溜达一圈，毕竟里面埋着阵法，又怨气冲天，而贞白却被钉在此处十年，活生生修成一只空前绝后的大魔头。此刻身处其中，一早不禁觉得，贞白真乃神人。

神人镇定自若地往前走，对周遭的一切视若无睹。在暗夜中，她的脸色显得惨白，像覆了一层冰霜的面具，毫无生气。

越往里走，贞白身上的戾气就越重，一早跟在她身侧，突然莫名地有些怕她。

地底的哀号声越来越清晰，仿佛有无以计数的怨灵在惨叫，一浪高过一浪。

一早踟蹰间，脚步慢了下来："贞白。"

贞白步履不停，冷淡道："跟上。"

"这些厉鬼。"一早跟上去，道，"叫得也忒瘆人了。"

"他们被七座山体镇在地下，灵化厉，厉化煞，永世不得超生。"

真作孽，一早捂了捂耳朵："你不觉得太吵吗？"

"习惯了。"这十年她都是在这声声哀号声中度过的，还有尸体腐烂的恶臭，混杂了铁锈气和血腥味儿，很多年都消散不去。

远处传来马蹄声，一早抬头望去，竟是两列黑沉沉的骑兵，行过崎岖山路，正朝着某个方向行进。

“要拦吗？”一早担心道，“阴兵出了乱葬岗就会祸及周边城镇的。”

贞白一门心思往深谷里走：“先补封印。”

在一片鬼哭狼嚎中，贞白隐约听见了人声，并且人数不少，她脚步微顿，能猜测到是什么人，敢来乱葬岗且深入腹地的，绝非寻常百姓。她怕顾不上一早，遂道：“你去松林里避一避。”

耳边实在嘈杂，一早未听出异样：“为何？”

“前边应该有上百名修士。”贞白转头侧耳，“身后也有人正往此处赶来。”

一早愣住：“这么……多吗？”

她有点怵，一两个修士她都忌惮，何况跟这么多修士正面交锋，必死无疑，而且身在乱葬岗，她完全就是跟阴兵没有区别的存在，还有贞白。

“你也别去了，他们人多势众，补个阵还是可以的吧？”

贞白更担心阵法是人为损坏的，坚持道：“我去看看。”

“贞白。”一早一把拽住她的袖管，道，“你现在的样子……”

“嗯？”

“你现在戾气很重。”

打从入了乱葬岗，贞白就像鬼魅一样，邪气得让人胆寒，她身上那股阴煞气与乱葬岗融为一体，一早百分百肯定，她一露面就得遭殃。

此时突然传来轰隆一声，似乎有什么坍塌了，伴随着阵阵惨叫。贞白眸子一沉，不能再犹豫了，若是固阵的山体垮了，这些修士支撑不住，只会更加难办：“我去看看，你保护好自己，别让我分心。”

“贞白！”

一早还欲再劝，却听到身后有动静，她无法，只能先把自己隐藏起来，目送贞白走远。

待贞白靠近尸骨坑，遥遥望见正对着尸骨坑的一座低矮的山体，也就是数月前被天雷劈裂的那座，碎石嶙峋，被无数蔓延的树根织成网状，堪堪兜住，上面一片荒芜，山脊之顶的槐树光秃秃地歪倒着，几欲枯死，中间是一道几尺宽的豁口，仿如一柄巨斧将山体劈开，连着岩石和根茎一并断裂垮塌。裂缝处贴了数十道符箓，却根本镇不住，阴兵仍源源不断地从这条裂缝中拥出。

周围施术之人连连后退，避开滑坡，又联手合力，祭出手中的法符，去填那道破损的裂口，欲将拥出的部分阴兵重新镇入法阵，无奈力量不足，适得其反，遭到压制的亡魂戾气大涨，嘶吼着与这股力量冲撞对抗。而原本被树根垒起的山体摇摇欲坠，根本经受不住内部怨灵剧烈的冲击，砰的一声，兜住岩壁的树根又被绷断两条，碎石滑坡，有人惊呼出声："小心！"

一众修士合力祭出一道法印，奋力将法印一点点往封印的裂缝处推，与煞气较量间，撑得手掌发抖。但越是压制，阴兵的怨怒越是翻倍暴涨，咆哮着，几欲疯狂，将其中两道法符腐蚀成灰。

施术的两名修士遭到反噬，猛一泄力，便露出了缺口。怨灵猛地从缺口中挤出来，两名修士根本来不及退避，惊惧地瞪大眼，身体骤然一震，阴兵已穿体而过，两位修士的魂体瞬间遭到重创。

"快退！"有人大喊道，"防御身后！"

贞白刚一现身，进入众人视线，便遭到了截杀。几枚钉魂用的桃木钉，飞箭似的刺过来，贞白一抬手，以沉木剑格挡，脚下却没有半分迟疑，直直往前迈。

有人在斜坡高处质问道："来者何人？"

"什么何人！"另一个修士没好气地叫道，"那明明就是只邪祟！"

"快，歼邪！别让她靠近封印！"

耳边嗡鸣一响，贞白偏头，避开刺过来的金钱剑，那是以红线串起一百零八枚铜钱加持而成的法器，降鬼伏魔。不过法器虽好，驭剑者道行却差了些，发挥不出太大效力，对付阴兵和附骨灵尚可，对付贞白就如孩童手里的树枝。贞白弹指敲在对方的腕骨上，那修士只觉得半截手臂一麻，金钱剑差点握不住，另一只手欲攻其不备，打出符箓，岂料贞白倏地旋身，身法快如鬼魅，那符箓贴在了攻过来的另一名修士的面门。

交手不过一招半式，快到他们都没来得及看清这只邪祟的样貌，只瞥见那只手极白，毫无血色，弹到腕骨上，触感极寒，是灵是尸难以分清，又觉得是厉鬼。

贞白刚脱身，立刻又被另外两名老道缠上了。

这时有旁观者出声："玄衣长冠，是不是那个残杀枣林村全村百姓的邪魔？"

“你看她手里那柄剑，看得清吗？”

“木剑吧。”有人眼尖，“剑身有蟒纹。”

众人同时惊呼道：“均正尺？！”

“就是她！”有人大喝道，“她就是那只逆天祸世的邪魔。”

此言一出，众修士都怔住了。

贞白无心与这群人周旋，眼见山体裂缝处的符篆被煞气腐蚀殆尽，几名老道强推法印，个个撑得满头大汗，已近竭力，阴兵呼之欲出。

贞白没时间耽搁了，道：“我来此是为修补封印。”

然而一只邪祟说的话，根本无人会信。

贞白无法，为摆脱缠斗，便对挡路的两个人下了重手。众修士见状，百来号人，喊着“除魔卫道”，齐心协力，将她层层包围。

“玉真门弟子听令，布天罡伏魔阵。”一名须发皆白的老者一边捏诀，一边喊道，“起天罡，镇地煞！”

众人迅速列阵，内圈三十六人，外围七十二人组阵，齐齐手捏法诀，将贞白困于其中。

在那位须发皆白的老者喊出“歼邪”之时，无数修士的虚影在周围穿梭，快如风驰。贞白眸光微凛，握紧沉木剑，一剑斩过，虚影倏地消散，又在另一侧凝聚成形，朝她一掌劈来。贞白侧身闪躲，虚影越来越多，在周遭飞速闪现，疾如旋踵，晃得人眼花缭乱。贞白应接不暇，错身间，下颚被剑符划伤，细细一道血痕，口子并不深。她微微蹙眉，煞气一放，眉心的红痕加深，随即掐了个指诀，驭使沉木剑护住周身，破了一拨攻袭。

那老者的声音如洪钟般再度响起：“天罡，斩煞！”

百余名弟子手腕翻动，捏出法诀，天罡伏魔阵中的虚影随即变阵，强势如虎，身比利剑，朝贞白斩下。三十六道法影剑身，将她团团围困，密不透风，未留丝毫闪避的缝隙，无论什么阴灵邪祟，都插翅难飞。

天罡伏魔阵的诛邪、斩煞，样样都是置之死地的绝招。这些人单拎出来不足为患，但联合众力，却能摧枯拉朽，爆发千钧之力。

贞白毫无惧色，催动煞气，乱葬岗卷动的阴风突然转向，并以她为中心，源源不断地汇聚。贞白欲硬扛，却突遭体内的封印反压，强行镇伏住她暴涨的煞气，手上的抵御倏地被削弱，但那三十六道法影剑身来势汹汹，已斩至头顶，她只能拼尽全力催动沉木剑去挡。

锋芒相接，如白虹贯日，晃得人睁不开眼。

贞白搅碎剑影，转头扫了一眼肩头的衣料被划破的几道裂口，险些伤到内里的皮肤。

天罡剑影虽被击破，但未等她稍作喘息，那老道便再度发令："地煞，伏魔！"

闻言，贞白的目光陡变冷厉。在七十二道虚影呼啸而来之际，贞白变换指诀，沉木剑当空划过，霎时间，一条巨蟒盘空翻腾，如蛟龙出渊，霎时将阵列搅散，避闪不及的修士翻倒一片。

贞白稍得喘息，才发现两方争斗之时，又陆续赶来了不少身着道袍的修士，正各自成群地聚在外围，约有数百人。

与此同时，封印中的阴兵尖啸着，那些纵横交错的根茎再也承受不住，开始一根一根地绷断，岩壁的裂缝稍稍增大，邪煞便滚滚泄出，破开法印，近前的几名布阵之人逃无可逃，被冲翻在地，淹没在阴兵潮中。可此刻，谁也顾不上已经破损的封印，所有人都惊骇不已地瞪大眼，看见巨蟒在黑云下翻腾，怒吼着，张开獠牙，搅动周遭的煞气，周围的修道士被冲击得翻倒一片。

数百名修士瞬间达成共识，先解决眼前的威胁再说。诸派人马各尽所能，群起而攻之，场面瞬间失控，陷入了混战……

有修士在外围出工不出力，左顾右盼："太行道还没到吗？"

一眼扫过去，太行道连个人影都没见着。这是当年长平之战埋下的祸根，他们太行道被奉为国教，理应平息此祸，如今却迟迟不到。

说话间，几个修士被冥蟒一尾巴扫飞，砸至数丈开外，口吐鲜血，再也爬不起来。眼见同门重伤，那人愤慨道："太行道不来收拾这烂摊子，反倒让咱们打头阵。"

身旁的人道："据说已经到了，但是在附近的村镇耽误了时辰，应该正往这边赶。"

大小门派陆陆续续赶到，只见一女冠装扮的邪祟被数百名修士围攻，驭的是沉木剑，与传闻相符。众人心下了然，这定是那长平天罚出世的大魔头，沉木剑便是均正尺无疑了。

一时间众多门派各怀心思，纷纷加入混战。

拥进乱葬岗的人越来越多，贞白被无数修道士围剿，已经难以脱围。

突然，地面微微震颤，很细微，镇在脚下的阴灵开始躁动不安，若不静心感应，根本难以察觉。但贞白察觉到了，只是面对这么多修士，她突然感到束手无策，因为事态远比她想象中严峻，并且正在往最坏的方向发展。她如今满身邪煞气，而这些修道士一心除魔卫道，根本不会与她多费口舌。他们既千里迢迢来此，势必要将她挫骨扬灰才肯罢休。

贞白提剑的手臂有些乏力，因为煞气冲撞到体内的封印，就像有股真火在肺腑里烧，灼烫的血液沿着经脉往四肢蔓延翻滚。

第九十七章 同生共死

冥蟒翻腾，阴兵撞魂，乱葬岗一片群魔乱舞。

冲出封印的阴兵没再向前突进，仿佛有意识地在附近集结。

贞白被修士层层围攻，统领玉真门的那位老者厉声呵斥：“孽障！休要再造杀孽，还不束手就擒！”

贞白与其对视，目光冷厉，不屈不挠：“凭什么？！”

不论是非，不分善恶，这帮自诩正道的修士要除魔卫道，她就得束手就擒，任人宰割？无论曾经还是现在，贞白从不认为自己该死，然而人人皆欲诛之而后快。凭什么！她从不犯人，与这帮修士更是井水不犯河水，但若人要犯她，她必奉陪，谁的生死都不论。

如今这种局面，不是你死就是我亡，她向来避世索居，性子冷淡，难得遇到两个让她心软的人，梁捕头、赵九，他们都不该死在这场祸乱中，更何况还有……她没来由地想起那个不可一世的人，骄矜、自傲，难以相与，却跟她遭遇同样的宿命，而后又差点死在她手上。她突然有点舍不得，那么精彩的一个人，被她伤了魂，差点丢了命，会不会因此怪她？以那人的性子，必定已记恨上了。

十六道灭灵符在空中结成法印，朝她兜头罩下，贞白眸中杀意尽现，即便再不通世事，你不仁我不义的道理还是懂的。她屈指驭剑，穿透符网，直杀向翻涌的云幕。藏在云幕中的黑鸦振翅，放声呜呜，那鸣叫此起彼伏地响成一片，仿如召唤。四面八方同时响起连绵不绝的鸦鸣，嘶哑，顿挫，声震山河，横绝长空。

众人仰头望去，只见四面八方黑云滚滚，确切地说，是一群密密麻麻的黑鸦，响应号召般，遮天蔽日地席卷而来。临到头顶上空，有人才从惊骇中反应过来："那是……是……噬魂……"

"噬魂鸦！"大部分修士见多识广，一眼便认了出来。

也有些孤陋寡闻的："什么噬魂鸦？不是乌鸦吗？"

"乌鸦食腐尸，噬魂鸦啄生魂。"

不仅如此，黑鸦的鸣鸣还惊动了沉寂在周围的附骨灵，它们循着活气，成队列地朝中心拥来，撞进人群之中，场面瞬时乱上加乱。

各个门派的掌门人都在竭力嘶喊："列阵！列阵！稳住，不要乱！"

然而各掌门下达的指令也不统一，众人乱了章法。

众人认定这些噬魂鸦和附骨灵都是贞白召唤而来的，所谓擒贼先擒王，应当先歼灭这只头号邪祟。

数柄长剑刺来的瞬间，贞白纵身一跃，拔高数丈，脚尖轻盈地落在那片鸦群汇集而成的黑幕之上。数柄灵剑追击而至，贞白旋身一转，踏着鸦群，泄了一股煞气，身形往下一沉，压着脚下的鸦群，铺天盖地地压到众人头顶，啄得修为低的修士们四下逃窜。

正在此时，天边响起了声声高亢的鹤鸣。众人回首，只见远天一线鹤群的白影，瞬息间已雷鸣电掣般飞至战场上空，冲云破雾，把盘亘在乱葬岗上空的阴煞气都冲击得飘摇欲散。

鹤群压低，百余名白袍修士纵身跃下，聚于战场边沿，刚一站定，便齐齐结指印催动白鹤冲向黑鸦群。霎时间黑白交杂，白鹤喙啄爪挠，冲散了大片噬魂鸦。

疲于应对的众修士稍稍得以喘息，转头看向赶来的太行道一行人，只见打头的是一位龙眉皓发手执拂尘的老者。有相识的修士冲老者遥遥颔首，此人乃是流云天师。

太行道一众早时已赶到长平，在附近的城镇铲除漏跑出来的附骨灵，在设置防护结界时耽搁了一些时间，恰好与分头赶来的流云天师及千张机等人会聚一处。

流云天师扫视战场一圈，视线在处于混乱中心的贞白身上停留一瞬，继而越过她，转向远处大阵破裂的缝隙。

不断拥出的附骨灵越聚越多，却不再冲击战场上的修士。附骨灵无感无惧，并非为太行道的气势所震慑，此刻它们似乎在有组织地排成队列，如同群蚁排衙——

是战阵！它们在结成战阵！这些由被坑杀的士卒化成的附骨灵，还秉承着它们生前的本能。

这一发现让现场更加混乱了。

立于流云天师身后的千张机也发现了情况不妙，请示道："师父……"

"由你主持大局。"流云天师器重千张机，打从千张机执掌太行开始，他就已放权，所有大小事宜，都由千张机一律定夺，他从未出面干预，如今，他依然相信这个大弟子能够平息这场人鬼干戈。

正值紧要关头，千张机雷厉风行，即刻下令："太行弟子听令，结九宫封灵阵。"

随即他的目光转向流云天师，神色微微一沉。来时的路上，他们就已做好分工，由流云天师亲自修补封印，可流云天师这次乃是强行出关，道体有损，千张机不甚放心："还劳师父修补封印，由几位长老为您助阵。"

流云天师点头应允。

众弟子纷纷散开，各安其位，将幽谷团团围住。位于前列的寒山君观察战况，目光停在混战中心煞气冲天的黑衣女子身上，冥蟒与噬魂鸦似乎都由她操控，此刻她被数百名修士团团围住，竟也不落下风。

千张机的大弟子秦暮提议："那女子非同一般，一时无法降伏，怕要妨碍师祖施为，可要分出精力单独应对？"

闻言，流云天师脚下一顿，扭过头，遥遥望去，只轻描淡写的一眼，他便收回目光，道了声："不必。"继续向前走去。

千张机显然也看见了贞白，眉头皱起来，他没应秦暮的话，只道："列阵！"

封灵阵为太行道独门秘法，分为大小两阵。大封灵阵需八人，站天地八门，各守乾、坤、震、巽、坎、离、艮、兑，镇邪伏魔，威力虽强，却不足以应对如今这么大的阵仗。而九宫封灵阵则是在此基础上，由九个独立的封灵阵组成的大型阵法，镇九宫，拨四盘，封灵拘邪，以困伏为主。一个庞大的八卦阵印，将整个幽谷中的群魔鬼怪都罩在其中，一丝阴气都泄不出去，却能助各派弟子撤退脱困。

砰砰几声巨响，冥蟒横冲直撞，封灵阵固若金汤，牢不可破。人与灵从杂乱中分离，好些修士都狼狈不堪。邪祟必诛，没什么道理可讲，何况还葬送了这么多同门性命。

此刻，四五柄法剑飞杀入封灵阵中，刺穿几只阴兵，当即令其魂飞魄散。有人领了个头，众人瞬间达成共识，纷纷驭剑飞杀，一时间漫天白刃，剑如雨发。列成战阵的附骨灵似乎也受到指令，齐齐向前奔涌。一时间飞剑来回穿插，阴兵似大军冲锋，封灵阵内如狼烟战场。

贞白夹在中间，腹背受敌。飞剑迅速袭来，贞白驭使沉木剑抵御，奈何体内封印弹压，阳火烧阴，血脉流淌如滚滚岩浆，成了她最大的阻碍，加之封灵阵每压下一层，就会削弱阵中的阴煞之气。贞白渐渐感到力不从心，冥蟒则将她一卷，盘护其中，以坚固的蟒鳞抵挡那漫天剑雨。阴兵阵列随即冲至，却仿佛溪流遇石，自动绕过冥蟒，继续向前，直至撞在封灵阵边沿，再也无法前进半步。

修士们见到这般情景，顿时士气大振，很快便将阵内的阴兵斩杀殆尽，随后他们齐齐驭剑攀升，悬于封灵阵上空。贞白微微抬头，望见漫天剑刃如百钧弩发，齐齐射向自己。她手腕翻动，一个复杂的指诀刚掐至半途，却见数柄形态各异的长剑突然横空飞至，在她头顶形成一个密不透风的剑屏，挡开冲射而至的剑雨。

太行道弟子，无人不认识这几柄剑，当下都怔住了："七魄剑？！"

千张机与寒山君也是一愣，就见那本该在太行养魂的人，缩地成寸地赶到了近前。

寒山君大喝："李怀信！你捣什么乱！"

千张机也是没有想到，焦急道："怀信，你干什么？！"

两人几乎异口同声。

李怀信面无表情地撑着七魄剑，护在贞白头顶，一步步往封灵阵走。

秦暮大惊失色，喊道："二师弟，危险！"

在太行弟子眼中，李怀信就像一根搅屎棍，平时横行无忌也就罢了，也不看看现在是什么场合，还敢胡来。百家道门更不可能纵容他，纷纷疾言厉色地谴责：也不知突然从哪儿冒出来这么个离经叛道的剑修，居然替一只邪祟出头，与百家道门对峙，是失心疯了吧？他们死伤了那么多同门，好不容易才困住这只邪祟，应当立即歼灭，以除后患。

“谁是邪祟？”李怀信的目光利如刀刃，又觉得这帮人的嘴脸无比可笑，“你们是不是以为，自己披了件人皮就是个人了？”

“狂悖！”玉真派掌门勃然大怒，指着一地尸身道，“她在此大开杀戒……”

“我如今不过嘴上放肆两句，你就已经暴跳如雷，恨不得来掌我的嘴。”李怀信嗤笑道，有理有据，“何况你们这么多人围杀一个，难道还不许人反击？合着生杀大权都在你们手上啊，想宰谁就宰谁？”

那老道被他一席话激得目眦欲裂，手都气抖了：“你……”

李怀信想到自己，跟这群人也没什么区别，都是主动送死的，遂骂道：“要不是你们上赶着找死，会命丧她手？”自己送上门，反倒还怨上人家了，要不要脸！

“怀信！”千张机厉叱道，“休要妄言，退下！”这混账东西舌头比刀还利，走到哪儿都不让人省心。

李怀信看向千张机，嘴角一抿，突然很想问一句，长平大阵，自己被献祭，他身为一派之掌，究竟知不知情？或者在粉饰什么？即便现在，他从千张机的脸上也看不出丝毫端倪。谁是人，谁是鬼，根本难以分清……

地面突然一颤，乱葬岗掀起一阵歇斯底里的怒吼。山体的裂缝中，厉鬼咆哮，在一拨封印的压制下负隅顽抗，沙石砸落，整座山都在微微震颤。

流云天师手持拂尘，千丝万缕地绞住一拨刚挤出山体罅隙的阴兵，推压下层层符印，将怨煞之气摁进地底……

那柄拂尘，贞白一眼便认了出来，与她在李怀信识海中见过的别无二致。流云天师、杨辟尘、李怀信，还有她，都是这个阵的局中人。她出现了刹那恍惚，只觉得浑身都像在灼烧。

冥蟒一声长嘶，突然松开贞白，像是在畏惧什么，退而化身剑影，盘附在沉木剑上。

李怀信这才回头，看见她，怛然失色道：“贞白！”

她眉心的朱砂如同烈焰，开始燃烧，因为之前无节制地催动煞气，封印开始焚噬本体，从内到外地蹿出一把阳火。明明才分开几日，却像是久别重逢，他还没来得及好好看她一眼，一把火就直接烧到了他的眼睛里，灼得他双目生疼，他整颗心都在战栗。

贞白却无动于衷，不过一把用来镇煞的朱砂符，再怎么反噬也烧不死她，不过受点苦罢了，她熬得住。令她担忧的反倒是，伏在她体内的那股阴煞气暴涨，似乎要冲破封印……

下一瞬，她眉心的烈焰便焚烧殆尽，须臾之间，她满头青丝变白，左瞳幽绿……

所有人都被眼前这一幕震慑住了。

“诛邪！快！诛邪！”接二连三有人反应过来，暴喝出声，却为时晚矣，因为太行道的九宫封灵阵，已经镇不住她了。

一时间，云屯席卷，狂风怒啸，天边酝酿着困兽般的低喘，无人不感到畏惧胆寒。只有李怀信在往前走。刚跨出两步，他又驻足，何必去自讨没趣呢？这女冠翻脸无情，在没弄清真相之前，随时可能杀了他。李怀信现在还不想死，起码不能死得不明不白，他随即转身，往流云天师的方向走，然而还未等他靠近，贞白便如一阵飓风，从他身侧卷了过去。

千张机和寒山君同时惊呼：“师父！”

李怀信脚步猛地一顿，抬起头，就见贞白已经跃至流云天师身前。但她并没有出手，大家虚惊一场。

裂缝处的阴兵算是镇下去了，流云天师收了拂尘，看向她，神色波澜不惊，似乎一点也不觉得诧异。

贞白便笃定了：“是你。”

流云天师未作声，抬头看了眼天色。一道闪电劈开云层，夜幕骤亮，闷雷滚滚，那是冲着贞白来的——她未曾历完的天劫。

李怀信盯着蛰伏在云层中的玄雷，忽地想起贞白曾经说过的话：

“七七四十九道天雷，我才挨过十六道。

“因为眉心这道镇灵符，我才侥幸躲过了天罚，一旦……”

一旦揭去了封印，七七四十九道天雷，一道都少不了。

李怀信的心剧烈一颤，像是突然被扼住了命脉，心惊胆战。这一切发生得太快，快到他措手不及。他以为他们还有时间，可以慢慢找出真相，消除误会，重归于好，在来时的路上他甚至难得大度地想过，只要贞白肯服个软，他就什么也不计较了……到时候，管他旁人如何看待，哪怕与天下为敌，他也无所畏惧。

李怀信从来不怕成为众矢之的，因为本身就被千夫所指，在太行活成了个反人类的怪胎。正因如此，他才毫无忌惮，敢在风口浪尖上，跟她同进退，共生死。可她是怎么想的，他不知道，若他就这么一厢情愿地贴上去，自以为轰轰烈烈，其实人家压根儿不稀罕，那就简直傻透了。毕竟，她翻脸无情的时候，可是直接对他痛下杀手……但她终究没有杀了他，这是否代表，她也顾念着彼此的一点情意？从小到大，他性子都傲，要他主动放下身段去跟人表明心迹，实在难如登天。可如果他再不说，那剩下的三十多道玄雷砸下来，他还有没有机会……

李怀信紧紧盯住贞白，惊慌得连指尖都在颤。滚雷的声音越来越近，压在天顶，蓄势待发。去他的误会、隔阂，他喉咙一紧，不管不顾地喊出了声："贞白！"

贞白脊背一僵，侧过头，看似面不改色，却浑身紧绷。

一块白玉抛了过来，贞白伸手接住，正是之前她没有收下的玉扣。

李怀信昂着头，还是那副傲慢的模样，说话也一点儿都不客气："认得吧？"胸腔里那颗心狂跳不止，他却装模作样，厚着脸皮，甚至豁出去地说，"是你要我的那天，扯断的玉带。"

众人闻言一怔，还没等大家反应过来这是什么意思，就又听他道："一夜夫妻百日恩，更何况……我们还不止一夜。"这种话从他嘴里说出口，尤其较真，一点也不显得轻浮。

谁能想到，这一正一邪的两个人，会在私下有一腿？哦，不，两腿……流云天师云淡风轻的脸上起了一丝诧异，千张机更是惊得睁大了眼，而寒山君一张老脸臊得不行，这没节操的混账东西，居然连这种事都敢拿出来宣扬，是觉得还不够丢人吗？！也不看看什么场合，太行数百名弟子，就数他最厚颜无耻！

贞白怔怔地看着他，也是完全没有料到。

"怎么？"李怀信直视她，老早之前就想追究了，"不认吗？"

贞白张了张口，她向来敢做敢当，便道："认。"

众目睽睽之下，认什么认！寒山君扭过头，已经没眼看了。

"好。"

既然她敢认，一切就变得坦荡起来，没什么羞于启齿的。李怀信眸中闪过一丝笑意，嘴角却是绷直的，较真道："那我今天，就来讨个说法。"

贞白问："你待如何？"

"男婚女嫁，总得给我一个名分吧？！"他的身子总不能白给。

“名分？”贞白从没想过这个，略微思忖，看了眼席卷而来的乌云，才谨慎而犹豫地答道，“倘若，经此一劫，我还能活着，就如你所愿！”

他心里轰然一响，贞白的话，如同狂风海啸，卷进了他的心里，将他整个胸膛涨满。他内心澎湃不已，坚定道：“既然应了，你就是化成灰，我也要结这门亲！”

“你……”贞白怔住，然而此时的形势已容不得她多言，她道，“你先避一避。”

几句话的工夫，酝酿在云幕中的玄雷终于在贞白头顶落下了。众人自看见异象的那一刻就开始躁动，纷纷撤离，只有李怀信满腔热血，试图飞蛾扑火。他根本顾不得多想，就义无反顾地往前冲，然而他不过是肉体凡胎，此举无异于自寻死路，到时候，还不知谁先化成灰。

这个人，总是如此出人意料，贞白有点吃惊，手中的沉木剑一扬，冥蟒倏地蹿出，迅速将李怀信卷了出去，紧接着，巨大的雷电劈了下来……

雷光炸裂，炫目的白光刺得人睁不开眼，李怀信被冥蟒死命卷着，在第一道玄雷劈下时砸出老远，一阵天旋地转后，他想挣脱，无奈浑身被冥蟒紧紧束缚，缠得他连呼吸都困难。

“松开！”他大喊，声音却被轰然炸响的滚雷淹没。

他被冥蟒卷着，偏离了方向，一时间，已看不见乱葬岗里的情况。

闪电如腾龙，狂猛暴戾，劈得长平地动山摇。李怀信越挣，那冥蟒便绞得越紧，雷电交加的夜幕无比狰狞，可能是急，也可能是怕，他出了一身的冷汗。他突然很恨贞白，恨得咬牙切齿，但他更恨自己，恨在这种困境里，自己竟无能为力。他想到她身边去，他要到她身边去！

李怀信奋力挣扎，用尽全身的劲儿才抽出了一条胳膊，然后愤怒地一把掰住一块坚硬的鳞片，狠狠一拔。蟒身卷动起来，李怀信面对的方向随之一变，他抬头，在一片惨烈的雷光中看见了贞白，实在太灼眼了，他不得不眯起眼，见她慌不择路地躲避着雷电，然后手挽沉木剑，钩住了一道当空劈下的电芒，迅速甩出去，电芒直劈向一座高山。

霎时，一道身影如流云白雪，飞跃至山前，拂尘如万缕蛛丝，扬在半空。流云天师凭一己之力，挡住了那道被贞白甩至山体的劫雷。拂尘当即断裂，电芒如长鞭般猛地狠抽在流云天师身上，咔嚓一声，响在雷鸣之前，仿佛击碎了骨头，流云天师重重砸在地上。

千张机与寒山君脸色陡变，急欲上前，却被几道分裂出来的电芒阻挡，地面被劈出一道道裂痕。李怀信呼吸一滞，流云天师为了护住那座用来镇伏阴兵的山体，竟不惜以身抵挡劫雷。

轰隆！

又一道劫雷狂兽般紧追贞白而下，瞬间穿云裂石。乱葬岗里再次亮起刺眼的白光，李怀信一瞬不瞬，瞳仁布满血丝，比利刃插进双目还要疼。他瞬间失控，狠狠掰下几片蟒鳞，冥蟒吃痛，张开血盆大口，凶狠地冲他怒吼。

“放开我！”李怀信几近咆哮，“畜生！”

奈何，蟒身一绞，越缠越紧，他的肺腑被挤压着，肋骨几乎被勒断。

轰隆隆！

雷劫追击，贞白逃无可逃，避无可避。那是天罚，要么身死魂消，要么劫后余生。仓皇中，她已难以支撑，拼尽全力也只往外引出了几道玄雷……

乱石崩云，惊涛拍岸。

流云天师睁大眼，盯着那几道被甩到山体上的玄雷，再也撑不起身体去挡，眼见三座山体崩塌，仿佛不可逆转的宿命，就像他此刻一样，大限将至。他面色发灰，缓缓合上眼，绝望地发出一声叹息。

一时间，地崩山摧，岩壁垮塌，到处乱石飞射，埋在地下那些不得超生的阴魂，哀号不绝，他们被囚困十年，终于要在下一刻冲破桎梏，重见天日。

大地颤动，山河摇摆。

数道闪电扯住贞白，玄雷压着她头顶齐齐劈下，天崩地坼，在中心炸出一个巨大的深坑。

与此同时，李怀信终于挣脱出双手，捏剑诀驭使雀阴灵剑，猛地插进冥蟒被拔去鳞片的地方。一声痛嘶，那冥蟒翻腾起来，蓦地将他甩出去。他猛提一口气，堪堪稳住身体，就朝那个深坑飞扑而去。

只见贞白躺在焦土之上，白发黑袍，命若悬丝。

“贞白。”李怀信的声音在抖。

贞白勉力撑起眼皮，从眼缝中看清他的脸，想说什么，张了张口，却发不出半点声音。

李怀信却读懂了她的口型，她说：“让开。”

李怀信五内俱焚，真想指着苍天骂一句：“去你的天打雷劈！”

三十余道劫雷劈下，贞白生机尚存，天道似乎也有所感应，瞬息间，乌云如巨涛翻涌，压迫感陡然加剧。

李怀信清楚，这大衍天劫最后一道玄雷，威力远胜前面的劫雷。他立在贞白跟前，驭使七魄剑，竭尽毕生修为在上方架起一个剑阵。

贞白蹙眉，在劫雷击破剑阵的瞬间，骤然伸手一扯，李怀信猝不及防，整个人跌到她怀中，玄雷结结实实地落了下来。

过了很久很久，李怀信的指尖才动了动，他脑子里一片空白，耳边嗡嗡作响，他在尘土中支起胳膊，意识极度恍惚，视线一片模糊，模糊到看不清贞白身上的伤。他喊她的名字，却听不到自己的声音，不知是嗓子发不出声音，还是耳朵失聪了。

贞白躺在他身侧，一动也不动。他去抓她的手，才发现那只手软得可怕，好像没有骨头。他不断往上摸，摸到她的胳膊，肩膀……她的整个身体，每摸一寸，他的心就往下坠一寸，然后整个人抑制不住地发抖，连牙齿都开始打战。贞白全身的骨头都碎了，裹在血肉里，像摔坏的瓷器，支离破碎。

李怀信颤着手，突然就不敢碰了，他束手无策地跪伏在贞白身边，眼眶又胀又热，整个人急喘了起来，因为心口阵阵发紧，令他难以呼吸。贞白的骨头全碎了，碎得跟渣子一样，粉身碎骨也不过如此。他压抑着，却压抑不住，全身开始剧烈地颤抖，满脸湿凉，全是泪。

终于，他听见了外界的声音，山体崩塌，鬼哭狼嚎，那七座镇住阴兵的山峦，被劫雷生生劈垮了三座，无以计数的怨灵尖啸着，嘶吼着，仿佛要掀天揭地。而叫嚣着要除魔卫道的百家道门，被雷劫的威力震慑，此刻已逃得一个人影都不见了。

“怀信。”千张机的声音隐隐传来，无比焦急，“快离开这里！”

离开？李怀信有一瞬恍惚，他俯下身去搂贞白，可那具碎了骨的身体太软，软得他几乎抱不住。

不管如何，他都想跟她在一起，这么一打定主意，他就决定不走了。

第九十八章 真相大白

天威之下，无人不怯，为免祸及自身，百家道门纷纷撤离乱葬岗，脚不停歇，离得越远越安全。

太行道百余名弟子亦退至乱葬岗之外。

此时，环山的河流在黑云之下渐渐显现红色，散发着腥气，像大战之后积蓄的鲜血，四周传来阴兵震耳欲聋的嘶吼，如一首千年不绝的悲歌，重续起当年那场惨绝人寰的杀戮……

山崩，乱石飞溅；地裂，缝隙蜿蜒，如迅速分杈延伸的枝丫，直裂到幽谷中那棵参天古木之下，与原来那道裂口重合，李怀信和冯天曾经拼命修补的封印被直接破开。一时间，到处都有阴兵往外拥。千张机和寒山君只能护住周围一小片净地，避开横冲直撞的阴兵，给流云天师和李怀信争取时间离开，只是无论怎么呼唤，这两人始终没有要离开的迹象。

流云天师盯着废墟之上阴兵现世，眼神失焦，面容恍惚，脸上血色全无。

这天下，就要亡了吗？他费尽一生心血，不应该是这种局面啊。他颤巍巍起身，云冠松散，衣袍的前襟被雷劫斩断了一截儿，他失魂落魄地往前走，心里只剩下一个念头：必须把军魂镇回地底！

一定还有办法，这不是末路，他还有办法……

流云天师思绪纷乱，怔怔地盯着深坑中的两个人，径直走了下去，走到那两个人跟前。他躬身，一手拾起沉木剑，一手掐住贞白的胳膊，将人从李怀信怀中拽出来。

李怀信劫后余生，虽没伤筋动骨，但整个人被劈得晕头转向，视线里的一切都像在旋转，他早已没有力气，连抱住贞白的力气都没有。等他回过神来，发现怀抱是空的，他仰起头，在模糊的视线中搜索："你带她去哪儿？"

他嗓子哑得厉害，一撑起身，就猛地跪倒下去，膝盖磕在碎石上，却感觉不到疼，浑身都是麻痹的，哪怕现在捅他一刀，也感觉不到痛。他用手扒着焦土，艰难地往前爬行两步，他喊贞白，可对方已经毫无意识，慢慢被拖出了深坑。

李怀信紧咬牙关："你要带她去哪儿？！"

流云天师充耳不闻，像一个走投无路的人，拖着他的最后一根救命稻草，只想将一切复原……如果还能复原的话。

流云天师将贞白拖到原来阵眼的位置，覆住蜿蜒的裂缝，而后提起被削成木剑的均正尺，插向贞白的心窝。

李怀信踉踉跄跄地爬出深坑，却看见了这一幕。一瞬间，仿佛周遭的一切都凝固了，他怎么也忘不掉，第一次遇见贞白时，她就是这样，被人钉在阵眼上。

他们辗转数月，一直都在寻找的那个人，本以为是杨辟尘，在他的识海中将七棵槐木钉在七座山脊中的杨辟尘，然而此刻，那个人却站在了他们面前，故技重演，妄图将贞白再次钉入阵眼。

贞白勉力撑开眼皮，终于可以肯定就是他。流云天师手起剑落，她浑身骨头尽碎，已经没有任何能力躲避，只能眼睁睁地看着，看着那柄剑插进自己的身体，然后历史重演。

与此同时，一柄利刃也刺穿了流云天师的心窝……

这一切发生得太快，快到千张机和寒山君完全反应不及，不过是一个回头的瞬息，就看见李怀信这个欺师灭祖的孽障，从背后一剑刺穿了流云天师的心窝。

鲜血顺着剑尖滴落，落在贞白的衣角上……

李怀信的手抖得厉害，这一剑，仿佛用尽了他全身的力气，他再也支撑不住，整个人跪倒下去，匍匐在地。额角与脖颈的青筋暴起，李怀信如何也没有想到，这个他自小无比敬重的人，他的师祖，他的血亲，皇爷爷，居然会是整个大阵的主谋。他脑子一片空白，有种五感皆失的感觉，他甚至还没来得及反应自己在做什么，就已经做了。

他只是想保护贞白，因为她一动不动地躺在那里，已经毫无还击之力。然而，他终究没能保护好她，反而是她，三番五次地救他，护着他。他是想为她拼命的，可她不让，哪怕最后一道雷劫，她也完全揽在自己身上，粉身碎骨地将他压在身下。他是真的拗不过，贞白煞气重，武功强，力气大，将他压得死死的，他一点力气都使不上。

而如今，那柄沉木剑插进了贞白的心口……

流云天师缓缓抬头，毫不顾及自身，眼见越来越多的阴兵会集，他幡然醒悟，自己已无力回天。大阵既破，山崩地裂，哪怕将这个女子钉入阵眼，也已毫无意义。

千张机和寒山君回过神来，结起剑阵，护住四周，在流云天师难以支撑的瞬间奔过来接住他，并封其心脉以止血。

李怀信跪在贞白身侧，绝望又无助，他不知道该怎么办了，整个人方寸大乱。突然，他想起贞白上一次在乱葬岗醒过来的场景，一把抓住沉木剑，狠狠割开自己的手掌，鲜血沿着剑刃渗进贞白的伤口，却又混着她的鲜血，不断往外涌，浸湿了衣衫。

李怀信见状，又去割手腕，企图放出更多的血。如果能起作用，哪怕抽干他自己也不打紧。然而，根本无济于事，当初他误打误撞滴到她身上的那点纯阳血，不过是助她提前挣开均正尺的禁锢。

李怀信在识海中见过不知观里的贞白，曾经的她，活得与世隔绝，孤冷，清冽，无半分阴邪，她之所以变成这样，遭天谴，度雷劫，全都是拜他人所赐！人作孽，天作孽，而贞白什么都没做，却成了祸世邪祟，遭受天惩，凭什么？凭什么就该她来担？

李怀信满腔愤恨，却又束手无策，如果贞白挺不过去，他怎么办？仅仅一闪念，他就悲痛欲绝，以至于千张机的怒叱，他一句都没听进去。直到千张机将剑抵在他的咽喉，他才算找回一丝清明，他师父这是要清理门户啊。也好，比起他想不开殉了情，担个欺师灭祖的罪名更加荡气回肠。

“为什么？”千张机万万想不到李怀信会如此大逆不道，流云天师既是他的师祖，更是他的至亲，他竟为了个邪门歪道的女子，干出这么罪不可恕的事。

“我也想知道为什么，”李怀信双目猩红，满是怨愤，“为什么你们要害她至此？！”

千张机怔住了，不甚明白他的意思。

“布大阵，斩龙脉，将贞白钉在阵眼，都是为什么？”李怀信盯住流云天师，咄咄逼问道，“不甘心皇权落入他人之手吗？”

闻言，千张机忽地瞠目，难以置信地盯住李怀信。想起方才流云天师的所作所为，他突然明白了什么，他这徒弟，并不是平白无故为了一个女人就欺师灭祖的。

李怀信心知肚明，别人都是手掌兵权，逼宫造反，而流云天师此举，不成功，便生灵涂炭，将人间变成炼狱。他根本不是在贪恋皇权，而是要倾覆天下。

流云天师看着他，摇摇头，眸中闪过一抹悲悯之色。小孩儿终归是小孩儿，目光短浅，什么都看不透彻。相较辟尘，这孙儿实在是不如人意。他嘴唇翕张，却没能说出半个字来，目光直直地盯着阵眼的变化。

李怀信隐隐觉出不对劲，垂下头，只见沉木剑突然开始吸纳乱葬岗的煞气，丝丝缕缕渗入贞白体内，然后越来越多，那些冲破封印的泼天怨气，飓风一般朝贞白的四周席卷，灌入她的身体。

血肉里的碎骨开始一点点重塑，贞白的指尖动了动，吸纳阴怨煞气，不断为自己修补。十年前，她便是靠着这些，撑住了最后一口活气。只不过那时候，她被人用均正尺钉在阵眼，谁知那根木头落地生根，以乱葬岗的阴怨煞气为养料，长成参天大树，根茎深入地底，纵横交错，蔓延开来，裹住数十万尸骨，吸纳所有阴怨之气，供养着她。因此，她也是靠着均正尺续命的，既夺她性命，也给她生机。均正尺牵动整个大阵，连同杨辟尘钉在七座山脊中的槐木，都开始生根。这意味着什么？到这一刻，贞白才隐隐有些明白。

浑身筋骨重塑，从骨缝里透出来的阴煞气，衬着贞白那张惨白的脸，她满头华发，像是从地狱中苏醒。随即，她抬起胳膊，握住李怀信那只抓着沉木剑的手，狠狠一拔。

李怀信猝不及防，仿佛心窝子被戳了个窟窿，疼得几乎窒息。原本看见贞白恢复，他差点喜极而泣，可他还来不及欢喜，便见她二话不说握住他的手，抽出了插在心窝上的沉木剑，溅他一脸血。

他差点被她吓疯了，心惊肉跳地吼道：“贞白！”他刚才碰都不敢碰，这女冠怎么能这么不把自己当回事！

贞白蹙眉，压住伤口，注入阴煞气以凝血，兴许是太疼，兴许是被李怀信一嗓子吼得有点蒙，她迟钝道：“嗯？”

李怀信被她气得心尖儿发颤：“你不知道轻点儿啊！”她不爱惜自己，他爱惜！

贞白却不痛不痒地挡开他伸来的手，淡然答：“无碍。”

李怀信被气得啊，又不能拿她怎么着，感觉像是一拳打在了棉花上，憋屈得很，但听到她一句“无碍”，他的心多少安定了下来。

流云天师惊愕地看着重塑骨身的贞白，难以置信道：“你……”

“天师流云子，”贞白异常冷静地站起身，手执沉木剑，看死人一样看着他，“我被你两次钉在乱葬岗，临死前，你总该给我个交代。”

流云天师直视她，沉默不语。他们素未谋面，却在冥冥中结下十余载的仇怨，也算老相识了，贞白大概猜测出几分：“仅凭这四方大阵，就妄图逆转乾坤？”

流云天师闻言，微微一愣。

贞白看着他的神色，笃定了：“这四灵阵，看似斩大端龙脉，却是在置之死地而后生。”

李怀信蓦地看向贞白，她眼眸低垂，看不出情绪，整个人阴冷极了，只听她沉声道：“因为当年长平之战，大端本该全军覆没，江山易主。”

流云天师猛地抬眸，须臾后，终于决定不再沉默，他斟酌道：“我可以如实相告，但你必须答应我一个条件。”

贞白挑眉道：“讲。”

流云天师提神凝气，握着最后的筹码谈判：“我要你，收拾这长平乱局。”这女子受大衍天劫而不灭，那道门百家与太行也将奈何她不得，现如今阴兵祸世，也只有她，尚有能力收拾残局。顿了顿，他继续道：“否则，我便将这个秘密，永远埋进土里。”

此话一出，在场几人俱是一愣。哪怕到死，流云天师也要走完这最后一步。

贞白与他对视数息，并未犹豫，道：“好。”

流云天师紧绷的身体一下子松弛下来，此刻的他，看起来更像是一位寻常的虚弱老者。他斜倚在寒山君身侧，缓缓道：“长平之战不能败，太行身为国教，理当为大端王朝谋取天运。”

在场所有人，无不为之心惊。

李怀信更是不敢置信："谋天运？！"

果然与贞白的猜测一致，她道："天师好大的胆子，竟敢如此逆天而为。"

"不是胆大，"流云天师纠正道，"是职责。"

因为太行先贤早已占出，大端王朝将倾，江山随之覆灭。而流云子是应劫出世的人，由上一任天师领入太行，担起整个江山社稷的百年存亡，他从小便深知自己的使命——保大端江山基业，千秋万代，因此，他穷极一生，不敢有丝毫懈怠。

"所以当年，杨辟尘不惜利用战死的士兵来做伏尸阵，坑杀数十万敌军于长平，最终反败为胜？"

贞白攥紧沉木剑，穿针引线地将前因后果串联起来，从而推断出："因此，这里的怨气才会重到压不住，而杨辟尘才不得不将数十万尸骨和阴灵，在还未真正积阴成怨之前，尽数镇在地底，否则……"

贞白望向崩塌的山峦，无以计数的亡灵渐渐冲出封印，井然有序地组成队列，仿佛在下意识地进行作战部署，然后扫荡人间。这一切的开端，都是因为，长平之战不能败。

这是落在四方大阵的最后一个部署，也是流云天师走的最为重要的一步。就像七绝阵由青峰子推动，冲相阵由波摩罗推动，那么乱葬岗的推动者就是杨辟尘吗？这些人都在各自的位置充当着棋子的角色，是否也毫不知情？思及此，贞白的心没来由地颤了一下，问道："杨辟尘可知，你要做的根本不止于此？"

关于杨辟尘，她在李怀信的识海里看到的记忆太零碎了，仅止于乱葬岗里的布阵，受天罚，然后呢？他到底牵涉多深？

"辟尘……"流云天师与她对视，如实答道，"并不知。"

贞白的睫毛轻轻颤了颤，似乎难以置信，但又在情理之中。

流云天师知道她与辟尘的交情，事已至此，已没什么可隐瞒的："他不知，你也在我的计划当中。"

"所以当年，说杨辟尘有难的那封信，是你捎去不知观的？"

"是。"

杨辟尘是他最为得意的弟子，天资聪颖，根骨奇佳，是太行亘古未有的天纵之才，只有他，有能耐使这场战役反败为胜，从而布下第四个大阵。

"我一生谋局。"流云天师咳出一口血，缓缓道，"以四灵为象，纳二十八星宿，包揽周天运数，成就河洛图。”

千张机听到此处，脸上已血色全无，他袍袖中的手一直在战栗，忍不住问道：“辟尘呢？”

即便早已预料到杨辟尘凶多吉少，可亲耳听见他的死讯，千张机还是差点站不住，幸好被寒山君及时搀住。

以数十万军魂作基，谋取天运，如此逆天的行径，当然会被劈得灰飞烟灭。杨辟尘怎么敢，他怎么会有这么大的胆子！而令千张机最难以接受的是，竟是他们的师父，亲手将辟尘送上了这条死路。为什么？

“为什么？”贞白也有自己的疑惑，她实在想不明白，“为什么将我钉在河洛图的阵眼？”

“因为，”流云天师捂住伤口，轻喘了起来，说话也断断续续，“你是鸿蒙元体，不在五行，不沾因果。”

李怀信猝然睁大眼，传说开天辟地之前，世界就是一团混沌的元气，叫作鸿蒙，当时所化的肉身便是鸿蒙元体，既不入天道，也不入轮回。

贞白怔住，她从未料到，竟是这个原因。

流云天师道：“为了令大端江山永固，延续龙脉气数，我筹谋一生，布下河洛图。而你……老夫没有算到你的命格，也就意味着你不在五行，不沾因果。若是此大阵以你为祭，那么整个江山的国运气脉，也将避开因果，不再有周而复始的兴亡循环……到那时，大端江山与天地同寿，万民永享太平。”

李怀信惊骇不已，这是说的什么疯话！

流云天师纵览全局，一切本该尽在掌握之中，然而他还是失算了：“我自以为算无遗策，却没算到，你竟不惜自剜眼目，去护辟尘的三魂。”

原来从那一刻起，杨辟尘就是一颗弃子了。

流云天师缓缓吐纳，方道：“我当时并没意识到。直到十年后，长平乱葬岗天降玄雷，我才顿悟过来，你把眼睛和灵力都给了辟尘，自身便已灵体不全。”

因为灵体不全，破了命格，贞白于天道间被重新纳入五行，自此也沾染了因果。再将她钉入河洛图的阵眼，非但锁不住国运气脉，还会改变整个大阵的气运，而流云天师所做的这一切，也就变得徒劳无益，只落得一场空。

整个河洛图受贞白牵连，被追击她的雷劫劈裂了第一座镇压阴兵的山峰，大阵破损，气运尽散，连周围的风水格局都开始发生逆转。最明显的体现就是谢家阴宅，本是一块风水宝地，却龙脉泄尽，聚怨聚阴，变成一处大凶之地，棺椁招魂。而王六家的院子里，因为一缕阴气，促使竹叶返青。

贞白在城中待了月余，当时试着查探过，发现阴风能灭冥火，她便隐隐有些怀疑，但又无法确定，周遭的变化是否与乱葬岗的大阵破损有关……如今看来，竟是密切相关了。再说那枣林村的七绝阵，幸存下来的半村人，原本安然无恙二十年，却突然遭遇接二连三的起尸，这一切都是在乱葬岗大阵破损之后逐渐发生的；还有广陵华藏寺，坐落西方的那处，因为四灵阵本为一体，牵一发而动全身，它既然包揽天下，也就搅乱了整个天下的气脉……不对，这天下的气脉早就乱了，早在十年前，在完成河洛图大阵之日。

导致这样的后果，谁来承担责任？

流云天师吗？

并不，他只是搭了个框架，把所有的罪孽分拨到别人头上，让杨辟尘、青峰子、波摩罗等人去握住屠刀，替他作孽，然后恶有恶报，而他躲在幕后运筹帷幄，却撇得一干二净。哪怕最后将贞白钉在阵眼，完成河洛图，也是利用均正尺之能，由太行担了那大衍天劫。

要谋天运，就要与天斗，他拿什么与天斗？只有太行。

并且，流云天师密令弟子寒山君算出天劫将落之处，每一道雷劫劈落在太行山脉的哪个位置，他都要分毫不差地掌握，并以此推演布阵，重塑太行龙脉，与河洛图大阵接轨，造就新的命途。可推算天劫，本就倒行逆施，寒山君受师命卜算，泄露了天机，致使未老先衰，以至于接下来的很多年，他都无法再行占卜。

待那大衍天罚降下，分毫不差，都和寒山君推算的一样。太行在天谴之下，地崩山摧，江河翻涌，整个山脉板块动荡，断裂，分崩离析，形成如今太行八陉*的格局。

寒山君没料到，这个天下大局里，他也曾稀里糊涂地掺了一脚。当年他奉师命，未敢多问，只当是均正尺失窃的缘故，才会招来雷劫。

“一切原本已成定数……”流云天师一口气说到此，已经虚弱至极。他看着乱葬岗被玄雷劈毁的几座山峰，对贞白道，“如果不是在你这个环节出现了差错，

* 太行八陉：太行山系中八条东西横贯的峡谷，作为古时交往与征战的咽喉要道。陉，山脉中受河流切割而自然形成的横谷。

今日也不会闹到难以收拾的地步。”

如此说来，错反而在贞白身上了？

贞白道：“你为了布阵，填进去那么多条人命……”

费了这一番周折，又有什么用呢？临到头，大端的江山社稷不一样要断送在这长平之战的遗址上，给那些奠定王朝基业的军魂陪葬！

流云天师道：“我必须守住大端王朝的百年基业。”

“大端基业算什么？”贞白一针见血道，“且不说你守不守得住，而这些怨魂，却是要荡平整个人间的。”

人间都没了，哪还有什么大端王朝？

流云天师的眸子颤了颤，却极力压制着。作为天师，他一生自律严谨，任何时候都保持处变不惊，到了这一刻，才终于露出一丝怯态，一张脸毫无血色。他穷极一生，都在布此大阵，做了这么多事，只是为了这个天下。

“你不是为了这个天下。”贞白鞭辟入里，“你为的，只是李家的天下。”

流云天师不能苟同，只有大端山河稳固，四海一统，才能真正止戈，让百姓安居乐业，衣食无忧，否则群雄争霸，山河割裂，只会造成生灵涂炭的局面。

贞白垂眸看他，如此执迷不悟，再多说也无益。

流云天师终其一生都在强求，最后不惜以身挡劫雷，只为护住乱葬岗的阵法，却不过是螳臂当车。

李怀信听明白了，这是一场空前绝后的巨大谋局。但还有他想不明白的，贞白用以固住杨辟尘三魂的眼睛，为什么会凭空出现在他的眉心？

“因为……”流云天师说了太多话，本就伤重气虚，现在越发显得吃力，“我把辟尘的三魂，补给了你。”

“补给？”李怀信如坠冰窟，因为他也是河洛图大阵的祭品，十年前被献祭了出去，原本根本不可能活到今天，可他活下来了，又是怎么活下来的？

流云天师道：“人有天地人三魂，河洛图大阵以你的天地两魂献祭，独留下人魂与七魄，而辟尘的肉身与七魄在雷劫中已散尽，我便将他那三魂补给了你，以七魄剑穿插魂魄，才强行稳固住四魂七魄，不起排异。”

其实李怀信早已隐隐猜到了，自己和杨辟尘之间必然有某种联系。

他难以置信地问道：“四魂？我有四魂七魄？”

一个人怎么可能四魂共存？保留自己一缕人魂和七魄，再加上杨辟尘的三魂，两者被强行组合，这是在捏泥人哪？随随便便就把两个人的魂魄串到一起了？不对，李怀信脑子里轰隆作响，像有一把巨锤狠狠砸下。一瞬间他突然想到了什么，太阳穴突突直跳。

四灵，七宿。

四魂，七魄。

这个念头一闪过，他的心便震荡不已，像崩塌的山，翻腾的浪……这绝不可能只是巧合！待心中那场惊涛骇浪平息，他才一字一顿地说出了这四个词，毫无逻辑，但所有人都听懂了。

流云天师注视他，良久，才开口："不错，一开始，我是这么打算的。"

从谋划河洛图那天起，流云天师就在寻觅适合做阵眼的人，这个人不好找，他几乎寻遍了大江南北，然后看似机缘巧合，实则处心积虑地将杨辟尘收入门下，精心栽培，再将他的八字与几位皇子的八字一一相合，最终命定李怀信。两个人的八字天造地设，是最适合填进阵眼的四魂七魄，虽不能像贞白那样避开因果，保江山永固，但起码能暂时扭转乾坤，让大端王朝再挺个百八十年。

流云天师做下两手准备，如果贞白不出现，就用李怀信和杨辟尘来填河洛图的阵眼。但是最后，贞白赶来了。

"那么我和杨辟尘，就没有利用价值了，你何不直接弃了？为什么还要做这种吃力不讨好的事，耗尽半生修为，来修补我的魂魄？"

若说流云天师突然心慈手软了，李怀信打死也不会信，为达目的，他比谁都心狠手辣。

这心狠手辣的人看着他，转而又做出一副舐犊情深的嘴脸，叹道："你毕竟，叫我一声皇爷爷。"

在李怀信听来，真是无比讽刺，他是倒了八辈子血霉才叫他一声皇爷爷。

垮塌的山嗡嗡震颤，数以万计的阴兵仿佛掀开了一层地皮，前赴后继地爬上人间，队伍越来越壮大，战马，骑兵，应有尽有，还在不断地从迸裂的山体中拥出，浩浩荡荡地填满乱葬岗的幽谷……

流云天师已油尽灯枯，他吊着最后一口气，颤巍巍地撑起身，盯着面前波澜壮阔的大军，不寒而栗。身边除了千张机和寒山君，其他的百家道派都在天雷劈下之前撤出了乱葬岗……乌合之众，一个也指望不上。倒是这两个弟子心系苍生，不会坐视不理，可光凭他俩，要敌对数万阴兵，也只会落得个尸骨无存的下场，也是指望不上的。

他流云天师从来也没有指望过谁，他站得那么高，看得那么远，只手遮天，翻云覆雨，实际上一直都在孤军奋战。现如今，他却不得不指望这个被他钉入阵眼的女子，真是该叹一声：世事无常。

“我师父，对此事是否知情？”李怀信觉得有必要确认清楚。

千张机回头，看向这个自己一手教导大的徒弟，目光颤了颤，心里早已百味杂陈。

流云天师的声音幽幽的，显得有些空茫，他没有正面回答，但也将千张机从整件事情中择了出去：“千张机……太刚正了，只有让他当这个掌教，太行的水，看起来才是清的。”

所以，把千张机摆在掌教的位置，是用来给他的恶行做遮掩的吗？！

李怀信说不出话来，这是真正的机关算尽啊，好在千张机执掌的太行道没有跟他同流合污。

流云天师的目光越来越灰暗，他看向李怀信，这个从没被真正器重过的孙儿，除了能跟辟尘八字相合，实在难堪大用。他的心胸太小了，不关心天下，不在乎王朝，甚至连太行道都继承不了，是个只在意儿女情长的庸人。

他们的立场不同，注定站在对立面，所以流云天师并不妄图得到他的理解。谁也理解不了，他的两只手，一手结善缘，一手举屠刀，只有二者兼具，才能托起一个盛世王朝。

这于李怀信而言是荒谬的，要说撑起一个王朝的雷霆手段，不代表着滥杀无辜。比如，他可以理解杨辟尘的选择，面对敌国侵略，为保我国疆土和百姓，不惜一切去搏命，像战士一样，虽然用了点上不得台面的阴招，但兵不厌诈，成王败寇，他杀的个个是敌人，而不是像枣林村及华藏寺里的无辜百姓。而这流云天师，不积德也就罢了，还作孽，大端王朝的江山难道要以草菅人命来延续？若是这样，那还不如早点亡了呢。

流云天师听不得这么大逆不道的话，怒叱道：“别忘了，你身上也流着皇家的血脉。”

方才震惊过了头，此刻李怀信反倒冷静下来了：“你也别忘了，我早就被献祭了。”

他不是傻子，这么大的阵法，若说是流云天师一人所为，根本不可能，没有朝廷的支持，枣林村大河里的官桥也建不起来。他当时没想到这层，只留意到桥墩下的童尸是建桥之时填进去的，他曾想过一切可能，却从没质疑过朝廷。直到刚才，最后一道玄雷当空劈下，他被贞白摁在怀里，被震得意识恍惚时，他在杨辟尘的神识中听见了一个低沉而熟悉的声音，那人在说：“长平之役不能败。”那人还说：“朕，决不能，做个亡国之君。”

也对，流云天师能做到这份儿上，为大端谋天运，以无数亡灵奠基，以皇子献祭，那万人之上的一国之君怎么脱得了干系？在此之前，李怀信觉得自己已经够坏了，没想到一山还比一山高，他们李家人，真是个顶个的坏，野心勃勃，自私自利，没有一个好东西。到头来，不过是害人害己。

李怀信侧头看着贞白，仿佛一座太行压在他心上，明明是大端和流云天师作的孽，关他屁事，可他还是觉得对不起她。

贞白正在走神，目光涣散，不知想到了什么，嘴唇翕张，几番欲言又止。眼见流云天师就快不行了，整个人委顿下去，她终于问出口：“关于我的命格……你是从何得知的？”

李怀信不解，还能从何得知，当然是杨辟尘那里。

但于贞白而言，杨辟尘应该并不知情，当然，也有可能是知道的，无论如何，她只是想确认……

流云天师眼中的精光缩成针尖，回光返照，忆起了当年：“一位老友，那日喝得酩酊大醉……”

闻言，贞白的双肩垮了下去，眸中仿佛凝了一层薄雾，轻声打断他：“老春。”

李怀信呆住了。

流云天师绷着血色全无的双唇，已经没有气力再张口，算是默认。

护在周围的法阵招架不住阴兵的冲撞，裂开了一罅，在漫天的嘶吼声中，突然有一阵清脆的铃铛响，催命铃般，传入流云天师耳中。

“原来是你！”一早伏在暗处，躲过雷劫后，赶了过来，事情的来龙去脉她没听全，只能连蒙带猜地悟了个七七八八。

总算让她逮住这个丧尽天良的老东西了，眼瞅着他就要活不成了，自己还没补刀呢，但在补刀之前，她还有句话要问：“阿吉，是不是被你杀害的？”

流云天师眯着眼睛，打量着这个突然冒出来的鬼丫头，似乎没听清：“谁？”

"于阿吉。"

流云天师实在不记得这么号人物，虚弱地问："于阿吉是谁？"

一早愠怒道："青峰道人的徒弟，二十年前唯一逃出七绝阵的人，他本该去太行求助，却被人毒死在长平。"

"啊……"流云天师喟叹一声，垂下眼睑，良久，才若有似无地呢喃道，"不记得了。"

就只有这轻描淡写的四个字，一早一怔，盯着他的肩膀垂下去，合上了眼皮。

流云天师终其一生，都在部署河洛图大阵，做了那么多事，死了那么多人，他并非谁都认识，谁都记得，更何况他并非事事亲力亲为，实在也没精力关注这些细枝末节。

他此生与天争，与人斗，临了，终究逃不过宿命。

流云聚散，从不由人。

第九十九章 力挽狂澜

一早实在难以接受："什么叫不记得了？"

她爹等了阿吉二十年，结果这徒弟不明不白地死在了外头，她还没来得及问责，这老东西就一了百了地咽了气，也太便宜他了！

一早刚跨步上前，阴兵突然变阵转移，千军万马荡过来，直接撞碎了法阵。众人无暇去探究流云天师此生所为的对错，纷纷抵御阴兵。

贞白拔了条树根，鞭子一样抽出去，卷着煞气，抽散了一批阴兵。

千张机与寒山君各结法阵，护住一小片安全之地，将身后流云天师的遗体护住。

一早趁机往里挤，被李怀信一胳膊拦住了："干什么你？靠边儿去！"

"我要报仇。"

李怀信容不得她添乱："人都已经死了。"

"那就碎尸万段。"否则难解她心头之恨。

李怀信虽然知道这小鬼歹毒，但没想到她这么歹毒，忍不住骂她，连死人都不肯放过。

一早怼回去："他放过哪个死人了吗？！"

这话说得实在义正词严，李怀信本来也没安好心，他是有仇必报的性子，流云天师死不足惜，可那毕竟是他皇爷爷……不过，话说回来，皇爷爷又怎么样呢，他还不是照样大义灭亲！他从来没想到，自己这种大逆不道的人，某天也会跟大义沾上边儿。

此刻他一剑扫灭撞过来的阴兵，正欲开口答话，却被一早一把推开了，转瞬，阴兵直接席卷过来，将她淹没。

李怀信喉头一紧：“一早。”

只见阴兵浩浩荡荡地从一早身体里穿过去，她却毫发无损，依旧在原地伫立着，冲他弯起月牙眼。

李怀信当机立断，将一沓符箓扔给她。

一早抄手接住：“干什么？”

“你不是能用凶铃驭尸吗？”方才牺牲了不少修士，李怀信用剑扫开一拨阴兵，出主意道，“驭尸堵住乱葬岗出口，在它们面门贴上朱砂符，姑且能挡一挡阴兵，别放它们往村镇里跑。”

一早会意，也不啰唆，一晃手腕，开始催动凶铃，带起死尸，往阴兵队列里钻。

寒山君百忙之中回过头，就见流云天师成了具行尸走肉，跟着铃声往前行，他回身想拦，结果一骑战马横冲而过，生生将他阻断。

他们几个人此时就如汪洋上的孤舟，四处皆是阴兵。

“师父！”秦暮的声音陡然响起，“寒山君！”

“掌教！”远处随即也响起一阵呼唤声，“寒山君！”

雷劫之后，杀声震野，煞气漫天，秦暮担心千张机等人，不待雷劫余威平息便带着太行百余名弟子原路返回，却见乱葬岗幽谷被密密麻麻的阴兵占满。这气壮山河的阵势，吓得众人脸色煞白，秦暮更是从头凉到脚，好在，他很快便在千军万马中寻到几个熟悉的身影。

一早穿过漫漫阴魂，迎面就碰上秦暮和他身后的百余名弟子。眼见有人拔剑，一早脱口道：“自己人！”

某弟子脸色一黑：“谁跟你是自己人！”

秦暮皱眉，垂眸盯着一早手腕上的凶铃，目光犀利道：“驭尸？”

“不是。”一早忙摆手，十万阴兵她不惧，反倒怵这帮动不动就喊着“除祟”的修士，她赶紧抓起一沓朱砂符递给秦暮看，上面画着太行道的符首。一早解释道：“是李怀信教我这么干的，他让我驭尸堵住出口，尽量拦住阴兵，以免它们跑出去祸害百姓。”

“你……”秦暮刚开了个话头，便见身后的阴兵迅速扩散。

一早将符箓往怀中一揣：“甭磨叽了，”又瞧这年轻人长得标致，遂关怀似的拍了拍他的胳膊，好心叮嘱道，“逃命去吧。”

秦暮愣了一瞬，立刻将这脚下抹油的小鬼捉了回来，死死扣住了。

一早心里一突，见他不识好歹，便扯开嗓子喊道：“李怀信，我被你们太行道的弟子拿住了……”

隔着老远，李怀信的声音气势汹汹地传过来：“秦暮，你敢动她一下，我跟你没完！”

秦暮手劲一松，一早脱兔似的窜了出去。

见大批阴兵集结，训练有素地往外面转移，秦暮迅速倒退，想起一早方才的话，下令道：“施缚灵香术，拦截。”

百余名弟子齐齐排开，围住幽谷，各从袖中捻一把香，以火符点燃，掐起法诀。一时间，烟气绵密细长，形成一根根柔韧不断的烟绳，缚住了拥来的大批阴兵。但阴兵好似大潮拍岸，太行众人却如江中的芦苇，根本阻挡不了多时。

阴兵的长矛刺了过来，带着浓烈的怨煞气，仿佛真刀实枪，戳在人身上，虽不伤及皮肉，却是能斩魂的。秦暮心下一凛，喊道：“小心！”

众弟子敏捷躲闪，一缕缕细烟被阴兵的长矛砍断，转瞬又拧成一股绳，被蜂拥的阴兵往前冲击着，越拉越细。众弟子不断后退，奋力支撑，个个耗得脸色青紫。

而处于中央地带的千张机和寒山君等人，则被千军万马拥挤着，周围架起的护阵越缩越小，极耗精力，显然快要顶不住了。

李怀信挡在贞白身前，歼灭了一拨，又来一拨，阴兵前赴后继，没完没了。

贞白蹲在李怀信身后，拽着树根，指尖的怨煞气渗透泥土，一点一点缠下去。地底的根茎生长十年，早就错综复杂地铺满了整个乱葬岗幽谷，聚阴吸怨，与煞气相辅相成，贞白尝试性地一扯，手下的泥土被拔出的根茎带了出来。她咬紧牙关，蓄力，然后猛地一拽，交织成网的根茎抓着泥土整块掀起，仿佛剥皮抽筋。

与此同时，维系在边沿的缚灵香尽数绷断，阴兵尖啸着扑向太行众弟子……

千钧一发之际，地面仿佛翻起一个巨浪，又像掀起一张巨大的地毯，荡得阴兵人仰马翻。

头顶的黑云如帐幕，激荡起伏，与幽谷中翻腾的地浪遥相呼应，震乱千军万马，怨煞气层层叠叠地荡开，撞得四周山石迸裂。贞白拽着织成地毯状的根茎，全力施为，欲再度掀动，却猛地顿住了，只见她双手及露出的小臂呈现密密麻麻的黑色细线，像血管的脉络根根凸起，在苍白的表皮下蜿蜒纵横，体内的煞气突然开始在全身暴走，她的双手不可抑制地颤抖，在煞气的肆虐下，形同枯骨。

贞白的神志逐渐混沌，她抬起头，望着挡在她身前的背影，极力压制着，怕伤到他，不敢再轻举妄动。然而方才那一拨地浪掀出去，延展数里，一时间，激发出阴兵的凶性，千军万马转过身，狰狞且杀气腾腾，嘶吼着，一跃数丈，如同席卷而来的蝗虫，密密匝匝地朝他们攻袭而来……

李怀信临危不乱，手掐剑诀，七魄剑在周遭急速旋转，好似一朵剑莲，逐渐向外扩散，形成了一个圆形的安全带，为贞白争取时间。无以计数的阴兵撞在剑莲上，顷刻被削散，可阴兵无识无惧，仍是前赴后继。

剑莲逐渐缩小，李怀信凭一己之力，根本难以抵挡阴兵大潮，只能竭尽全力，哪怕为贞白多争取一刻。

片刻后，七魄剑形成的剑莲分崩离析，数以万计的阴兵直撞而来。霎时，贞白体内的煞气轰然一泄，沉木剑如天罚般撕裂长空，直贯入地，煞气以贞白为中心，在周遭荡开，百丈外的阴兵顷刻被荡散。千张机与寒山君也受到波及，几个腾跃闪躲，总算有惊无险地退到了幽谷之外。

李怀信一回头就被贞白满身的黑气吓住了，她整个人仿佛快融化在黑气中，只剩一张煞白的脸，堪比邪魔，荡入人间。此时的贞白，似乎比那千军万马更可怕，更危险。她幽绿的左瞳盯着他，有些失焦，像难以分辨，认不清人。

李怀信隐约记得贞白曾经说过，她体内的阴气压不住，才会给自己下一道镇灵符，若是解了，难保不会失控，现如今，不就是临近失控的状态吗？

他一下就慌了，喊道：“贞白……”

“你……”贞白几乎难以自持，整个人正一点点被煞气吞噬，眼中仅剩下一丁点儿对方的缩影。说来也怪，那抹白衣的身影却能压住她最后一丝心性，令她不至于立即发狂。

她忍得艰难，怕过不了多久，她的五脏六腑都将被煞气侵占，整颗心将被腐蚀殆尽，到时，恐怕天下苍生，包括李怀信，都在劫难逃，所以趁自己还能认得他，她抬了抬手，压抑着喊道："……过来。"

相隔不远的距离，李怀信赶紧奔了过去，哪怕她已入魔，他也愿飞蛾扑火。

短短的一程，却像是等了许久，贞白缓缓张开双臂，去迎他，用她这孤冷的一生，抱了满怀的热烈。这个人就像一盏灯，一把火，照亮她，点燃她。像平地起风，像静湖起浪，终于，心起波澜。

"一会儿会很疼。"她附在他耳边，轻声开口道，"你忍着点儿。"

"什么？"李怀信不明所以。还未等他有所反应，贞白的两指就点在了他的眉间，搅入他的神魂。

李怀信猝然睁大眼，想要躲避，却已来不及，贞白指尖的劲头大得出奇，好似利刃一样刺穿他的颅骨，一阵剧痛瞬间袭来，痛得他四肢发软，跪倒在地："贞……"

"如果我失了控……这……能让你自保。"再加上这乱葬岗的数十万阴兵，哪怕李怀信再疼，她也没有留情，兀自去探寻他神识里的眼睛，那里积攒了她毕生的修为。

李怀信明白了她的意图，可是太疼了，疼得他两眼发黑，堪比上一次她要夺走这只眼睛时。

若说之前是为了救杨辟尘，不得已而献出这只眼睛，那么如今，她是主动想给李怀信的。

"等收拾了这些阴兵，"贞白其实更担心自己会伤到他，"再劳烦你，把我镇回去。"

在煞气的强力催动下，李怀信整张脸红得发紫，感觉颅骨即将被震裂，他的眉心才隐隐浮出一只眼睛的虚影。贞白再度灌注煞气，去逼那只紧闭的眼目，直到它缓缓睁开一条缝，仿佛混沌初开射出的第一束光，在遮天蔽日的阴暗中，明亮、灼目，光芒万丈，瞬间清退了周边蜂拥而至的阴兵。

一股强大的气力从眉心往周身传递，灌入五脏六腑，直达四肢百骸，李怀信整个人都是蒙的，因为承受不住，所以意识开始恍惚。

处于幽谷外围的太行道众人俱是一怔。

"那是……"寒山君瞠目结舌道，遥遥望见那束自李怀信眉心射出的法光，"天眼吗？"

千张机同样难以置信，这世间，能开天眼者，他还从未见过……

那束法光刺出的一瞬，贞白周身的阴煞气陡然暴涨，她用尽全力勉强稳住身形，来与之抗衡。

“掌教。”贞白声线低沉，道，“劳烦您率众弟子，封住整个幽谷。”

千张机没有任何犹豫就按照贞白的意思去办了。

一早手持朱砂符，在狭道口贴了一排的尸体站岗，将一拨撞来的阴兵堵了回去。眼看秦暮携着几名弟子一边结印一边走来，她扬了扬手腕上的凶铃，道：“我能帮忙。”

秦暮历来循规蹈矩，从未跟邪祟做过同盟，他盯着眼前这只小鬼，心下惊奇，难以言喻。也只有像李怀信那种肆意妄为的性子，才会与这些邪祟为伴，甚至，还跟那个满身阴煞之气的女子生出情愫来，当着众人的面，与百家道门为敌，他是真的胆大包天，什么都敢做……反观自己，是决计干不出这么离经叛道的事情的。

其实，他一直挺羡慕李怀信的，这个师弟虽然恃强凌弱，劣迹斑斑，本性却并不坏。毕竟人无完人，谁都不是绝对善良的，他也有私心，却不像李怀信那样，哪怕坏，也坏得光明磊落。

李怀信这个人，像是生来就不会虚与委蛇那一套，从不跟人玩阴招，也不在背地里嚼舌根，他有一说一，看不惯就撕破脸，听不惯就当面抬杠，太行道数百名弟子，就数他活得最野蛮，也最敞亮……所以师父才更偏爱他吧。无关乎身份，因为千张机从未以高低贵贱去评判任何人。

一直以来，秦暮心中都是通透的，却不怎么豁达。他太在乎师父的眼光，为了争第一，他从不肯对李怀信相让，为此他们较了十年的劲。尽管知道李怀信如此想赢，是为了摆脱千年老二的称呼，他也决不肯输哪怕一次，因为他只有这一项光环，若是失去了，自己好像就一无是处了……第一当久了，越到后来，就越输不起，因为被打败似乎成了一件特别丢脸的事，他丢不起这个人，但是李怀信脸皮厚。

现如今，盯着阴沉的天穹下，李怀信眉心射出的光芒，秦暮知道，自己此生都无法企及了。

耀目的光芒之后，一切重归阴暗。

贞白于幽谷之中抬起手，掌心朝上，在虚空中轻轻一托，顿时风霾大作，卷起无数林间树叶，在旋涡中汇聚，铺天盖地地飞向上空。她并指一划，周遭数不清的叶片上便落下一道划痕，像用指甲轻轻剐蹭的印记，不深不浅，随着她指尖的动作，树叶上出现了相同的划痕。她的动作极其缓慢，仿佛承托着千钧之力，尤其吃力，却仍在勉力维系。

片刻后，千张机才猛然反应过来，贞白竟以树叶为符纸，在上面画起了灭灵符。一个修为高深的大能，耗尽所能，一天也不过能画出百张符箓，而这女子竟然企图在无数片树叶上同时画符。此时此刻，惊心动魄都不足以来形容千张机内心的震撼。

贞白的手有些颤，却极力保持着平稳，一笔一画，在虚空中跌宕起伏，然后，她用另一只手的掌力推出去，荡开蜂拥袭来的阴兵，乌泱泱一片黑气如潮水般汹涌翻腾，来势汹汹，去势也迅疾。

贞白的手短暂停歇片刻，整条胳膊好似压着万钧太行，沉重到难以承受，可她不能把手放下，因为李怀信天眼初开，还没有缓过来。

突然，嘎嘣一声脆响，贞白胳膊上的骨骼碎裂，又在煞气缠缚中重塑……如此循环往复两三回，李怀信方如大梦初醒。

等不及他去适应，贞白艰涩地吐出三个字：“灭字印。”

李怀信耳中嗡鸣，浑身火烫，如同被灌注了通天神力，压根儿承受不住。可贞白的话语传入耳中，直达他的神识，好似不可违逆的指令。他从未画过什么灭字印，此刻那一笔一画却都涌入他的神识，如同与生俱来的本领，早已融入他的血脉——那是贞白毕生的修为。

贞白在等他，顶着山峦之压，托着万钧之重。

李怀信撑起身，双目紧合，眉心的第三只眼猝然睁开。山川，大地，遂变成一张张或平铺，或竖立的版图，收入他的眼底，恰如一幅可尽览长平山水的画卷。他立于画卷之上，灵力以天眼为始，于周身流转不绝，自指尖倾涌而出，以山川为符纸，驭七魄剑为笔，画下一撇一捺……整个幽谷随之发出嗡嗡的金石之响，而于阴兵听来，这声音如雷贯耳，仿佛裹着无边的净咒，自七剑下缓缓泄出，杀伤力极强。

笔画牵动风云变幻，十万阴兵鬼哭狼嚎。

李怀信凝神静气，笔走龙蛇，横如千军掠阵，折似疾风摧草，竖如雷霆落地，捺似渊行龙蛟……七魄剑在山川幽谷中大开大合，剑势刚猛。

仿佛天地罡气融为一体，李怀信终于在这股力量的牵引下与贞白通感。她乃鸿蒙元体，世之本源，这以山川作符基的天人之力乃与生俱来。而这能力，也随着汇聚她毕生之力的天眼觉醒，被李怀信继承。

李怀信身姿凌厉，又轻灵缥缈，他以臂力挽动，七魄剑随即一划，以气吞山河之势，急转直下，冥冥中，与贞白的指力接轨。

贞白等待他，配合他，一个刻山川，一个琢叶符，彼此连成一脉，一折一钩，相辅相成。

无边落木萧萧下，数十万张灭灵符遍布幽谷，似雪落人间，那些阴兵仿若有感应，尽皆抬头，看着画满灭灵符的树叶飘然落下。

七魄剑收，灭字印成，大地猛烈一震，群峰战栗，却一发即收，山河归寂，万籁无声。

幽谷内的冲天煞气在刚才的震荡后顷刻散于无形，数十万灭灵符在阴兵阵中飘荡，乍然一触，气冲云霄，无数阴兵瞬间消融湮灭，如漫天萤火。

第一百章 云开日出

接连下了大半个月的雨，长平周围的城镇，经百家道门弟子一番彻底除祟，这才有了些人气，在街上能看见几个战战兢兢的百姓了。毕竟要谋生计，不能一味地在家里窝着，还得务农，做生意，再则，最近几日确实没撞见什么脏东西了，家家户户都收到了修士们发的驱煞符，也渐渐安下心来。

这一场浩劫闹得人心惶惶，百家道门只要一提及乱葬岗，无不心惊胆战，好在一切都过去了，那个祸世的女魔头，据说已被天雷劈得魂飞魄散。各门派的修道士们纷纷开始收拾行李，陆续启程离开，

长平乱葬岗归于平静后，一些道门弟子特意返回去查看过，幽谷已被太行设下了禁制，里头连半只亡灵都不复存在了。

有人说是因为天降数十道雷劫，将那女魔头顺带数十万阴兵一并收拾了，而后太行道坐享其成，先人一步，布下禁制，揽下了这不世之功。

也有人说，雷罚之后，太行与阴兵混战，百余名弟子死伤大半，而流云天师以死护阵，才令千张机与寒山君险中取胜。而此二人也因此遭到重创，命在旦夕，已经回太行疗养了。

……

一时间，众说纷纭，添油加醋，一天一个版本地流传出去，都是凭空猜测。毕竟当时百家道门被天威所慑，早早地撤出了乱葬岗，谁也不曾亲眼看见，之后

又听到千军万马之声，如大战在即，那声音气吞山河，震荡百里，他们更加不敢贸然涉险……所以直到现在，他们也没好意思觍着脸去太行问询，只好胡乱推测一番。毕竟这么大的事，他们千里迢迢赶过去助阵，事后被人问起，总得搪塞两句，以示他们并未临阵脱逃。

其实，即便临阵脱逃，也在情理之中，毕竟那是天罚，天道惩治邪魔，他们这些修道士，没有待在原地受牵连的道理。反正除了太行，百家道门都不在场，似乎也情有可原。况且，最后大家不也尽心尽责地在长平周围的城镇除祟了吗？他们百家道门团结一致，把从乱葬岗跑出来的阴兵邪祟，全都清除干净，护住了百姓的安全，并非全无功劳。

关于乱葬岗大阵，两名道门弟子从客房里出来，还在讨论："所以布此大阵的人，到底是谁？"

"不清楚，还得改日上太行拜访问询才知，等他们掌教伤愈后吧……不过，说不定他也不知情，毕竟当时的情势那么危急。"

另一人心有余悸道："是啊，这阵法布得实在阴毒，据说那只祸世的邪祟就是因此阵而生……"

说话间，两人已经走远。

李怀信掩上窗，实在不喜这种阴雨湿冷的天气，连带床上的被子都有些发潮。他转过身，不经意牵扯到肺部，隐隐作痛，一个呼吸不匀就岔了气。这是贞白完全失控后，他为了给她镇煞，将封印钉入她眉心时，被她伤的。

还是之前住的祥云客栈，只是换了间上房，李怀信在此养了大半个月。他没有随千张机回太行，也不打算再回去。倒不是要恩断义绝，他心里虽有仇怨，可千张机待他如师如父，并无过错，只是太行毕竟是国教，而他跟宫里那个人，是做不成父子了。

兴许是因为身体里有某人的三魂吧，寒山君对他态度大变，破天荒地关心起他不回太行将何去何从。

天下之大，还能没有他的容身之处？何况之前，男婚女嫁之事，贞白跟他允诺过，若经此一劫，她还能活着，就如他所愿，所以李怀信毫不犹豫地说："贞白去哪儿，我就去哪儿。"

寒山君欲言又止，"你……"

李怀信不怕人笑话，坦然道："我这辈子，都要跟着她。"反正人和心都交出去了，他也看得出来，贞白是个有担当的，肯定会说到做到，不会负他。

千张机深知他的脾性，这徒弟一旦铁了心，就不会再改主意，便随他去吧。只是，那西方的最后一个阵法，人人都知其凶险，不管谁去都可能有去无回，千张机遂决定亲自前往。奈何长平一战后，为设禁制，他和寒山君元气大伤，气血亏得不轻，李怀信实在不忍心再让师父去涉险。

正思忖间，房门被敲响，李怀信捂着胸口坐起身，便见贞白端着汤药走了进来。一股清苦的药味窜入鼻腔，他闷咳两声，按捺住了。贞白恢复能力极强，之前折腾成那样，歇不到两天便又生龙活虎了，反倒是他，柔肤弱体，久病不愈。

贞白把药端给他，表情清清冷冷，李怀信瞥她一眼，总觉得吧，这人不够体贴。话本子里那些历经过生死的男女，在死里逃生后不都是从此深情款款、如胶似漆的吗？为什么他和她就没搭上这根筋？她甚至连句掏心窝子的话都没有，最起码他俩以后该怎么处，总得给个交代吧？他等了好几天，也没等到她半句话。想到这儿，他顿时感觉胸口发闷，没伸手接碗，也不想接。

贞白端着碗，看出点端倪，问道："怎么？"

李怀信随口搪塞道："烫吧。"

"温的。"

李怀信无可奈何地叹了口气，接过来，捧在手里，突然想起当初他刮骨之后瘫在床上，生活不能自理，结果贞白一碗药直接给他灌了下去，也是毫无柔情的。

"贞白。"

"嗯？"

话到嘴边，他又觉得不合适，他喝了口药汁，满嘴苦涩，遂拐了个弯道："你今后有什么打算？"

贞白沉默了半晌，方道："河洛图还剩下一个阵，也许会为害一方，我打算过去看看。"

李怀信抬起眼帘。

贞白对上他的目光，于是问："你去吗？"

当然去！他本来就打算去的，于是忙不迭地点头。这回，他喝下了一大口，又问："然后呢？解决完河洛图，接下来怎么打算？"

"可能回不知观吧。"

李怀信抿了下唇，觉得汤药更苦了，从舌尖一直苦到心里："为什么是可能？"

"禹山荒无人烟，有些与世隔绝，"贞白答得很平常，"我怕你待不习惯。"

李怀信猝不及防，怔怔地看她，须臾才反应过来："我吗？"心里的苦涩荡然无存。

贞白颔首："你要是觉得无趣，就找个你喜欢的地方。"

李怀信的确是个爱热闹的性子，但是他更向往禹山，向往那个名不见经传，却承载着贞白前半生的不知观。他果断地一口把药灌下去，爽快道："回不知观吧。"他难掩嘴角的笑意，又道，"就这么定了。"

刚搁下碗，他忽地又想起了什么，神色凝重道："那个老春……是他出卖你的？"

谈不上出卖，贞白道："就是喝多了，失言。"

李怀信挑眉道："你相信他？"

"嗯。"

李怀信却质疑道："人心险恶，你又看不透。"

人心的确看不透，但那是老春……贞白还是信任的："他是我看着长大的，没有坏心。"

一句话，直接把李怀信给整蒙了。他之前在杨辟尘的神识里见过老春，那明明是个糟老头子，可贞白刚刚说什么，她看着长大的？那糟老头子是她看着长大的？他猝不及防，意识到自己好像忽略了一个天大的问题，脱口问道："你多大了？"

贞白愣了一下，仿佛也才意识过来："我……不太记得了。"

李怀信震惊得不行，他极有可能在跟祖辈谈恋爱……不对，既然是鸿蒙元体，贞白的年纪可能超出他的想象。他忍不住问道："大端建国之初，你就在吗？"

贞白想了一下，点点头。

至少二百多年了！李怀信狠狠抹了把脸，这是个异常严肃的问题："那时……还没我。"

"如果你介意的话……"

"不是介意这个。"李怀信打断她，而是贞白的寿数太长了，自己撑死了也就凑个长命百岁。

对，他现在是年轻，可百年之后呢？等不到百年，他就老掉牙了，但贞白还是一如既往的年轻……那场景，他越想越感觉毛骨悚然。

贞白却毫不在意，道：“以后的事，以后再说。”

是啊，难道要为了以后放弃现在，那他这一生还有什么追求？但话还得负责任地说：“我是主张及时行乐，但我百年之后，你怎么办，是孤独余生，还是另寻新欢？”

反正两者他都接受不了。

问题既然已经摆了出来，贞白是个实诚的，便答道：“等你百年之后，我会葬了你……”

这得多薄情，才会说得这么云淡风轻，她到底有没有心？李怀信差点就要翻脸了，却又听贞白道：“待你轮回转世，我再去找你。”

李怀信蓦地一愣。

“只要这只眼睛钉在你眉心，”贞白淡声道，“那么生生世世，万水千山，我都能找到你。”

到下辈子，或下下辈子，只要他还肯，只要他愿意，这段情都可以延续。

贞白的语调虽平，却给李怀信带来了巨大的冲击，因为在此之前，她连句贴心的话都没对他说过，如今一开口，却给他来了个海誓山盟。太突然了，李怀信反倒有点儿不适应，但心里踏实了下来，道：“你，说真的？”

“嗯。”

这答案实在暖心，李怀信承了这份厚重的情意，便想着该投桃报李，不如就趁他还年轻……他猛地掀开被子，倾身靠过去，可手还没碰到对方，就被一串“汪汪汪”给搅和了。

李怀信在进乱葬岗之前就把冯天关在了祥云客栈，又怕它乱跑会遇到危险，遂用法符圈了起来……

这冯天和一早刚进门，就见李怀信一记眼刀飞了过来，他们各自纳闷儿，谁又招惹这祖宗了？

接下来的几天，李怀信就像跟人有仇似的，逮住冯天可劲儿折腾，花样层出不穷，誓要将冯天的魂魄从狗身中分离出来。

祥云客栈每天都能听见一只黑狗在狂吠，得亏那些打尖儿住店的修道者都离开了，这会儿也没几个生意。李怀信一锭金子把那掌柜给直接砸蒙了，还前前后后地帮他购置香蜡纸钱、红绳朱砂，把冯天折腾得半死不活的。

终于，冯天扛不住折磨，在某个月黑风高的夜晚出逃了，把李怀信急得整个晚上都在到处找。

一早忍不住说了句公道话："要不是你成天把冯天往死里折腾，冯天能被逼走吗？"

狗急了真的会跳墙。

"呵……"这小鬼还有脸指责他，"说得好像把冯天五花大绑，助纣为虐的那个人不是你一样。"

一早不吭声了，确实得算她一份，但这不都是为了冯天好嘛，怕他夺舍狗身越久，越难以分割，总不能一直当条狗来养着吧。

李怀信舍不得啊，遂一样一样地试，花样实在太多，所以确实让冯天遭了大罪。现如今，他也开始反省，关心则乱，他真不该操之过急的。

翌日清晨，赵九刚支上摊儿，就见梁捕头带着一大群衙役在街上晃荡。

赵九吆喝了一声："梁捕头，这么早啊，出啥事儿了？"

梁捕头走过去，道："道长的狗丢了，咱帮忙找找。"

"哎哟。"赵九放下蒸笼，问，"什么狗啊？"

"就一条黑狗，你也帮忙多留意着。"

赵九神色一怵："镇上的黑狗，之前不都给杀了吗？"

"不是。"梁捕头摆手道，"昨儿个刚丢，我带人去城外找找，你也盯着点儿。"

"哎。"赵九连忙应下，心想贞白来的时候好像没带狗啊，这狗又是哪儿来的？

整个衙门都出动了，城里城外到处找。

李怀信寻到河边，早就没脾气了，以后决计不敢再对冯天轻举妄动，这狗脾气，惹急了就离家出走，万一被谁拴了起来，或者杀了炖肉吃，连个尸首都找不全啊。

"冯天。"所有冯天有可能藏身的地方他都找遍了，一路找一路喊，现在嗓子都嘶哑了，"冯天，小天，冯小天，小天犬……"

突然听见一声呜咽，李怀信疾行几步，就看见他找了一宿的小天犬，正耷拉着脑袋，伏在贞白脚边。

贞白回过头，墨发长冠衬着身后初露的晨光。经久未见的日头，终于拨开了沉积月余的阴云。

后记

贞隆年间，有严家余党欲倾大端基业，潜心二十年，布邪阵以斩大端龙脉。

贞隆二十七年秋，有祸世妖魔自长平阵内出，是年天下震荡，南方大雪，群夷寇边。

次年春，天下道门于长平共伐妖魔、破邪阵，天师流云子身殒此役，幸天命在端，降雷罚三十有三，邪阵妖魔俱灭于天威。是役史称天下荡魔。

又十三年，端失其鹿，天下共逐。

——大端史官不若记

（全文完）

番外一 赶路

连下了几场春雨，一路都是泥泞，冯天滚了一身，脏兮兮的，狗毛都打结了。

途经一个浅滩，李怀信赶紧指挥它下水："踩稳了，别摔了。"

冯天往深水处蹚，李怀信站在岸边，一边脱靴子一边盯着它："就搁那儿站着！"

一早穿着短靴往水里踩，躬身去搓裙摆上的泥。

李怀信踢掉鞋，卸下剑匣，顺手递给了贞白："帮我拿一下。"

贞白接过，挂在肩上，就见李怀信挽起裤腿，将长袍下摆扎进腰间，朝冯天走了过去。他试了试水温，不算太凉，就把冯天的狗身往水里按。

冯天欲挣扎："汪……"

"别动。"李怀信压住它，"给你洗干净……"

话未说完，冯天忽地从他手中溜出去，站在水中猛甩，甩出漫天水花。

李怀信猝不及防，被它劈头盖脸地甩了满身的水，当即怒火中烧："小天犬！你成心的是不是！"

冯天吠了一声，狗腿一刨，就往深水里游，李怀信用脚一踢，瞬时像落雨一样，也浇了对方满身。

一早好好地在一旁搓裙子，却遭到无妄之灾，她抹了把脸上的水，怒道：

“都这么大的人了，还跟这儿玩儿打水仗。”

“谁玩儿了？！”这小鬼说话的语气能不能不这么老气横秋的？李怀信气得冲刨水的冯天嚷，“你幼稚不幼稚！回来！”

冯天也不是故意的，就是突然被压到水里不舒服，结果一甩就溅了李怀信满身，现在回去不是找揍吗？

打从冯天闹过一次离家出走，李怀信已经有所忌惮了，不敢逼得太过，只得撂下一句：“脏死你得了！”

李怀信踩着滩底硌脚的鹅卵石往回蹚，一面对贞白，他的火气就压了下去，招手让她走近些。他站在水里，随便捡了根枯枝，在贞白走近的时候说：“抬脚。”

贞白顿了一下，没领会他的意思：“干什么？”

“把鞋边的泥土刮一下。”

“不……”贞白正欲拒绝，李怀信已经躬下身，帮她清理沾在脚边的泥土。

一早回过头，刚巧看见这一幕，她怔了怔，眯起了眼睛。这比天皇老子还难伺候的李怀信，突然像转了性似的，打从乱葬岗一战后，他对贞白的态度天翻地覆，之前张口闭口都是女冠、邪祟，现在就连白大姐也不喊了，还时常自我陶醉，笑得神魂颠倒，一早敢断定，这自作多情的小子怕是迷上人家了。

一早叹了口气，有种癞蛤蟆想吃……哦，不……她瞧了眼李怀信那副好皮囊，心想，有种天鹅想吃天鹅肉的感觉。

待清理完贞白鞋底的泥土，李怀信直起身，把枯枝一扔，偏过头，正好对上一早的目光，他没往心里去，使唤道：“你帮它搓一下毛，这浑身是泥，游一圈就能洗干净吗？”

“得嘞。”一早弯起月牙眼，笑眯眯地应道。她拍拍手，冲在深水处畅游的小天犬喊道：“别撒欢儿了，赶紧洗完了进城。”

赶了半日的路，虽然她本可以不吃不喝，但养成习惯后，一到饭点儿她就想吃点东西打打牙祭。

李怀信更是个不扛饿的，这趟下山他可是带足了银钱，一点都不能亏待了自己。一早跟着大饱口福的同时，也会嫌他大手大脚，顺便退一两道菜，李怀信不满得很：“谁让你退了，你不吃我还得吃呢。”

一早剥开毛豆，自己吃一颗，喂小天犬一颗，道：“就一袋银子，照你这么花，能铺张几天？”

李怀信没搭腔，自顾自倒了一碗热茶，涮了涮碗筷，才整整齐齐地给贞白摆好。

一早瞥了一眼，咔嚓咔嚓嚼着脆笋，对他的行为看不过眼：“就你穷讲究。”

李怀信一竹筷敲在对方脑门上：“我忍你很久了。”

一早没来得及躲开，又不敢还手，认栽地揉了揉额角。她跟李怀信可能八字不合，在一起总掐架，尤其最近，芝麻点儿大的事也能拌几句嘴。

比如，晚上住客栈，李怀信要开三间房，贞白和一早单独住，但一早坚持开两间，还跟往常一样，她跟贞白住，李怀信跟冯天住。

一早道：“咱又没进账，照你这么挥霍，以后日子不过啦。”那句“败家玩意儿”被她生生憋在了肚子里。

李怀信不乐意极了，但面上没表露：“谁知道你晚上睡觉老不老实，我怕你打扰到贞白。”

“不会。”贞白也不赞成他多花这份儿钱，遂道，“两间就行。”

既然贞白都开口了，他还能说什么？李怀信闷闷不乐地开了两间客房，一行人跟着店小二上了楼。

李怀信走在最后，贞白看出来他不痛快，步调也跟着慢了下来：“怎么？”

李怀信给她一个眼神，两人便悄无声息地拐了个弯，找了个安静的地方说话。

李怀信也不委屈自己，有一说一：“你怎么老是向着那小鬼？”

贞白不明就里，道：“这话从何说起？”

“我开三间你不让，非得跟她挤一起。”

“出门在外，银子总得省着点花。”

“是银子的问题吗？”

李怀信实在跟她对不上频道，这么些日子了，他就在贞白跟他承诺生生世世的那次甜蜜过，其余时候总有两只碍眼的小东西形影不离，如今他好不容易想安排一次独处，结果又让对方给搅和了。他实在没忍住，问：“你就不想……”

贞白蹙眉，一时没搞明白：“想什么？”

“就不想跟我住？！”李怀信心里还有气，又怕对方搭不上线，也不跟她含蓄了，直言不讳道，“我想跟你睡。”

贞白始料未及，怔了一下。

李怀信话刚说完，耳朵就红了，一路红到脖颈处，却面不改色地等贞白表态。

“要不然……”贞白刚开口，忽地一条黑狗窜出来，冲着两人大叫：“汪汪汪……”

“走着走着就没影儿了。”一早跟在黑狗后头，也走了过来，“你们跟这儿干吗呢？”

李怀信一见这俩小东西，就恨得咬牙切齿，太烦人了，尽坏他事儿，又不能撵走，只能留下来给自己添堵。

番外二 不知观（1）

碧空如洗，万里无云。

一早捧着一把海棠花，被晌午的日头一晒，小脸嫣红。她把屋子寻了个遍，在侧间里遇上贞白，她正抱着一摞书册走出来。

一早问："李怀信呢？"

贞白走下台阶，往凉亭走："说是出去走走。"

一早捧着海棠花跟过去，见凉亭的桌椅上摊满了书卷："晒书呢？"

"嗯。"贞白小心翼翼地翻开书页，道，"受潮了。"

部分书卷在木屋底层压了十年，受潮是难免的。

"我来帮忙。"一早将海棠花搁在藤椅上，这是专门给李怀信乘凉小憩用的，此时也摊着不少书。

贞白偏过头，阻止道："别把花挨着书放，以免沾色。"

一早赶忙把海棠花移到旁边的脚踏上，刚要去碰书，贞白又指了指地上的一盆清水，道："净手。"

一早对她言听计从，赶紧将双手洗净，又擦得干干爽爽，才过去帮忙。

她将摞起的书本搬到凉亭的另一侧，那儿有一大片空旷的坐栏，阳光正好直射在上面。

结果贞白又道："不能暴晒，移到阴凉处，风干就行。"

“哦。”一早依言照做，有模有样地把书翻开。

贞白道：“当心些，别压出折痕。”

一早怀疑贞白是被李怀信瞎讲究的毛病给传染了，不过难得见她这样宝贝一样东西，便只道：“晒个书而已，这么多讲究。”

倒不是讲究，只是昨儿个李怀信在不知观里太闲了，便打开藏书间，想选两本书打发时间，结果无意中发现了贞白的藏书，他惊奇道：“这些可是连宫里的藏书阁都搜寻不来的孤本……”下一瞬，他又说，“哎……都潮了。”

李怀信翻了一页，就不敢看了，立刻轻拿轻放地把书归位：“弄脏弄坏了可就糟蹋了，赶明儿得清出来晒晒。”

所以，见今日放晴，贞白便将这些受了潮的孤本清理出来晒。她对一早轻声说：“放着我来吧。”

一早本想帮忙，又觉得自己做什么都像在添乱，遂退到一旁，拿起脚踏上的海棠花，心里头正琢磨呢，李怀信就提着两只鸟笼回来了。

这厮本来就长得好看，走在晴空下，被阳光镀上一身金，神采英拔，近乎耀眼。这么璀璨的一个妙人儿，怪不得贞白宝贝他。更何况这妖孽惑心，哪怕恣意妄为，也恰如其分地踩在贞白七寸上，让她心甘情愿地束手就擒。这种男人，有心机得很，可以说是百年难得一遇的奇葩，一早甘拜下风，现在也不太跟他一般见识了。

当看清那鸟笼里是一对大雁时，一早目光炯炯，当即明白了。怪不得一大早李怀信就将她从被窝里头拽出来，非让她去山中采束花回来，原来是要提亲啊。

一早机灵地捧着娇艳欲滴的海棠花过去，李怀信原本容光焕发的脸陡然沉了下去，低声质问道：“干什么你？！”

这祖宗说翻脸就翻脸，一早不明就里，举着海棠花道：“不是你要的吗？”

李怀信将鸟笼搁在地上，怕贞白听见，只能压着嗓子训她：“我让你去采花，你揪的这是什么玩意儿？！”

“你瞎啊，”一早怼回去，“这不就是花吗？！”

“你不知道这是断肠花吗？”李怀信被气着了，“你是不是没安好心，想我们断肠人在天涯。”

一早还真不知道，怔了怔，道：“这海棠花又叫断肠花吗？”

“赶紧扔了，有多远扔多远。”李怀信一眼都不想多看，觉得简直晦气，尤其在这种时刻，“太不吉利了。”

“哎。”一早被他推了一把，刚要走，就听见背后有脚步声逼近。

“要加餐吗？”贞白瞧着笼子里的大雁，理所当然地以为李怀信是馋了，淡声问，“想清炖还是红烧？”

闻言，李怀信和一早赫然抬头，齐刷刷看向贞白，动作出奇地一致：“啊？”

贞白被他俩的反应搞得有些莫名其妙。

李怀信指着笼中鸟道：“这是大雁！”

贞白当然认得，大雁南飞她又不是没见过：“我知道。”

李怀信加重咬字，跟贞白强调道：“是一对儿。”

可是贞白压根儿没能领会他的意思，又问：“你想养着？”

一早算看出来了，贞白不是没领会，而是根本不知道送大雁有何寓意。

一早也是因为当年听她爹说起过曾用一对大雁跟她娘求亲，才知其意。她难得逮着机会幸灾乐祸，毕竟李怀信也就在贞白跟前儿会吃瘪，但攸关二人的终身幸福，她觉得还是不能拿这事儿来开涮，不厚道还是其次，李怀信若是翻身农奴把歌唱，成了不知观的男主人，铁定要记恨她将她撵出去的。

思及此，一早决定点一点贞白，就当日行一善了：“他是在跟你下聘。”

贞白愣了一下，差点就把这对聘礼拿去清炖了。

接连闹了两场不愉快，李怀信板着脸，心里有点不痛快，但也明白不知者无罪，当下既然挑明了，也算是这小鬼将功补过。他问愣在那里的贞白：“你收不收？”

贞白垂眸，盯着笼中扑腾的大雁，蜷在袍袖中的手指轻轻屈起。

“收。”贞白毫不犹豫，甚至干脆至极，说道，“拎进屋里吧。”

李怀信弯起嘴角，眼底的笑意越来越深。其实贞白待他极好，近乎百依百顺，她会答应，也早在他意料之中，没什么悬念，但此刻他还是抑制不住地欢喜。

一早反应过来，抱起一只笼子就往不知观里走。

李怀信也拎起一只，正欲转身，被贞白唤住了：“怀信。”

艳阳下，他偏过头，微微眯起眼，瞳中映出金色的光影：“老春不是说，你没有姻缘吗……”

贞白盯着他的眼睛，剔透的瞳色，很是撩人，她说：“现在有了。”

李怀信笑起来，身后是一望无际的湛蓝苍穹，衬着他，白衣似云。

“所以，咱俩定下来。”

“好。”

“你真是……”李怀信忍不住笑了，抬手盖了盖眼睛，遮掩一样，尽量不让自己笑出声。

贞白不明白他的笑点，一本正经地问道：“我什么？”

“爽快啊。”

真的太爽快了，不知道含蓄似的，而且为人耿直，越相处，李怀信就越喜欢她的性子。

李怀信高高兴兴地把两只大雁安顿好，顺便抓了把稻谷去喂，一早却在旁边给他泼冷水：“你下聘就捉两只大雁吗？就不觉得寒碜？”

他一个落魄皇子，“抛家弃业”跟来不知观，称得上是一无所有了，这小鬼这么说，摆明了是来埋汰他的。李怀信轻飘飘地睨她一眼，懒得跟她计较。他心里明镜似的，聘礼贵重与否根本无关紧要，如果贞白不喜欢他，他就算搬来一座金山银山，贞白也不会稀罕。重要的是他这个人，只要人在跟前儿，聘礼不过走个形式。

李怀信抛完稻谷，拍拍手，大步流星地朝藏书阁走去。

贞白蹲在壁柜前，抽出几本受了潮的书，其中两册生了蛀虫，咬断了装订线，泛黄的纸张散开了，破损严重。贞白正整理着，抬起头见李怀信跨了进来，慢悠悠地，带着几分散淡。

他靠在壁柜前，挡了一大半的光线，屋子瞬间暗沉下来，他垂目道：“腐成这样，怕是要不得了。”

贞白握着那本松散的册子，站起身：“我夜里抄一抄，把损坏的部分替换下来，内容还能留个全。”

“倒也行。”李怀信问，“小天跟老春下山有两日了吧？”

“嗯。”贞白辨认着被晕染模糊的字迹，回答他，“明日就能回来。”

李怀信点点头，笑了一下：“这书给我吧，反正我也闲得很，正好帮忙抄一抄。”

贞白抬眼，手里的书册即刻被抽走，她刚想叫住他，张了张口，又随他去了。

整间藏书室规整下来，颇为费时，眼瞅着日头西斜，凉亭里的光线换了角度，贞白又将书册转移到另一侧的阴凉处，怕潮湿的纸张猛地被阳光直晒，受损变脆。

贞白忙到入夜，洗净一身尘土才回屋，只见案上铺满了刚抄完的书稿，还未编册规整，凌乱得很。她走过去，顺手归拢了一下，打算对应内容做排序，一侧头，却看见李怀信正背对着她站在窗棂边，点燃了烛火。灯火瞬间笼罩着他的身影，颀长，挺拔。

“忙了一天，就那几张纸，明日再收拾吧。”李怀信挥灭火折子，转过身，对她说。

最近气温升高，李怀信衣衫单薄，腰带系得随意，领口半敞，隐隐露出一片精瘦的肌肉。

贞白看了一眼，目光垂下去，盯着手里的书稿提醒道：“衣服，穿好。”

李怀信瞥了一眼身上的衣服，顺手将火折子搁在架子上：“太热了。”

李怀信往回踱，漫不经心地从贞白身前经过，他停在矮柜前，拉开抽屉，在里头乱翻一通，最后抽出根发带，将头顶的银冠一拆，摘下来，又将披散的墨发利索地束成一把，高高绑起，顿觉清凉许多。

他纤长的颈线露出来，沁着一层薄汗，贞白目光扫过，停了一瞬，又看他躬身在木盆边，捧了把凉水泼在脸上。

水花溅出细响，李怀信抹了把脸，拈了块方巾擦干，一边说：“刚才打了个盹儿，我就没收拾桌子。”他把方巾按在侧颈，细细地擦到后脖颈，“但是都抄完了，顺便练了个字，你给瞧瞧，跟原版像不像？”

贞白手指摁在书稿上，盯着他看，有些移不开眼似的：“累吗？”

李怀信长年习武练剑，抄个书能多累，便道：“就是打盹儿的时候，可能姿势不大对，脖子有点酸，但也还好。”

他将方巾扔进水里，绞干后搭在木架上，转回身道：“我沏了壶凉茶。”

说着就要去茶案前斟茶，经过贞白身前时，手腕被拽住了。

“怀信。”

“嗯？”

看得出来，贞白的心思都在他身上。李怀信弯起嘴角，知道贞白经不住撩，只要她喜欢，他就活色生香给她看。

“喝吗？”李怀信笑着，有点装模作样的意思，“我还特地加了蜜，给你润润喉。”说着，不露痕迹地抽开手，去案边斟茶。

他玩的是欲擒故纵，别有用心地把茶递给贞白品，贞白哪里品得出来，只觉得又涩又甜。

贞白活了那么久，清冷寡淡，从不知道这世上还有“情趣”二字，如今才开始懂得。情和趣，爱和欲，都是李怀信给她的，一旦尝过滋味儿，就一发不可收。她甚至当初都没思考过，就先把人要了，若要深究，可以算是顺水推舟，也可以算是心随意动，无论是哪种，她都没有顾忌过。也正因为当时的无所顾忌，让她往后百年的岁月，有了这么个能令她顾及的人。

讲不出到底用情多深，就以贞白目前的认知来衡量，可能很长很长的一段时间，她都放不下这个人。

既然放不下，就没必要放下，她拿得起，自然担得起，哪怕天打雷劈，也不会让他损一根头发。

只不过，世事无常，难免有身不由己的时候，总有她力所不及的地方，就好比……此时，李怀信衣衫不整，在她眼皮子底下晃来晃去，他拉开立柜，小声嘀咕了句：“早知道多带两身睡袍。”

贞白搁下茶杯，一抬眼，那人已经抽了腰带。她不动声色地瞧着，道：“改日下趟山，我陪你去置一身。”

“好呀。”李怀信侧立着，袍子散开，丝绸般滑下来，坠到脚边，美好的身段完全袒露出来：“逢五逢十会有集会吧？正好我们去逛逛。”

背后虽没长眼睛，他却能敏锐地感觉到对方的目光，他自然地跟贞白攀谈，却不安好心地拉开裤带，躬下身，一拽，随着他的举动，后背和肩臂的肌肉辗动，是很漂亮紧实的一片肌肉群。他脱得一丝不挂，赤条条侧立着，一只手撑着壁柜，肘臂上能看见青色的脉络。

他不慌不忙地扒拉着立柜里为数不多的几件袍子，然后居心叵测地回头问：“贞白，我那件月白色的缎袍呢？”

一具活色生香的肉体在眼前，贞白哪还顾得上什么月白色缎袍，更看不出对方玩的一手欲擒故纵。

李怀信早在下午就处心积虑地把这件袍子扔进盆里，让一早拿去小河边洗了，这会儿还晾在后院里，估计还没干。他这么问，不过是找个理由，把贞白引过来。

离近了，气氛瞬间就变了。他实在漂亮，皮相极好，又不落尘俗；他风采正盛，冰肌玉骨，是剑修里头最拔尖儿的身段，穿衣服好看，脱干净了更好看。

他一把长发利落地高束着，透出蓬勃的朝气，这样的少年郎，着实让人欲罢不能。加上贞白好他这一口，敞个领口都招架不住，何况他赤条条地挨过来，她顺势扶住他结实的腰，皮肤滚烫，像燃起的火苗烧在掌心，片刻间就蒸出了汗，又湿又潮，汗水从他腰间滑下去，停在一块凸出的胯骨上。

两人瞬间都忍不住了，天气炎热，两片唇噙到一起，呼吸更加炽热，带出一个绵长的湿吻。

"啊……"李怀信毫无设防，被贞白推了一把，倒进帐中，"我还以为……"

他话还没说完，贞白已欺身压过来："什么？"

李怀信弯着一对笑眼，引颈去亲她的耳垂："我还以为，你忍得住呢。"

他脱得一丝不挂，还要让她坐怀不乱吗？贞白不同他打趣，很认真地问："药呢？"

"我收在抽屉里了。"李怀信含住她的耳垂轻吮，去剥对方的玄袍，扔到地上，抱紧了缠绵。

"今后换身衣裳吧，我想看你穿白衣。"

"好。"贞白床下纵着他，床上更纵他，可谓无所不应。所有平时可能让她为难的要求，拿到床上提，都不是问题，哪怕他要玩些花样，她都尽力应允。

李怀信搂着她亲，一只手伸到枕头底下，摸出一支翠色的玉簪，去握贞白的手，缠绵着送给她。

感觉到玉簪冰凉温润的触感，贞白低头垂眸，乍一看，像极了她曾经用过的竹簪。

"聘礼。"李怀信勾着嘴角，那是他凭着记忆画出样式，特意找人定做的。

贞白握着玉簪，突然说："谢谢。"

李怀信挑眉，捏着她纤细的腕子，心里是有些介意的："生分了吧？"他用力一拽，把她拉到身上，搂住她的腰，贴身去吻她的嘴角，"床上说谢谢，很败兴的。"

贞白道："我只是没想到，能回给你什么。"

顺着话头，李怀信似乎想到了什么，笑了起来，口无遮拦地说荤话："给我快活啊。"说着，他抬起眼皮，看见她一张脸渐渐染上欲色，动人极了，忍不住又说，"我也会让你舒服。"

像体内突然注入了一剂猛药，贞白根本受不住，话一入耳，耳根就红了，红得像要滴出血，眼底有情潮起伏，她重重地压着他，要堵住这张要命的嘴。

李怀信有些架不住贞白的攻势，她今天好像，格外……情欲高涨。许是因为下聘吧，贞白的喜怒从不外放，所以才会通过这种方式，稍加表露。

李怀信这么想着，也跟着情欲高涨起来："好凶啊。"

他在夸她，又怕贞白听不明白，索性补了句："我喜欢。"

李怀信嗓音低沉而带着磁性，尾音带笑，一双溢满情欲的眸子，好像要勾魂一样，诱惑着人跟他翻云覆雨，倒凤颠鸾。

贞白从来不是个扭捏的，放得开，又够劲儿，为此李怀信每回都能酣畅淋漓，格外尽兴。但往常，都是前戏做足了，他先开头，引导着她进入状态，而如今，贞白突然打了他个措手不及。

李怀信浑身的热血全往头顶冲，像床板底下架了把烈火，把他烤出一身汗。

"贞白，你等……嘶……"他还没缓过来，而贞白已经迫不及待，差点要他半条命。

李怀信是甘愿去死的，死去活来那种死，那销魂的滋味儿容易上头。他像要吃人一样，恨不得把她生吞活剥了。

他半睁着迷离的双眼，看着贞白光洁白腻的耳背，凑上前，意乱情迷地舔……

月华从窗外照进来，和烛光一起，投在床上，两具纠缠的身体，汗涔涔地沉浸在欢爱的余韵中。

额前的碎发湿湿地贴在鬓边，两个人都像刚被水洗过一样。

李怀信腻歪地将整张脸埋在贞白颈侧，纵情之后，他异常慵懒地道："贞白。"

"嗯？"

"你什么都不必给我。"他说的是刚才下聘的事，这次不调笑了，一本正经道，"我入赘到不知观来。"

贞白侧过头，与他四目相对："谈不上入赘，你想怎样都可以。"

"嗯。"李怀信眉眼含笑，"我想洗个澡。"

"我去打水……"

"已经备好了。"他撑起身，是蓄谋已久的，下了聘，就要入洞房，天气热，免不了大汗淋漓，当然得万事俱备，处处妥帖。

水已经凉了，浴桶不大，两个人坐进去，自然要挤在一起，光是肌肤相亲，就令人心荡神驰。

李怀信喜欢温存，完事后缠一块儿腻歪那种，贞白却不是个会往人怀里钻的性子。

平常李怀信自己沐浴，还嫌这个浴桶太小，现在两个人挤在里头，他反倒觉得合适了，因为贞白必须坐在他身上。这种氛围，既方便卿卿我我，又能套些私房话。

李怀信现在对贞白是死心塌地的，自然也想听她掏心窝子的话。但贞白很少说这些，特别是感情之事，突然被问起，有些茫然："其实，我不太明白，以前没有过这种感情，也没有跟谁亲近过。"她略微沉思，坦白道，"当然，我知道是怎么个意思，只是，从没经历过。"

李怀信挑着眉，心想，谁还不纯粹呢，遂道："我不也是第一次？没占你便宜。"

贞白知道，因为那滴纯阳血，她没多言，只催他赶紧出浴，早些安寝。李怀信却缠住她，凑过去，从她的脊背一路抚上后颈，把她按在腿上，不让起身，然后，他一扬下巴，亲了上去，吐着灼热的气息："我想在水里……"

番外三 不知观（2）

贞白是被惊醒的，她猝然睁开眼，才发现是个梦，梦中人真真切切要跟她一刀两断，那句负气的话犹在耳畔：“说什么生生世世，都是屁话！”

那句话像尖锥一样扎进她心里，成了梦魇，又不是梦魇，因为在西方的第四个大阵中，这个人便是说着负气的话，差点就离开了她。

细数起来，这些年，她没怕过什么，除了这件事。即便过去了这么久，回忆起当时的情景，她仍心有余悸。

晨光微亮，她在黑暗中缓了须臾，偏过头，看着李怀信的脸。人还在枕边，是她多虑了。

贞白一动，横在她腰上的胳膊随即紧了紧，李怀信迷迷糊糊地依偎过来，眼睛都没睁开，含糊地问道：“醒了？”

她一向起得早，掐着时辰起身，若是扰醒了枕边人，她就会顺便问一声：“想吃什么？”

“不想吃。”折腾了一宿，估摸着三更才睡，疲乏得很，他实在睁不开眼，“困。”

贞白挪开他胳膊，下床，手刚触到玄袍，转而又拉开立柜，最下面叠着几件压箱底的旧衣，犹豫间，扯出来穿上。打从第一次从乱葬岗出来，阴邪满身，她就不喜欢这种纯净无尘的素白了，总觉得不适合自己，奈何某人喜欢。

贞白系紧腰带，躬身拈起枕边的玉簪，卷着青丝往外走。

门扉轻掩，李怀信在榻上翻了个身，睡得很沉。

晌午的阳光从菱花窗格透进来，斑驳的日影投在地上。

突然哐哐两声响，一只小拳头重重捶打着窗棂，一早支棱着脑袋在外头喊：“李怀信。”

没任何反应。

一早不好贸然进屋，只能站在离床榻最近的窗格底下喊：“李怀信，你还不起啊，都日上三竿了。”

里头有了点动静，细微的，像翻身，里面的人很不耐烦地回了句：“别吵。”

一早故意吵他，又砸了几下窗户，扰得他无法继续安眠。

李怀信胳膊垂在床沿，醒了半天神，依然恍恍惚惚，打不起精神。

一早还在外头念经：“贞白一大早出了门，这会儿都拔完萝卜回来了，你再看看你……”

窗户吱呀一声从里头打开，一早仰着脖颈，对上李怀信那张睡眼惺忪的脸，即便懒散，也很桀骜，他声音喑哑道：“我怎么了？”

一看就是有起床气，一早后退了一步。

日头很刺眼，李怀信抬起手挡光，整个人没什么精气神，有几分憔悴。

一早仰视他：“起床吧。”

这时老远响起一个声音：“一早！”

“哎？”

一早转过身，李怀信抬眼，就见一胡子花白的老头儿颠颠儿地往不知观里走，头发随意地挽在脑后，插着一根树枝，几缕银丝垂下来，穿着打了补丁的藏蓝色褂子，肩头驮着鼓鼓囊囊的两个大麻袋，腰间别着酒葫芦，走起路来晃啊晃的，身边还跟着一条狗。

老春抹一把汗，又牵起褂子的下摆呼呼扇风，远远瞧见站在窗格下的一早，喊道：“丫头，快快快，去给老人家舀一瓢水来，渴死我了。”

一早应承着往厨房跑，老春还不忘叮嘱道：“一瓢啊，满当当的，我跟小天犬都渴。”

老春踱到院前一棵大树下，将两个大麻袋卸到石桌上，松了松肩膀，扭了扭老腰。而后，他瞧了眼倚在窗前的李怀信，一股懒散劲儿，显然还没醒透，再反观自己和贞白，不由得悲从中来。他们家小白真是，待这小白脸不薄，就跟养了只金丝雀在不知观似的。

当初他真真儿是百思不得其解，他们家小白，一直都是不食人间烟火的，怎么就看上了这么个小白脸？还要把他带回不知观，一副要长相厮守的架势。那时候他跟李怀信很不对付，彼此看不顺眼，明里暗里，没少掐架，有时候急眼儿了，还当着贞白的面闹。这李怀信真是个活祖宗，一点儿都不知道尊老爱幼，吵架从来都不让着他，几次三番地，把他气惨了。

老春觉得，贞白肯定是被猪油蒙了心，在他眼里，这就是一段孽缘，他还极力阻止过。

先说其面相，长得太招摇了，眼泛桃花，一看就是薄情相。

奈何贞白压根儿就没当回事。

老春不泄气，再说李怀信的脾气，比天王老子还难伺候，接回不知观，够他们受的。

结果贞白雷打不动，反倒来疏导他："他脾气不好，年纪轻，你多担待。"

老春哑口无言了半天，还是想不通："不是啊，小白，你是怎么……就偏偏看上他了？"

贞白没法解释，感情的事，总是很难说得清的，不是有句话讲，情不知所起，一往而深？

老春不懂，你说有情吧，也得列举个一二来，摆在台面上，要有理有据，才称得上一往而深，否则，他们家小白怎么可能看得上李怀信？

一早觉得这老头儿挺执拗，没忍住，逗他，装出一脸严肃道："其实吧，你也知道缘由的，贞白被雷劈过啊。"

老春一听愣住了，差点让这鬼灵精给忽悠信了。等他回过神儿，一巴掌拍在一早脑门儿上："别瞎说！没大没小的！"

后来一寻思，一琢磨，感情也是靠缘分，可能李怀信好巧不巧地，正好在贞白打破命运的时候出现，然后因果接踵而至，生出这么段姻缘来，也算是这小子行了大运吧。

老春想到这里，一早已经端着水瓢到了跟前，他汗流浃背地接过瓢，咕咚咕咚猛灌。

"哎，"一早提醒他，"你慢点儿……"

老春一口气灌下去半瓢，一抹嘴，用瓢喂给冯小天：“大热天儿的走山路，热啊。”

一早蹭到石桌前，去翻他的麻袋：“装什么了？”

老春乐呵呵的，眼角笑出几道褶子，掏出几斤面粉，几斤牛肉，道：“一会儿咱把面和上，晚上包饺子吃，还有啊……”他继续往外掏，掏出好多东西，把其中一袋蜜枣塞给一早，“这个甜，拿去吃。”

老春抬头望去，李怀信已经没在窗边了，他捏着一把折扇，朝里喊：“怀信，扇子我给你买回来了。”

天气热，老春下山前，李怀信专门叮嘱他买的。还有熏香，南方山里的气候一热，就多蚊虫，得买了香回来熏。

李怀信洗漱完，拉开抽屉找药，拔开瓷瓶的塞子，才发现已经空了，他皱了皱眉，转而开门出屋。

走到树荫下，他刚欲开口，却见老春诧异地盯着前头。

李怀信扭头看去，怔了一下，早晨他迷迷糊糊没留心，这会儿却见贞白一袭白衣，头插一支翠绿的玉簪，正是他昨夜送给她的聘礼。

李怀信一颗心漏掉半拍，紧紧盯着那抹倩影看。

“我第一次见到小白的时候，她就是这副模样。”老春突然感慨道。

当年，他还是个毛头小子，在这片山头迷了路，被一只五彩斑斓的山鸡追着屁股啄，结果失足栽进了坑里，一抬头却望见贞白，朝他伸出了手。

老春还记得当时的情形，笑道：“我还以为见到了仙女。”

很长一段时间里他都认为，她就是下凡的仙女，只是暂住在山里。因为这座山很高，高耸入云，从山脚下望上去，像要直达天际。

李怀信从未听老春提起过这事，觉得既新奇，又羡慕不已，因为老春遇到贞白时，她还像个不食人间烟火的仙女，而他却是在长平乱葬岗那样的地方遇见的贞白，还将她当作邪祟，日防夜防，随时打着要歼灭她的主意。

李怀信觉得很愧疚，这么好的贞白，他却没从一开始便好好珍惜，往后，他一定要爱她爱到骨头里去。

老春提着面粉和牛肉往厨房走去，上台阶时喊了声：“小白，晚上包饺子哇，我来擀面皮儿。”

贞白转过身，手里拎着一篮子白白胖胖的萝卜，像是刚洗净，还滴着水，低声跟老春搭话。

李怀信没凑上去，而是斜瞥着捧着蜜枣的小鬼：“你是不是偷拿了我抽屉里的药？”

一早忽地一顿，一颗蜜枣刚送进嘴里，牙齿咬住了指头。她眼珠子往下一溜，含糊不清地说：“嗯……”

瞧这心虚样儿，李怀信都不需要怀疑，除了她，这院里没谁会拿。

他就纳了闷儿了，又不是什么好吃的，她偷他药干什么？

一早糊弄不过去，只能老实交代道：“卖了，换银子了。”

李怀信差点以为自己听错了，一早却理直气壮起来：“咱日子过得本来就紧巴巴的，就那点儿家当，真不够开销的。自打回不知观，屋舍要修葺，还得给你置办这个置办那个，全部要挑最好的。贞白怕亏待你，还让我去集市卖过几幅字，这种小地方，总共也没几个读过书识过字儿的，能卖上一两银子就不错了，要不是咱自己种那一亩三分地，现在怕要揭不开锅了……我有什么办法，一大家子人要养活，想着村民总有生病的时候吧，我才把你那十全大补丸拈走几颗出去卖。”

但是寻常百姓，谁敢从一个小孩儿手里买药啊，哪怕她喊着“有病治病，无病强身”的口号，也没一个人搭理她，最后还是拿去药铺卖给了掌柜。她自有一套说辞，说是一位隐世高人炼的丹，秘制的十全大补丸，还是御用贡品，某位皇子都在吃。那药铺掌柜是个识货的，虽然没信她说的什么御用贡品，皇子在吃，还是买了她两颗药丸子。

李怀信听得心里不是滋味儿，翻来覆去想着她那句：贞白怕亏待你。

他低声道：“没银子怎么不早说？”

这事怎么跟一个含着金汤匙长大的人说，一早道：“说了有用？你又不会过日子！”

“我怎么不会过日子？！”

一早怼他：“要精打细算，一个铜板掰成两半花。”

李怀信特别不赞成这个观点：“光节省有用？得出去挣！”

真是站着说话不腰疼。一早反问道：“那你挣了吗？你倒是出去挣啊。”

李怀信压低声音，像是怕被人听见：“别嚷！我会想办法的！”

既然要过一辈子，他断不会再让贞白和一只小鬼为生计发愁，李怀信将此事搁在心上，接下来就该做些养家糊口的打算了。

一早没说话了，因为老春端着一盘切成大块儿的白萝卜走过来了。

老春不知道李怀信跟一早刚吵过架，笑呵呵地招呼他俩：“小白刚从地里拔出来的，又脆又甜，快尝尝。”

然后三个人一条狗，围成一桌，各自举着一块萝卜啃。

一早问：“贞白忙什么呢？”

“哦。”老春说，“她切萝卜呢，切好了拿去太阳底下晒，做成萝卜干就不会腐坏，能吃到来年。”

一早吃完，起身就走：“我去帮忙。”

李怀信瞥了眼侧边的冯天，也站起身，向老春示意道：“我有话跟你说。”

老春叼着半块萝卜，边走边吃，随着李怀信迈进了屋子，神神秘秘地问：“什么事啊？”

“其实也没什么大事，”只是不好让冯天听见，李怀信跟老春开门见山道，“就是那药吃完了。”

老春双目一瞪：“这么快！”

“啊。”

“你把十全大补丸当糖豆子吃呢，里头好几味药材不容易找的。”老春觉得真该说说他了，“小白现在是至阴体质，你不能跟她太……频繁，损阳气的，而且这药治标不治本，是能给你找补一些，但也需要你花时间养气……”

“我心里有数。”

“你有数个屁，仗着自己年轻就可劲儿造，”怪不得睡到大中午都不下床，老春心知肚明，贞白顾及李怀信身体，不会太乱来，所以用脚指头都能想到是这小子主动的。老春恨不得抽他：“你别动不动就勾引小白！”

李怀信给他说乐了，并没打算反驳，但是……

“不怪他。”贞白迈进屋，把责任揽到自己身上，“是我。”

不知道她何时进来的，老春瞠目，缓了好一会儿，气焰委顿下去，放柔声线，近乎苦口婆心地道：“你俩……都克制一点。”

李怀信年轻气盛，血气方刚，问：“怎么克制？”

老春一转向他，立刻换了张严厉的脸：“你修道这么多年，还用我教你怎么克制啊，实在不行，就分房睡。”

李怀信翘着嘴角，点头笑："知道了知道了。"

这话一听就是敷衍人，但起码得了应承，老春只好悻悻地离开了，拎起锄头打算去山窝窝里挖药材。

一早刚晒完萝卜，听说老春要去采药，也挎起个藤编的小篮子，要跟着去挖几根人参出去卖。十全大补丸的药材不好凑齐，有几味药材山里稀缺，供李怀信吃都不够，虽然价钱好，但还是尽量不拿去便宜别人了。

老春在林子里钻来钻去，打了补丁的褂子又给树枝剐破了，他舍不得扔，对一早道："丫头，回去给我缝缝啊，缝缝还能穿。"

不知怎的，一早觉得很心酸，老春这样子，让她突然想起了她爹青峰老头儿。

番外四 来客

一早挎个藤编的小篮子，用蓝布盖住，在半山道上疾行，她微微侧耳，却不敢回头。身后传来细碎的动静，似乎有什么东西对她紧追不舍，越逼越近。她几乎跑了起来，往右一拐，钻进茂密的丛林里，欲以树木草藤打掩护，谁知背后风声迫近，她暗叫一声“糟糕”，便见一道追踪符拐着弯儿飞了过来。

一早猝不及防，举起篮子去挡，却被那追踪符击中了手腕，正好撞在凶铃上。

嗞啦一声，符箓冒起黑烟，把一早烫了个正着。

篮子哐当落地，一早趔趄半步，被草藤绊倒在地，还没来得及爬起来，一柄剑就抵在了她下巴上。

不至于这么背吧？出门就遇上剑修！一早抬头，和那人四目相对，两人俱是一怔。

此时响起一阵叽叽喳喳奶声奶气的鸡叫声，三五只奶黄小鸡崽从打翻了的篮子里爬出来，还有一只掀开了蓝布，露出拇指大的小黄脑袋，东张西望地钻出来，一摇一摆地走到那剑修的脚边，用尖尖的粉嘴去啄他鞋面。

“大师兄。”一早认出了对方，喊得很是亲热，一点都不把自己当外人，危机之下套近乎道，“咱们见过的，在长平乱葬岗那会儿，你还记得我吧？”

秦暮当然记得，而且对这小鬼印象特别深刻，他收剑入鞘，默默点了下头。方才赶路时他突然感应到一股尸气，所以才会紧追过来，还好没下重手，不然……他想起李怀信当时护这小鬼时那一声吼：“秦暮，你敢动她一下，我跟你没完！”他可不想再跟这个二师弟结怨。

“你怎么会在这里？”一早站起身走到他跟前，又蹲了下去，秦暮不知她要做什么，下意识地后退一步，就见她把那只啄他鞋面的小鸡崽抓住了，往篮子里装。

“哦。”没等秦暮回答，她便明白过来了，“来找李怀信的吧？”

“他在吗？”

“当然在。”一早把小鸡崽一个一个地捧进篮子里，又指着已经跑远的一只道，“大师兄，快帮我捉回来，别让它溜了。”

秦暮长腿迈出去，一个跨步给她抓了回来，轻轻放进篮子里。他见那篮子里都是些刚孵出来的小鸡崽，问道：“哪儿弄来的？”

一早点了点数，确保一只没少，才说：“我用一根人参去村里换的。”而且她计划着，“养大了能吃肉，母鸡还可以下蛋，公鸡打鸣，正好帮我叫李怀信起床。”

秦暮不由得想起曾经养在太行山的几只丹顶鹤因为清晨鹤鸣被李怀信套了嘴箍的事，那人绝对是个不好惹的。他刚想提醒一早，身后传来一阵急促的脚步声。一早扭头看，就见一个长得软软糯糯的娃娃脸少年，身上挂着大包小包的行囊，气喘吁吁地追上来，喊道：“大师兄。”

一早眨巴眨巴眼，第一次见有男孩子长得这么软糯，说话也细声细气的，像个十六七岁的大姑娘……也不对，怎么说呢，不娘，但是长得细皮嫩肉，怪可爱的。

看打扮，像个小道童，一早以为他是李怀信和秦暮的小师弟，问他怎么称呼。

对方搂了个大包在怀里，抱得紧紧的，还没搞清状况，乖乖回答她：“小……圆……圆子。”

“小圆子？”一早觉得他行李忒多了点儿，随口问了句，“你搬家呢？”

由于方才追踪尸气来源，秦暮把行囊都卸到了小圆子身上，这会儿秦暮拎过大包，帮他拿沉的。

小圆子接话道：“我来找我家殿……少爷。”

领两人回不知观的路上，一早大概了解了情况。

三人刚踏进院子，冯小天就朝秦暮扑了过来，摇着尾巴，激动地吠，引得老春和贞白从屋里走了出来。

小圆子一眼看见了贞白，目光炯炯，有种故人重逢的欣喜：“白姐姐。”

老春不认得他们，问贞白道：“谁啊这是？”

贞白显然没料到他们会来，走下台阶，招呼道：“圆子。”

见白姐姐还记得自己，小圆子高兴得不行，忙上前寒暄。他左右张望却没看见李怀信的身影，忍不住问道：“殿下呢？”

此时的李怀信还没起床……

一早天不见亮就下了山，都跟村民换了小鸡崽回来了，听说李怀信还没起床，简直忍无可忍：“这都过午了。”

“可不嘛。”老春搭了句腔，有点儿煽风点火的意思。他是看不惯年轻人成天这么懒散度日的，原本想去叫，结果贞白竟然让他别去打扰。李怀信天天睡到天昏地暗，啥活儿都不干，老这么纵着怎么行！

最后还得一早出马。小圆子也颠颠儿跟过去，迫不及待地要去见他家殿下。毕竟大师兄远道而来，李怀信总不能不出门接待，继续在那儿睡大觉吧。

哐当哐当的拍门声扰得李怀信很火大，但隐隐约约中，他似乎听见了小圆子的声音。

小圆子在门外轻声细语地劝说一早：“别拍这么重，会把殿下吵醒的。”

一早莫名其妙：“不就是为了把他吵醒吗？！”

“但是别用砸的，轻轻敲，小声些喊他，他就能听见的，太吵了他会生气……”

难怪，她每次叫李怀信起床，这祖宗都是一脸苦大仇深的模样。

房门忽地被拉开了，李怀信看着跟前人，难以置信道：“圆子？！”

小圆子的情绪瞬间变得很激动，一副要扑上去的架势：“殿下！”

“你怎么来了？”

小圆子表情一波三折的，当即又委委屈屈道：“我实在挂念殿下，掌教也不太放心你在外面，就同意让我过来照顾你。”

“是啊。”一早表示赞同，“他确实很需要照顾。”免得这祖宗成天在不知观对她指手画脚地瞎使唤，真难伺候。

听了圆子的话，李怀信问道：“你是说，你今后要留在不知观？”

小圆子坚定道：“我得留下来照顾殿下。”

一早在半路上就了解过了，这小圆子是在宫里培训过的，能干活能跑腿儿，算是个实实在在的劳动力，起码李怀信这个事儿精，小圆子一个人就能完全应付，虽然添双筷子，但也添双手啊，所以当知道小圆子是过来投奔李怀信的时候，一早衡量了下，完全是利大于弊的。

但李怀信不同意，他跟宫里那位已经断了关系，早就不做什么二殿下了，身边还跟个小太监算怎么回事？再则，不知观就这么几间屋子，住的这么几个人，差不多都是无家可归的，最后凑成了一家人。比如他，比如一早，还有老春……

李怀信也是后来才知道，老春还在襁褓中时，父母就早逝了，他跟着姥姥在别人家的屋子后头搭了个草棚，算有个遮风避雨的落脚地，平常帮人务农干活得些吃食，结果姥姥在他七岁那年也病逝了，老春从此孤苦伶仃，经历了一些飘零艰苦的日子，几经辗转，还曾拜过一个摆摊儿算卦的江湖骗子为师。

老春说起那段往事时，都是一语带过，并未赘述。再后来他遇见了贞白，就经常来不知观蹭吃蹭喝，蹭个屋檐、床榻，这才算睡上了踏实觉。

因为贞白总是孤零零一个人，所以老春年少无知的时候，为了能在不知观多蹭些时日，便信誓旦旦地承诺以后要给贞白养老送终。结果，他自己都快被黄土埋到脖子了，贞白还是当年的样子，想想自己真是太天真了……

李怀信倒没笑话老春，他自己不也天真地以为能和贞白白头偕老，共度余生吗，到头来，不过是共度他的余生。

“殿下……”小圆子打小便被拨到李怀信宫里，随他入了太行，朝夕相伴十余年，忠心不二，哪怕李怀信不当皇子，不给他发月银了，他也是要一生追随的。

小圆子性格看似温和，对某些人和事却死心眼儿得很。如今他千里迢迢奔来，包袱还挂在身上，估计水都还没喝上一口，就急匆匆过来见他了，李怀信实在不忍再说撵他走的话，便道：“算了，饿不饿，渴不渴？先把包袱卸了吧。”

小圆子点点头，连忙照做。

昨晚包的饺子还有剩，李怀信吩咐一早去厨房下饺子，还顺手扔了袋银子给她。

一早捧着钱袋愣了愣，继而打开一瞧，嚯，好大几锭，她眼珠子瞪得溜圆，问道：“你哪来的？”

不是一直都在屋里睡大觉，门儿都没出吗，难不成还藏了私？

李怀信嘴角弯起，顺口胡诌道："睡觉的时候，周公塞给我的。"

说完，领着小圆子往堂屋走，谁知刚跨进门，就看见秦暮端坐在一侧，老春正在给他斟茶。

李怀信一直不怎么待见秦暮，更没有来者是客，该以礼相待的意识，他一点儿都不客气地问人家："你怎么在这儿？""不欢迎"三个字明明白白挂在脸上。

小圆子深知这师兄弟二人有龃龉，慌忙解释道："大师兄怕路上不安全，所以专程送我过来的。"

"是。"秦暮倒不介意，他早就习惯了李怀信这种态度，道，"顺道来看看小天，寒山君让我接他回去。"

闻言，冯小天呜呜两声，一个劲儿地摇头晃脑。

李怀信瞥其一眼："小天待这儿挺好的。"

"不是说待在这儿不好，而是他夺舍狗身的时日太长，得尽快带回太行想法子，把魂魄分离出体。"

冯天之前因为分离魂体，没少遭罪，如今一听秦暮前来的目的，就觉得浑身撕裂般的疼。

它汪汪地吠了两声，把秦暮凶了一顿。秦暮还不明所以，它已狗头一扭，直接窜出门去了。

看得李怀信一乐："狗脾气还挺大。"

秦暮："……冯天怎么了？"

"不乐意回去呗。"李怀信往椅子里一坐，点了点桌面，意思很明显。老春瞥他一眼，抬手就去拎茶壶，小圆子眼尖，立马抢过去，勤勤恳恳地把茶给他家殿下斟上。

李怀信看着他因为缺水而干燥起皮的嘴唇，道："自己喝。"

小圆子转头又倒了一杯，咕噜一下干了。

李怀信继续跟秦暮说话："我试过很多办法，把冯天折腾得够呛，所以他现在格外抵触。"

秦暮皱眉："总不能任他一直这样。"

"查不出是何缘故，连贞白都束手无策。"说起贞白，李怀信目光溜一圈，里里外外也没见着人，转头问老春，"贞白呢？"

老春道："煮饺子。"

秦暮顿了顿，才开口："试过超度吗？"

李怀信目光一沉。

秦暮提议："不一定非要魂体分离，可以直接……"

"谁的意思？"李怀信脸色很不好看，"你的意思，还是寒山君？"

秦暮很清楚李怀信和冯天的交情，不答反问："你想一辈子拘着冯天吗？"

"拘？"李怀信简直要被这个字给气笑了。

结果秦暮还在假惺惺地说："我是为他好。"

"所以是你的主意？就你知道为他好是吧？！"

老春一听，这是要吵起来啊，李怀信这脾气跟谁都合不来。

"师弟。"秦暮一副正经八百的态度，跟他讲道理，"大家都是为冯天好，也都想尽力而为。此法要直接从一具活着的肉身中超度亡灵，风险极大，我知道你怕出闪失，哪怕有丁点儿风险，你都不肯让冯天去冒，但是……"

"别'但是'了。"李怀信压根儿不想听那些没用的。

秦暮知道他心里有数，无须再多费口舌，果断道："所以寒山君让我来接他回去。"

回不回太行，李怀信主要看冯天的意愿："如果他不愿意，你总不能绑他走。"

自然是不会勉强的，秦暮颔首道："明白。"

说话间，一早端着两盘热腾腾的饺子进来了。她刚进厨房，贞白水都烧开了，正往锅里下饺子，她在土盆里掐了两根葱，洗净，切成细末，调了碟蘸酱，等饺子一出锅，她先端上桌。

还有饺子汤，里面烫了几把青菜，滴上几滴香油，是由贞白端上来的。她备了三副碗筷，因为李怀信也没吃午饭，再加一盘酱牛肉——昨夜老春先腌入味后，在火上足足煨了两个时辰，给李怀信留了很大一份。

三个人坐下来吃饭，李怀信夹起一只饺子，在醋碟里蘸："我听说，今年祭天仪式，太行没有入宫。"

"嗯。"秦暮喝了一口汤，淡淡道，"往后也不再入宫了。"

这是李怀信万万没料到的，他怔怔地看着秦暮。秦暮倒是镇静，告诉他："这是师父的意思。"

李怀信听得心惊胆战："抗旨吗？"

秦暮摇头："圣上并未下旨，不过，之前师父将天师的遗骨送回了宫中，我没入殿，不知具体谈了什么。听师父的意思，太行以后会逐渐从朝堂中脱离出去。”

“什么意思？”

秦暮看他一眼，话说得隐晦又明了：“河洛图大阵的真相不可能公诸天下。”

原来如此，李怀信瞬间明了。河洛图大阵关乎整个王朝，大端怎么可能傻到去揭自己的老底，给自己定个千古之罪，岂不让全天下讨伐？千张机必须守口如瓶，否则哪怕你太行山高万仞，只要君王一声令下，皆会被夷为平地。最两全其美的办法，就是把脏水泼到叛军头上，让严家军来背这个锅。

流云天师已身殒，千张机个性又刚正，不可能助纣为虐，他还有一整个道门的弟子要守护，必须将太行从这潭污水中捞上岸。

然而此事没那么容易，凭那一国之君的狠厉手段，会容一个深入朝堂，且早已深入人心的国教全身而退？皇帝不可能善罢甘休，更何况太行奠基数百年，想要从政治中剥离出去，就是撼动国本。

那句话是怎么说的来着？

太行乃天下之脊，得太行者得天下。

无论是真是假，有这样的言论流传于世，太行道就过不上消停日子，它早就成了大端的门面跟权杖。除非亡国，除非天塌，否则朝廷不可能让门面蒙尘，权杖折损。

番外五 分房

“你找我干什么？我又不会。”李怀信蹲在台阶上，抓着一撮米粒儿喂鸡。全是小鸡崽，嫩黄嫩黄的，粉粉的小嘴在他掌心里啄，有些痒。他打发一早道：“你找秦暮去。”

一早觉得不妥：“怎么说人家也是客人，远道而来……”

话没说完，李怀信已经远远喊了声：“秦暮。”

秦暮从院子里走出来，脚刚迈过门槛，闻声，侧过了头。

李怀信历来使唤人使唤惯了，丝毫不跟人客气：“你要没什么事儿，也别闲着，帮忙搭个鸡窝。”他把米粒儿撒到地上，指了指前方北角，“就搭那儿，搭远些，免得气味飘进屋子里。”转而又对一早道，“要怎么弄，你去跟他说。”

合着李怀信动动嘴皮子，就把活儿给安排了，一早不满道：“你也来帮忙，别整天游手好闲。”

“我怎么游手好闲了？我喂鸡呢！”

一早翻了个白眼，转头带秦暮去后山砍树。

小圆子也赶去帮忙，把秦暮劈好的木条和青竹拖回院子里，来来回回好几趟，还在山间摘了一兜野果子，倒进水桶里洗。

老春路过的时候正巧看见了，告诉他：“这野果的皮儿又粗又涩，影响口感，最好削了吃，里头脆甜。”

“哎。”小圆子应着，抹掉额头上的汗，一张脸跑得通红。

“热吧？”老春笑呵呵的，他格外喜欢这孩子，勤快又贴心，“快洗把脸凉快凉快。一早呢？”

“在院儿里跟大师兄搭鸡棚呢。”

“哦，我去找她。”

老春走到院子里，看见那两人正在西北角破竹条，打算用竹条绑紧木头，给鸡棚做个扎实的围栏。

老春手里拎着两件布衣，说：“一早啊，帮我缝一缝，两件褂子都破了。”

一早没回头，举着小刀削竹节：“忙着呢，你等晚上。”

“你去吧。”秦暮道，“这里我来就行。”

一早便放下小刀，拍掉身上的竹屑，接过老春的褂子，去屋里找针线。

难得不知观多了两个小辈帮忙干活儿，老春乐得清闲，赶忙去端棋盘，放到凉亭里。

仔细想来，差不多有十余年没跟贞白对弈了，老春沏满一壶茶，倒上两杯，迫不及待地请贞白过来。

李怀信拎了两把椅子，一把给秦暮，一把给自己，两人坐在院角削竹条。

李怀信握着匕首，截了一段竹条，差不多手掌长短，开始慢慢地削。

秦暮看了对方一眼，就知道这人不是来帮忙的，他手上没停，挑起话头：“小师妹本来也要过来，但五长老没答应。”

“得亏没来。”

秦暮一直觉得，不管如何李怀信都不该对小师妹这种态度，毕竟人家是姑娘家，做师兄的，总该护着些：“师妹跟你这么多年，她也是挂念你……”

“什么叫跟我这么多年？”李怀信觉得秦暮说话实在没谱，他立即划清界限道，“都是她一厢情愿，我可容不下她那种心思。你回去告诉赵云乐，我已经定亲了，让她别再痴心妄想了。”

秦暮怔了一下，难掩讶异：“定亲了？是跟……”他朝凉亭处望了一眼，瞥见贞白的侧影。她正手执白棋，漫不经心地在棋盘中落下一子。

李怀信抬眸，盯着凉亭下的人，嘴角漾开一抹笑：“嗯。”

尽管秦暮已经接受了这两人之间的关系，但此女子毕竟阴气极重，两人真正走到定亲这一步，他多少还是有些讶异，因为在这俗世之中，一正一邪的两个人结合，是不被成全和祝福的。

李怀信却觉得无所谓，也不稀罕，更无须谁来成全，只要他和贞白愿意，就是对彼此的成全。

“既是如此，”秦暮也不说那些扫兴的话了，他道，“聘礼总不能短了，待我回太行禀明，师父会安排人送……”

“不必。”李怀信一口回绝，即便现在日子过得紧巴巴的，他也不愿伸手去问师门要。不是他突然变清高了，他只是想在任何情况下，自己都能坚定不移地站在贞白这一边，不承谁的情，自然便不必顾谁的脸。

秦暮看着他，一副欲言又止的模样：“师弟……”

李怀信是个干脆人：“有话直说。”

“河洛图大阵，师父确实毫不知情，他也因此耿耿于怀，怕跟你从此师徒离心，特意嘱咐我来看看你。”

“然后让你开导我吗？”李怀信不以为意地笑了笑，“不至于，没到那份儿上，只要以后别来搅和我跟贞白的安稳日子就行。倒是宫里那位……”

事到如今，李怀信已不知该怎么称呼自己的父皇，也根本摸不准他的心思。父皇是个勤政的皇帝，每日为了国事起早贪黑，殚精竭虑，从未有过丝毫懈怠，也从不为美色所惑，看起来就是个为了江山社稷操碎了心的好皇帝，可李怀信无论如何也没想到，他会干出这么惨无人道的事情。

“大端的气数早就尽了，剩下这点苟延残喘的日子，倒是能让他看得更明白些，看看整个王朝是如何断送在他手上的。”眼看着自己的国家一点点灭亡却无能为力，将是他父皇最悲惨的下场。

即便知道了河洛图大阵背后的真相，秦暮还是觉得说出这话的李怀信特别六亲不认。

这时小圆子端着两盘野果过来，果子去皮后切成一小块儿一小块儿的，招呼大师兄和殿下食用。

李怀信手里的竹条被削成了竹签，他站起身，端走其中一盘果子，亲自送去凉亭，把竹签戳进一块果肉里，搁在贞白手边，方便她叉着吃。

老春遭到区别对待，顿时不乐意了：“我也要竹签。”

李怀信只削了一根，他坐到贞白身边，盯着棋局回答：“自己用手。”

老春只得用手拈了，塞进嘴里，嚼得咔嚓咔嚓响，边吃边琢磨下一步该怎么走。

贞白倒是漫不经心，她刚喝了一口茶，垂在一侧的手就被人握住了，拢在袖中。她搁下瓷杯，任由李怀信握着，用另一只手落下白棋，吃掉老春儿颗黑子儿。

老春越输越心慌，果子也不吃了，眼珠子盯着棋盘，抓耳挠腮好一阵："我想想啊，杨兄弟当年是怎么帮我扳回一局的？那一局他可是帮我赢了你的！"

闻言，李怀信神色微变。

老春抬起眼："怀信哪，你来帮我瞅瞅。"

李怀信勾起嘴角，看似在笑，眼神却是冷的，他握着贞白的手，指腹在对方手指上轻轻摩挲，道："想多了吧，我跟贞白才是一条心。"

老春不满道："去去去。"

他硬着头皮落下一子，有点儿顾头不顾尾的意思，破绽百出。

贞白有意放他一马，没有赶尽杀绝，消遣而已，陪他慢慢周旋。

李怀信看出她一进一退，跟闹着玩儿似的，即便如此，老春那烂到家的棋艺还是招架不住。

每当这时，老春自然又想起某些人的好来，顺嘴吐出心里话："要是杨兄弟在就好了。"

说者无心，听者有意。李怀信松开贞白的手，笑着站起身："我去秦暮那边。"

没等贞白回应，他已转身迈出凉亭，盯着逐渐西沉的落日，眯了眯眼睛，然后拐个弯，去给笼子里的那对大雁添水。

李怀信在笼子前站了好一会儿，一直到大雁喝完水才离开。他刚转身，便见贞白站在后面，应是刻意跟来的。他忍不住笑道："不下棋了？"

"嗯。"贞白道，"老春输了。"

"你要是不让着他，他早就该输了。"

"怀信。"贞白犹豫道，"老春跟杨辟尘的交情深，他不是刻意提起的。"

"你看出来了？"李怀信笑弯了眼角，"我有这么明显吗？"

他什么不快都写在脸上，即便用笑来掩饰，贞白还是看出来了。她道："你不必介意。"

"我挺介意的。"他曾窥探过杨辟尘的神识，知道他对贞白藏着那份贼心，实在很难不介意。

他伸手把贞白拉到近前，随意把玩着她挂在腰间的玉扣，道：“你让老春别老在我面前提他。”

贞白颔首道：“我一会儿跟他说。”

李怀信趁机提要求：“你也别去下棋了。”

“嗯。”

“以后都别下了。”

“嗯。”

“糖炒栗子也别吃了吧？”

“……嗯。”

“犹豫什么？”

“不是。”她只是一时没反应过来，怎么突然就转到了糖炒栗子上？

李怀信盯着她慢了半拍的迟钝样儿，一下子乐了，他打趣道：“哎，你是不是什么事都会答应我啊？”

贞白想了想，不敢保证什么事都答应，万一有例外呢，她慎重道：“尽量吧。”

若院子里没有几双乱转的眼睛，李怀信就要抱住贞白了，想了想，还是得顾忌一下，毕竟在人前卿卿我我，腻腻歪歪的，不大好看。

待到吃过晚饭乘完凉，看完星星和月亮，大家全都歇下了，李怀信又从床上爬了起来。

贞白撑起身：“你去哪儿？”

李怀信蹬上靴子，俯身入帐，凑过去亲了口贞白的嘴角：“我怕忍不住，今晚分个房，我去跟秦暮凑合一宿。”

“你昨晚也去的那边。”

他系好衣带，把领口理平整了，又钻进床榻亲她一口：“你好好休息。”

“怀信……”

贞白还欲说什么，李怀信咬住她耳朵，又吮又抿，撩得人心尖儿发麻。

他呼吸滚热，喷到她耳轮上，声线低得只剩气音：“我真的忍不住。”

贞白无法，她也晕头转向的，就由着他开门出去了。

一根红烛燃到底，扑哧一声熄灭了。

黎明将至，贞白一夜无眠，她等了整宿，独自站在不知观的匾额下。直到蜿蜒的小路上出现了一抹身影，越来越近，就要踏入大院时，站在阴影中的她才开了口："回来了。"

李怀信被扎扎实实吓了一跳，见贞白从柱子后面走出来，两人相对而立，竟一时无言。

明明没干坏事，却有种被抓包的心虚，李怀信走上前，道："这么早起了？"

见贞白没说话，他反应过来："还没睡吗？"

贞白盯着他，言简意赅道："我在等你。"

等了一晚上，李怀信立刻明白了，拉着贞白回了屋。

贞白随他进门，问道："干什么去了？"

李怀信从木架上抽出一根新的红烛点燃，又从怀里掏出一袋银子递过去："帮镇上一户商贾除了个祟。"

贞白没接，问："为什么？"

他随手将钱袋扔到桌上，故作轻松道："我不太想吃软饭呗。"

"怀信……"

"除个祟还不是轻而易举的事儿。"

"可你不该瞒着我独自下山。"

"这不没瞒住吗？！"忙了一宿，有些口渴，李怀信给自己倒了杯水，笑贞白道，"看我看得这么紧啊。"

玩笑归玩笑，但她确实看他看得很紧。但凡他没在她眼皮子底下，出了不知观，出了禹山，她就心里不踏实。即便知道他是个有能耐的人，一切皆能应付自如，可她还是想把他放在身边，在她可控的范围内："以后再去哪儿，都让我陪你去。"

"好呀。"李怀信满口答应道，"那陪我睡会儿？"

脱了外袍，又蹬掉靴子，李怀信侧躺着，问她："倒是你，干吗一晚上都不睡？"

贞白是个直肠子，实话实说："你不在身边，我睡不着。"

不知为何，李怀信突然觉得眼眶有点发热，他靠过去，揽住贞白，道："我们以后不分房了。"

"嗯。"拢共也就分了两夜，却发现实在难以入眠。明明曾经孤身了数百年的岁月，她早就习以为常了，然而自从身边有了这个人……

贞白侧头看着李怀信，他便对她笑，温存地，目光停留在她发间，问道：“玉簪喜欢吗？”

贞白道：“喜欢。”

“还有我呢？”

“也喜欢。”感觉不够分量似的，贞白又说，“很喜欢。”

番外六　人间烟火

熙熙攘攘的集市口，摆着各类小摊。两个娇滴滴的小闺秀，互相推搡着往一个算卦的摊子前站，含羞带怯地开口："公……公子……"

李怀信单手托着下巴，歪在桌上，抬了抬眼皮："叫道长。"

小闺秀脸蛋儿一红，顺从地叫了声："道长。"

李怀信将铜钱排在桌上，撸了把身边小天犬的狗头，示意它该起来干活了，自己却意兴阑珊地待客："想问什么卦？"

小闺秀一点儿都不介意，光看看李怀信这张金字招牌的脸就值了，她羞怯地回："姻缘。"

小天犬在一旁扒拉他，李怀信和它已经有默契了，遂用竹筒将那排铜钱铲起来，冯天便就着他的手，用爪子刨了几下。

小闺秀色欲熏心，压根儿不在乎这荒谬的算卦过程，她们就是过来搭讪的，还想伸手摸一摸："这是你养的小狗啊，真可爱。"

"别碰。"李怀信吓唬她们，"咬人的。"

小闺秀忙不迭把手缩回去。

冯天："汪汪汪。"真凶。

李怀信继续开卦。他瞥了一眼卦局，轻描淡写道："落花有意流水无情，小丫头最好断了当下的念想。"解完就要钱，"十文。"

小闺秀一时间没反应过来："什……什么？"

这就完了？

李怀信摊开手掌，颠了几下，示意她们麻溜儿结账。

一早坐在旁边一块大石头上编花篮，见状"扑哧"笑出声来。

谁是落花，谁是流水，瞎子都能看出来。

闺秀脸皮薄，经不起外人取笑，赶忙付完账就跑。

此时太阳开始西斜，李怀信该收摊了，一早走过来数钱："还行，咱们初来乍到，有这个收益也算可观了。"

可在卦摊前每日流连忘返的全是女人，李怀信其实有点烦这么坐着给人看，明明可以靠实力……

一早却说："门面要撑，实力更硬，要的就是这个效果。以后你这个态度还得再提升提升。比如，亲和一点，多笑一笑。"

"行呗，"李怀信道，"以后你就负责笑。"

一早也不跟他抬杠，帮着收摊子。

回到不知观的时候天已经黑透了，屋里点着烛火。李怀信步子轻缓，刚走近，就听屋里的老春犹豫着低声说："……太行道掌教递了拜帖。"

贞白淡声道："拒了。"

"那宫里下的圣旨……"

"烧了吧。"

"虽然不知道这皇帝老儿安的什么心，做下这么大个局，竟还有脸把圣旨下到不知观里来，要召回二皇子，"老春揣摩道，"总不能是良心发现吧？依我看，怕是又在憋什么阴谋诡计。"

贞白的音量沉了几分："我的人，谁都别想带走。"

李怀信勾了勾嘴角，也不继续听墙根儿了，若无其事地推门进去……

这些年，圣旨来来回回地下过几道，都是召李怀信回宫的，也没说具体缘由，贞白一律烧了。小圆子却有些心神不宁，他是宫里出来的，最怵皇权。总担心哪天皇帝震怒，兵临禹山……万一殿下被捉回去，恐有性命之忧……

一早却不在意，觉得小圆子是在杞人忧天，她直接反驳道："怎么可能！贞白护眼珠子似的护着李怀信，怎么可能让那个狗皇帝把他掳走。"

"嗯。"小圆子一寻思，道，"言之有理。"然后他把心放回肚子里，跑去张罗夜饭去了。

那天李怀信没去摆摊儿，在禹山山顶吐纳调息，说白了就是睡大觉，躺在悬崖边那棵树的树干上偷懒。

那枝繁叶茂的树冠撑开呈伞状，替他挡住了天光，就这么虚度了整个下午。

这棵树支在断崖上，李怀信躺的位置，正好是悬空的，稍一翻身，可能就会摔下去。

若是普通人瞧见，绝对会高声骂一句："哪个不怕死的！"

但贞白站在崖底，抬头看见这一幕，不甚在意。

她是来接李怀信回去的，声音不高不低地传上去，把人唤醒。

李怀信伸了个懒腰，朝下望，眼尾和嘴角都弯了起来，然后他纵身一跃，就往悬崖下跳。

那么高！贞白扬手，一条巨蟒腾空直上，呼啸着去接人，最后把李怀信稳稳当当地托到贞白面前，再化身为剑纹。

"这么高的地方你也跳。"

正是因为高才跳的，李怀信说："我嫌走路太慢。"

"急什么，你慢慢下来，稳当些。"

"我饿了，况且……"李怀信拉着她往回走，"半路滑一跤还不一定呢，比不了你稳当。"

贞白与他并肩走在山道上，前面就是冒着炊烟的不知观，青砖绿瓦衬在黄昏中，格外静谧。就是过于静谧了。

贞白问他："是不是在这儿待闷了？"

李怀信那颗七窍玲珑心全都放在贞白身上，所以总能敏锐地捕捉到对方的点，就因为他刚才跳崖的举动，才惹得贞白有此一问。

李怀信摩挲她手心，笑道："我就寻了回刺激而已。"

贞白没搭腔。

李怀信便道："其实是有一点……只有一点点。"

"要不要出去走走？"

他起了兴致："去哪里？"

贞白对外界并不熟悉，她就是觉得不应该天天把李怀信禁锢在禹山。他是个逍遥的性子，慵懒之中总有一股蓬勃的朝气，近日却有些颓靡。她问："你想去哪里？"

李怀信思索了一下："好像也没什么好去处。看山，我就在山上；看水，禹山脚下就是水；看人吧，你就在我眼前……"

贞白脚下一顿，李怀信也随之驻足。他想来想去，说："实在没什么看头，也可以去看看人间烟火。"

说完他垂着眼皮拽贞白的手，其实这些天，他心中生了几分忧郁，此刻他踌躇着，终于鼓起勇气直接问她："贞白，我人老珠黄之后怎么办？"

他不说那些贞白可能会始乱终弃的混账话。

"皮肤松了，老掉牙了。"李怀信光是想想都觉得恶寒，那也太丑了，连自己都嫌弃，何况枕边人。

却听贞白说："不打紧。"

李怀信抬起眼皮，质疑地看着她。

贞白的语调又沉又缓，令人安心："不管你什么样子，都是你。"

这副皮相确实惑人了些，但她在乎的本就不只是这副皮相，何况年头一长，感情又不一样了，一天比一天，一年比一年，都得往深了算。

李怀信被贞白狠狠感动了一把，想起有些老头子其实也没那么丑，比如千张机，四五十岁的光景也没显出老态来，何况自己正值青春，起码还能撑个几十年，愁那些没用的干啥。他非常豁达地看开了："没事，我骨相美。"

哪怕只剩一副骨架子呢，想当年他被附骨灵缠身的时候，都那样了，贞白似乎也没在意。

哎，贞白到底有没有在意过？李怀信没忍住问出了口。

贞白自然说没有，而且说的都是大实话……她第一次觉得李怀信好看得紧，是在华藏寺的普同塔里。当时他一句"行不行？我受不住了"，她便也没忍住……

时至今日，这感觉还是没啥改变。

唯一变了的，是哪怕剥下一层皮，她也要守着这堆骨血，直到他老了，死了……

贞白没来得及想下去，便被李怀信拽着往不知观走去。

此时的不知观，老春正在前院儿撵鸡鸭进笼；一早正端着饭菜上桌；小圆子已经摆好了碗筷，抬头看见他们回来，轻快地喊："白姐姐，殿下，吃饭啦。"小天犬摇着尾巴跟着"汪汪"两声……

李怀信远远地瞧见这一幕，心想：还去看什么人间烟火，他们面前，就是人间烟火。

图书在版编目（CIP）数据

太行道. 完结篇 / 不若著. -- 南京：江苏凤凰文艺出版社，2021.6

ISBN 978-7-5594-5751-6

Ⅰ. ①太… Ⅱ. ①不… Ⅲ. ①长篇小说－中国－当代 Ⅳ. ①I247.5

中国版本图书馆CIP数据核字（2021）第058103号

太行道. 完结篇

不若 著

责任编辑 张 倩

特约编辑 三 月

装帧设计 吴思龙 @4666 啊

出版发行 江苏凤凰文艺出版社

南京市中央路 165 号，邮编：210009

网 址 http://www.jswenyi.com

印 刷 天津旭丰源印刷有限公司

开 本 700mm × 980mm 1/16

印 张 25

字 数 420 千字

版 次 2021 年 6 月第 1 版

印 次 2021 年 6 月第 1 次印刷

书 号 ISBN 978-7-5594-5751-6

定 价 49.50 元

特别鸣谢

责任编辑 · 张　倩

特约监制 · 杨伟佳

产品经理 · 李罗拉

特约编辑 · 三　月

特约策划 · 路　瑶

营销支持 · 桑　雪　王思萱

出版支持 · 李一球

平台支持 · 超好看故事 APP

封面插画授权 · 长　阳

赠品插画授权 · 长　阳

赠品贴纸设计 · 吴思龙 @4666 啊

题字授权 · 仓　鼠

封面设计 · 吴思龙 @4666 啊

版式设计 · 刘龄蔓